弥欣

别打我尾巴

Don't hit me
in the tail

弥欣 著

广东旅游出版社
GUANGDONG TRAVEL & TOURISM PRESS

中国·广州

图书在版编目（CIP）数据

别打我尾巴 / 弥欣著 . — 广州：广东旅游出版社，2021.1

ISBN 978-7-5570-2280-8

Ⅰ . ①别… Ⅱ . ①弥… Ⅲ . ①长篇小说－中国－当代 Ⅳ . ① I247.5

中国版本图书馆 CIP 数据核字（2020）第 131137 号

别打我尾巴

BIE DA WO WEI BA

出　版　人：刘志松
责 任 编 辑：梅哲坤

- -

广东旅游出版社出版发行
地址：广东省广州市荔湾区沙面北街 71 号首、二层
邮编：510130
电话：020-87347732
印刷：湖南凌宇纸品有限公司
（湖南长沙县黄花镇工业园凌宇纸品）
开本：880 毫米 ×1230 毫米　32 开
字数：337 千字
字数：10.5 印张
版次：2021 年 1 月第 1 版
印次：2021 年 1 月第 1 次印刷
定价：38.00 元

目录

C
O
N
T
E
N
T
S

第一章

不是冤家不聚头

晚上七点，姜念准时坐到了电脑桌前。

这是一张不算小的桌子，电脑桌中央放着两台硕大的显示屏。左侧有一个悬挂式摄像头，正对着键盘左上角的位置，同样的摄像头右侧也有一个，对着鼠标。

姜念麻利地将今天买的新摄像头夹在两台屏幕中间，迅速插好 USB，甚至连角度都没有调整就直接打开了 OBS 串流软件。

修长的手指随意地划拉两下鼠标，按下了"开始串流"按钮。

没错，她是一名游戏主播。在今天之前，她是一名不露脸的《绝地求生》（简称 PUBG）主播。

《绝地求生》是 2017 年才进入大众视线的一款射击类游戏。这款游戏每局的参与人数上限为一百人，玩家一开始乘坐飞机在岛上的各个位置降落，搜寻装备枪支，相互射杀，随着时间的流逝，岛屿上会有随机缩小的剧毒圈，强行将所有玩家聚集到一起进行战斗，最终存活下来的一人或一组就是赢家。

很多人更愿意把这款游戏叫作"吃鸡"，因为最后赢家的屏幕上会出现一行字——

"大吉大利，今晚吃鸡！"

在吃鸡上线之前，姜念直播的是《守望先锋》，同是射击类游戏，她更喜欢吃鸡的压迫感和真实性。

这也和她独来独往的性格有关，《守望先锋》中一局游戏只有两个阵营，特别是到高分局，队友间的配合和交流更重要；但吃鸡不一样，游戏分为单人、双人和四人，她绝大多数时间会选择单排。

一款游戏火爆的同时，势必也会带来一些副面影响。吃鸡上线不过一年时间，外挂就遍地横行了，甚至很多主播为了博眼球吸引观众，在直播的时候使用外挂。

于是很多主播在直播时，会用摄像头拍下自己左右手的操作以证清白，姜念桌上的两个摄像头的作用正是如此。

但今天新加的摄像头，却是为了露脸。只因为她嘴快答应了一个今天过生日的粉丝，说可以满足他一个要求。谁能想到，那位"亲切"的男粉丝对这种大好的躺鸡机会不要，生日愿望居然是让她露脸。

尽管内心崩溃，但姜念从来都是一个说一不二的人，这次也不例外。

姜念以技术流女主播著称，在平台上热度很高，虽然赶不上那种明星主播，但每个月至少也有个十万块钱进账。她刚打开直播间，就已经有八十万观众翘首以盼了。

串流开始那一秒，一张秀气的脸庞毫无预兆地出现在了屏幕上。

这是一张极具辨识度的脸，不是说有多美，单就深刻的轮廓和素面朝天的清秀脸庞便足以给人留下深刻的印象。

一头深褐色长发被她一股脑梳在后面，还俏皮地绑了个丸子头，没有刘海的遮挡，脸看起来也很小；一双清澈明亮的大眼睛配上神似欧美人的鼻梁和薄唇，竟有种意外的萌感。

看清姜念面容的下一秒，数万条弹幕袭来——

【来了，来了！我的天，我看到小月月的脸了！！】

【此生心愿已了，大哥我们什么时候结婚？】

【Moon 是混血吗？妈，我恋爱了。】

Moon 是姜念用来直播的名称，第一天开播那晚是满月，她就随手打下了这个代表月亮的英文单词。

一开始粉丝亲切地称呼她"小月月"，时间久了，当见识到姜念无异于男人的操作后，大家便"大哥大哥"地叫了起来。

姜念看了眼弹幕便将直播页面拖到了分屏上，随即打开了 Steam（游戏平台）登录界面和加速器，还不忘"口嗨"两句："对、没错，我是东海混血。"

终于登录上游戏，她看了眼满屏的"？？？"才继续道："东北和 S 市混血。"

老观众们见怪不怪。

【我觉得自己可能有点问题，一天不听你"口嗨"浑身不对劲。】

【"口嗨"主播关注了。】

【你美你说了算。】

新进直播间的观众来了兴趣，长得好看还不做作的女主播，要是技术在线就完美了。

姜念一边和观众聊着天，一边点进了单排，一分钟后，载着一百人的飞机便出现在了屏幕上。

这把是老地图，姜念看了看地图，是从N港飞往Z城的航线。

看清航线的一瞬，她想也没想就摁下了F键，直接往机场的方向跳了下去。机场虽然地理位置偏远，但物资的随机刷新概率和质量绝对是整张地图数一数二的。而物资丰富的地方，势必会引来战争。在争夺过程中所产生的厮杀和"对枪"，就是观众想要看到的。

姜念最喜欢打架，跳机场的次数也最多。她熟练地开伞，笔直地朝最高的卫星站飘去。

姜念擅长玩狙击，占据制高点是至关重要的。

准确降落到卫星站楼底，姜念切换视角看了一眼身后仍在半空中的数十顶降落伞，大致估算了每个人的位置后才开始行动。进入卫星站后，她还顺手带上了门。

在游戏中，搜寻物资是非常重要的一环，进入楼房搜索需要开门，所以只要看到某栋楼房的门是开的，就能轻易地判断出这栋楼被人搜过，或者是……里面有敌人。

看到姜念关门，直播间里的观众蠢蠢欲动了。

【老阴怪重出江湖，心疼这把跳机场的兄弟们一秒。】

【我仿佛已经知道了会发生什么，哈哈哈哈哈哈……】

【姜还是老的辣啊……】

这把运气不错，姜念在一楼的小房间里就搜出了一把SCAR（步枪），是她惯用的小子弹枪。捡到枪后，她没有继续搜索寻找配件，反而直接来到了二楼阳台，蹲下利用上半身视角观察着外部情况。

刚才她看到的十几个人中，至少有两个人的落点在卫星站附近，姜念仔细地听着耳机里传来的风吹草动，就像一个守株待兔的猎人一样，机敏地等待着自己的猎物。

等待没有白费，她的预判也没有出错，不过几秒钟，右侧传来一阵脚步声。

姜念眸中掠过一丝光，立马调整好姿势，右边人影一闪而过，她立即起身，对准那人就是一顿扫射。

屏幕右上角出现击杀信息："Mnn1997 使用 SCAR 杀死了 kaizi666。"

弹幕一连串"666666"飘过，当然也有一堆起哄的。

【坐下坐下，日常操作。】

【别嚷嚷，6 什么 6？基本操作。】

也不知道怎么的，姜念觉得今天手感极佳，从机场厮杀了一番就已经拿了五个人头。她抽空看了一眼地图，毒圈刷新在 P 城附近，而距离"缩毒"时间仅剩二十秒了。

听着不远处 123 号楼传来的枪声，她想了想，决定先去安全区。

喜欢打架也不代表要无脑莽撞。

跑圈的空隙，姜念抽空看了一眼分屏上的弹幕，有好几个人说她胆小怕死，不敢"吃毒"不敢正面"刚"。

"什么玩意儿？"姜念不以为意，"正面刚哪有人刚得过我，要给别人留点机会知道吗？"

弹幕疯狂刷起来——

【说什么胡话？能不能好好玩游戏？】

【胡话主播了解一下。】

【不要脸主播了解一下。】

正当所有人都以为姜念会直接溜到安全区中心时，刚进入白圈区域的姜念突然停住，紧接着躲在桥头的石头后面，趴了下来。

直到众人看清她所在的位置，才发现她真正的用意。

机场在整座岛屿的外圈，想要从机场出来，左右两边的高架桥就是必经之路，而姜念趴下的位置就是既有掩体又有视野的绝佳位置。照姜念的技术来看，途经此地之人的"过桥费"她是拿定了。

【哈哈哈，老阴怪又开始了，素质极差。】

【就说大哥怎么会放过大把的人头，哈哈哈……】

姜念笑得天真无邪："能阴人为什么要正面刚？你们到底懂不懂这个游戏的真谛？"

刚开始接触吃鸡的时候，姜念是挺喜欢和敌人正面刚的；到后面，她却渐渐喜欢上在暗处阴人的滋味。潜伏在一个地方，等敌人露头的那一秒，给他致命一击……啧，想想就很刺激。

正想着，机场那边的桥头传来汽车的轰鸣声——

有人来了！

姜念迅速调整状态，双眸紧盯着高架桥对面，将手里的 SCAR 切换成了自动扫射状态，就等着敌人出现"扫车"了。

可惜天不遂人愿，对面之人似乎有预感，在距桥头五十米的地方停了车。

耳麦里的引擎声突然消失，姜念扯了扯唇。

是个老手。

她切换好八倍镜 98K，对准桥头，稳稳地按下右键开镜。

阴不到就对枪，她这个人一向很讲道理。对面的人很有耐性，姜念的动态视力极佳，一点风吹草动都逃不过她的眼睛，却迟迟没有看到那人探头的动作，甚至连敌人的具体位置都没有找到。

唯一的可能，是对面那人还没有移动过。但越谨慎的人，在这个游戏中就会显得越被动。比如现在，在极其相信自己动态视力的前提下，姜念已经大致猜到了对面人的位置，应该就在他的停车地点附近。

姜念牢牢盯着停车地点附近的掩体，距离"跑毒"只剩三十秒了，这人如果想活下去，就必须踏过这座桥。

想着，姜念不再等待，枪口准确地对上桥头的那辆车，只听"嘭"的一声——

她打爆了那辆吉普车左前侧的轮胎。

"嘭"——左后侧轮胎被打爆。

"嘭嘭"——吉普车的车身猛地往下沉了沉。

尽管游戏中的车就算四个轮胎都被打爆也能开，但速度和轮胎完好的时候截然不同。为防止对方开飞车冲上桥，姜念稳妥地将对方吉普车的所有轮胎打破，这样就算敌人要冲上桥，也能被她扫下来。

直播间的观众看得津津有味——

【可以，杀人诛心，连他的车都不能放过。】

【真的，老辣！！！】

【这枪法，6666666！】

当然，这样一来，也相当于暴露了自己的位置。

姜念在开最后一枪时，对面敌人的枪口就已经对准了姜念的脑袋，只听一声脆响，那人一枪打在了姜念身前的石头上。这一枪没有带消音器，姜念眯了眯眼，很快判断出了对方的位置，还不忘对着直播间观众轻笑两声："就这枪法，还想和我对枪？"

话音刚落，姜念手里的 98K 便上膛，开镜，射击，一个精准无误的爆头，屏幕右上方再次出现击杀信息。姜念嘴边的笑意还未褪尽，直播间的"666"也才刷起来不过一瞬，耳边突然传来一声闷哼。

——是她操纵的人物发出的惨叫声，下一秒，屏幕上姜念的身躯瘫软在地，屏幕也变为黑白。

单排和组队不同：有队友的时候被人打倒在地，还能互相救援；单排时被人打倒在地，就没有第二次机会了。

死亡来得猝不及防，姜念吓了一跳，眼睛睁得圆不溜秋的，看起来甚是好笑。她看了看电脑上的击杀信息："CYLISHG 使用 98K 爆头杀死了 Mnn1997。"

姜念不打算理会弹幕上整片整片的"666"和嘲笑，直接点开了死亡回放。

短暂的惊讶过去，短短几秒内，姜念就预估到对方应该是一早就看到了自己，只是不知道她藏身的具体方位，直到她开枪击杀掉桥对岸的敌人，这才暴露了自己的方位遭此一劫。

对手完美解释了一把螳螂捕蝉，黄雀在后。

但真正点开死亡回放的时候，姜念才发现自己想多了。这个人……在她开枪之前根本没有看到她，甚至在离她十万八千里的远点，在听到她枪声的那一瞬间，以极快的速度切换到八倍镜，直接瞬镜秒杀了她。

姜念看着这个人的操作，呼吸停了一瞬。

反应时间不超过一秒的瞬镜秒杀，还有这人切换倍镜的速度和远点八倍镜压枪……

所有的因素拼凑在一起，此刻姜念脑海中能想到的唯有一人——Chew。

姜念沉默两秒，重新看向这个人的 ID。

CYLISHG，一个明显是脸滚键盘随意打出来的昵称；再联想到自己小号的段位，她摇了摇头。

不可能的，就算是 Chew 的小号，也不会在这种分段。想着，她点开举报界面，利索地勾选了"作弊行为"，没有丝毫犹豫便点下提交键。

弹幕上立马出现了一些不同的声音——

【打不过的就是开外挂？这什么逻辑？】

【呵，这人要不是挂，我直播吃翔。】

【讲点道理行吗？打得厉害的人多了去了，怎么的？只要比你厉害就是挂了？】

姜念嗤笑一声："这种操作，要么是 Chew，要么是挂。"

观众也不是傻瓜，马上就明白了姜念的意思。

【可以，"Chew 吹"小月月上线了，今天有点早哦。】

【虽然小月月是专业"Chew 吹"，但说得也没错啊，这个时间，Chew 好像还在国外打比赛吧？】

【第一次来，能说说 Chew 是什么东西吗？比外挂还厉害？】

立马有热心观众为其解惑——

【哈哈哈，没错，Chew 就是比外挂还要恐怖的存在。】

【Chew 是 CS（指游戏反恐精英）职业选手，原名温楚一，国内射击类游戏第一人。】

【居然真的有看吃鸡直播的人不知道大魔王，哈哈哈……】

姜念瞥了眼快速飘过的这几条弹幕，喝了口水，才不紧不慢道："纠正一下，不是国内射击类游戏第一人，说 Chew 是世界射击类游戏第一人也不为过。"

弹幕刷得更快了——

【欢迎大家莅临小月月"Chew 吹"现场。】

【OK、OK，知道 Chew 神是你偶像了，还有别的吗？】

屏幕上，姜念的笑容看起来贱萌贱萌的，说出来的话却霸气十足："好了，热身结束，两分钟后开盘。"

开盘是最近直播平台新推出的玩法，主播可以自定义设置赌局让观众押注，筹码则是免费的人气道具。比如现在，姜念看着直播间观众渐渐多了起来，麻利地在分屏直播页面上敲字。

【主播能否吃鸡／主播能否十杀】

【选项：能／不能】

《绝地求生》玩家以男性居多，姜念的粉丝也多是男性，姜念每次进入直播间，都会看到嚷着让她开盘的弹幕。尽管筹码是免费礼物，也让观众津津乐道。

不过几分钟时间，下注人数就突破五十万大关。姜念稍微调整一下坐姿，刚准备开始第二把，游戏界面突然出现一则邀请通知——"LLLuuu666 邀请你加入游戏。"

是陆锦溪，姜念为数不多的好朋友之一。

姜念愣了一秒，下意识接受了她的邀请，还没反应过来，就已经黑屏进入游戏画面了。

弹幕瞬间炸了——

【什么情况？】

【大哥双排？？】

姜念自己也处于蒙圈状态，陆锦溪以前是提过几次让姜念带带她，但不至于连招呼都不打就直接在直播的时候发出邀请。

游戏缓冲界面刚加载好，陆锦溪就打开了队内语音，清晰的甜腻女声响起："小念念！我就知道你会接受邀请！！！快带我吃把鸡！我以身相许！"

姜念眉角轻轻抽搐："我在直播。"

弹幕刷得很快，观众都对主播"三次元"的信息表现出极大的热情——

【小念念？主播名字叫小念念？哈哈哈、哈哈哈……】

【哈哈哈，恕我直言还是小月月比较好听。】

"我知道呀，不妨碍你带我吃把鸡呀！"陆锦溪一点儿客气不讲，声音又甜了几分。

姜念看了一眼弹幕，轻叹一口气："就一把，我待会儿还要去拯救绝地大陆的高分玩家。"

"好的，没问题！我绝对不拖你后腿！"陆锦溪说得信心满满，就差拍胸脯发誓了。

这次依旧是老地图，航线由核电站飞往 P 城，姜念思考半晌，在 G 港点了个标记："跳黄点。"

G 港不大，又是偏远的港口城市，来这里的人相对少一点，但物资是不输机场或者 P 城的。尽管如此，在她一个人的情况下，这个点她也是不会考虑的；但带着陆锦溪，还是从外圈打过去比较稳妥。

两人同时从飞机上跳下，姜念却没有像上把那样观察身后的敌人数量，眼神一直在 G 港周边地带晃动。

她在找车，飞机有些偏离航线，除非高空开伞，不然她们肯定跳不到 G 港，这也是为什么很多玩家把 G 港称为自驾游胜地的原因。喜欢跳 G 港的玩家一般都会在空中就开始找车，在 G 港抢到车，活下去的概率至少提高 50%。

姜念搜索着地面的车辆，终于锁定了离她最近的一个刷车点，对陆锦溪道："你落地了先在旁边的房区躲一躲，我开车接你。"

话音刚落，陆锦溪那边就传来尖叫声："啊！不要啊！！"

姜念这边还没落地，她看了一眼陆锦溪的位置，居然还在离她十万八千里的地方，她皱了皱眉："怎么了？"

陆锦溪吸了吸鼻子，哀怨道："我死了，在空中被人打死了。"

果然，下一秒，姜念看到陆锦溪的名字变灰了。

姜念忍不住笑了两声："可以，你确实没有拖我后腿。"

陆锦溪还在叽叽喳喳地说着什么，姜念来不及管，她马上就要落地了。

并且，就在她身后不远处的上空，有七八个人，而车只有一辆，谁抢到就能活下去。

直播观众紧张得不行——

【完了完了，你旁边那人比你快。】

【快快快，你旁边那个男人跳伞的姿势看起来很不平凡。】

姜念贱贱地勾了勾唇："放心，我最快，他们都得死。"

她没有开队内语音，这话是说给直播间观众听的。但她确实是一群人中第一个落地的，只是她坐上驾驶座半秒不到，紧随其后落地的那个男人爬上了她的副驾驶座。

姜念眉心皱了皱，后面的人都降落了，她没空管他，为了防止更多人爬上她的车，她立马启动，笔直地朝车前的人影冲去。

一个、两个、三个……姜念车技不错，将旁边的人清除了个干净才罢手。

这把是双排，人物第一次倒地不会直接死亡，有大概一分钟时间能等待队友支援。姜念看着一长排趴在地上往房区爬的人，没有丝毫犹豫就再次碾过他们的身躯。

游戏开始才三分钟，姜念的击杀人数已达六人，她还开着车，可以迅速到 G 港搜寻物资。一切都很完美，除了……她副驾驶座上那个迟迟不肯下车的人。当然姜念理解他为什么不下车——两个人现在都没有枪，谁先下车谁死。

姜念和身边这人比起来还存在一个巨大的劣势，他的队友可能还活着，而她没有活着的队友，所以她还不能停车，要时刻提防这人的队友上来突袭。

她没有猜错，这个人的队友的确还活着，不过已经被人在远点爆了头，正在旁边房区的一个角落里等待着副驾驶座上的男人救援。

姜念将车开到离这房区很长一段距离了，男人依旧在副驾驶座上正襟危坐，完全没有要救队友的想法。

队友看着离自己越来越远的小红点，忍不住打开了队内语音："温楚一你个禽兽！你说好抢了车就来救我的！！"

温楚一的声音显得平静无波："总要留个火种，我会铭记你的牺牲。"

这边姜念僵硬地开着车，抽空看了一眼从刚才开始就像疯了一样的弹幕——

【哈哈哈，我不行了，这人也太骚了吧？】

【哈哈哈……我怎么从没遇到过这种情况，现在怎么办？车子都要没油了，哈哈哈……】

【今天我们就耗在这儿了，反正不是你死就是我亡。】

正如弹幕所说，这辆吉普车的确快没油了，并且两个人都没有枪，这样耗下去，最后的结果可能是两个人都活不成。

姜念看了看白圈的距离，在地图上标了个点，一个开过去大概 15 秒左右的房区。一边开着车，她一边点开了游戏设置，同时打开了全体语音（游戏内所有近距离玩家都能听见）。

她默默在心中组织了一下语言，摁下 T 键说话："兄弟听得到吗？"

因为不是所有人都开启了全体语音，所以姜念试探着问了一句，没想到立马得到了那人的回复，耳边传来一声低沉的"嗯"，想必是已经等她开口很久了。

"兄弟，这样下去也不是办法，"姜念抿了抿唇，"要不……我们来订个君子协议？"

"说说看。"温楚一回得很快，声音依旧很平静，仿佛早已预测到了接下来的情况。

姜念忍不住蹙眉，明明是他强行上了她的车，怎么被动的变成她了？

算了，命要紧。她继续道："我把车停到东南方向的房区，那边门没有开，应该还没被人搜过。我俩同时下车，一人一栋房子搜枪、对枪，你觉得怎么样？"

副驾驶座上的人似乎笑了一声，很快答了一句："好。"

姜念放心了，果断地将车开到了指定房区前，还公平地将车停在了两栋楼房的正中央才再次摁下语音键开口："我搜左边，你搜右边，数'三二一'同时下车，没问题吧？"

"行。"那人依旧言简意赅，答得没有丝毫迟疑。

姜念将手指移动到下车键上，开始倒数："三、二、一！"

喊出"一"的同时，姜念摁下 F 键下车。

下一秒，她的屏幕变为灰白色，右上角出现击杀信息——

"CYLISHG 开车撞死了 Mnn1997。"

姜念看着屏幕上自己的尸体，整个人呆住了。

说好的君子协议呢？说好的公平竞争呢？

紧接着，狂风骤雨般的弹幕袭来——

【我的天，我刚准备说这兄弟还挺好说话的，没想到……哈哈哈……】

【这个故事告诉我们，人与人之间根本不存在信任。】

【还说什么君子协议，哈哈哈，我要笑晕了。】

【素质极差，哈哈哈……】

【等等，我怎么觉得这个 ID 这么眼熟呢？】

【哎！好像是上把那个挂！！】

【666！我今天算是知道什么叫作冤家路窄了。】

直播被一连串的"CYLISHG"刷了屏，观众用尽全力，试图唤醒姜念的回忆。

姜念愣了两秒，瞬间想起了上一把被爆头之仇，忍不住爆了句粗口。

举报这种事情，一回生二回熟，这次姜念的动作更迅速，不假思索地再次举报了"CYLISHG"。

这人不仅开挂，还欺骗她的感情，其罪当诛！

提交了举报信息，姜念皱皱鼻子："以后这人我见一次举报一次，绝对不跟你们开玩笑。"

美国，早上7点30分，一身睡袍的男人坐在电脑桌前，屏幕上还是"大吉大利，今晚吃鸡"的画面。

晨光熹微，透过酒店的落地窗打在男人脸上，映射出他棱角分明的下颌和英挺的鼻梁，深不见底的双眸紧紧盯着电脑屏幕。许是刚洗过头，男人发间带了些湿意，一头乌黑短发与他健康的肤色相得益彰。

一阵尖锐的铃声响起，温楚一看了看来电显示上"卫晗"的名字，接起了电话："嗯？"

"在吃鸡？"卫晗的声音听上去有些幸灾乐祸。

温楚一懒散地抬了抬眼皮："有屁快放，再打一把我要赶飞机了。"

"那我长话短说，"卫晗的好心情丝毫没有受到影响，"你被人举报开挂，还被举报了两次，下把结束就算你不赶飞机估计也玩不成了。"

温楚一一只手拿着电话，另一只手在鼠标垫上画着圈，似乎在思考。

半响，他轻笑一声："现在的玩家素质极差，打不过就举报。"

卫晗沉默一瞬："你是不是以为我没看到你背信弃义，说好君子协议，结果开车撞死人？"

温楚一也不问他到底是怎么知道的，不紧不慢地接受了队友的邀请："我什么时候和她说好了？"

"你……"卫晗再次沉默，"怎么不问我怎么知道的？"

温楚一："不重要。"

"哦，"卫晗充耳不闻，"刚刚你撞死的是个女主播。"

温楚一愣了一下，握着鼠标的手停住了。

几乎整个 QP 战队都知道温楚一疯狂迷恋一个女主播，却只有卫晗隐约猜到女主播的身份。

温楚一心里凉了半截，迅速切出游戏画面，手脚麻利地打开飞猫直播网页，点进了自己唯一订阅的直播间。

【冤家路窄，这兄弟就是刚才那个挂没错了。】刚点进直播间，他便看到了飞速滑过的弹幕。

【欢迎［老腊肉］进入本直播间。】紧接着，屏幕上飘过只有伯爵等级才有的金闪闪入场横幅。

温楚一心里凉透了，真的是她。

老观众看到熟悉的账号进入直播间，纷纷跟他打招呼——

【腊肉来啦……】

【老腊肉你来晚了，刚刚小月月被外挂狗欺负了，惨绝人寰。】

尽管还在气头上，姜念也没有错过这金光闪闪的入场通知，对着镜头摇摇手："稀客啊，最近忙什么呢，老腊肉？"

温楚一看着屏幕上歪着头浅笑的女人，刚才的爆炸消息在这一瞬间全被他抛诸脑后了，他心跳有些失控，随即一声低咒从喉间溢出。

电话那头的卫晗吃了一惊："怎、怎么了？"

"这也太好看了。"温楚一捂住额头，有点接受不了。

卫晗偷笑两声，果然，那个神秘女主播就是 Moon。

谁能想到，让温楚一迷恋了一年多的神秘女子，会是一个直播不露脸的技术流女主播；谁又能想到，温楚一的直播间昵称，居然是"老腊肉"。

卫晗是温楚一以前的队友，前几年手伤复发退了下去，成了温楚一的挂名代理人。

温楚一是国内首个在国际上夺冠的 FPS（指第一人称射击类游戏）选手，年少成名，技术过硬，早已成为电竞圈里的神话、如今在役选手的传奇，更被人们亲切地冠以"大魔王"的称号。稍微了解电竞圈的人其实心知肚明，中国 CS 在经历过 2004 年那段光辉岁月后，就沉寂了下来。不管是 CS 在国内没有代理的原因，还是中国 CS 职业圈青黄不接、后劲不足的原因，与国内热度一直颇高的游戏《DOTA2》《LOL》不同，直到前两年，国内 CS 职业比赛圈还是一片死寂。

而打破这摊死水的人，就是温楚一。

在 CS 的 SOLO 赛（指一对一比赛）中一战成名后，他带领着 QP 战队连续两年击溃了曾经一足鼎立的世界冠军 KS 战队，这才重新唤起了国内游戏爱好者心中的热血，国内射击类游戏的电竞俱乐部也才逐渐走向正轨。

只是好景不长，卫晗手伤复发退役后，队里的另外两个老队员也心生去意，整个俱乐部的支柱就变成了年龄和状态仍在巅峰的温楚一，以及刚从青训队升上来顶替卫晗的马克。

昨天结束的全美公开赛，也可以说是 QP 另外两个老队员的退役表演赛，他们以这最后一场完美战役，结束了职业生涯。

因为是最后的比赛，两个老队员决定结束后顺便在美国旅游，而还有训练任务在身的温楚一和马克不得不赶早班机回国训练。

温楚一和马克的作息本就不规律，要是睡过头误了机，后面的安排就都泡了汤，于是温楚一拉了马克一起吃两把鸡打发时间。

一开始那把马克电脑出了些问题没有参与，温楚一单排将姜念爆了头惨遭举报，第二把和马克双排，又一次……让她惨死于自己的车轱辘之下。

温楚一悔不当初，如果再给他一次机会，他决不会这样做。

半天没听到声音，卫晗试探性地叫了两声："兄弟，你没事吧？"

温楚一的思绪叫卫晗拉了回来，他毫不犹豫地改口："我去给人道个歉，挂了。"

说完，他不等卫晗反应，挂断电话。

正在基地看直播的卫晗看着手里已经黑屏的电话，下巴都快惊掉了。

这人字典里居然还有道歉一说？翻脸比翻书还快。

直播中的姜念迟迟没有等到老腊肉的回应，正想开口询问，游戏界面突然出现一则邀请通知："CYLISHG 邀请你加入游戏"。

姜念只愣了一秒，随即拒绝了他的邀请，嘴里还不忘念叨两句："都举报两次了，怎么还没被封？我要和 Steam 客服投诉了啊！"

虽然姜念的粉丝很多，但熟悉她的人都知道，直播期间她一般只会单排，给她发再多次邀请都没用。刚才那个还没落地就死了的小姐姐，能成为姜念的队友，是因为她是姜念"三次元"的朋友。

一开始不死心的观众还会试试，时间长了姜念从未改变自己单排的习惯，试图邀请她一起游戏的人自然而然所剩无几了。

这也是姜念能第一时间看到温楚一邀请信息的原因。

只是姜念没想到，这个杀了自己两次的"挂"居然会这么执着，一连被自己拒绝了十次还没放弃。

【大哥进去喷他！】直播间的观众看热闹不嫌事大。

【进去和他 SOLO！让他知道你的厉害！！】

【大哥快进去，这可是第三次举报的好机会！】

姜念嗤之以鼻："你们以为我是什么人？这种没有电竞精神开挂的人，我连看他一眼都觉得是在浪费生命。"

话虽这么说，但在此人第二十五次邀请自己的时候，姜念突然觉得有点意思了。刚刚这个"挂"想都不想就撞死了她，是什么让他在短短十分钟内改变了态度，她有些好奇。但是刚才她那番义正词严的话语犹在耳畔，这么快就动摇实在不符合她说一不二的风格……

这么想着，她看着分屏上不停劝说她接受邀请的弹幕，终于开口："你们说这人能坚持多久？"

温楚一一听，立马觉得机会来了，马不停蹄地打字。

"老腊肉：看这架势怎么也得拉你一百来次吧，你还是进去看看他到底想说什么吧。"

因为是尊贵的伯爵用户，他的弹幕被自动放在了彩色横幅里，在一众白色弹幕中极为显眼。

姜念看到这条弹幕，斜着眼笑了笑："好，就一百次。"

温楚一脸僵了。

"你们数着，等他邀请满一百次，我就进去会会他。"

第二章
冤家相聚几时休

　　说出去的话如泼出去的水，温楚一仅犹豫了半秒，就认命地拉过鼠标，再次点下邀请按钮。对于一个在没有露面情况下就喜欢了一年的女人，这种程度的耐性，他还是有的。错就错在姜念的小号正好是他出国比赛的时候建的，他对此完全不知情。

　　温楚一虽然喜欢玩，但每次比赛的时候比谁都认真，在结束比赛前，他甚至连手机都不会用。

　　他后知后觉，难怪刚才就觉得这声音有点耳熟。

　　姜念一边和直播间观众唠着嗑，一边时而迅速时而缓慢地拒绝着温楚一的邀请，中途还不紧不慢地去了趟厕所。

　　这对看着直播的温楚一来说，无疑是在鞭笞他的灵魂。许是因为耗时太长，直播间里的观众数量下降了一些，后面进来的新观众又不知道主播这是在干吗，看不了一会儿就出去了。

　　姜念看形势不太妙，觉得也差不多了，直起身子伸了个懒腰，终于点下"接受"。

　　温楚一眼睛一亮，立马准备。

　　姜念讥讽地勾唇，终于开始游戏。

　　在短短数十秒游戏缓冲的时间里，温楚一想了五六个不同的开场白。然而真到了可以开口的时候，他脱口而出的那句话并不在计划范围内。

　　"抱歉，刚才手滑了。"

　　姜念冷笑："拉了我快半个小时，就为了和我说这个？"

　　"不是，"温楚一声音沉稳，"我还想带你吃把鸡。"

　　"呵，"姜念嗤笑，"我不需要外挂带我。"

温楚一愣了愣，严肃起来："我没开挂。"

姜念笑意更盛："我提醒提醒你，上上把P城圈，你在机场桥头开瞬镜秒的那个人，是我。"

"我……"温楚一堪堪吞下"知道"二字，改口道，"我真没开挂，要不我开视频给你看？"

姜念的最后一丝耐性被消耗干净，她这次没有开队内语音，反而对着镜头向直播间观众笑了笑："开盘吗？他会不会真的开视频？"

温楚一并没有关掉直播，姜念的话清晰地传入耳朵里，只听她继续道："开的话，我用全部身家押他不会真的开视频。"

观众被姜念的推论逗乐了，弹幕上全是让姜念开盘的。

姜念也不含糊，摁下语音键说来就来："来，你加我微信，我们开视频，你再给我演示一次上上把那个瞬镜爆头。"

温楚一立马道"好"，连手机都已经握在手里了，却又顿住了。

Chew是姜念偶像的事情，温楚一本人是知道的，先不论姜念现在还在直播，要是让姜念知道喜欢了这么久的偶像，居然就是背信弃义撞死自己的人……

不行，现在不能让她知道他是谁。当务之急，是要扭转他现有的身份在姜念心中的形象，当初知道姜念喜欢自己的时候，他还美滋滋的，不承想现在竟成了证明自己清白的阻碍。

温楚一想起刚刚姜念在直播间信誓旦旦的口吻，再三斟酌，艰难地摁下T键："我……现在有点不方便开视频。"

姜念露出一抹"果然如此"的笑容，志得意满地对着镜头扬了扬下巴。

温楚一试图转移话题："瞬镜秒人其实不难……"

这句话姜念听着极其刺耳，她立马打断："你这人倒是挺有意思的，你知道什么是瞬镜爆头吗？忽悠谁呢？"

姜念完全不给他开口的机会："你说你开挂吧，我还能开导开导你共创和谐网络；你要是硬说你没开挂，对不起，我不奉陪了。"

一听姜念要溜，温楚一几乎没有思考，立马改口："嗯，以后不开了。"

卧薪尝胆，以图后事，不就是放弃原则和底线吗？他可以。

QP基地里，正在直播间看得津津有味的卫晗"噗"地将嘴里的泡面吐了一地，咳得上气不接下气。

他怀疑自己看到的，现在正和主播对话的真是那个天不怕地不怕的温楚一？他对女人和对兄弟的态度能再差多点吗？

姜念翻了翻眼皮，就要点下退出游戏按键的手顿住："怎么？现在肯承认了？"

最难的那一关过去，后面的话温楚一张嘴就来："主要是我太菜了，要不你带带我？"

姜念哂笑一声，依旧耿耿于怀："要不是你，我能连吃两把鸡。"

言下之意，你开挂杀了我两次，还想让我带你？

"要不我也让你杀两次？"

"呵，我有那么记仇吗？你要是不开挂，我岂止杀你两次？"

"那让你用拳头杀我两次？"

姜念抿唇："好。"

论没有原则姜念是一把好手。数百万观众还没来得及嘲笑姜念的毫无原则，游戏画面突然一片漆黑，短暂的空白时间过去，两人登上飞机。

"那你看……"男人低沉的嗓音在姜念耳边再次响起，"我让你杀两次，你以后有时间是不是能带带我了？"

姜念嗤笑两声，没有回答。

刚结下的梁子还没解决开，还妄想让她带，痴人说梦。

温楚一也不纠缠："我们跳哪儿？你标吧。"

姜念只打开地图看了一眼，就标出了降落地点："跳 V 港。"

虽然只是个游戏主播，但她对电竞圈的热爱绝不低于任何一个职业选手，连上大学都是因为离 QP 基地比较近才选择的 S 大。

进入 QP 是她给自己规划的职业目标，虽说连续两年的青训生选拔她都没有成功。

不明真相的直播间观众已经炸开了锅——

【主播能再没原则一点吗？这就答应了？】

【没人觉得这人声音很好听吗？我刚才就想说了。】

【你们第一天认识大哥？大哥不说话绝对不是默认的意思啊！】

游戏里，姜念和温楚一经落了地，因为航线离得远，这边算得上是个野点，只有他们一队人选择了这里。

姜念虽然决定得快，但也是过了脑子的。这人本来就菜，现在刚关了挂，手感和操作肯定都一塌糊涂，只能跳这样的地方苟活下去了。

V 港作为战术点位，周围的刷车点很多，撤离也比较容易，就算跳这里的人不止他们一队，他们也能及时开溜，对待游戏，她一向认真。至于能不能吃鸡……幸亏她刚刚没有开盘。

对方是个菜鸟，姜念也不和他客气，直接将最可能刷出高级物资的地点拨到了自己这边："我搜港口内圈，你搜外圈。我说走就走，明白吗？"

强势的口吻像极了她平日里直播的作风。

"没问题。"温楚一答得很快，语调似乎也回到了上把和姜念开语音时的状态。

温楚一做事说一不二，话音刚落就朝外圈的房子跑去。

姜念看了他的背影两秒，也迅速行动起来，一边搜着物资，一边还不忘和他确认："你确定已经关了挂吧？我丑话先说在前头，要是再让我发现你开挂……"

"不会，"温楚一笑了笑，"对了，你还没说怎么称呼你。"

姜念被他打了岔，却没有生气："叫我大哥就行。"

"好的，大哥。"男人的声音似乎多了一丝笑意，又很快恢复如常，从善如流，"98K 要吗，大哥？"

姜念抿了抿嘴，莫名又有些不爽，连着声音都有些闷闷的："要。"

"好。"温楚一勾了勾唇，她也太可爱了吧。

还潜伏在直播间里的卫晗再次惊掉了下巴。温楚一是什么人？往日打比赛，谁不是把最好的装备都堆在他身上？谁还能拿到他身上的好东西不成？就更不用说他最擅长的 98K 了。

现在为了一个女人，他不仅不要原则，连游戏体验感都不要了？

另一边，姜念搜完物资和温楚一会合不到两秒，她拿起手里的步枪，一枪崩了温楚一的脑袋。

所有人猝不及防。

【不是说捶他的事以后再说？】

【大哥什么时候去学了川剧变脸？】

【哈哈哈，我赌大哥这枪是故意的】

姜念发出一声轻笑，摁下语音键："不好意思啊，手滑。"

搜物资的时候，她想了想，还是一枪崩了他比较解气。直播间里大多是姜念的老粉丝了，对她无赖的行为见怪不怪，却依然被逗笑了。

【神一般的手滑，哈哈哈……】

【一报还一报，不是不报，时候未到。】

【给主播一个面子，这游戏确实容易手滑，别笑了、别笑了。】

温楚一也笑了，被气的。第一次看姜念直播，是因为俱乐部给他安排了直播任务，抱着市场调研的目的，他随手点进了姜念的直播间。

一开始，温楚一只是被她像极了自己的操作所吸引；紧接着，他就被姜念的"口嗨"属性折服了，简单来说，他觉得自己恋爱了。这场单方面的网恋，在第一次听到姜念直播提起自己名字时，有了寄托。温楚一忙，再加上胆小，始终只敢在直播平台上以粉丝的身份和姜念交流。

岂料人算不如天算，今天赶飞机前的空当，他就和姜念撞上了。

不管别人怎么看，温楚一将其称为——"缘分"。

因为是二人组队，在姜念还活着的情况下，温楚一死得并不彻底。

只见他缓慢地爬到姜念脚边，开语音试探道："要不你拉我一把？你要的枪还在我身上。"

姜念收起手里的步枪，向他靠近两步，一拳挥在了温楚一的脑门上。

"误伤队友"四个鲜红大字出现在姜念屏幕上后，她才开口说话："后面遇上人倒第二次的话会很危险，就当被我捶了一次吧，还剩一次。"

紧接着，她二话不说便开始搜刮起温楚一的装备来。

【哈哈哈，我都服了，大哥是真无耻。】

【我来给大家翻译一下：你已经倒过一次，再倒的话时间不够会拖我后腿，这次我是手滑，但我还是大发慈悲地把这算成了一次捶你的机会。最后，就算你死了，我一样可以舔包拿到枪。】

温楚一看了一眼弹幕，默默闭上了嘴。和这个女人讲道理，行不通的。

毒圈开始缩小了，这边姜念舔完包便迅速出了城区，另一边，隔壁等了温楚一个半小时的马克敲响了他的房门。

"队长！你睡着了吗？微信也不回！快起来，我们要赶飞机了！"

温楚一听到马克的呼唤，摘下了头上的耳机回了句"好"，随即整理起自己的外设，却一直没有退出游戏。

待一切收拾妥当，他坐回电脑前。屏幕上，姜念被毒圈逼到了背坡的位置，她明显已经看到山上有人，不敢妄动。

她的地理位置虽不差，但不能轻易暴露方位，要是被几队人夹着打就凶多吉少了。最重要的是，因为两人跳伞的地点太靠圈外，她没有足够的时间搜寻物资，到现在手里也只有一个四倍镜。

两把枪、一个四倍镜，暴露位置的同时切换四倍镜，她可能就被人打死了。

姜念凝神开镜看着前方山上那队人的动静，只听"嗖"的一声，子弹划破空气，随后打在了她的腿上，溅出几滴绿色的鲜血。

姜念有些慌神，立马往后退了几步找了个掩体，回头看向不远处的房区。又是一声闷哼，这次打在了她的背上。

噩梦成真，她真的被两面夹击了。雪上加霜的是，她只找到了高处那一队的位置，另一队敌人方向未知。

弹幕开始刷"凉了"，姜念听着耳边不停传来的子弹声，深吸一口气，决定先解决高点的那一队，只见屏幕中的姜念迅速朝山顶的方向架起枪，按下 Shift 键屏息对准了正瞄准她的敌人。

"砰——"子弹飞速划过，在空旷的地图上带出几许清脆的回声，是 98K 的声音，那人应声倒地，屏幕上也出现了他倒地的信息。一枪成功，姜念却没有立刻收枪，一边瞄准那人倒地的位置，一边嘴上忍不住念叨几句："来吧，见证友情的时候到了，你的队友会不会救你呢？"

果然，不出两秒，姜念在山头右侧看到了飞速朝队友跑去的小黑点。

"砰——"又是一枪爆头，屏幕上连着出现两则击杀信息。

随着姜念的超稳定发挥，直播间已被满屏的"666"淹没，可姜念连看分屏一眼的时间都没有，因为她再次中弹了，二级甲和二级头都已经是红色警报状态，她的血量也仅剩五分之一。

姜念迅速转了个身，躲到了掩体的另一侧打急救包。等待回血的时候，她恶狠狠地哼了两声："趁我病要我命，别让我找到你的位置。"

半分钟后，毒奶生效，偌大的沙漠地图上，姜念硬是没能找到一个疑似敌人的点。姜念身前作为掩体的石头上已经布满了弹孔，她却始终没有找到敌人的位置，这样下去只有被动挨打的命。

正焦灼之际，她的耳边突然传来一声低沉男音："220 远点，厕所右边的大拱石。"

是快被她遗忘的温楚一。

先不论信息对错，这声突如其来的如同指明灯的提示对于姜念来说实属天籁。她立马朝温楚一报出来的坐标看去，220 的方向有一个厕所她是知道的，她刚刚也花了几秒钟盯这个方向。

但她只注意到了厕所，没来得及看旁边的掩体。而这一次，她直接开镜到了厕所边上的石头，准确找到了那两人的方向。

终于看到人了，姜念的紧张情绪也得到一丝缓解，轻松再拿两个人头后，她看了看左下角那个一直没有退出游戏的灰色名字："你是透视挂？"

温楚一沉默了两秒："我只是玩得菜，视力还行。"

姜念无所谓地点点头，透视挂这种东西她只在别人嘴里听过，倒是一次也没见过，所以具体情况到底怎么样，她无从得知。

一开始还不觉得，刚刚听这开挂的家伙报方位的时候，感觉有点耳熟，但她怎么都想不起来这声音在哪儿听过。

接下来的时间里，温楚一自动充当了姜念的侦察兵，凡是有敌人，几乎都逃不过温楚一的眼睛。连姜念也不得不承认，温楚一帮她省了不少事，这个观察员，用起来竟然还挺顺手！

终于进入了决赛圈，右上角的生存人数仅剩三人，通过刚才的一拨厮杀，姜念基本可以确定他们三个都来自不同阵营，最后的毒圈依然在荒漠之中，所幸姜念已经提前占据了最佳地势，只须守株待兔，特别是整场有温楚一助攻，到决赛圈她的心情这么轻松还是头一次。温楚一觉得时机差不多了，一边帮姜念注视着周围的动静，一边摁下 T 键："这把结束我要下游戏了，下次再让你捶？"

姜念精神高度集中，随口应了一声："行，这把结束给你个好友位。"

"好友位？"温楚一顺势开口，"你是主播吗？"

姜念一愣，倒是没想到这人这么敏锐："嗯，有时间可以来飞猫看我直播，搜 ID886666 就行。"

温楚一话里带了些笑意："好。"

话音刚落，温楚一的房门再次被马克捶得轰隆作响，随即传来马克接近崩溃的吼叫声："温楚一！明天的队内选拔你还参不参加？我的手机要被经理打爆了！"

温楚一置若罔闻，待门外的声音消失后，才平静地再次开启语音："明天有空教我玩狙吗？"

门外的马克隐约听到温楚一的声音，脸都气红了："温楚一你给老子出来！要误点了！"

姜念自然没有听到温楚一那边马克的声音，只敷衍道："明天的事明天再……"

她一句话还没说完，就被温楚一突然打断："265 近点来人了。"

姜念毫不迟疑，往边上走了几步对着那人就是一顿扫射，右边的存活人数只剩最后两人。最后一个毒圈终于开始缩了，姜念左腿突然中了两枪，血量只剩二分之一。

千钧一发之际，温楚一再次开口："80 山坡，那人在跑毒。"

姜念摁下 R 键换满子弹，连血都来不及加就开枪。

温楚一能清晰地看到敌人身上迸发出的鲜血。连续三枪命中后，屏幕一闪，姜念看着眼前出现的"大吉大利，今晚吃鸡"，突然改了口："行，明天见。"

姜念的直播时间是晚上七点到十点，温楚一走后，她单排了两把便匆匆下了直播，徒留一群不明真相的围观群众。

按照姜念的尿性，怎么也会在下播之前唠半小时嗑，今天怎么转性了？本来姜念确实准备唠唠嗑再走，但是退出游戏一分钟后，她看到了分屏右下角闪动的新邮件。

"TRB 电子竞技俱乐部"几个大字，一瞬便捉住了她的全部心神。

无暇考虑太多，她就急匆匆直接下了直播。虽说她的理想战队是 QP，但 QP 的要求实在太高，连续两次青训队选拔，她都没能成功通过，尽管到现在她都不知道原因。

姜念是个有信仰的人，所以她一直没有放弃成为职业选手的理想；但她并不是个执着的人，于是这次除了 QP，她还去了几个刚成立的俱乐部参与选拔。

TRB 就是其中之一，TRB 有一个显著的优点，那就是它们招收的第一批队员将无条件成为准一队队员。

作为今年刚成立的年轻化俱乐部，TRB 对外招收的项目只有两个——PUBG 和 LOL，姜念参加的就是 PUBG 的选拔。

和势头火爆的 LOL 不同，去参加 CS 选拔的人寥寥无几，其中就只有姜念一个女人，万绿丛中一点红，最为突出。

和射击类游戏老队 QP 不同，TRB 不仅是新俱乐部，而且重点资源依然放在 LOL 上，PUBG 的竞争相对较小。姜念在结束选拔的当天，就对自己被录取有数了。

偏偏 TRB 的确认信拖了好几个月，后面她陆陆续续去参加了几个俱乐部的选拔，要么是因为没有狙击手的位置，要么是因为她的女性身份，竟没有一个能成功。

她的偶像是 Chew，那个将国内射击类游戏竞技带向巅峰的男人。只要能离他更近一步，就算是从零起点的新俱乐部开始，她也毫无畏惧。

当然这只是单纯的职业理想，对于 Chew 这样身处职业圈顶峰的人，她并没有多余的想法。就像很多追星族，他们只是享受去努力追赶偶像的过程，并不是想把偶像据为己有。

姜念再次确认直播间已经停止串流后，屏息打开了刚刚收到的新邮件。她连着看了三次邮件标题，才顺着邮件继续往后看。

第一行字就让她心跳加速——"恭喜你！"

她捂了捂自己飞速跳动的心脏，缓了半分钟，视线往下。

"你通过了 TRB 电子竞技俱乐部 PUBG 大逃杀的分部选拔。请于下个月 30 日早上九点，携带本人身份证及银行卡于 TRB 总部集合。

"正式签约后，队员的住宿及训练都会在俱乐部分配的指定场所，请带好所需行李及日用品。签约合同已发附件，请及时核对。地址：S 市……"

姜念激动得满脸通红，姣好的面容看上去沾染了一丝雀跃，双眸猛然迸发出的光芒令人咂舌，还有一个月，她就要成为一名职业选手了。

温楚一心情很差。

新一届队内选拔开始了，他刚下飞机就被捉回了基地坐镇。尽管经过长途飞机颠簸有些疲惫，但温楚一知道队内选拔的重要性，安静地听着卫晗念叨了一路。卫晗也的确能忍，直到快要进入训练室时，才开口询问关于姜念的事："兄弟，你和那个女主播……"

温楚一睨了他一眼："什么女主播，那是你未来嫂子。"

卫晗倒抽一口凉气，脸上的表情险些控制不住："可以啊兄弟，一天时间不到，中途你还飞了十几个小时，这就拿下了？"

卫晗正想接着问他，就被训练室门口焦急等待的经理打断了："你们怎么还慢慢悠悠的？多少人等着呢！"

卫晗吞下未说完的话，委屈巴巴地眨眨眼。

温楚一走进训练室时，参加选拔的二十名青训队队员都已经在做最后的调试了。这次的选拔是为温楚一所在的 CS 一队选拔新成员，二十个少年鼓足干劲，训练了一年甚至更久，才终于等来能升入一队的宝贵机会。

温楚一比谁都了解这些年轻人的想法，十几岁的年纪，每个人眼中都饱含着对电竞行业的热情，甚至很多人为了能成为职业选手抛弃了更重要的东西。

他这个人不爱说空话，也不想因为自己影响这些孩子的发挥，只朝他们点点头算作招呼，便宣布选拔开始。

二十个人分成四队两两 PK，结束后温楚一、马克、卫晗会研究录像，并最终挑选出两人进入一队。

比赛开始后，温楚一和卫晗来到了隔壁观察室。

卫晗一马当先冲在温楚一前头进了门，他进门后又飞快关上了观察室的门，还做贼心虚地看了一眼走廊是否有人，这才凑到温楚一跟前，两弯浓眉用力地往上翘了翘："小月月就是你喜欢的那个主播吧？"

温楚一也学着他质问的样子挑眉："小月月是你叫的吗？"

"行行行，"从昨天到今天，卫晗算是领略到此人的无耻程度，"那我什么时候能见到嫂子？"

温楚一终于正眼看向他："你为什么要见我媳妇儿？"

"嗨，都是兄弟，"卫晗谄媚地挤了挤眼睛，"嫂子在基地人气也是很高的。"卫晗倒是没有说谎，连他都会抽空看看小月月直播，更别说下面那些小的了。

很多人对职业选手有不同程度的误解，每次输了比赛就一股脑地发一些矫情的帖子，什么"他们付出了青春和汗水，我们不能这样抨击他们""他们每天这么累，一天到晚都在枯燥地训练，能不能给他们一些成长的空间"。

没错，他们的确付出了很多，但也没有网上传得那么严重，训练的同时，他们收获了游戏的快感和乐趣，他们真没大众想象中那么辛苦，就和一群网游少年在网吧"开黑"包夜一样，他们乐在其中，并不觉得有多辛苦，偶尔看看直播的时间还是有的。

温楚一拖了把椅子坐下，一只手撑着脑袋，看上去精神有些萎靡，说出来的话却依旧中气十足："哦，那你让那些小屁孩儿别肖想了，你嫂子喜欢我这样的。"

说完也不再看卫晗，他专心致志地看向两队的游戏公屏，QP的青训队选拔很严格，这是众所皆知的事情，能走到今天这一步的应该都不是省油的灯，只不过……和温楚一的要求比起来，他们还远远不够。

卫晗敏锐地捕捉到温楚一蹙起的眉头，抬手拍了拍他的肩膀："他们都还是小朋友，你别这么严肃。"

温楚一摇了摇头："别侮辱'小朋友'这个词，这几个五大三粗的大老爷们，哪里像小朋友了？"

说着，他指了指屏幕上击杀数最多的冯宇："除了这个还能看，其他人都是怎么通过青训队选拔的？"

没有团队意识，动态视力和操作速度都只达到了职业选手的最低水平，这样的比赛，根本不应该出现在QP。卫晗的要求虽没有温楚一高，但也能轻易看出他们的不足，他叹了口气："的确有很多问题。"

QP这两年全靠温楚一在撑，加上温楚一正值手感状态极佳的巅峰时期，轻易退不下去，他们自然对下面这些小年轻的训练抓得没那么紧。

谁能料到卫晗会这么快就因为手伤退役，又有谁能想到另外两个老队员也早就有了退下去的想法，就现在这种水平，别说世界赛，就算有温楚一这样的顶尖人物，QP可能也拿不到世界赛的门票。

温楚一本就因为长途飞行有些疲惫，现在看了青训队员们毫无灵性的比赛，心情不能用糟糕来形容了，说实话，这里面大部分人的操作甚至比不上他媳妇儿。想起姜念，温楚一面色稍霁，看了看眉头紧锁的卫晗，一掌拍在他肩头上："我不看了，后面的录像你和马克也没必要浪费时间了。除了冯宇，其他人别想给我塞到一队来。"

卫晗颔首，其他人也的确没有入选一队的资格："行，我会和经理说的。"

顿了一下，他回头看向正往外走的温楚一，忙唤道："你要去睡觉了？晚上要和直播平台的人吃饭，你别忘了啊。"

温楚一摆摆手："我不睡了，时间到了你叫我。"

算算时间，她这个点应该会在直播前先练几把单排试手感。

"你不是困了一路吗？不睡觉干吗？"卫晗疑心顿起。

这边温楚一已经走出了观察室，卫晗只能依稀听到从门外传来的他的轻笑声："守株待兔。"

他哪里还有一丝疲惫的影子。

因为收到了TRB的录取通知，姜念一整天都处于忙碌状态，尽管离真正入队的日期还有一个月左右，她还是先去了学校办手续，将所有在校课程都换成了网课；然后去找房东商量下个月退租的事情；还要联系直播平台关于请假和合同的有关事项。

直到下午四点，姜念才终于躺倒在家里的小沙发上得以休憩片刻，但是没躺一会儿，她的手机就开始嗡嗡作响了。姜念一手撑着脑袋，半眯着眼看了看手机——又是陆锦溪。

她认命地接起电话，那边立时传来陆锦溪尖锐的嗓音："念念，城南说刚刚看到你了，你还在学校吗？出来一起吃个饭吧。"

"嗯，我刚刚去学校办转课的事情。"姜念有气无力地答着，和那边跳脱的陆锦溪形成极大反差，"你们吃吧，我在家随便吃点，直播之前要先练练手感。"

"转课？"陆锦溪一顿，"你转什么课？"

"昨天收到一家俱乐部的录取通知了，我把所有的在校课程都换成了网课。"姜念一边说着，一边费力地站起身朝厨房走去。

"什么！小念念，这么重要的事情，你居然没有告诉我！"

姜念打开扩音器，将手机放远了些："我这不是还没来得及吗？"

"你家里人都同意啦？那我以后岂不是要一个人上课了？好可怜啊，嘤嘤嘤。"陆锦溪戏精上身，已经演上了。

姜念被她逗笑了："我爸妈本来就不怎么管我，你又不是不知道，谁知道现在他俩是在南极还是热带雨林！"

电话那头有些嘈杂，陆城南似乎说了什么，不过一瞬，扬声器里传出陆城南兴奋的声音："念姐，你进的是哪家战队？QP吗？能帮我搞到Chew的签名吗？"

听到Chew的名字，姜念拿着泡面的手一顿。虽然她马上就要成为一名职业选手了，但真正接触到Chew，应该还有很长一段路要走吧。

这么想着，她莫名有些失落，语调也降下来几分："我进的是一支新战队，以后如果能见到他再说吧。"

陆城南却丝毫不显得失望："好啊好啊，那以后职业联赛的门票，我是不是也能走走后门了？"

姜念失笑，这对姐弟除了乐观，可能没别的优点了。又唠了几句家常，姜念便以要吃饭为由挂了电话。估算着开播的时间，她迅速扒了几口面便坐在了电脑桌前，打开了游戏。

姜念做吃鸡主播有段日子了，她的游戏号也不少，只是大号分段太高，打起来太费时间，所以直播的时候，她一般不会选择大号。

但小号打着打着分段也会上升，这直接导致姜念的游戏账号越来越多，而昨天登录的那个，就是她最新的小号。

姜念对自己的定位很准确，她知道观众们想要看的是主播一路过关斩将赢得游戏，所以她每次开播前都会玩两把试试手感。

这边姜念刚打开游戏，右上角瞬间弹出一则邀请，"CYLISH邀请你加入游戏"。

看到这个名字，姜念有一瞬怔忪。

半晌，她想起了这个人的身份，昨天那个眼睛很好用的神仙玩家。

没考虑多久，她便接受了他的邀请，昨天答应带他的事情，她并没有抛诸脑后。至于要怎么带，就看她的心情了。

进入游戏画面，姜念主动摁下语音："我上线你那边有提醒？"

"没有，"在电脑前苦等好几个小时的温楚一若无其事地开口，"我也才刚上。"

姜念不置可否地"嗯"了一声，想起他昨天惊人的反应能力，思忖片刻还是忍不住问他："你的动态视力……是一直这么好吗，还是有练过？"

温楚一没有忘记自己的身份："我练那玩意儿干什么？就是以前开车的时候觉得看东西越来越慢了，后来才发现，是自己越来越快了。"

姜念冷哼一声："你是当我没看过《头文字D》？"

游戏画面一闪，两人同时出现在飞机上。

温楚一立马转移话题："我们跳哪儿？"

姜念看了看地图，这次是新地图，航线在屏幕上是一条笔直的线。

这个航线……姜念叹了口气："跳P城吧，这航线只有这边肥一点儿了。"

如果是她一个人倒没什么，现在明知道有个拖油瓶跟着自己，还要跳最多人喜欢跳的P城，这游戏才刚开始，她就有些累了。

温楚一倒是无所谓，还开口问了她一句："拳击场吗？"

"不，"姜念在拳击场旁边的圆盘标了个点，"你跳右侧的角斗场，我跳左边那个，搜完再集合打进拳击场，就是现在，跳！"

温楚一听着耳机里传来的女声，眼中闪过一丝笑意："好的，队长。"

新地图中的拳击场，是刚枪玩家最喜欢跳的地方，快降落时，姜念只随便滑动鼠标看了看身后的降落伞，就已经知道拳击场厮杀的激烈程度，而他们二人所跳的圆盘，正好在拳击场旁边，且没有任何遮挡物，随时都有吃枪子的危险。姜念迅速扫了一眼圆盘上刷新的物资，飞快捡了把UMP9，随即便听到了从拳击场传来的阵阵枪声，足以昭示里面正进行着一场恶战。

她注意听着耳机里的动静，很快就把不算大的圆盘搜了个干净。只是这次她的运气并不算好，除了最开始捡到的冲锋枪，其他的她只捡了一身一级装备和一把小手枪。

拳击场的枪声还没有完全停下来，姜念没有别的选择，硬着头皮就要往拳击场跑，突然听到温楚一的声音。

"月月救我，我这边有人。"

明明是一句十万火急的请求，硬是被他说出了楚楚可怜的感觉。

姜念无声叹了口气："看到敌人位置没有？"

"嗯，"温楚一声音有些小，就像是怕惊动了敌人，"60方向楼顶，我在圆盘底下，不能露头。”

姜念所在的位置并不能看到温楚一所说的坐标，要帮温楚一清除掉楼顶的敌人，她就必须移动到温楚一所在的方位，而这样做，势必要穿过枪林弹雨的拳击场楼下。

姜念暗骂两声，从拳击场后方的视野盲区冲了过去。尽管她这个人没什么原则，撇开昨天的事情不谈，她也不能对自己的队友见死不救。

终于快要和温楚一会合，姜念以拳击场为掩体，视线准确瞄准 60 方向的楼顶，因为没搜到倍镜，连续扫射了十几枪才终于将那人打倒在地。

趁队友扶起那人的空隙，温楚一颠颠儿地跑近姜念，行云流水一般脱了自己的二级头和二级甲：“你用我这套吧，穿在我身上浪费。”

姜念顺势而为：“还挺懂事儿。”没枉费自己千辛万苦跑来救他。

下一秒，她听到温楚一的轻笑：“你冲在前面，比我更需要它们。”

姜念有点想骂人了。

温楚一这把也没搜到什么好枪，姜念瞥了一眼他身上背的那把UZI（乌齐冲锋枪），也懒得跟他换了：“我们待会儿进拳击场，你帮我守住一楼楼梯，我去把二楼清干净。”

“那要是有人来了，怎么办？”

“有人来了就打！不然让你站在那儿许愿吗！？”

“万一打不过我们就天人两隔了。”

“边走位边打，打不过就跑，别叨叨了，走了。”

自从游戏开始后，温楚一嘴角的笑容就没淡下来过，他亦步亦趋地跟在姜念后面，按照她的吩咐驻守在了一楼通道处。

一楼有个哨兵，姜念没有过多在意自己的后背，冲上二楼就加入了战局。UMP9 冲锋枪近战很强，姜念几乎在看到敌人的五秒内就能将其扫趴下，唯一的隐患是她没剩多少子弹了。

再次扫死一人，姜念观察片刻，确定二楼没人之后迅速舔了个包，想补充些弹药。没想到刚摁下 Tab 键捡了一些 9 毫米子弹，她就听见自己身后传来枪声，两枪打在了她的背上，应该是从一楼上来的，她立马切出画面，以最快的速度躲到一根石柱后面，一边换着子弹，一边听着那人慢慢靠近的脚步声。焦灼的两秒过去，子弹终于换好，姜念一秒都不敢耽误，立马右键开镜，对着那人就是一顿扫。

屏幕上出现直接击杀的字样，这次拳击场才真的清扫干净了。

战斗结束，紧随而来的是温楚一轻快的脚步声，姜念抬了抬眼皮：“不是让你守着一楼楼梯的吗？你真去许愿了？"

温楚一一边上前逐个搜刮着死者的包，一边摁下语音："你不是说打不过就跑吗？"

姜念："你跟他打了吗？我连枪声都没听到！"

温楚一："看他跑步的身形就很不平凡，我肯定打不过，就跑了。"

姜念："你跑之前不会跟我说一声有人来了？！"

温楚一："我开语音那人不就知道我们在这儿了吗？我是为了保护你。"

她不信这人连队内语音和全体语音都分不清。

姜念肺都快气炸了，再看温楚一，他已经在舔离他们最远处的包，竟一个都没给她留。姜念看着温楚一麻溜的舔包动作，气极反笑："兄弟，我看你不是想让我教你技术，只是想'躺鸡'而已吧。"

温楚一舔包的动作未停，姜念听到他沉稳的声音："月月快来，这人有一把满配 M4。"

M4 在所有小子弹步枪中无疑是姜念的最爱，身为姜念的忠实观众，她的喜好温楚一还是了解的。只是 M4 太吃配件，所以在缺少配件的情况下，她一般会选用不怎么吃配件的 SCAR。

但满配M4……姜念没想太多，往温楚一的方向跑去，姜念仍觉得疑惑，昨天还是个连 98K 都不认识的"菜鸡"，怎么今天连满配 M4 都说得这么自然了？

姜念将 M4 背到身上，顺便拿了个漏网之鱼的四倍镜，正准备拿 5.56 子弹时，尸体盒子里的绿色弹盒却"嗖嗖嗖"几声就消失得无影无踪。姜念再也忍不住了，对着耳麦就是一顿吼："你给我满配 M4，不给我子弹？把你刚才拿的子弹交出来！"

温楚一似乎没有听到，不为所动地继续舔包。

姜念眉心抽搐，利索地切换到冲锋枪，准心瞄住男人戴着一级头的绿头盔："我给你三秒，不交出来我就开枪了。"

听到这句话，温楚一终于开口道："你后面的盒子里有两百多发子弹，我没捡。"末了，他又补了句，"月月，这人有条裙子贼好看，你要换上吗？"

姜念半信半疑地走近身后的盒子，果然如他所说，大把的 5.56 子弹安然无恙地躺在盒子里。

她将子弹捡进包里，语气稍霁："不换，走，去把城里的人清干净，我现在还缺把狙。"

尽管他给自己留了子弹，但遇到敌人就跑、遇到包第一个冲上来的行为，依然让她十分不快。

谁知温楚一又道："从左到右第二个盒子里有把SKS（半自动步枪），先凑合用吧。拳击场应该是P城最肥的地方了，外圈能找到98K的概率不大。"

姜念一下有点反应不过来，足足愣了两秒才下意识走向温楚一所说的盒子，将自己的冲锋枪换成了SKS。

这次舔完包后，姜念没有再急匆匆地说要走，反而将一地的盒子一个个看了个遍，直到在其中一个盒子里看到一个完好无损的三级头盔，她才发现，自己好像误会他了。

温楚一的确每个包都舔了，但他都只拿了一些初级物资，姜念喜欢的M4、擅长的狙，甚至最好的防具，他全都留给了她。姜念有点脸红，这种以小人之心度君子之腹的感觉来得猝不及防，虽然她没说什么，但还是莫名有些羞耻。尽管如此，姜念也没有忽略这短短一天之内，此人身上发生的天翻地覆的变化。不仅仅是刚才的M4，就冲他刚刚那番资源刷新理论，就和昨天那个连98K都不认识的人截然不同。

这么想着，姜念不知不觉把心底的话问了出来："昨天连98K都不认识，怎么今天连高级物资在哪里刷新都了如指掌？"

温楚一沉默，握着鼠标的手突然有点僵硬，在脑中组织了半天语言才开口："怕你又嫌弃我拖你后腿，我今天恶补了一天的理论知识。"

姜念煞有介事地点点头，所幸是个有头脑的。她收了枪，切出地图看了看缩毒圈的范围，主动开口："走吧，我们离圈还有段距离，你就在拳击场里看看还有没有其他物资，我去找辆车来接你。"

虽然她话里依然不带什么感情，但好歹比一开始的冷嘲热讽强多了，更别谈她还说要来接他。感受到姜念态度的转变，温楚一眼里闪过一丝笑意，轻声道了句"好"。

正安分等着姜念来接自己，温楚一桌上的手机突然响了起来，带出丝丝电流声。他皱了皱眉，摘下耳机接起电话："怎么了？"

"时间差不多了，我们要准备出发了。"是卫晗来催他去晚上的饭局了。半晌，温楚一没出声，修长的手指在鼠标垫上滑了滑，似是在思考。

良久没听到回应，卫晗不禁有些慌张："大哥，你别告诉我，你把晚上的饭局给忘了啊！今晚你可是主角。"

"没忘，"温楚一轻哼了一声，"你代我去，不行吗？"

卫晗夸张地倒抽了口凉气："我帮你开会也就算了，签合同也让我帮你？"

"合同？"温楚一皱了皱眉，"什么合同？经理不是说今晚就是和直播平台的人吃个饭吗？"

"哈？"卫晗也有些错愕，"经理跟我说今晚吃饭就是为了签约啊。"

温楚一暗骂一声："我看唐三毛胆子是越来越大了。"

卫晗的声音听上去也有些生气："我说你怎么会答应和直播平台签约，搞了半天是唐三毛自导自演的一场逼上梁山的游戏？"

唐三毛是QP的经理，当然他的原名并不叫唐三毛，只因为他长得有些着急，头还秃了一片，于是温楚一和卫晗私下叫他唐三毛。

温楚一不直播，这是他的粉丝都知道的事情。虽然不能在休赛期间看到温楚一让粉丝们很失落，但理智粉能理解他，在十个职业选手就有十个人直播的电竞圈，温楚一无疑是一股清流——不直播，几年前注册的微博到现在也只发了不到十条，其中九条都是关于比赛和宣传的。即便是这样，温楚一在电竞圈的热度也一直居高不下，甚至由于他低调神秘的作风，人们对他的好奇心和敬畏心呈正比增长。真正的人不在"江湖"，"江湖"却一直有他的传说。

作为FPS国内第一人，温楚一的确有资格拥有特权，没人能逼他做自己不想做的事，就算是俱乐部也不行。

这几年他为俱乐部赚的代言费足够养活整个俱乐部，所以老板对他始终不愿意直播的事情睁一只眼闭一只眼。

但唐三毛对此颇有微词。

唐三毛这个人"轴"且只认钱。只要碰上足够丰厚的代言资源，就会一股脑地往温楚一身上套，温楚一想着自己不直播，对唐三毛塞过来的代言就没有拒绝过。但他没有想到，唐三毛看他没拒绝过，变本加厉了。

温楚一冷笑两声，一日为父，终身为父，唐三毛怕是忘记这个道理了。

而作为和温楚一接触时间最长的人，卫晗深知如果把温楚一惹毛了会有怎样的下场。想到这儿，卫晗心头的怒气稍有削减："你别冲动，我跟唐三毛说一声，咱不去就是了。"

"去，"温楚一掀了掀眼皮，笑得漫不经心，"怎么不去？人家帮我赚钱，我不得好好谢谢他吗？"

"啊？"卫晗愣了愣，"啥意思啊？你不是不直播吗，去干吗啊？"

"去帮三毛找回记忆。"语毕，温楚一看了一眼手机上的时间，"我这把打完出来，让三毛等着吧，不急。"

说完他便挂掉电话，电话那头的卫晗听得胆战心惊。

这人……又要搞事情了。

游戏里，姜念已经在他身前等待多时了。

刚戴上耳机，温楚一便听到她有些暴躁的声音："你到底在干吗？再不回话，我走了啊！真的走了啊！"

温楚一刚想说话，手机又响了起来，来电显示赫然是"唐三毛"三个大字。

他想也不想就挂断电话，又听到姜念的威胁声："我真的真的真的要走了啊！这次是真的！"

尽管是威胁，却又带点小女生独有的软糯，听着更像是撒娇。温楚一捂住嘴，眉头忍耐地皱起。他怕自己受不了笑出声。平复半晌，他才缓缓摁下语音键："抱歉，刚才接了个电话。"

他一边说着，一边快步爬上了姜念的车。毒圈已经过去很久了，温楚一站着没动，血量却掉了一大半。姜念瞥了一眼他的血量，下车丢给他一个医疗箱："你直接把血打满，圈还有点远。"

刚刚温楚一几乎没拿什么补给品，姜念是知道的，这也是为什么她在这边等了他这么久。温楚一顺势将血量打满，居然觉得自己的好心情也被打满了，尽管两人并没能吃到鸡。

快要赶到安全区时，他们遇上了轰炸区，看到地图上自己所在的区域变红后，温楚一突然对姜念道："要不留个联系方式吧？这把打完，我要下了。"

姜念答应得爽快，直接将自己的微信小号报给了他，反正那也相当于是半个工作号。两人加完好友，姜念突然意识到这个时机有些奇怪："为什么这会儿找我要联系方式？还没进入决赛圈啊。"

温楚一笑道："这不是怕被天降正义嘛！"

话音刚落，吉普车正前方落下一道惊雷，两人同时从车里飞了出去，屏幕也随之变灰。

两人屏幕上同时出现一行血红信息——"引爆载具炸死了你。"

姜念呆呆地看着自己死亡的画面两秒，忍不住笑骂："开光嘴。"

第三章
追妻三十六计

　　温楚一从房间出来的时候，唐三毛和卫晗已经站在基地门口了。他信步上前，连多余的眼神都懒得给唐三毛，冲卫晗扬了扬下巴："走吧。"

　　不知道唐三毛是太迟钝还是心思压根不在这儿，竟丝毫没发现温楚一对自己态度的转变。

　　三人刚上车没多久，温楚一的手机屏幕亮了亮，显示收到一条微信。

　　他打开一看，嘴边的笑意就绷不住了，姜念通过了他的好友申请。

　　他顺手点开了姜念的朋友圈，一长串看下来，竟一张自拍都没有，温楚一失望地撇了撇嘴，这才认真看起朋友圈里的文字内容。

　　看得越多，温楚一脸上的表情就越显僵硬。

　　这人朋友圈发得不少，但几乎没有一条关于日常生活的记录，清一色的开播通知和请假通知。可以，他第一次找女生要微信号，就被人搪塞了一个工作小号，温楚一从小到大的优越感，在这一秒宣告破灭。

　　副驾驶座上的唐三毛在发现镜里看到温楚一变脸，没来由地打了个寒战。他摇了摇脑袋，试图从紧张的情绪中脱离出来。现在可不是退缩的时候，只要今天能让温楚一顺利签约，不仅代理费可以赚得盆满钵满，他还能进入梦寐以求的管理层，机会只有一次，他不能退缩。

　　想着，他吞了吞口水，打开话匣子："楚一，我们的队员几乎都和飞猫签了直播合同，你待会儿对人家客气点。"

　　温楚一眼里闪过一丝寒光，懒洋洋地抬起耷拉着的眼皮，上扬的一双桃花眼让人有些移不开眼："你上次说……就是吃顿便饭对吧？"

　　唐三毛答得面不改色："对对，朱总的儿子特别喜欢你，硬是要见你一面，人家怎么说也是我们俱乐部的合作平台，这点面子还是要给的。"

温楚一极小幅度地点了点头："确定只是吃顿饭？"

"是、是啊！"唐三毛被他问得有些慌神，"不然还能干吗？"

"没什么，"温楚一勾了勾唇，拇指和食指捏着手机，在手里转着圈，"那就好。"

唐三毛打量半晌温楚一的表情，确定无异常后才放下心来。但一直在边上默默听着的卫晗想得就没那么单纯了。温楚一刚才的意思分明是，机会他已经给过了，是你自己不要的，他已经仁至义尽了。

思及此，卫晗不禁有些头大，只希望待会儿这人至少能照顾一下其他人的脸面，不至于让人下不来台。

饭局订在某个五星级酒店的包厢里，金碧辉煌的装修风格虽然透着些俗气，却能让人一眼看出其不菲的消费水平。

温楚一他们到达的时候，直播平台的人已经等候多时了，席上唯一的少年看着推门走进来的温楚一，眼睛里立刻闪过光亮。这应该就是唐三毛口中朱总的儿子了。

面对喜欢自己的人，温楚一态度一向不错，他友善地对少年笑了笑，跟席上的人一一打完招呼才入座。

就算知道唐三毛藏着什么心思，席间温楚一的仪态也保持得不错，甚至连随行几个助理的合影要求都笑着应了下来。

唐三毛见温楚一这么配合，心放下了一半。温楚一和卫晗脸上沾染了一些醉意，唐三毛见时机差不多了，暗自朝一边的小助理使了使眼色。小助理会意，从包里掏出早已准备好的文件夹。

温楚一将两人之间的小动作尽收眼底，淡淡地放下了手中的酒杯。而在卫晗眼中，这俨然就是请君入瓮的信号。

果然，小助理将文件夹递给了旁边的唐三毛，并刻意放大了音量道："唐经理，这是我们准备好的合同，附加条件是空的，你们可以自己补充。"

唐三毛顺势接过合同，又缓缓将其推到温楚一面前："楚一，你看看有没有哪里不满意的，朱总之前已经答应了，只要你开口，什么条件都好说。"

温楚一看都没看合同一眼，只轻声道："什么合同？"

"直播合同啊！"唐三毛朝他挤挤眼睛，"每个月只需要直播三十个小时，礼物分成二八开，这是飞猫这边最好的条件了。"

这几年来，唐三毛没少给温楚一塞代言和广告，温楚一因为不直播自知理亏，所以每次都没有拒绝他的要求。久而久之，唐三毛还真有些忘记温楚一是个什么样的人了，见他今天态度一直不错，想也没想就直接将合同摆到他面前了。

温楚一依旧笑得漫不经心："我怎么不知道我今天是来签合同的？"

此话一出，席间的交谈声骤然消失，连朱总都看了过来："小唐没告诉你今天要签约的事情吗？"

唐三毛眼看形势不对，立马在桌下踢了踢温楚一，抢话道："怎么可能没说？楚一可能最近忙着公开赛的事情，把这件事忘了，是吧，楚一？"

温楚一也斜了他一眼："没忘，你和我说吃顿便饭的事情。"

唐三毛有些急了，朝席上众人赔笑两声，一把将温楚一拉到了走廊："你怎么回事？不是让你对别人客气点吗？你现在当着朱总的面驳他面子，俱乐部和飞猫还有合作呢！"

"我看是你搞错了，"温楚一倚靠在墙边，伸手掏了掏耳朵，"我驳的，一直都是你的面子。"

末了，他一个使劲挥开了唐三毛的手，扯出一抹无赖的笑容："怎么？现在还想让我进去吗？"

见温楚一这个态度，唐三毛也有点生气了，立马朝他低吼："温楚一！你就算不为我考虑，也为俱乐部考虑考虑！都到这个地步了，每个月就只占用你三十个小时，就是少玩两把吃鸡的事。"

温楚一敛了笑容，冷哼一声："怎么？你把我逼上梁山的时候，就是为俱乐部考虑了？"

"你别给我耍嘴皮子，直说吧，到底要怎么样才肯答应？"唐三毛也喝了点酒，本以为能轻易解决的事情频频受阻，他气得脸都红了。

温楚一倒是答得没有丝毫犹豫："行啊，那你离职吧。"

"什么？"唐三毛一愣。

"你离职啊，"温楚一语调轻佻，却一点开玩笑的意思都听不出来，"你离职，我就签约。"

唐三毛彻底怒了："你能不能搞清楚自己的身份？别说你只是个冠军选手，你就是打游戏宇宙最强也是隶属于QP的职业选手！而我！"他用手点了点自己的胸口，"是你的经理！"

说到"你"字时，唐三毛还试图用手指戳温楚一的胸口。

温楚一往边上侧了侧身，不费吹灰之力就躲开了唐三毛的触碰，唐三毛堪堪跟跄几步才稳住身子。

正欲破口大骂，温楚一突然挑了挑眉，依旧露出令唐三毛厌恶的懒散表情："很快就不是了。"说着，他歪头凑近了唐三毛的耳郭，低声道，"我和 QP 的合约，下个月就到期了。"

这句话犹如一盆凉水，瞬间浇熄了唐三毛已经到顶的火气。这句话暗示着什么，已经当了几年经理的唐三毛不可能不知道，一股寒气从脚底升起，让他脸上的红晕消退了不少。

温楚一没有给他继续开口的机会，只轻笑一声，便先行拉开了包厢的大门，抬步走了进去。逞凶斗狠有什么意思？温楚一现在更喜欢杀人诛心。

卫晗正好坐在离门最近的地方，将两人的对话听了个七七八八，此时看到温楚一寒着脸进来，心都提了起来。

温楚一不看他，拿起酒杯快步走到朱总面前："朱总，我再敬你一杯，合同的事以后有机会再谈，今天还有点事儿，我和卫晗就先走了。"

能当上国内首家直播平台老总的人不可能连这么点眼力见儿都没有，他虽然有些恼怒 QP 这帮人出尔反尔，却装模作样地笑着招呼了几句。

毕竟面前之人在电竞圈的地位太高，谁不想给自己留条后路呢？如果这一次的事情能让温楚一对他多点愧疚，以后站台做活动这样的事情温楚一就不会再拒绝了。

失魂落魄的唐三毛刚走进来就看到这样的场景，心里说不出来是什么滋味，连飞猫老总都对温楚一客客气气的，自己又算什么？哪还能跟他叫板。

是啊，唐三毛怎么忘了，这个人虽然只是个职业选手，但不管他在哪儿，不管过去多久，他永远都是那个把 FPS 重新带入中国的人。

温楚一可以不需要 QP，但 QP 不能没有他。没有 QP，温楚一依然是那个站在金字塔顶端的王者。

正这么想着，唐三毛走近温楚一两步，试图参与到几人的对话当中。谁知温楚一直接结束了对话，转身拍了拍卫晗的肩，连多一眼都没有，直接略过唐三毛走出了门外。卫晗也没时间顾及唐三毛，快步跟了出去。

直到跑进酒店停车场，卫晗才追到倚在车边的温楚一。

温楚一瞟他一眼，兀自从兜里掏了包烟出来，冲卫晗扬了扬下巴："有打火机吗？"

卫晗叹了口气，将口袋里的打火机给他扔了过去："真不打算在 QP

待了？"

温楚一的想法，卫晗多多少少是知道一点的。一年之内连续三个老队友退役，温楚一不怎么想留在 QP 了，加上这几届实力脱节的青训生，就算他能一个人撑起整个俱乐部，他的状态和操作也会受到影响。

温楚一虽然比卫晗小一岁，但电竞选手的职业生涯就那么几年，在这宝贵的几年内还要耗费心力撑起一个完全看不到未来的老牌俱乐部，纯属自虐。

温楚一没出声，手指间的香烟氤成几个烟圈，在夜里看起来格外迷离。

半晌，他弹了弹烟灰："我们单干吧。"

QP 是他的老东家，不到万不得已他不会离开，但这两年蜂拥而至的广告代言和宣传活动让他应接不暇不说，连队友的实力也跟不上了。他对 QP 残存的感情也在这永无止尽的压榨中被消磨殆尽。

今天的事不算严重，却是压死骆驼的最后一根稻草。

这一晚，与卫晗内心波澜程度相当的，还有姜念直播间的百来万粉丝们。

和直播平台沟通过后，姜念底气十足地向观众请了半个月的假。

虽说平时看姜念直播的人大多数只是消遣，但面对她突如其来的决定，弹幕上依旧一片鬼哭狼嚎——

【不要啊啊啊，这半个月的晚上，我该怎么办！？】

【别请假了吧，不怕你回来的时候粉丝都跑光了吗？】

姜念看着一一滑过的弹幕，淡定地朝摄像头抛了个媚眼："知道你们没有我活不下去。"末了，却又话锋一转，"但人总要成长对吧，你们也该长大了。"

她一边说着，一边戏瘾十足地叹了口气，"儿行千里母担忧"的代入感毫不含糊说来就来。

观众瞬间笑喷——

【哇！真的，大哥越来越不要脸了。】

【飞猫最不要脸主播。】

姜念一边与直播观众唠嗑，一边打了几把游戏，也不知道今天是她太累了还是运气不佳，短短一个小时，她已经连续跳了 8 次伞。

这和她流传在外的"技术主播"名号完全不符。

直播间里带节奏的人几乎全跑出来了，姜念被弹幕扰得乱了心神，一个不注意，第九次落地成盒。

粉丝们看着屏幕瞪大了眼睛，满脸难以置信，再也忍不住了——

【哈哈哈，我服了，一个小时不到九次落地成盒。】

【请问主播玩的是什么游戏呀，是只用跳伞就行了吗？】

【为什么玩个跳伞游戏能有两百万观众？请问我播会有人看吗？】

姜念被弹幕羞辱得头都抬不起来了，她不信邪地再次点进游戏，清了清嗓："请大家忘记刚才的操作，其实我今天迟到了一个小时，现在才正式开始玩第一把。"

虽然观众都是被女主播把把吃鸡的操作吸引过来的，但看姜念把把落地成盒的吃瘪模样还是笑得相当开心。

第十把游戏开始，姜念一边跳伞，一边"口嗨"："你们别笑，真的别笑，你们就看我这次跳的点，根据我的经验，这次绝对不可能有人和我跳同一个地方了。"

话音刚落，她调整视角看了看上方，一个人在她正上方，笔直往下冲去。

看着弹幕上疯狂滑过的"哈哈哈哈哈哈哈"，姜念脸有些疼。

想了想，她觉得自己不太可能输给这个人，信誓旦旦地开口："这个人在我眼里就是一具尸体了。"

看清敌人的方位，她笔直落到近点建筑物的楼顶，也不知道是不是前面九把运气太差，这次刚落地，她就捡到了一把SCAR。

她装模作样地摇了摇头道："观众朋友们，在我捡起SCAR的这一刻，我宣布这个人已经死了。"

观众见怪不怪，她吹任她吹。

姜念没工夫再看弹幕了，捡了一个一级甲就往敌人落地的方向冲了过去，她连将这个人杀死后的台词都想好了。

在两百多万观众的眼皮子底下，她雄赳赳气昂昂地向前跑着，摄像头里，不管是她脸上亢奋的表情还是跃跃欲试的手，都表达出了她的志在必得。

下一秒，一个人影从天而降，一把S12K霰弹枪死亡两连喷，姜念就倒了下去——

整整十把，全都落地成盒。

可惜现实生活中没有BGM（背景音乐），要是有BGM的话，配上姜念僵住的脸，绝对是史诗级别的大型车祸现场。她手一抬，第一件事就是关掉了分屏上的直播间页面，就算只看了一眼，她也看清了大家满屏的嘲笑。

她思考了整整半分钟，今天要不要提前下播。

就在这时，耳机里突然传出清亮的提示音，姜念条件反射性地往主屏幕看了看，"CYLISH 邀请你加入游戏"。

在这一刻，温楚一在她眼里就是白马王子、就是齐天大圣、英雄！她想也没想就接受了他的邀请，哭唧唧地跟观众们开口："今天不适合单排，我需要一个队友来保护我。"

知道温楚一的老观众纷纷笑喷——

【我的妈，大哥居然想要一个"菜鸡"保护自己，哈哈哈……】

【主播是不是被人打到失了智哦？】

刚进入游戏画面，温楚一便开口了："今天接邀请接得挺快。"

不知道为什么，这个时候听到温楚一熟悉的声音，姜念真的有了久违的安全感。

她笑嘻嘻地答："我这不是怕你没人带又开挂嘛！"

温楚一在回基地的路上已经在看直播了，要不是看姜念今天实在输得太惨，在喝过酒的情况下，他是一定不会上游戏的。

借着酒意，他发出一声轻笑："你耳机是不是戴反了？"

姜念一愣："啊？怎么了？"

"你看看。"温楚一活动活动手指，重复了一遍。

刚才那几把和姜念平时打得差太多了，甚至在听到脚步声的情况下还能被人杀死，很大概率是耳机戴反了，所以脚步声的方位听错了。听到姜念那边倒抽了一口凉气，温楚一扯了扯唇。

她打了一个小时都没发现自己耳机戴反了，这也……太可爱了。

观众们也乐开了花——

【耳机这个反向操作太"6"了，哈哈哈……】

【这老哥是咋发现的？？？我真的以为是主播变菜了。】

当然，姜念也有着同样的疑问："你怎么知道我耳机戴反了？"

温楚一默了半响："我刚刚在看你直播。"

迅速回忆起刚刚自己大言不惭地说"我不带你怕你又开挂"，摄像头前，姜念一张小脸以肉眼可见的速度红了一片。

又一个车祸现场。

温楚一不是不想说话，只是今晚喝了点酒，又遇到了唐三毛这桩糟心的事，他怕自己一说话就露馅。

姜念耳机恢复正常，并且有了温楚一的参与，这一把前期两人打得十分顺利。进第一个圈前，姜念就已经拿到了四个人头，装备和补给品应对后半段绰绰有余。

姜念看了看毒圈的位置，正准备去找车回来接一直在边缘 OB（观察）的温楚一，她身侧的墙壁突然出现一个弹孔。

姜念顿了一下后说："这把 98K 我要了，你开车过来接我。"

那人在山头附近，已经占据了制高点，偏偏这个毒圈刷得远不说，98K 的位置和毒圈还是反方向，如果没有车，她不可能安然无恙地拿到这把 98K。温楚一不说话，颠颠儿就跑去拿车。

离去的背影像极了陷入爱情的狗腿子。

不想他刚摁下 F 键上了车，屏幕右上角突然出现一则红色信息——

"GGGGBBBBB 使用 98K 爆头击倒了 Mnn1997。"

姜念被人击倒了。

温楚一一边朝姜念的位置赶去，一边摁下 T 键说话："你卡住视野，我来拉你。"

姜念打开地图看了一眼他的位置，声音听上去非常冷静："那人已经跑到我的近点了，你来不及。"

听到这句话，温楚一陷入两难之中——

他是听话离开，还是去给媳妇儿报仇呢？

这个 ID 为"GGGGBBBBB"的人也是名主播，还是一名 LOL 职业选手。只是因为平台不同，姜念不知道而已。直到自己被那人用 98K 一枪爆了头，姜念才意识到，这次应该是遇到高手了。

温楚一倒是没想这么多，不管那人有多厉害，都没有他厉害。

但是残存的理智告诉他，现在并不是暴露自己的好时机。刚刚加上微信，如果被姜念冠上开挂的名号，他的形象算是彻底挽回不了了。

这么想着，温楚一决定将自己菜鸟的角色贯彻到底。

就算不报仇，要救人的决心还是得表现出来，他摁下 T 键："你卡住，我从后面上来救你。"

奇怪的是，这次姜念并没有让他先走，昵称后面的扬声器标志也迟迟没有再亮起。半晌，温楚一迅速拿起手机，进入了姜念的直播间。

屏幕上，姜念在中枪那栋建筑物二楼卡着，等待队友救援的时限只剩一半了。直播间里，姜念也没有出声，过了一会儿，倒是听到了一个陌生男声。

"哇，兄弟，我刚刚在上面可是看得一清二楚。你在这儿和我对枪，你队友居然直接跑了？"

温楚一眉眼一顿，这是谁？

那人还在说话："这种孤儿队友你都能忍，要不我帮你干掉他？省得你背上误伤队友的骂名！"

一连串问题道出，温楚一眼底闪过一抹戾气。

孤儿队友？谁？

姜念可能也被这人扰得头大，终于切换到全体语音，开口道："我在二楼左边第一个房间，你上来补了我吧。"

"哎？是小姐姐啊……"一听姜念是女的，那人的语气里带了一丝踟蹰，气势立马降了下来，对自己的队友喊话，"小板，这边交给你了，我去解决她的队友。"

被他喊作"小板"的人哈哈大笑："沅哥，你这求生欲挺强的啊，一听到是小姐姐就想溜。"

听到这里，温楚一再也克制不住，嘴边挂上了讽刺的笑容。

解决他？这俩人怕是不知道死字怎么写。

一边听着直播间的动静，他一边驾车到达了姜念中枪的烂尾楼。

他正准备下车解决掉敌人，手边的手机突然黑了屏，随即剧烈振动起来，是卫晗打来了电话。

温楚一皱了皱眉，回来的路上才和卫晗整理好后面的规划，担心有什么急事，他藏身在姜念隔壁的建筑物旁，迅速接起电话打开扬声器："如果不是急事就等我两分钟。"

"急事！"卫晗的声音听上去有些幸灾乐祸的味道，"我在看嫂子直播，有人在她面前抹黑你形象！"

温楚一暗暗骂了句脏话，他就知道这人打电话来不会有什么正经事。好在说话间，他已经看到了敌人的位置，掏出枪瞄准那人："我知道，他已经死了。"

卫晗"咦"了一声："没有啊。"

下一秒，温楚一似乎听到了有人扔出手榴弹的声音，他下意识朝后面看了一眼，手榴弹已经落在了他的脚边。一个刚刚在卫晗面前宣告敌人死亡的人，被突如其来的手榴弹炸死了。

屏幕上的血红信息格外刺眼——"Banshen用手榴弹炸死了你"。

如果说刚才卫晗还不太确定的话，那么现在看到击杀信息，这两个敌人的身份也明朗了。

卫晗大笑几声，冲着耳机喊："兄弟，就是他们！哈哈哈，这两个是 GI 的 LOL 选手！"

"GI 的？"温楚一双手离开键盘，终于拿起了电话，"你继续说。"

正愁不知道去哪儿找人，卫晗就送来了一条明路。

这两人如果是职业选手，事情就好解决多了。

宣布退役后，卫晗平时经常看直播，混迹在各大直播平台上，对几个热门主播的信息张口就来："江沅，你不知道？去年 GI 赢得中国第一个 S 总决赛冠军，他就是那个从打野转成上单的选手！"顿了一下，他补道，"哈哈哈，没想到啊，大魔王也有被人炸死的一天……"

得到自己想知道的信息，温楚一没再搭理卫晗，直接挂断了电话。

和温楚一这边即将来临的暴风雨不同，仍在直播的姜念得到的信息量几乎为零，弹幕上虽也有几个知道江沅身份的人，但很快淹没在满屏的"跳伞主播"中。

没错，算上这一把，今天她已经落地成盒十一把了。

对于一个技术主播来讲，这不啻于毁天灭地的打击。

姜念满脸绝望之色，刚刚还能用耳机戴反了的借口搪塞过去，这把不仅有队友，耳机也正常了……

"喀喀，"姜念清了清嗓子，"弹幕别刷了，我今天就是太疲惫了，相信认识我的都知道，这绝对不是我的水平。"

弹幕依然刷个不停，姜念无法，哀怨地对着镜头摆了摆手："溜了溜了，下个月 10 号开始停播，请大家珍惜和你们大哥朝夕相对的最后半个月，明天见。"

姜念下播后在沙发上起码摊了半个小时，又刷了一个小时微博，然后才慢悠悠走进浴室洗澡。这期间她总觉得哪里有些不对，总觉得……自己好像忘了些什么。

如果不是她每晚都会抽空看一看微信小号的新信息，她可能真的就这么忘了刚刚被手榴弹炸死的某人。

这边姜念刚打开工作微信，就提示有几十条未读信息，除去一些群消息和公众号消息，其他消息都来自同一个人——

那个今天刚加上自己微信的人。

姜念恍然大悟，原来是把他忘了。

她摸了摸鼻子，点开了温楚一的对话框。

【刚刚有点事下了。】

【你下播了？】

【生气了？】

【刚刚我是准备去救你的，距离太远了……】

数十条类似的信息忽略不计，最后他发了一句——【明天还带我吗？】

姜念"扑哧"一声笑了出来，甚至能想象到他发出这条信息时委屈巴巴的表情。

看了看时间，离他最后一条信息发出的时间已经过去半小时了，姜念没急着回复，点开了他的头像。温楚一的微信很干净，昵称是一个简单的字母Y，头像是纯黑色背景，朋友圈里也几乎没发什么有营养的内容。

放眼望去，几乎全是关于CS比赛宣传文章的转发消息，发朋友圈的频率之低赶得上自己那对神出鬼没的父母了。

看不出来，这人还挺喜欢打CS。

姜念想不通，打CS的人，吃鸡怎么会菜成这样？

想了想，姜念决定还是礼节性地回他几句，她趴在床上，两条腿晃悠着一边拍着床，一边打字："刚看到消息。"

手机屏幕上很快显示"对方正在输入"的字样，不过几秒消息就过来了。

【Y：听说你请了半个月假？】

【嗯，下个月有点事，不过这期间有空还是能带你的。】知道这人看过自己的直播，姜念对他突然的发问也不觉奇怪。

【Y：我不是这个意思。】

姜念第二天还有很多事情要处理，没工夫和他闲聊，刚准备和他说自己要睡了，微博突然弹出一条推送消息，关于她特别关注里的电竞博主——

"大魔王Chew载誉归来，第一件事竟是杀到某LOL选手直播间喊话SOLO？！"

姜念看到标题上Chew这个名字，立马来了精神，兴冲冲地点了进去。

这条微博刚发出没多久，但下面的评论已经超过千条了，姜念连文字都来不及看，直接点进长图。

游戏右上角的信息清晰可见，"Chewyy邀请你加入游戏"。

对方的名字是一个简单的字母组合"GIYuan"，那时江沅刚好在直播，于是这一幕就让数百万观众尽收眼底。

在一个职业选手的直播间里，不说大部分观众了解 CS 电竞圈，十个人中也是有一个明白人的；再加上温楚一如雷贯耳的响亮 ID，就算不知道他的传说，大家也基本上都听过 Chew 的名号。

毫无悬念地，温楚一的邀请信息立马引起了轩然大波，这条微博的最后是有心人录制的视频，看到视频里主播的游戏 ID，姜念眨了眨眼。

"GGGGBBBBB"，这不是……刚刚把她爆头的人吗？

紧接着，视频里传出温楚一的声音："听说你很强，SOLO 吗？"

姜念再次眨眼，这声音……也有点熟悉！

Chew 为人神秘，除了早年一两条采访新闻外，几乎没人听过他说话，姜念也不例外。

是错觉吗？姜念眨眨眼，这个声音熟悉得有些过分了。

马上，她的注意力就让两人的对枪转移了。虽然 Chew 是 CS 职业选手，但只要是射击类游戏，他就是当之无愧的王者。

两人双排进入游戏没多久就对起了枪，因为身上都没有补给品和防具，这把 SOLO 也就成了一击定生死的挑战。

毫无悬念地，温楚一第一枪就给了江沅一个爆头。

直播间里，看热闹不嫌事大的观众们瞬间沸腾——

【我天！这也太快了！！】

【这莫不是个外挂吧？待会儿看看回放。】

【你们在逗我？Chew 需要开挂？人家本身就是个挂好吗？】

为了方便游戏，两人是在 YY 频道沟通的。

一局结束，温楚一沉稳的声音从江沅耳机中传出："再来一次？"

江沅哪会说不！刚刚输了一把，他不要面子的吗？

依旧没有悬念，第二把江沅死得更快。

第三把、第四把……

接连八把，江沅被爆头了八次。

毕竟是对方的强项，打不过早有预料，只是……他到底怎么惹到 Chew 了？

自称智商180的江沅陷入迷茫之中，想破了脑袋都想不出个所以然来。

姜念看完视频，整个人陷入亢奋之中，与此同时，她又有些丧气。

一个轻松将自己爆头的人，在 Chew 面前却毫无招架之力，这足以体现她和 Chew 的实力有天壤之别。

她退出视频，回到微博界面看了看短时间内这条微博下迅速攀升至5000 的评论，说什么的都有——

【以前总听人说 Chew 很强，今天我算是知道了，一个强字根本不足以形容这个男人啊！】

【和 LOL 选手 SOLO 吃鸡，大魔王还是狠，不过，我沉哥到底怎么惹到 Chew 了？哈哈哈……】

【我天，QP 最近不是在招人吗？风神和小胖前天刚宣布退役了，对吧？】

【醒醒啊，兄弟们！沉神决不会离开联盟的！】

看到评论区无人引战，姜念放下心来。她切换至小号转发了这条微博。尽管大多数粉丝知道她的偶像是 Chew，但她好歹也是半只脚踏进电竞圈的人，万一以后被有心人看到，以为她想抱大神大腿就不好了。

偶像是一回事，她的职业理想又是另一回事。她喜欢 Chew 是因为他出神入化的技术，内心深处，她喜欢的是 FPS。

想着，她顺手点进了 Chew 的微博。

Chew 参加过的比赛很多，流传在外的比赛视频也不少，但是只有他的微博头像是他正儿八经的正脸照。

微博界面上，Chew 发的最后一条微博，还是一个月前美国公开赛的宣传信息。姜念叹了口气，为什么这个人不能亲民一点呢，多发发生活日常不好吗？

这么一想……姜念愣了愣，飞快往下面划拉几下，说起来，这微博和这两天在游戏里刚刚认识的那个开挂的家伙，倒是有异曲同工之妙。

说曹操，曹操到，姜念手里的手机突然振动了一下，屏幕上方弹出一条微信提示，是温楚一发来的消息。

【Y：睡了？】

姜念努力回忆这个人开语音时的声音，对比刚刚视频里 Chew 的声音，越想越觉得像，她眨眨眼，这人……不会是……

姜念又摇摇头，不可能，昨天刚认识他的时候，Chew 还在美国呢，那时美国那边还是凌晨，这两个人怎么都不可能对得上。

【还没。对了，一直忘了问你怎么称呼？】世界上声音相似的人太多了，不差他们两个，虽是这样想，姜念却怎么都有些放心不下，于是试探。

那边几乎立刻就回复了。

【Y：易初闻。】

姜念的心放下了一大半，这么快就回复了，应该没有经过思考，可信度相当高了，她终于开始打字。

【代表月亮消灭你：那以后有机会再双排，我先睡了。】

【Y：晚安。】

QP 宿舍里，差点将真名发过去的温楚一长舒一口气。

差点就露馅了，他可真是个小机灵鬼。

和唐三毛摊牌后，温楚一和卫晗有了初步的计划。

短短几天时间，他们已经看了十来处适合做基地的别墅，就差最后拍板了。卫晗虽然了解温楚一，但对他行动之迅速非常惊讶。和 QP 的合同还没终止，他就开始找地方，这是卫晗没有想到的。

看来离队的想法是早就埋下了，只是温楚一这人心思太深，让人捉摸不透而已。

除此之外，作为每天和温楚一出双入对的人，卫晗明显感觉到了温楚一最近的好心情，也不知是因为要离队了，还是因为爱情的滋润。

明显，温楚一脸上的笑容越来越多了。

这一天，当卫晗在基地门口看到迎面走来却一直埋首玩手机"浪笑"的温楚一时，他彻底确定了下来，恋爱的酸臭味啊，隔着十来米都能闻到。

待温楚一走近，卫晗实在有点忍不住了，一脚踢了过去："你注意点形象，基地里你的迷弟迷妹多着呢。"

温楚一轻松躲过卫晗的突然袭击，顺势将手机放回兜里，嘴边残存着一抹没来得及消退的笑意："走吧，速战速决，看完这几处我还得回来训练。"

"训练？"卫晗冷笑，"你能不能要点脸？撩妹就撩妹，你一个 CS 选手玩吃鸡算哪门子的训练？"

温楚一闻言顿了一秒，面不改色道："吃鸡最近的势头已经超过 CS 了，我去打 PUBG 怎么样？"

卫晗立马转头："不是吧兄弟，出去自己组建俱乐部不够，你还要转游戏？"

温楚一耸肩："我只是提出一个方向。"

温楚一倒是没有说谎，同是射击类游戏，CS 虽然比吃鸡稳定，但就现在 PUBG 的火爆程度，相信很快就会成为有组织的电竞项目。

从去年 G-Star 的邀请赛就能看出来，这款游戏照这势头发展下去，未来一定不是 CS 能比的。

他以 CS 成名，却不一定非要在 CS 里走完自己的整个职业生涯。

卫晗只当他在开玩笑，先坐上了车："快上车，今天这几处还挺远的。"

这几天他们看了很多地方，虽然其中有满意的，但毕竟是出来单干，一切从零开始，就算温楚一有钱，能省则省总是不会错的。

温楚一顺势坐上副驾驶，一边系安全带，一边问他："今天这几处都在哪儿？晚上七点前能回来吧？"

"如果你不像前几天那么磨叽的话……"卫晗翻了个白眼，还是给了他答案，"一家在 A 区，两家在 B 区。"

温楚一颔首："先去 A 区那家吧。"

他不喜欢市中心，也想要未来的成员能把注意力集中在训练上，所以基地的位置越远离市中心越好。

卫晗应了声"好"，一边开着车，一边介绍这处别墅的地理位置："昨天看信息的时候，别墅附近好像还有一个新成立的俱乐部。是叫什么来着……"他想了半天才回忆起来，"哦对，TRB。"

温楚一没搭话，这个俱乐部他没听过，但如果旁边已经有了一个俱乐部的话，相信那边的地理位置还是有保障的。

卫晗对温楚一时不时地沉默已经习以为常，丝毫不妨碍他一个人继续唱独角戏："TRB 只有两个项目，那就是 LOL 和 PUBG，如果你真准备转 PUBG 的话，说不定以后会碰上。"

温楚一发出一声嗤笑："一个刚成立的俱乐部，两个完全不同走向的项目，就算我转 PUBG 了，你觉得他们对得上我？"

卫晗闭了嘴，他知道自己就不应该多这句嘴。一个小时后，两人到达目的地。对面一栋贴着明显 TRB 标志的别墅门口，出现了穿着 TRB 队服正和别人有说有笑的姜念，温楚一一把拍上卫晗的肩。

"就这儿了，兄弟，以后我们转了 PUBG，还能和对面的 TRB 打打练习赛。"

卫晗满脑子问号。

房都没看怎么就决定了？

刚刚是谁话里话外瞧不起隔壁俱乐部的？

温楚一眼睛很毒，他看到的确实是姜念。

看清姜念身上 TRB 的队服，联想到她在直播间请了半个月的假，他还有什么不明白的？但现在不是相认的好时机，先挨着未来媳妇住下也行。

一旁的卫晗没读懂温楚一的表情，只得顺着他的眼神往对面看，口中的疑问也没停下："你老是看 TRB 的基地干吗？我们还看房子吗？真定了？"

"定了，"那边姜念已经走了，温楚一终于回头看他，"走吧，看看哪里需要整修的。"

卫晗朝对面别墅看的时候，门口已经没人了，整齐的联排别墅，数 TRB 门口红闪闪的横幅最为突出，造型可以说是相当难看了。

不明真相的卫晗摸了摸脑袋，这人刚刚看了半天，光看对面俱乐部的红色横幅去了？虽然温楚一决定得突然，但毕竟是卫晗筛选过的地点，他对此没什么意见。说是两个人出来单干，其实卫晗也就是投资一点钱，当个挂名教练，自然一切还是以温楚一的意见为主。

签好合同，卫晗走向温楚一："吃饭？"

自从那天温楚一和唐三毛撕破脸之后，唐三毛找准机会就到两人面前晃悠，话里话外都是想让温楚一续约，为了避免唐三毛的纠缠，两人已经很少在基地食堂吃饭了。

温楚一刚知道了姜念的行踪，心情正好，想也没想就答应下来："行，今天我请。"

卫晗笑眯眯地点点头，他本来也没想过要请客。

别墅区不远处就有一个购物中心，开车不过几分钟时间，两个男人吃饭没什么好挑的，看见一家"小南国"就进去了。

温楚一心情好，点了满满一桌子的菜，乐得卫晗合不上嘴，出来吃顿午饭，连晚餐也有着落了。就两个人，他们便直接坐在了靠窗的两人座上，对于大众认不出电竞选手这件事相当自信。

连温楚一都这么自信，卫晗就更有底气了。

虽然电竞热度越来越高，两人在圈内的知名度也相当大，但关注电竞的毕竟是少数人，他们几乎很少像明星那样遮遮掩掩。

但是温楚一小看了自己这张招桃花的脸。饭菜上桌没多久，两个女孩在隔壁桌观望良久，在终于确认温楚一和卫晗不是一对的情况下，拿着手机就走了过来。一开始卫晗只以为是粉丝认出他们了，甚至都已经整理好仪容准备合影了，不料率先走过来的高个儿女孩上来就朝两人喊了句"小哥哥"。

听这称呼，十有八九是网上热门短视频看多了的小女生。

果然，高个儿女孩道明来意："小哥哥，我们这边有餐厅的小礼物，扫二维码就可以领了，你要来一个吗？"

旁边稍矮一点的女孩也顺势调出二维码，放到卫晗眼前。

两人不知道的是，同样暗戳戳注视着他们的，还有靠窗最角落那一桌上，和战队经理出来吃饭的姜念。其实温楚一和卫晗刚进来的时候，姜念就注意到了，温楚一这张脸太有辨识度，负责任地说，温楚一进来的第一秒姜念就认出了他，当然，认出旁边的卫晗只是顺带。

坐在她对面的陈子彦还觉得奇怪，怎么从刚刚开始这小队员就心不在焉了，回话的频率越来越低，直到看到两个女生上前时，彻底没了声音。

姜念看到那俩女生行动的时候，心里叫一个错失良机的痛彻心扉。明明是她先看到 Chew 的，倒叫别人捷足先登了，她心里像是有一万只蚂蚁在爬，痒得不行，却始终不敢采取行动。

虽然在最不显眼角落，但餐桌间的距离很近，姜念可以清晰地听到前方不远处传来的声音，刚听清高个儿女孩的话，姜念眼神一顿。

妙啊，她怎么就没想到？！

这边，温楚一瞥了眼身边的女孩，长得倒是眉清目秀的，怎么这么不矜持？再说了，就他这个非富即贵的形象，像是缺这一份小礼物的人？

他连兜里的手机都没有拿出来："我没有微信。"

卫晗强忍着笑意，任由这人睁着眼睛说瞎话也没戳穿他，自己倒是顺手扫了旁边女孩的二维码。矮个女孩高兴了，高个儿女孩却没死心，又开口道："小哥哥平时用什么社交软件？用别的软件扫码也能领奖的。"

温楚一放下筷子，终于用正眼瞧她，面不改色道："打电话。"

高个儿女孩犯难了，加个微信送小礼物还能说是为了在朋友圈宣传……留电话送小礼物，这也太过分了吧？

眼见着自己的小姐妹已经成功要到微信号了，她觉得自己不能输，转过身子来到卫晗面前："那小哥哥帮你朋友扫下我的二维码吧，我们还是送两份礼物给你们。"

卫晗被这一套华丽的 combo（指电子游戏中的连击）惊得目瞪口呆，将套路玩到这种境界，实属"撩汉"翘楚了。就凭她这套 combo，卫晗也心甘情愿被她套路，没说什么就扫了她的微信二维码。

高个儿女孩像是找回了场子，离开时脸色终于好了点，只是心中仍有些不甘，现在哪还有人没有微信的，连他爸妈都有微信。

这摆明了就是故意搪塞她。坐回餐桌边，高个儿女孩打开手机的前置摄像头照了照，很美啊，到底是哪个环节出了错？

餐厅一角，姜念还沉浸在这两个女生的妙招中，盘算着待会儿是不是自己也可以来一拨这样的操作。

陈子彦看她失魂落魄的样子，忍不住抬手在她眼前晃了晃："你怎么了？是对我们给的待遇有什么不满吗？我也知道现在俱乐部这个情况是有些一言难尽……"

姜念被小胖子肉嘟嘟的小肥手晃回了神，也没时间考虑他刚刚和自己说了啥，抬眼就往温楚一的方向看。

这才发现那两个女孩已经不在温楚一桌前了。

为了防止再一次被捷足先登，姜念以极快的语速给陈子彦丢下一句"失陪一下"，拿起桌上的手机就往温楚一所在的方向冲了过去。

这边，温楚一听到由远而近的脚步声，不耐烦地抬了抬眼皮，还来？

下一秒，耳边传来一道极其熟悉的女声："你好。"

温楚一和卫晗皆是一愣，就连卫晗都觉得这个声音莫名耳熟，怎么有点像……

两人同时抬起头向桌前的姜念看去，小月月？！

激动难耐的姜念在这种情况下，根本无暇观察两人略有改变的神色，掏出手机就放到温楚一面前："你好，今天餐厅做活动，扫码免单。"

卫晗"噗"地笑出声来："今天这餐厅活动力度挺大啊。"

连扫码免单都说出来了，大哥就是大哥，果然还是技高一筹，不得不服，旁边的两个女孩听到动静也望了过来，高个儿女孩暗自打量姜念片刻，扯出一抹讥笑。

连自己身材这样好的都被拒绝了，眼前这飞机场是哪里来的勇气故技重施？果然，不远处立时飘来温楚一的低沉声音："我没有微信。"

高个儿女孩笑意更甚，看吧，简直就是自取其辱。

下一秒，温楚一又接了一句："留电话号码可以吗？"

女孩嘴边的笑意僵住，这人什么意思？

姜念甚至能感觉到自己浑身的血液迅速聚集至头顶，脸无法克制地烫了起来。她没听错吧？电、电话号码？

姜念没有买过彩票，从小到大也没有中过大奖，连买零食都没有碰到过"再来一包"。但物极必反，她总觉得自己这谜一般的运气一定会在某一天井喷，原来……就是今天了。

温楚一自然不知道姜念的想法，但话说出口迟迟没能得到回应，他索性一把拿起了姜念的手机，旁若无人地将一串号码输入通讯录不说，还给自己打了过来。

直到外套兜里的手机嗡嗡作响，他才将电话挂断，重新放回姜念手里，速度之迅速，让卫晗都叹为观止，就像生怕对方会反悔似的。

不知为何，手机在这一刻变得滚烫，她晕乎乎地道了声谢，逃也似的回到自己那桌，半晌仍反应不过来发生了什么。

她刚刚……是拿到了 Chew 的私人电话？

他还……把自己的电话存了起来？？？

幸福来得太突然，她莫名觉得这个世界有点玄幻。

对面的陈子彦丈二和尚摸不着头脑，肉乎乎的脸上浮现出一抹疑惑："小姐姐，你哪里不舒服吗？怎么脸这么红？"

姜念一把放下手机，双眸紧盯着对面的小胖子："Chew 的电话号码，你觉得值多少钱？"

陈子彦被她严肃的表情逗笑了："Chew 的电话号码？别想了，这不是钱不钱的问题，我们这种程度的俱乐部，能在场馆观众席见一次 Chew 都已经要烧高香了。"

"嗯。"姜念用力地点了点头，是这样没错，这顿饭钱花得"血赚"。

第四章
粉丝与偶像的初次会晤

自姜念走后，温楚一嘴边漾着的若有似无的笑容就没消失，他本来还在琢磨着要怎样打入敌军内部，结果那人自己就送上门来了，这拨血赚。

卫晗看着温楚一诡异的笑容，头皮发麻。谁想得到，在赛场上心狠手辣的 Chew，谈起恋爱来居然能笑得这么肉麻，生生拖垮了他 200 分的颜值。只是这么想着，卫晗突然觉得有哪里不对。

如果他没记错的话，温楚一回国第二天就已经"媳妇儿媳妇儿"地称呼姜念了，但看姜念刚才那个架势……分明是不知道眼前这人就是在网上卖萌装菜犯下屡屡恶行的"开挂汪"啊？

想着，卫晗放下了手中的筷子，一脸嫌弃地看着眼前恬不知耻的温楚一："人家连你的联系方式都没有，你是怎么好意思一口一句媳妇儿，还让我叫嫂子的？！"

卫晗的质疑丝毫没有妨碍到温楚一的好心情，温楚一落在姜念后脑勺上的视线终于转了回来，语意中尽显笃定："未来媳妇儿，你未来的嫂子。"这势在必得的语气让卫晗无力反驳，算了，反正这人不要脸，他也习惯了。

虽然温楚一很想多待一会儿，但之前就已经和姜念约好了晚上双排，为了保持自己一步步"从良"的形象，他先一步离开了餐厅。

不急，该是他的总会是他的。

而晚一步离开的姜念最后埋单的时候，才发现不仅温楚一那桌结了账，连她自己这桌也被人埋了单。旁边的陈子彦一头雾水地看着姜念："不是说了这次我请客吗？就当欢迎新队员了，你们这些小女生怎么老喜欢和人抢着埋单呢？"

姜念的诧异程度比陈子彦也好不到哪里去，一脸蒙地看着收银小哥："我们这桌谁给埋了单？"

　　收银小哥似乎已经见惯了这种套路，话语中还带了一丝调笑："T5靠窗那桌，那个高一点的男人过来埋的。"

　　姜念木讷地点点头，哦，是温楚一。

　　所以，这人到底为什么会留他的手机号？

　　到家没多久，姜念就收到了易初闻的微信：【回家了吗？我已经上游戏了。】

　　姜念心不在焉地锁了屏，开电脑登录游戏，内心深处还在挣扎到底要不要给 Chew 发短信问问情况。

　　问吧，有些突兀又有些矫情；不问吧，又觉得白白吃人家一顿不太好。

　　是谁说女人心海底针的？这说的明明是男人，就在这两种情绪相互拉扯得没完没了之时，两人已经进入游戏界面了。

　　易初闻的声音听起来心情不错："再过半个月就要进队了吧？"

　　姜念微微叹了口气，易初闻的声音，真的越听越像 Chew 了。

　　特别是对于今天正面接触过 Chew 的她来说，刚一听到还有些恍惚，还以为自己在和 Chew 玩游戏。

　　"嗯，"姜念心不在焉，"今天最后一天直播了。"

　　易初闻顿了顿："你怎么了？声音听上去有气无力的。"

　　姜念双眸一闪，对了，这不是有个现成的男人摆在自己面前吗？

　　想着，她组织一下语言，试探道："你觉得……什么情况下男人会给隔壁桌不认识的人埋单？"

　　这句话说完，空气中出现短暂的僵滞，隔了很长一段时间，她才听到易初闻的声音："一般来讲，这种情况只存在于……"

　　姜念眨眨眼，一颗心瞬间悬了起来，偏偏那人像卖关子似的，半天放不出一个屁来，她火急火燎地摁下语音："只存在于什么，你倒是说啊！"

　　耳机里传来一阵轻笑。"只存在于，这个男人喜欢对方，并且想深入发展的情况。"

　　姜念愣住了。随之而来的，是内心深处对易初闻这话深刻的怀疑。

　　Chew 喜欢自己？他甚至都不知道自己是谁！

　　还没等她对自己内心的拷问结束，她又听到了易初闻克制不住的笑声，不绝于耳，根本停不下来的架势。

　　姜念的眼神冷了冷："你皮痒了吧，小易，还想上分吗？"

啧，她就不应该问他。

屏幕上，离开局还剩四十来秒，姜念一鼓作气拿起手机，飞快打了几行字，找到联系人里的"Chew"，就把短信发了出去。

【Chew神，你好，我是姜念，今天在小南国说扫码免单的那个。走的时候，发现你没有使用免单机会，还把我那桌的单也给埋了？】

老实说，这条短信发出去的一瞬间她就后悔了。她当时真的是被Chew迷了心智，不然扫码免单这种没法兑现的事，她怎么说得出口？

耳机里突然传出"叮"的一声，姜念现在极其敏感，以为这么快Chew就给她回信息了，立马看向手机。

鼠标垫边上的手机屏幕漆黑一片，哪里有什么短信息。

易初闻的笑声却突然停了："我接个电话。"

姜念悠悠呼出口气，原来是易初闻的电话铃声。

易初闻不过一会儿就接完了电话，听着耳机里传来的电流声，姜念突然察觉到自己电脑桌面上手机的振动，这次没错了，是Chew回短信了。

姜念迅速拿起手机解锁打开信息，来信人的确显示是Chew，短信也只有短短的四个字——"粉丝福利。"

姜念脸上的表情瞬间雨过天晴。

就知道不能听易初闻的话，脑子里尽是些乱七八糟的东西。

两人玩了没几把，姜念就开播了，怎么说也是请假前的最后一次开播，姜念决定多播一会儿。易初闻也很有眼色，主动提出要下游戏了。

尽管两人的双排观众也爱看，但姜念直播间的观众基数实在太大了，这段时间加他小号的人也越来越多，他实在无暇处理。

本来温楚一就是怕耽误时间才从来不直播，现在也不会因为捂住了自己的身份就去沾这么麻烦的事。

而且……温楚一也更喜欢用"老腊肉"的身份来看姜念直播。

屏幕上，姜念正笑着和粉丝唠嗑，小鼻子大眼睛看起来贼可爱。温楚一掏出手机，又回顾了一次姜念给他发来的短信。

"姜念……"他轻声念出她的名字。

啧，他喜欢的人，怎么连名字都这么好听？

4月，S市的天气依旧携着一丝清冷，姜念拎着自己的行囊来到了TRB基地。因为上次的踩点，姜念轻车熟路地来到基地别墅门口，还未走近，她就听到了里面传来的嬉笑声。

别墅门没关,她拖着两个硕大无比的行李箱,艰难地移步到玄关处,这才看到了屋内两个笑成一团的胖子。陈子彦眼尖,很快就发现了姜念的到来,立马拉着另一个小胖子过来帮她提行李:"念念快来,给你介绍一下,这是Wind,突击手,比你小两岁,以前在SLZ当过一年青训生。"

Wind健康的红脸蛋和陈子彦的如出一辙,笑起来相当无害,不知道的还以为他俩是双胞胎。

他伸出手来:"你好,以后多多指教呀,小姐姐。"

不得不说,姜念对Wind的第一印象非常好,这人看起来甚至比陈子彦还要憨厚老实,她顺势和他握了握手:"我是姜念,狙击手,多多指教。"

Wind眨巴着眼看向陈子彦:"这就是那个比我还厉害的小姐姐?"

陈子彦尴尬地笑了笑,向姜念解释:"你来之前Wind是主狙。"

姜念点点头,不甚在意地收回手,朝Wind笑:"要SOLO一把吗?"

本意是让Wind心服口服,谁知Wind想也不想便摇头:"不了不了,我看过你的入选视频,的确比我厉害。"

姜念愣了两秒才笑出声来,这个小胖子,诚实得有些可爱。

小胖子也笑了笑:"我给你当观察员。不是我吹,我的动态视力绝对是数一数二的。"

说起动态视力,姜念脑海里再一次闪过易初闻给她报坐标时的沉稳嗓音。她笑着对Wind摆摆手,心头多了一抹怪异之感。

今天她是怎么了,老是在不合时宜的时候想起那个小"菜鸡"。

说起来……也有两天没有易初闻的消息了。

"笃笃笃……"门外传来一阵有节奏的脚步声,姜念下意识往门外看去,几秒后,来者一双镶钻皮鞋搭配一身亮蓝色西装险些闪瞎了她的眼。

陈子彦第一个反应过来,蹦起来就殷勤地往外迎去:"老板,您来啦,两个队员都已经到了。"

后面的姜念和Wind面面相觑,这老板穿得会不会太骚了?这人甚至在室内还戴着副将自己脸遮了大半的墨镜。这哪里是什么俱乐部老板,把自己当明星吗?!

李雷用手指扶了扶自己的墨镜,也不知道到底有没有在看他们:"合同你们都看过了吧,有什么异议吗?"

姜念和Wind异口同声:"没、没有。"

"很好,"李雷做作地点了点头,将怀里的四份合同丢到两人面前,"留出来的地方都要签上名,整明白了再签,签了就别后悔。"

签了就别后悔？这是威胁吧？姜念眨眨眼。

签好合同，李雷对一边的陈子彦扬了扬下巴，转头就往外走。来去匆匆如风，不带走一片云彩。

室内空气至少僵滞了半分钟，姜念还算沉得住气，一直没有开口。

Wind就有些忍不住了，抬头看向陈子彦："彦哥……"

陈子彦朝他点点头，一本正经道："我们老板就是这个作风，但他人还是挺好的，你们以后就知道了。"

姜念点点头："老板怎么称呼？"

"李雷，"陈子彦答道，"但他比较喜欢别人称呼自己老板，你俩以后也注意点，别在外人面前提老板的名字。"

姜念忍不住一晒，这个"雷"字倒是很符合老板形象。

只是……见面总时长加起来不到一分钟的老板，就是把他吹上天也还是个甩手掌柜。陈子彦似乎并不想在这个话题上浪费时间，随即掏出手机，边打字边道："我发条入队微博，你俩记得转发一下。"

姜念是自带近百万粉丝的女主播不说，就连Wind之前在SLZ也积攒了些人气，反倒是TRB官微的粉丝数，一个惨兮兮的鸭蛋还是少点排面。

于是十分钟后，姜念近半个月没有更新的微博主页突然出现这样一条微博——

【你的大哥Moon：兄弟们了解一下。//TRB电子竞技俱乐部：欢迎两名新队员@你的大哥Moon和@BatWind加入PUBG分部，以后多多指教呀！】

一秒、两秒、三秒过去了。

姜念习惯性刷新了一次通知界面，发现自己微博"炸"了。

【什、什么？我大哥要去打职业赛了？】

【不瞒各位，我早就猜到会有这么一天，但是TRB是什么战队？没听过啊！】

【小月月请了半个月的假去打职业赛？这个时间怕是不够吧，哈哈哈……】

【现在职业战队门槛这么低吗？随便一个主播都能打职业赛了？】

【吃鸡也有职业联赛了？什么时候的事？】

微博下的评论喜忧参半，大多数人对于这个消息持中立态度。

毕竟姜念在他们眼里只是一个"吃鸡"打得还不错的主播，但若是冠上"职业选手"的名头，始终还是感觉差了点。

姜念转发微博前就已经有心理准备了，这就和她当初从"守望"转型 PUBG 时一样，他们不是不能接受，而是需要时间来适应改变。

看着自己微博下的评论，姜念撇了撇嘴，习惯性调出微信小号，点开和易初闻的对话框。

两人最后的对话还停留在两天前，说来也奇怪，以前每天都会叫她双排两把的人，怎么正好就在自己忙着收拾行李的这两天销声匿迹了？

姜念这两天忙得昏天黑地，温楚一也好不到哪里去。解约的事情果然和两人预测的一样，一波三折。终于确认离队，是在姜念入队的第二天。

温楚一和卫晗没有耽搁，两人的行李都不多，简单收拾收拾就搬到了之前定好的别墅。

卫晗一边搬着行李，一边吐槽："你说你为什么会把基地选在这么远的地方？"

他和温楚一一样，连轴转了两天，又开了一个多小时的车，整个人都快累瘫了。温楚一也斜他一眼："离市中心远能安心训练，旁边有购物区生活方便，别墅环境也不错。"

卫晗喘着气，对他摆摆手算作回应。两人到基地的时候已是傍晚，别墅区边上的绿植带还有三三两两散步的人。

"咦？"

正在搬东西的两人突然听到一道女声，还莫名有些耳熟。卫晗离门口近，一抬头便望见了一身运动装的姜念。姜念似乎刚跑过步，耳朵里还塞着耳机，额头和鼻尖上满是细密的汗珠，一张小脸红彤彤的，看起来十分健康。

卫晗抬起头的一瞬间，姜念也终于确定自己没有看错，立马扬起笑脸："真的是你。"

作为一个合格的"Chew 吹"，姜念对于卫晗也并不陌生，更不用说上次在餐厅的时候还遇到过。

只是卫晗的表情就没那么轻松了："大、大哥？"

"嗯？"姜念听到这个称呼一愣，"你……"

话说到一半，姜念的目光猛然一滞，扫过了卫晗身后的高大人影："Chew 神？"

温楚一淡定自若地朝她点点头："又见面了，姜念。"

听到温楚一一字一顿地念出自己的名字，姜念的脸"噌"一下更红了。

我！的！天！Chew 神还记得自己！

他居然还准确地叫出了自己的名字！！！

"你、你们搬到这里来、来了吗？"姜念觉得自己话都不会说了，半天才挤出这样一句没有营养的话。

温楚一很快走上前来，极其自然地将卫晗挤到身后："嗯，你也住这边吗？"

卫晗眯了眯眼，他现在算是明白这人为什么要搬到这么远的地方了。

好一个明知故问。

姜念揉了揉鼻子，倒是完全没有察觉到卫晗的异样："对、对，我在旁边的 TRB。"

她一边说着，还一边抬手指了指对面挂着横幅的那栋建筑物。之前怎么看怎么骚的大红色横幅，现在在她眼里简直是噩梦，不知道的还以为是哪个领导莅临的欢迎横幅。

"嗯，TRB，"温楚一答得脸不红心不跳，"听说过，新开的 PUBG 分部，所以你也是职业选手。"

他用的是肯定句。

姜念极小幅度地点了点头，竟有些手足无措的味道。突然想到上次温楚一给自己埋的单，她脱口而出："上次说好给你免单的，你反倒帮我把单埋了，要不……我请你们吃饭吧？也算是庆祝你们搬家？"

尽管是临时扯的理由，但好歹姜念加了个"你们"，试图让自己的意图不那么明显。

"行，"像是怕她反悔似的，温楚一答得极快，"明天下午？"

姜念一个劲地点头："那我先回去了，明天见。"

"明天见。"温楚一朝她笑了笑。

姜念心跳得飞快，再也不敢多作停留，朝两人挥挥手就往对面跑。

直到回到基地房间，她脸上仍有余温。

她恨恨地拍了拍自己的双颊。这个人的笑容也太犯规了。

另一边，温楚一两人将东西全部搬好后，卫晗终于等来了兴师问罪的机会。

他双手抱胸，目不转睛地盯着一脸荡漾的温楚一："离市中心远能安心训练？旁边有购物区生活方便？别墅环境也不错？"

温楚一心情正好，听到卫晗的质疑只是无辜地耸了耸肩："哪里不对？"

哪里不对。卫晗气笑了。这人还好意思问他哪里不对？特地跑来这么远的地方，就为了追媳妇儿，还问他哪里不对？

卫晗刚想开口，就看到温楚一起身往楼上卧室走。下一秒空气中飘来温楚一漫不经心的声音："明天的饭局你就别去了，我帮你找个借口。"

卫晗：这人到底还要不要脸了？？？

和温楚一约好了今天晚饭，姜念硬是激动到大半夜才睡着，早上起来一看镜子，果不其然，眼底两个清晰可见的黑眼圈都快掉到脚下光滑的瓷砖上了。

姜念无声地叹了口气，这样的形象和偶像出去吃饭……真的差点儿排面。想了想，她迅速翻了翻自己还未来得及完全收拾好的行李箱。

上次粉丝送的化妆品在哪儿来着？

好不容易零零散散地翻出几盒未拆封的化妆品，姜念却再次陷入苦恼。之前两次见 Chew 她都没有化妆，今天请人家吃饭特地化个妆是不是太刻意了？

挣扎了半分钟，姜念果断拆开一盒粉底液，算了，面子重要。

"大哥？"

门外传来轻微的敲门声，是早已听到动静的 Wind："你好了吗？阿姨叫我们吃饭了。"

刚涂完口红的姜念看了眼手机，竟已经到饭点了。她一股脑将梳妆台上的东西扒拉到抽屉里便往外走，这样一个几乎看不出来什么变化的裸妆，竟然花了她整整一个上午。

真叫人头皮发麻。

另外两个队员还没入队，姜念照旧和 Wind 双排了一下午，接近晚饭的时间，她收到了温楚一的短信：【我在你基地门口等你。】

姜念被这条短信吓得倒抽一口凉气，缓了半天才平复下心绪，回了个"好"。

旁边的 Wind 看着姜念不停变换的脸色，终于明白过来今天下午姜念的神仙操作是怎么回事。只是这时的姜念哪还管得了那么多，只简单交代小胖子几句，拎着包便溜出了门。

4 月的天黑得还有些早，别墅门口的路灯也已经亮了起来，温楚一身简单的黑色外套加牛仔裤，笔直地伫立在路灯下，被灯光打出一道颀长的黑影，他就这样出现在她面前。

温楚一很快就看到了姜念，朝她招了招手。

姜念呼吸一紧，差点哭出声来，这么好看的脸，这样的身材，到底为什么要来打游戏？她宁愿 Chew 是一个满脸褶子的抠脚大汉，这样她的喜欢还能单纯一些。

现在这样，她会觉得自己的喜欢很肤浅。

温楚一自然不知道姜念心中所想，只两步就走到她旁边："去'M+'那边吗？"

"嗯，"姜念点点头，低眉顺眼的样子和网上那个张牙舞爪的女人截然不同，"那边有家日料店还不错。"

顿了顿，她看了看温楚一身后，疑道："Fun 没来吗？"

毕竟是老粉，卫晗的游戏 ID 她自然记得。

温楚一眉眼淡然，语气中也听不出一丝异样："他昨天吃坏了肚子，我给他点过白粥了。"

基地内，"吃坏肚子"的卫晗打了个喷嚏，负气地一把推开了眼前的白粥。

浑蛋，有异性，没人性。

温楚一车开得很稳，车内气氛安静得有些微妙，姜念的精神也一直保持着高度紧张状态。

到了这一步，姜念仍有些不敢相信，自己有一天居然能和 Chew 一起吃饭，甚至还和他单独坐在同一辆车里。尽管姜念平时活泼外向，但在自己偶像面前，明显收敛了不少，上车后没有多说一句话。

她心里虚得很，就怕一不小心就暴露了自己的天性。

相对于局促的姜念，温楚一就从容许多了，中途还丝毫没有避讳地接了个电话。他用的是蓝牙耳机，电话那头的声音姜念听不分明，但温楚一带着一丝笑意的嗓音却能异常清晰地滑入耳中。

"今天什么日子，你居然还会主动给我打电话？"

"嗯，前两天到期了。"

"呵，随便忽悠你老头的玩意儿也能叫俱乐部？"

听到"俱乐部"三个字，姜念双眸变亮，立马竖起了耳朵。

温楚一瞥了眼身边的姜念，对电话那头之人的耐心所剩无几，只想尽早结束通话："晚点说吧，我现在还有点事。"

这句话说完，他直接无视了耳机里破口大骂的男人，挂了电话。

再跟他说下去，真的要打一辈子光棍了。

日料店离基地不远，挂断电话没多久两人就到达了目的地。

店里环境相当幽静，考虑到温楚一和卫晗是公众人物，姜念提前订了个单独的包厢，只是现在看来，孤男寡女一起进到包厢……

怎么看都有些变味。

姜念一边亦步亦趋地跟在服务员后面进入包厢，一边还用余光状似不经意地打量着温楚一的脸色。

她真不知道今天 Fun 不来啊！Chew 可千万别以为她对他图谋不轨啊！

所幸温楚一没有表现出什么异常。

入座后，服务员一边给两人递上菜单，还一边亲切地讲解："这个月我们有活动，店里推出了一款情侣套餐就非常适合两位，分量也刚好，需要介绍一下吗？"

姜念正喝着刚刚倒好的柠檬水，一听到"情侣套餐"几个字，一口水卡在喉咙，险些呛到。

正欲说话，就看到温楚一一本正经地指着面前单独一页的菜单道："是这个套餐吗？"

服务员眼看有戏，立马点头："是的，这个套餐价格虽然贵了点，但每道菜都有不同的寓意，比如前菜长长久久，刺身白头偕老，主菜里的烤牛肉也是从日本进口，这是一头快乐的牛，从小就有人给它按摩没有烦恼……"

姜念惊了，她是第一次来这里，倒是没想到这家店忽悠人的能力都快赶上她了，什么长长久久白头偕老？还快乐的牛？这是卖菜还是卖名字？把客人当肥羊宰？

"好，"温楚一几乎没怎么思考，直接打断了服务员滔滔不绝的演讲，"就这个套餐吧。"

姜念目瞪口呆。

肥羊等于 Chew？？？

服务员得令，像是生怕两人反悔似的，拿着菜单一溜烟地跑出去，留下面面相觑的两人。姜念清了清嗓子："这个套餐……"

"别误会，"温楚一抬起手撑住自己的脑袋，目不转睛地盯着她，"我就是觉得点套餐比较方便，正好我们是两个人。"

姜念摇头："我不是……"

"没事，"温楚一再次自说自话，"你要是怕别人误会，我待会儿帮你澄清就是了。"

姜念连连摆手："不不不，我是想说……"

"你如果担心没有剩给卫晗的，没关系，走之前再点就是了。"温楚一再接再厉。

姜念放弃了和他讲道理的想法，算了，被坑就被坑吧。反正为偶像花钱，她没意见。只是她不知道的是，服务员说了什么温楚一一个字都没听进去，他只知道，这是一个"情侣套餐"。

等待菜品的间隙，姜念实在是抑制不住自己一颗躁动不安的好奇心，开口问他："QP这个月不是还有比赛吗，你和Fun怎么搬到这边来了？"

温楚一并不打算隐瞒，甚至连手撑脑袋的姿势都没变："我和QP的合同到期了，现在和卫晗出来准备单干。"

姜念一愣，眨巴眨巴眼。合同……到期了？单干？

射击类游戏第一人，电竞大魔王，她的偶像Chew……离开了全国第一的俱乐部QP？然后……这种内幕消息，他随随便便就告诉自己了？！

温楚一看着姜念惊诧的模样有些想笑，却生生忍了下来："QP内部有些问题，再加上我准备从CS转到PUBG，单干也好。"

末了，他忍不住想逗逗她："怎么，觉得我离开QP会走下坡路了？"

姜念一听这话，再也忍不住，猛摇脑袋："我、我不是这个意思，你怎么可能会走下坡路？"

"嗯，"温楚一这次是真的克制不住笑出了声，"谢谢你这么相信我。"

听到温楚一喉间传出带着克制的低笑声，姜念才反应过来，这人是在逗自己。大魔王还是那个大魔王，在电竞人心中，Chew这个名字代表着什么，相信他自己心里也清楚。

说话间，服务员已经将菜品一一端了上来。

经过刚才的交谈，两人之间的气氛也没刚开始那么微妙了。

姜念吞下口中的寿司，斟酌片刻后，终是按捺不住地开了口："我在TRB，就是PUBG部的。"

"是吗？"温楚一喝了口水，"那以后我们会在赛场上交手也说不定。"

一听这话，姜念浑身血液直往上涌，没经过思考便道："飞猫这次举办的天命杯，你们打算参加吗？"

温楚一思考片刻，放下手中的筷子："你想我参加吗？"

想！

姜念立马就要脱口而出，但想到温楚一这边甚至连基地里的设备都没有搞定，更不用说招新和后面一大堆的麻烦事……

思及此，她老老实实地摇头："我猜你应该是不会参加了。"

虽然天命杯是近期最大规模的"吃鸡"比赛，但对于温楚一这个级别的大神来说，参不参加影响不大。

温楚一对于姜念的猜测不置一词，重新拿起筷子。

姜念这人情绪来得快去得也快，最重要的是，还特别容易满足。虽然暂时没有和偶像打比赛的机会，但和偶像做起了邻居不说，还能有机会像这样一起吃饭……

她简直像活在梦里。

尽管这个情侣套餐的价格贵得令人发指，但总体来说味道还是不错的。唯一的败笔，是姜念一个不留神，又让温楚一提前把单给埋了。

从收银台处得知已经埋过单的消息，姜念觉得有些头疼。

明明都说好了她请 Chew 吃饭，结果 Chew 又把单给埋了。

想了想，她还是觉得这样下去不行，气势汹汹地往温楚一的方向迈步。

走到他跟前，姜念认真地盯了他半晌，一字一顿道："我有钱。"

"什么？"没头没尾的一句话让温楚一有些蒙。

"我有钱，"姜念又重复一遍，"很有钱。"

温楚一会过意来，好不容易忍住笑："我知道了，下次让你埋单。"

姜念眼珠子瞪得贼大："下次？"居然还能有下次？

"邻里之间……"温楚一朝她笑了笑，"还是要相互照应。"

"好！"被承诺了还有下次，姜念的原则瞬间烟消云散。

两人出来时，天已经彻底黑了下来，温楚一将姜念送到 TRB 基地门口。

临下车前，温楚一从车后座拿出一张光碟递给姜念："这个是练习动态视力和手腕灵敏度的软件，你应该用得上。"

姜念呆滞地接过光盘，一时间不知道说什么好。

她道了谢，又晕乎乎地下了车。这个人，真的是……实力宠粉。

温楚一摇下车窗朝她勾了勾唇："我很期待，和你在赛场上见。"

直到看着温楚一的车缓缓停进车库，姜念仍呆愣着回不过神来。

紧接着，她觉得自己全身上下的热血都被点燃。

姜念捏了捏手中的光盘，一定会的，她一定可以在赛场上和他相见。

回到基地的时候，Wind 还在和屏幕上的 98 名敌人斗智斗勇，他戴着耳机，没听到姜念这边的动静。

姜念心情不错，笑眯眯地在他身后观战了半天。直到一把游戏结束后，Wind 脱下耳机，才看到身后突然出现的姜念。

Wind 不客气地朝她翻了个白眼："又去哪儿浪了？"

"什么叫浪？"姜念调笑着看他，"你浪一个给我看看？"

Wind 冷哼一声，转过头不再理她。

明明之前说好今晚教他练狙的，结果晚饭时间不到她就溜了。

姜念看着眼前傲娇的小胖子，忍不住上前捏了捏他的脸："来，姐带你躺鸡。"

说完这句话，她坐回自己的电脑前，摁下了开机按钮。

不管是脸上残留的笑意，还是说一不二的动作，都让她此刻的好心情昭然若揭。

Wind 赌五毛，姜念刚刚是去约会了。

等待姜念进游戏的间隙，Wind 状似不经意地说："你心情不错啊。"

"可不吗？"姜念朝他眨眨眼，"我今天吃了一头牛。"

"什么？一头牛？"

"嗯，"姜念不再看他，嘴边的笑意却再也克制不住，"一头快乐的牛。"

Wind 听得一头雾水，快乐的牛？那是什么？

温楚一提着一袋三文鱼回来的时候，卫晗正在打决赛圈。

温楚一也不打扰他，静静看着卫晗死于敌人枪口之下，才将手里的打包盒放到卫晗面前。卫晗对于温楚一的到来显得不屑一顾："约会到这个点，怎么，现在倒是想起我了？"

温楚一没有理会卫晗的调侃，淡淡开口："李雷今天给我打电话了。"

"李雷？你那个富二代发小？"卫晗打开打包盒，吃了片三文鱼，"他找你干吗？"

温楚一随意靠在墙边，语气也显得漫不经心："不知道他从哪儿听说我离开 QP 了，让我去他那儿。"

卫晗撇嘴："去一个富二代的俱乐部，疯了不成？"

"你的脑容量是不是只装得下一片三文鱼？"温楚一叹了口气，一脸孺子不可教也的表情看卫晗，"什么时候存在'他的俱乐部'一说？"

卫晗这才明白过来温楚一的意思。

李雷是个不正经的富二代，为了应付老头才搞了个俱乐部，当然这里面肯定也有一部分受温楚一耳濡目染的原因。像李雷这样的门外汉，如果温楚一带资入队，俱乐部自然就成了温楚一的一言堂，还很大程度上给李雷省了大把的事儿。

两全其美。

思及此，卫晗一拍脑袋："去！就去李雷那儿！他那个俱乐部叫什么来着？"

温楚一顿了顿，掏出手机给李雷拨去电话："我可以去你那儿，前提是队员的选择必须经过我的同意，还有，你那俱乐部叫什么名字来着？"

第二天一早，姜念和 Wind 刚吃完饭，就迎来了满面春风的陈子彦。

随之而来的，是他带来的好消息，新队员有着落了。

只是姜念两人还没来得及高兴，陈子彦就又补了一句相对来说不那么好的消息。新队员的确找到了，但只找到一个。

更惨的是，新队员提出，他们这些既定队员，还要重新接受一次入队考核。

Wind 第一个跳起来反对："什么意思？这么大口气，还来考核我们？"

他脸上的愤慨和话语里的怒意，俨然是已经将姜念和自己比作了一条绳上的蚂蚁。

姜念对此倒是没什么意见，毕竟真金不怕火炼。

想了想，姜念看向陈子彦："那最后一名队员呢？"

"等选拔吧。"陈子彦耸肩。

姜念思忖片刻，开口问他："我能推荐个人吗？"

"谁？"陈子彦兴致盎然地眨了眨眼，"说来听听。"

姜念的技术他是知道的，能被她推荐的人，肯定也不是什么菜鸟。

这边姜念看到陈子彦期盼的眼神，却突然缺失了一些底气："我一个朋友，他可能不能被算作传统意义上的厉害，但他的动态观察力和理论知识，就算放在圈内，应该也是数一数二的。"

姜念口中的这位朋友，正是易初闻，她说出这番话，也不是临时兴起。

易初闻跟她双排了一个多月，她能肯定的是，除了他对 PUBG 的理论知识和对数据的把控，动态视力这方面……她甚至觉得易初闻比自己身旁的 Wind 还要灵敏。

这一个多月的游戏不是白玩的，易初闻从最开始跟在她身后偷偷摸摸苟活到最后，到前几天随随便便一把也能击杀五个人左右。与其说看中了易初闻的能力，不如说是姜念看出了他的潜力。除此之外，姜念也发现了易初闻并不像一般的上班族那样朝九晚五，她在线的时候几乎都能看到他。偶然提起，才知道易初闻是个自由职业者，而且看他的朋友圈，他必然也是一个热爱电子竞技的人。

只除了……她仍有些不能介怀他曾在游戏中开挂。

上次陈子彦说出仍有两个名额空闲后，姜念就已经动了这个心思。只是碍于老板有自己的想法，她没有立场开这个口。

但现在，就算不能直接让易初闻通过考核，至少她想帮他争取到一个考核的名额。

陈子彦点点头，一口应了下来："行，新人考核时间定下之后我通知你，让他直接来就行。"

只是一个面试名额，这点权力陈子彦还是有的。

旁边的 Wind 忍不住翻了个白眼，他俩都自身难保了，她居然还在考虑别人的事情。这位小姐姐，心真的很大。

陈子彦走后，姜念点开了易初闻的微信对话框。

代表月亮消灭你：【你想当职业选手吗？】

姜念这人不喜欢啰唆，也从来不会用什么委婉的表达方式，反正怎么省事儿怎么来就是了。

对面回得很快。

Y：【当然。】

温楚一正在和李雷敲定最后的注资细节，看到姜念发来的消息，他几乎没有犹豫就回了过去，尽管他并不知道姜念想说什么。

代表月亮消灭你：【我现在的俱乐部还剩一个新队员的名额，你想试试吗？】

温楚一不自觉弯了眉，原来在这儿等着自己呢。

Y：【你想让我试试吗？】

姜念皱了皱眉，反问句难道是男人的惯用伎俩？好好说话会死吗？

代表月亮消灭你：【你要是想试试，我晚点会告诉你新队员入队考核的时间。】

代表月亮消灭你：【不想试，就当我放了个屁。】

末了，她还忍不住发过去一个【白眼.jpg】。

温楚一再次被逗笑，他甚至能想象出姜念发这段话时的表情。

Y：【行，我一定来。】

马上就要和姜念成为队友，到时候朝夕相处，他就是想瞒也瞒不住多久。

也是时候了。温楚一勾了勾唇，一脸的春风得意。

李雷盯了他半晌，用手肘顶了顶边上的卫晗，小声问道："这小子不会是恋爱了吧？他这表情也太寒碜了。"

卫晗冷笑一声："岂止是寒碜？简直是硌硬。"

这才哪儿到哪儿？

以后多得是时间让李雷见识温楚一为了追老婆有多不要脸。

签订好合同，三人随意吃了些东西便散了场。

无巧不成书，在这之前谁能想到，李雷新办的俱乐部居然就是姜念所在的TRB。每每想到这个，卫晗都忍不住感叹。有的时候，追老婆也是要带点儿运气成分的。

　

新老队员的考核时间最终定在了温楚一进队的第一天，也就是敲定合同后的第一个周一。

为了能赶上天命杯的预选赛，卫晗和温楚一将队内所有的安排都压缩在两天之内。

换句话说，从这周三开始，TRB的四个队员就必须开始集中训练了。

姜念收到消息后，第一时间就把日程表发给了易初闻。

让她担忧的是，易初闻这几天似乎很忙，一直到考核日前一天晚上，他才简单回了个"好"字。

这让姜念不禁有些忐忑，关键时刻这人不会掉链子吧？

顾念着第二天还有一整天的考核，姜念也没再和易初闻说什么，加上这两天和Wind训练忙得昏天黑地，她几乎是倒在床上就睡了过去。

而她不知道的是，这一晚，竟然是无数电竞人的不眠之夜。

久未现身的大魔王温楚一，在深夜一点钟左右，转发了一条浏览量不到一万的微博。

【合作愉快。//TRB电子竞技俱乐部：PUBG部的第三名成员出炉！射击类电子竞技中当之无愧的王者，CS中无人能敌的大魔王，更是中国电竞永远的骄傲——欢迎 @Chew 的到来，未来合作愉快！】

这条微博随即引发轩然大波。

第五章
欢迎来到我的世界

短短十来分钟，温楚一的微博下就涌来狂轰滥炸般的数千条评论。

【什么意思？ Chew 神离开 QP 了？】

【TRB 又是什么？这战队没听过啊，不要啊，Chew 神！今年的冠军，你不想要了吗？】

【等等……我没看错的话，是 PUBG 部？ Chew 神不是打 CS 的吗？】

【噩耗来得太突然了，CS 的王者为什么要去打 PUBG？】

【呵，你们也别把 Chew 吹得太高了，这不是明摆着的吗？ PUBG 热度高话题也多，这不，不去老老实实地练技术，刚取得点成就就吵着要转游戏转会了。】

【麻烦那些嘲讽 Chew 神转 PUBG 的人用自己脑子好好想想，像 Chew 这个等级的战神，需要通过游戏热度来决定自己未来的走向吗？他在哪儿热度就在哪儿，好吗？】

【哇——你们看到 TRB 之前的微博了吗？这个俱乐部之前公布的两名选手，竟然一个是 SLZ 的青训队员，另一个还是个主播？？？】

【哈哈哈？现在是连主播都能随随便便就成为职业选手了吗？】

【兄弟们，我刚刚去看了看，这还是个女主播，好了，可以开始笑了。】

【并不想笑，我看过这个主播的直播，技术过硬，动作也从不拖泥带水，日常 60% 的吃鸡率。】

【感觉 Chew 神要走下神坛了，国内排名第一的俱乐部 QP 不待，跑去和女主播还有青训队员待在一个从没听过的新俱乐部。】

【一首《凉凉》送给 Chew。】

……

已经入睡的姜念不会看到这些评论，而转发完微博就将手机丢到一旁的温楚一更加不会在意这些人的说法。

　　闹得最欢的，永远都只是旁观者。比如说，QP的唐三毛。

　　温楚一是唐三毛的特别关注对象，所以刚刚的微博唐三毛也没能错过。

　　自从温楚一离开俱乐部的事情被上级发现，唐三毛就没过过舒坦日子。虽然自己的职位没有产生变动，但平日里遭受的不仅有上级的白眼，连底下青训队里的队员都没给他好脸色看。

　　QP用温楚一的名义招来了一大帮青训生，现在这边前脚刚刚签订入队合同，结果后脚温楚一立马发微博宣布转会。

　　不管这些青训生是不是为了温楚一来的，QP如主心骨般的人物离开，谁都无法当作什么事都没发生过。唐三毛在这样的气氛中忍了没两天，温楚一就转发了新俱乐部的微博，在他眼里，这就是在往自己枪口上撞。

　　想了想，他切换到自己的微博，话里话外把温楚一骂了个遍，连带卫晗也没能躲过他的攻势，洋洋洒洒写了几千字，发了条长微博出去，这才觉得解气不少。

　　虽然他的微博相比QP官微来说没几个粉丝，也不会有太多人看到，但能这样光明正大地发泄一下，让他心情好了不少。只是他没想到的是，温楚一转会的事在业界引起的风波远远超过他的预想，而他当晚发的那条微博，也在短短半个小时内就被有心人利用起来，甚至好几个电竞周刊和电竞博主都连夜赶出了几篇博人眼球的通稿。

　　什么《年少轻狂，Chew抛弃老东家？》，什么《电竞魔王的时代或终结？》，各式各样的通稿扑面而来，不明真相的群众吃瓜吃得很开心，QP和温楚一的粉丝也早就开始了连番恶战。

　　而真正的当事人，因为第二天紧凑的行程，没多久便进入了梦乡。

　　第二天一早，几乎是姜念睁开眼的瞬间，Wind就敲响了她的房门："小姐姐，快起来！出大事了！"

　　Wind虽然胖，但声音却不属于浑厚型，甚至还带了点少年时的亮嗓，不说刺耳，但穿透力绝对是够的。所幸姜念没什么起床气，她快快地答了声"好"，一边揉着眼睛，一边去给Wind开门。

　　"怎么了？一大早的……"因为刚醒，姜念的声音里还带了些沙哑，听起来十分性感。

　　只是现在Wind根本无暇关注这些，一看到姜念就把手中的手机伸了过去，险些就要贴上她的脸。

"你看这个！"

"什么啊……"姜念被Wind吵得头疼，屏幕离得太近，她看不清上面密密麻麻的汉字。

她一把抽出Wind手中的手机，也斜他一眼："你能不能成熟一点，处变不惊一点？怎么说也已经在外历练几年了，还这样叽叽喳喳的。"

Wind没了声音，姜念却还没打算放过他："你看我，就是遇到再大的事情，也能沉着冷静地面对。"

末了，她还忍不住"啧啧"两声，现在的年轻人啊……没一个沉得住气的。

听着姜念的话，Wind忍住内心的澎湃，勉力克制了一秒自己的情绪，随后破功："你看！你快看手机！！！"

"啧，"姜念皱了皱眉，这人怎么听不进去话呢，"都跟你说了矜持一点。"

一边说着，她一边拿起手机看了起来。

第一眼，她看到了Chew的名字。

她扯了扯嘴角，看来小胖子也是Chew的粉丝。

第二眼，她看到了Chew于昨晚转发的微博。

嗯，Chew更博了，也确实不能怪小胖子这么激动。

第三眼……

她看到了什么？TRB？Chew加入的新俱乐部，是TRB？

姜念稳住心神，小心翼翼地点进TRB的官微。官微的第二条微博上，赫然写着她和Wind的名字。熟悉的头像，熟悉的名称，还有里面熟悉的微博内容，无一不在提醒着姜念——

她没有看错，Chew就是陈子彦口中那个神秘的新队员；

就是那个还没见面就已经非常严格的事儿妈；

就是她的……新队友？！

姜念一把抓过Wind的肩膀："我就要和Chew成为队友了？不是他的替补队员，也不是不同分队，是那种可以和Chew一起打比赛的队友？！"

Wind被她摇得头晕目眩，连话都哽在喉咙说不出来。

好不容易停下，姜念又从头到尾重新看了一遍微博确认。

两秒后，她一把钩住Wind的脖子："走，小胖子，我们去练压枪。"

Wind看了眼她一身毛绒绒的小狗睡衣："你还没刷牙吧？"

姜念一愣，随后笑嘻嘻地松开怀里的小胖子："那你先去，我马上就来。"

看着她蹦蹦跳跳回房的背影，Wind 突然想起刚才姜念教育自己时所说的话。

成熟一点，矜持一点，遇到再大的事也能从容面对？哦，行吧。

得知了 Chew 就要和自己同队的消息，又回想起那天晚上温楚一临走前跟自己说的话，姜念突然想通了，怪不得他之前对自己的态度那么好。

只花了十来分钟整理好仪容，在这段根本压抑不住自己笑容的时间里，她还抽空给易初闻发了条微信，最后一次提醒他，让他千万别迟到。

毕竟如果他侥幸通过了考核，未来的队友可是那个站在食物链顶端的男人。

时间还很早，易初闻可能还没起来，一直到吃完早餐开始训练，姜念都没能收到他的回信。

事实上，温楚一其实早早就被亲自上门送训练生名单的李雷给吵醒了。一早上时间，他几乎都在做这份名单的初步筛选。

新成员考核名单是在今天早上九点截止的，因为昨天温楚一转发的微博，从昨晚到现在，训练生的报名人数多了不止一点。

温楚一和卫晗一直忙到中午，才终于给其中九十七位发出确认消息。

倒是李雷在温楚一家玩了一上午的"吃鸡"手游，整个一甩手掌柜模样，不亦乐乎。

PUBG 和其他组队 PK 的游戏不同，因为 PUBG 硬性规定了每局一百人的游戏人数，所以最终的考核人数就只能定一百人。还有三个位置，是留给姜念和 Wind，还有他自己的。

温楚一答应李雷加入 TRB 的前提条件，就是参与队内的所有重大决策，LOL 那边他管不着，但 PUBG 这边，队里的每一步进程他都必须参与。

这是他个人出征的第一支队伍，他需要的，必须是最好最合他心意的队员。

当然，他并不怀疑姜念的能力，但他至少要确认 Wind 的实力，并让其他人心服口服。

下午两点，温楚一等人就坐着李雷骚气十足的亮黄色超跑准时到达 TRB 总部门口。

TRB 总部就在基地不远处的独栋写字楼里，李雷的大手笔温楚一自然是见过的。反正人傻钱多，百来人的新俱乐部，规模都快赶上 QP 了。

几人一下车，在 TRB 总部门口伺机已久的电竞媒体就像饿狼见着羊似的冲了上来。

卫晗眼见是躲不过这一劫了，忍不住朝一脸嘚瑟，似乎还沉浸在霸道总裁环节的李雷翻了个白眼。要不是这人的骚包跑车，他们早就安全进去了。李雷对卫晗的心思毫不知情，甚至还对他邪魅一笑："我知道我多金且帅，但对不起，我是直的。"

卫晗摇了摇头，这人脑子真该治了。

这边温楚一已经被几家电竞周报的媒体围了起来，虽然不像狗仔似的提着摄像机，但也都纷纷用自己的手机对准了温楚一。

"Chew，能简单解释一下转会原因吗？"

"QP 的唐经理昨晚也发了微博，说是你和 Fun 神两个人成名之后，就起了离队的心思，就等着合同到期的这一天，你有什么想说的吗？"

"选择 TRB 是因为签约金额最高吗？ Chew 不会觉得对不起以前的老东家 QP 吗？"

温楚一从昨晚到现在只睡了不到五个小时，为了遮住脸上的黑眼圈特地戴了副墨镜。听到这些人口中越说越无稽的猜测，他抬起手，轻轻扯下一点墨镜，堪堪露出一双深不见底的眸子。

"是不是做你们这行的，想象力都这么狭隘？"

周围瞬间静下来，几秒后，已经有人在手机上、笔记本上做笔记——

"Chew 毫无教养，痛骂媒体人狭隘。"

"年少成名心性堪忧，Chew 恶语相对。"

温楚一对这群人有一定程度的了解，看着他们的动作，他重新将墨镜往上推了推，试图遮挡住自己眼底的倦意，敷衍着重新开口。

"想给自己增加点游戏难度，不过分吧？"

不可一世的口吻，确实是只有他才会有的。

考核室内，一百台电脑整齐地排列着，考核现场堪比网吧。

姜念刚一进屋，便被这阵仗给吓到了。只是一场队内考核而已，有必要安排一百台顶配"外星人"吗？李雷这个人，比她想象中还要浮夸。

随着考核时间的临近，考核室陆陆续续进来一些年轻人，有男有女，不一会儿考核室就坐得满满当当了。

唯独姜念边上空了一台电脑，那是她给易初闻留的位置。

姜念再次点开和易初闻的微信对话，紧皱的眉头暴露出她此刻的坏心情。

屏幕上，全是姜念给易初闻发的消息——

【我给你留了我旁边的位置，进门左手边第二排。】

【你到哪儿了？还有多久能到？】

【快两点了，你别迟到。】

【人呢？！快点！现在 Chew 还没来，你飞也得给我飞过来！】

【你死哪儿去了？】

【？？？】

一旁的 Wind 朝姜念挤眉弄眼："这位兄弟还没来？时间都过了。"

姜念烦不胜烦，索性将手机丢到一旁。不来拉倒，她不管了。

"不过没事，老板和 Chew 好像被媒体堵住了，"Wind 乐呵呵地笑了笑，"你朋友还有时间。"话音刚落，姜念的手机就传出一声振动音。

姜念解锁屏幕，易初闻的头像上显示着一个红色的数字 1。

Y：【我到了。】

姜念紧锁的眉头终于有了片刻舒展。

下一秒，不远处的电梯传来"叮"的一声。

电梯门大开，温楚一和李雷一前一后走进了考核室。

主角登场，能容纳一百个人的考核室瞬间安静下来。

姜念忍不住垂首抚额，完了，一切都完了，那个浑蛋还是迟到了。

Wind 对此也表示叹息："唉，算了大哥，怪只怪那人不识抬举，你就当什么都没发生过……"

话说到一半，Wind 的声音戛然而止，旁边的年轻人却骚动起来。

"Chew 神怎么下来了？"

"Chew 也参加考核吗？"

"不会吧，他不是考核官吗？"

姜念意识到不对劲，立马抬起头来。

她一抬头，便和已经来到她面前的温楚一四目相对。

温楚一神色清淡，和刚刚在媒体面前桀骜不驯的样子截然不同。

他勾了勾唇，笑得自然又随意："我来了。"

姜念脑袋一片空白，甚至不明白发生了什么，温楚一便已经在她旁边的空位上坐下了。

屋子前方的李雷拍了拍手，吸引回众人的注意力："这次的考核积分排名的前四名入选，在场所有人都是参赛选手，各位加油。"

言下之意，Chew 也会参与这次考核，以选手的身份。

所有人都反应过来是怎么回事，唯独姜念，依旧不明白发生了什么。

为什么……原本给易初闻留的位置坐着 Chew？

又为什么……Chew 莫名其妙跟她说了句"我来了"？

随着温楚一的入座，所有的电脑屏幕同时进入游戏画面，考核开始了。

姜念不疑有他，勉力稳住心神。

她的手刚握住鼠标，耳边再次传来温楚一沉稳的声音："加油。"

姜念甚至记不清考核过程，全程晕乎乎的。

等她终于缓过神，考核已经结束了，积分排名也出现在前方滚动的屏幕上。

姜念看着自己的积分排名第二，缓缓吐出口气，尽管过程她记不清了，尽管她和第一名的温楚一积分相差几乎有"一个世纪"，但她好歹还是稳住了名次。

唯一的变数，是第四名和第五名之间仅二十五分的差距，且这两个人，还是一对情侣。随着最后一把游戏的结束，考核终于落下帷幕。

姜念看着自己与温楚一的积分差距，不禁微微叹了口气。

她果然还有很长的路要走。谁知这边温楚一放下耳机，拍了拍姜念的肩膀："进步挺大。"

姜念一愣，忙摆了摆手，又规规矩矩地朝他摇了摇头："没有，还有很多不足……"

话还没说完，她突然意识到好像哪里不对劲。

进步挺大？

没记错的话，Chew 应该是第一次看她打游戏吧？

只是这句话说完，温楚一不再看她，转头滑动鼠标退出了游戏。

姜念眨巴眨巴眼。

嗯？可能是上次吃饭的时候，自己提过一嘴？

她也学着温楚一将电脑关机，李雷已经在前面宣布了通过考核的名单，让姜念感到意外的是，这次考核的第四名和第五名都被李雷点到了名字，并示意他们留下。

看着陆陆续续从考核室出去的人，姜念突然想起放自己鸽子的易初闻。

想着想着……她气不打一处来，没看错的话，这人刚刚是跟自己说到了吧？姜念鼓了鼓腮帮子，从兜里掏出手机，调出微信就是一通打字。

【考核都结束了，你人呢？】

【你是活在梦里吗，兄弟？你知不知道这次的考核名额多难得！】

【你以为随便什么人都能和 Chew 一个战队吗？】

随着消息发出，姜念敏锐地感受到电脑桌上不停传出的振动感。

她愣了愣，下意识地往温楚一手边的手机看去。

温楚一正撑着头，似乎在思考，也被这动静惊醒。他随手解了锁，手机屏幕上立马弹出对话框——

正是姜念刚刚给易初闻发出的一串消息，一字不差，连标点符号都一模一样。

姜念看了看手机，又看了看温楚一，不明白到底发生了什么。

倒是温楚一看过姜念发来的消息后，坦然地放下手机——

"我这不是来了吗，大哥？"

足足十秒，姜念脑袋都是蒙的。

什么意思？她的理解能力有问题吗？

她想开口问他，张了张嘴，却硬是吐不出一个字来。

两人僵持不下的短短两分钟内，姜念大脑飞速运转着，试图回想起和易初闻这一个月来相处的蛛丝马迹——

易初闻和 Chew 相似度高达 90% 的嗓音，被她理解为巧合；

他极佳的动态视力和时不时脱口而出的理论知识，她也只当他私底下做了功课；

温楚一刚搬来基地旁边那几天，也正好和易初闻忙得连微信都来不及回的时间重合；

甚至第一次在游戏里遇到易初闻时，让她误认为是外挂的那手瞬镜爆头的招牌动作……

还有那个倒过来念谐音相同的名字。

姜念倒抽一口凉气，自己这一个月以来的智商被吃了不成？诸多迹象都明晃晃地告诉她，这个世界没有玄幻，易初闻真的就是温楚一。

她咽了咽口水，说了句废话："所以，你是易初闻。"

温楚一笑而不语，看表情还以为他做了什么值得骄傲的事。

姜念点点头，她差不多明白了。想了想，她指了指自己："所以，那个承认自己开挂，每天跟在我屁股后面躺鸡抱大腿的人，是你。"

温楚一笑容一僵。

姜念还在继续："那个强行上我车，说好刚枪还出尔反尔把我撞死的人，也是你。"

温楚一眉角轻微抽动起来。

"哦，"她顿了顿，一副恍然大悟的模样，"还有那个假装菜鸟，每天吵着让我教他打游戏的人，还是你。"

温楚一面上不显，但姜念每说一条，他的心就沉下去一分。

他还以为这一个月自己已经让姜念改变了原本的看法，千算万算，他忘记了女人翻旧账和记仇的能力。

姜念在心中爆了句粗口，瞬间想到第一次见面时，他那副若无其事的炸裂演技。

还不用微信？自己早该想到，二十一世纪谁没有微信？！

自己呢？自己怎么办？

自己塑造的小白花性格，娇滴滴的美少女形象，完了，全都完了！！！

看着姜念不断变换的面部表情，温楚一试探着开口道："其实，我没想骗你……"

"楚一！"卫晗一声大叫立时打断了温楚一准备多时的辩解，"快过来！李雷和我八字不合！"

温楚一在心里骂了句脏话，正想让姜念等等自己，不料她已经起身了。

"你先去吧，"念及还有其他人在，姜念冷哼一声，"这笔账，我以后再跟你算。"

说完，姜念猛地起身就朝 Wind 的方向走去，生生带出了一阵风。

单看身形，也能感受到此人并不平静的情绪。

反正她在温楚一面前早已原形毕露，索性破罐子破摔。

这个骗子！她一个天真烂漫的小女孩也舍得骗！！！

如果是别人也就算了，但电竞魔王温楚一，罔顾颜面，出尔反尔，还在她面前装了整整一个月的菜鸟。

呵，反正表里不一的人也不是只有她一个，他都不怕，她怕什么？

温楚一看着姜念一步步走远的背影，终于意识到，自己的追妻之路似乎又远了一步。

而打扰他哄媳妇儿的罪魁祸首——卫晗，正一脸焦急地对他招手："兄弟，快来！！！"

虽然说好只录取四个队员，但在刚才的五把比赛中，卫晗和李雷对自己心仪的最后一名成员却有了点分歧。

见争执不下，他们索性将两人都留了下来，让温楚一做最后的决定。

弄清楚情况后，温楚一想了想，直接看向边上的李雷："你养不起五个人？"

李雷眨眨眼："你瞧不起谁？"

温楚一点点头："那就两个都留下，正好缺名替补。"

卫晗和李雷纠结了十来分钟的问题，就这样让温楚一轻描淡写地一锤定音。

温楚一满脑子都是姜念那句要找他算账，根本没有时间去想别的。

Wind在几人身后的位置观察着温楚一的一举一动，满眼的小星星，是见到崇拜者的典型表现，甚至比姜念第一次见到温楚一时还要激动。

他用手肘顶了顶姜念的胳膊："刚刚坐大魔王身边打游戏的感觉怎么样？是不是紧张得手脚都不知道往哪儿放了？"

姜念冷眼瞥过Wind，似笑非笑地冷哼一声。

Wind也没在意姜念的态度，突然疑惑道："对了，你旁边的位置不是留给你朋友的吗？你朋友呢？没来？"

嘿，这小胖子，哪壶不开提哪壶的本领倒是挺强。

姜念摇了摇头，勉力克制住自己临近暴走的情绪："没来。"

"哇！这么好的机会都不来？"Wind一双圆溜溜的眼睛夸张地瞪着，"你朋友怕是不认识Chew吧？"

姜念气笑了："认识，怎么不认识？熟得很呢。"

Wind皱了皱鼻子，什么意思？小姐姐的朋友是Chew的熟人？

那他为什么不来？小姐姐这个朋友，不会和Chew有过节吧？

确定了进入TRB，新队员的考核也全部结束，温楚一和卫晗当天下午便收拾行李搬到了基地。

两人搬进基地的时候，姜念正在刷微博。温楚一进门时，姜念的手机屏幕上正好是温楚一不可一世的模样："想给自己增加点游戏难度，有问题吗？"

卫晗首先笑出声来，揶揄地看向温楚一几经变色的脸，有些幸灾乐祸的味道。

温楚一不敢说话，默默开始收拾行李。

上上下下好几趟，姜念却是一眼都没有看向他。

温楚一感觉自己心态崩了。

待行李终于收拾好，温楚一忍不住了，抬步走向姜念。

姜念懒洋洋抬起头："干吗？"

反正形象早就没有了，她现在该怎么放飞自我就怎么放飞自我。

温楚一抿唇："我们谈谈？"

"行。"姜念点头，答得异常爽快。

温楚一得到首肯，立马拉了把椅子过来坐下，就想开口解释："我……"

姜念立马抬手打断他："既然你要谈，就用我的方式来，我问一句，你答一句。"

温楚一饶有兴味地挑了挑眉，嗯，这才是自己熟悉的那个姜念："你问。"

姜念："为什么说好刚枪，还开车撞我？"

"那次……真的是手滑。"温楚一在暗处搓了把手上的汗，强装镇定地笑，"你不是也举报我了？"

姜念点点头："不准反问。"

温楚一老实了。

姜念继续问："为什么一开始不表明身份？"

温楚一："刚做了错事，不敢。"

"你还有不敢的？"姜念冷笑，"为什么承认自己开挂？"

温楚一这次倒是认真地盯了她半晌，才一字一顿道："当时不承认，你就走了。"

姜念愣住，对他话里的诚恳和眼里盛满的真挚有些反应不过来。

他这话什么意思？

"你当时就知道我是谁？认识我？"姜念想了想，似乎也只有这个解释说得通。

不然堂堂大魔王温楚一，为什么要顾虑自己走不走？

温楚一果断点头："之前看过你直播。"

"认识我，还撞我？"

"撞了之后才认出来。"

姜念摸了摸鼻子，瞬间想起自己以前在直播间里每天吹他的操作，极力掩饰住自己脸上的臊意，语气中也带了点气急败坏："然后，你就一直装菜，每次看到敌人就往我后面躲？"

温楚一显得理所当然："我菜，你才能保护我。"

姜念整个人都虚脱了，这个人说出来的话一句比一句不害臊，一句比一句戳心窝子，太犯规了。

　　"所以……"姜念顿了顿，有些迟疑，"到底为什么？"

　　这句话问得莫名其妙，温楚一却很快明白姜念的意思。他轻笑一声，低沉的嗓音突然柔了下来："因为我喜欢你。"

　　一句我喜欢你，就如同一道惊雷，笔直打在了姜念的脑门上。

　　姜念惊得张开了嘴，半天合不拢，一双明眸也越睁越大，一脸难以置信地看着眼前的男人。

　　他说什么？她没听错吧？

　　当她完全明白过来发生了什么时，心跳再也克制不住，飞快窜动起来。

　　被自己的偶像表白是一种怎样的体验，她想去论坛开贴。

　　她不知道别人是怎样的体验，反正她快要晕过去了。

　　温楚一似乎没想过能等到姜念的答案，继续道："可能你觉得很突然，但没关系，以后我们还有很多时间，可以慢慢说。"

　　只要是你想知道的，我都会告诉你。

　　两人间的气氛有些微妙，姜念有些手足无措，顿了半晌，她匆匆起身："明天就开始训练了，你、你早点休息，我先上去睡了。"

　　温楚一看了一眼墙上的挂钟："睡这么早？"

　　姜念脚底抹油："嗯，我困了，有什么事明天再说吧。"

　　看着姜念一溜烟跑回房间的身影，温楚一再也克制不住，轻笑出声："晚安。"

　　念念。

　　回到房间，姜念一头扎在床上，直到把自己闷到缺氧才抬起头来。温楚一喜欢自己，这个认知在脑海里一旦扎根，她就冷静不下来。不为别的，就为这几年来她对温楚一的崇拜，她也能尖叫个十天半个月。

　　一个小时后，姜念终于从狂热中冷静下来，脑中思绪一闪。

　　刚刚明明是她审问他，为什么……最后开溜的也是她？她是不是……又被套路了？！

　　毫无悬念地，第二天一早，从房间出来的姜念，脸上挂了两个浓重的黑眼圈。Wind 见到她时，都被吓了一跳："你昨晚做小偷去了？"

　　姜念没好气地白他一眼："注意你的语气，你见过我这么美的江洋大盗？"

Wind 还没来得及笑，倒是跟在姜念身后下楼的卫晗先喷了出来："江洋大盗，哈哈哈，小念念，大早上的，你想笑死我吗？"

姜念猛地听到这道陌生男声还有些不习惯，想了半天才意识过来，现在基地里已经不止她和 Wind 了。

想起昨晚和温楚一的对话，姜念皱了皱鼻子，下意识往卫晗身后望去。

卫晗敏锐察觉到姜念的目光，不紧不慢地凑上前来："在找楚一？"

姜念一脸问号，立马切换到无辜模式："我找他干吗？"

卫晗见过温楚一这样的人，又哪里会看不穿姜念的伪装，他也不拆穿她，边笑边往厨房走："他每晚至少要练 Exact Aiming 到转钟，就算练完只打两把游戏，睡觉也差不多三四点了，现在应该还睡着呢。"

姜念眨眼："什么 E 什么 A？"

Wind 一脸狐疑地看着姜念："我看你上次还拿了内测版的 Aiming 光碟，你不知道那是什么？"

光碟……姜念想了想，好像是温楚一那天拿给自己的东西，她揉了揉后脑勺："这几天光练压枪了，那个还没来得及看。"

卫晗给自己冲了杯咖啡，一边拿勺子搅匀，一边道："Exact Aiming 是职业选手用来练动态视力和手速灵敏度的，趁他还没起来，你可以试试。"

姜念点点头，有些感慨，温楚一的手速和动态视力她是见识过的，不说登峰造极也算得上是神乎其技，居然还每天练习到转钟。

这让她莫名感到一丝羞愧。

卫晗似乎看懂了她的表情，喝了口咖啡，对她笑道："职业选手也会存在手热和手冷的情况，虽然只是基础练习，但一天不练你的手速可能就会跟不上脑子。"

姜念这种刚刚进入职业圈的年轻选手还没什么感觉，但是像温楚一那样的大龄选手，一天不练可能得花成倍的时间补回来。

外界永远只能看到职业选手光鲜的一面，但内里的艰辛，其实不比认真生活的任何一个人差。

这时小情侣也从房里出来，简单吃了点早餐后，卫晗将姜念的碟片拷到每个人的电脑中，拍拍手开始发言："昨天时间太赶，我简单介绍一下自己。"

"我是卫晗，以后就是你们的教练了，"他笑得漫不经心，眼底的光芒却不容忽视，"说一下队内的位置安排。"

"副突击手萧咏和黎晴，你们的具体分工，晚点 Chew 会告诉你们。"

萧咏和黎晴是那对小情侣的名字，两人的游戏名也十分有趣，男生叫 08，女生叫 09。

因为两人中必将有一个是替补，所以在队内他们的具体职责也不尽相同。两人可能对新环境还有些不适应，从下楼到现在牵着的手就没放开过，听到卫晗的分工安排，两人也只是局促地点了点头，并未多言。

卫晗的目光移至 Wind 胖乎乎的圆脸上："Wind 是主突击手，从今天开始练习落伞。"

突击手需要以最快速度到达战场抢夺物资，所以落伞时的方位和速度至关重要。Wind 不是新人，一早就有这个心理准备了，也没有多言。

"副狙击手，姜念。"卫晗终于看向姜念，"除了定点和移动靶准确度之外，作为观察员，你的动态视力也需要多加练习。"

听到卫晗念出自己的名字，姜念一身的鸡皮疙瘩都快掉下来了。

她正欲答"好"，楼上突然传来一道漫不经心的男声，似是因为刚醒不久，这道声音听起来还有些低哑。

"让姜念做主狙击手，副狙击手我来。"

听到温楚一的声音，姜念立时想起昨晚他对自己的表白，脸颊无法抑制地有些温热。

有全世界最好的狙击手在，他居然让她做主狙？

姜念在心里叹了口气，这人莫不是被爱情冲昏了头脑。

卫晗倒是镇定自若地耸了耸肩，口吻随意，语气却带着不容置喙的味道："我说过，姜念现在并不足以胜任主狙击手的位置。"

很显然，在这之前他们就已经讨论过这个话题了。

听到这句话，姜念瞬间冷静下来，她抿了抿唇："副狙击手就行，我会好好练习动态视力的。"

没有人会喜欢被人这样直白地说出自己能力不够，但这是事实，在温楚一面前，她的确差远了。说话间，温楚一已经从楼上走了下来。许是刚洗过澡，他发间还带了一丝潮意，一身简单的白 T 牛仔裤硬是被他穿出了高级感。

他信步走到卫晗旁边，视线甚至还有些朦胧，但说话的语气却是截然相反的，有些犀利："姜念的移动靶和定点准确度都很高，但就算她不吃不睡拼命练习一个月，动态视力和手速也不可能跟上其他参赛队伍的老选手，我们为什么要舍近求远？"

而极佳的动态视力，是对副狙击手和观察员的基本要求，很显然，姜念现在还做不到。

听到温楚一的话，姜念心里"咯噔"一下。

她也知道自己的搜寻目标能力有些弱，但被温楚一这样直白地说出来，还是有点头重脚轻的感觉。

温楚一在心里叹了口气，真话往往是难听的，但他却不能不说。

他没敢正眼看姜念，夺过卫晗手中的咖啡抿了一口："跟你说了多少次了，早上喝咖啡别加糖。"

嫌弃完卫晗，他才继续道："距离天命杯就算四舍五入也只有一个月了，既然参加，就是奔着第一去的。"

虽然只是直播平台举办的比赛，但了解业界指标的人心里都很清楚，这次比赛一切标准都是按国际比赛来的，甚至还额外邀请了韩国的两支强队。

不出意外的话，这次的天命杯，就是下一届国际邀请赛的预备赛了。

如果不趁这次机会将战队名声一炮打响，他大费周章地转会又有何意义？

卫晗大概明白了一些他的意思，习惯性地皱了皱眉："你以前没当过副狙击手，攻击模式和主狙击手很不一样，你也得花大把时间适应。如果只是为了一场比赛临时调换位置，未来需要改变和适应的东西可能会更多更麻烦。"

温楚一笑了："嫌麻烦打什么职业。"

而且，就算这场比赛结束，他们的位置也不是非变回来不可。

姜念的实力和灵性并不输任何人，他是知道的。

这句话说完，卫晗不再固执，同意了温楚一的提议。正如温楚一所说，动态视力和手速都需要通过日积月累的训练来提升，短短一个月的时间确实不够。尽管如此，卫晗也绝不会相信，这是温楚一让出主狙击位的唯一理由。

得到卫晗首肯，其他人自然也没什么意见，毕竟就队内考核的分数来看，姜念也是仅次于温楚一的存在。

刚做完队员的位置分配，陈子彦就拎着大包小包上门了，卫晗看他这个架势，夸张地抽了口气："小陈，你这是要搬进来？"

"不不不，"陈子彦忙放下手中的东西，摆手道，"这是你们的队服和直播的合同副本。"

一边说着，他一边拿出一件宝蓝色的亮片外套："老板说之前的队服太低调了，衬托不出王者风范，就按照你们的码子重做了一套。"

温楚一连多余的眼神都懒得给陈子彦手中的外套，转过头就往电脑前走："训练了。"

其他人想都没想，立马来到各自的电脑跟前。陈子彦无辜地瞪着在一边闷笑不止的卫晗，小声道："这是什么意思？不试试队服吗？"

卫晗再也忍不住，扑哧笑出声来："李雷这品位……哈哈哈。"

一边笑着，他一边拍了拍陈子彦的肩膀："以后要是他再整这些骚东西，你多拦着点。"

陈子彦揉了揉自己头上的乱发，欲哭无泪，这让他怎么和老板交代？

想了想，他放下手里蓝得发亮的队服，又掏出直播合同走到温楚一边上："Chew神，要不训练之前，咱先把直播合同签了？"

老板一共交给他两个任务，其中一个很明显已经失败，另一个他总得成功。温楚一坐在电脑桌前，一手撑着脑袋看他："李雷没告诉你我不直播？"

依旧是轻淡的语气，却生生让陈子彦感受到一丝杀气。他哆嗦两秒，很快摇头："老板只说这个合同所有队员都要签。"

卫晗笑了笑，在心里为陈子彦点蜡。

温楚一这人什么脾气外界都很清楚，刚成为职业选手那会儿，他没经验没名气，凭借着一身过硬的技术就让俱乐部老板对直播的事情妥协。

几年前都如此，就更不用说现在了。温楚一瞥了合同两眼，并没有错过上面硕大的"飞猫"二字，突然转头看了眼姜念："你和飞猫签的合同怎么说的？"

因为主狙击手和副狙击手之间需要配合，两人的位置连在一起。

猛然听到温楚一的问话，姜念愣了半天才反应过来："之前飞猫那边说要和战队合作，我的合同可以转成战队统一合同。"

温楚一闻言皱了皱眉："原合同每个月多少时长？"

"100……"姜念看他脸色有些不对劲有点发怵，语气中甚至带了一丝不确定，"120？"

果不其然，得到答案后的温楚一脸色又黑了一寸，他一把拿过陈子彦手里的合同。当他看到合同上明确表明的45小时直播时间时，面色稍霁。

不幸中的万幸是，飞猫给出的直播时长还不算过分。

温楚一合上合同，敲了敲桌子："你和飞猫的合约还剩多久？"

姜念想了想，心里莫名有些不安："还剩一年半左右。"

温楚一颔首，将合同递给一旁的陈子彦："让李雷和飞猫的人联系一下，把合同年限改成两年。"

陈子彦还没说什么，倒是卫晗已经夸张地瞪大了眼："你真要签？"

"只签两年，"温楚一显得相当冷静，"飞猫能接受就接受，不能接受就不签。"顿了顿，他又补充道，"其他人想签也没问题，只要能保证每天 14 个小时的训练时长，我没有意见。"

之所以排斥直播，不是像他人所说的耍大牌装神秘。直播这件事本身就会耗费大量心神，且很容易被观众带节奏，所以温楚一才会提出每天 14 个小时训练时长的硬性要求。

14 个小时是什么概念呢？如果每天睡 8 个小时，就只剩 2 个小时的吃饭休息时间。简而言之，要直播可以，你得牺牲自己所有的休息时间，才能保证每天 1.5 个小时的直播。

也许在别人眼里，可能觉得温楚一提出的年限要求无理甚至荒诞。

但了解他的人如卫晗、姜念，甚至连 Wind 都能感到温楚一做出了多大的让步。相信飞猫的人也必然能感受到。

但刚刚温楚一接二连三的问话，姜念就算是个傻瓜也能猜到，温楚一答应签直播合同很可能是因为她。

陈子彦抓耳挠腮了半天，最终妥协地掏出手机，给李雷拨去电话。

温楚一的意思表达清楚了，也不想在这件事上继续耗费时间，简洁明了地给所有人下达任务："省去无聊的客套话，从今天往后数十天，每天 2 个小时 Exact Aiming，4 个小时个人专项练习，4 个小时两两配合练习，还有 4 个小时四排组队。"

一句话说完，他对卫晗点了点头，起身走近那对小情侣分配任务。

卫晗会意，上前替补了他的位置，给姜念和 Wind 分别安装好 Exact Aiming："姜念是主狙击手，每天的个人专项练习就是练靶压枪，了解地图每一块资源区的最佳狙击点。"

他顿了顿，又看向 Wind，言简意赅："你练跳伞。"

Wind 的面部表情瞬间呆滞。

他好歹也是一个主突击手，怎么和姜念说的时候一个接一个的训练项目，到他这儿就变成了简单一句"练跳伞"？

卫晗察言观色的能力不错，一看小胖子这表情就知道他在想什么，笑道："你没发现吗？你每次落地都很慢，有的时候还会卡伞。"

小胖子脸红了。

"首先得把你的落伞问题解决了，才能进行下一步。"卫晗指了指电脑屏幕上已经打开的软件，"你们先练2个小时Exact Aiming就可以开始练专项了。"

两人点点头，立马投入训练状态。

相对于卫晗这边的轻松而言，温楚一那边就显得不那么好过了。

萧咏是考核时的前几名，基本功扎实，一看就是稳扎稳打一点点练上来的；而黎晴虽然操作毛糙，游戏天赋和灵敏度却极佳。

温楚一刚开始的想法，是准备让萧咏参加下个月的天命杯，毕竟一个月时间，他并不确定能解决黎晴的不稳定发挥问题。

但在看过黎晴超高速地操作着Exact Aiming上不停闪动的圆点后，温楚一改变了自己的想法。

毫不夸张地说，黎晴的操作速度快赶上他了，这样的手速和灵敏度，如果不在赛场上用出来，太可惜了。

在两人身后又看了一会儿，温楚一打断了他们："下个月的天命杯，你们俩轮流上吧。"

两人同时顿住，对视一眼，皆在对方眼中看到欣喜之色。

"萧咏主要练习大局观，为狙击手做掩护并开辟行进路线。"温楚一停下，又看了看旁边那一个，"黎晴主攻侧翼冲锋，多练练对枪声位置的判断。"

"当然，卡视野、拉枪线和绕后，这些都是你们需要掌握的基本操作。"听到他轻描淡写的"基本操作"四个字，两人表情一僵。

他们可没少花时间在他口中的这些"基本操作"上。

温楚一笑得毫不自知："练习吧。"

第六章
电子竞技，实力即一切

投入到训练中的时间过得很快，因为温楚一和卫晗的加入，所有人都铆足了劲。只是练习的时候不觉得，晚上终于结束最后一把四排后猛然松懈下来，几人这才后知后觉感到浑身酸痛。

Wind倒还好，但那对小情侣和姜念就不那么好过了，毕竟是第一次接受这样高强度的训练。

训练结束后，几人早早便上了楼，终于体会到温楚一口中的"每天保持14个小时训练时间再直播"这句话，是多么天方夜谭。

其他人回房了，温楚一却没准备结束训练，又独自开了把游戏。

虽然他是职业选手，但毕竟是从CS转来PUBG的，他需要花更多的时间来参透这款游戏。

又打了两把，温楚一等来了李雷的电话。他随手接起电话摁下扬声器，闲着无聊，又开了Exact Aiming练了起来："怎么？"

李雷的声音听起来十分愉悦，显然是打了个胜仗："飞猫的合同搞定了，明天给你们送过来。"

"行。"温楚一手速极快，屏幕上飞快出现的光点到了他手里像放慢了脚步，每一个光标都点得极准。

听温楚一语气轻松，李雷来了兴致："还以为你打死不从呢，我都做好了你把合同甩我脸上的心理准备了。"

温楚一冷哼一声："现在还说这些话？"

"嘿嘿，"李雷笑得极其猥琐，"老实说，你是不是为了你那心上人才签的？"

温楚一早已习惯李雷老派的说话方式，只淡淡地"嗯"了一声："她和飞猫有合同。"

李雷回了个山路十八弯的"哦"，又道："你帮人家付违约金不就好了？不仅能让她感动，可能一个把持不住就以身相许啊，你没钱吗？要不要哥借你？"

"滚，"温楚一语意不明，随手关了 Exact Aiming，又起身走到阳台点了根烟，"就你那脑子，还想教我？"

李雷不服气，声音也大了起来，在静谧的夜里显得格外突兀："你又瞧不起我？你说！我看你能说出个什么花来！"

温楚一嗤笑一声，嘴里虽然还叼着烟，声音却依然清晰："她不是你那些娇滴滴的小女人，我也不是你这种片叶不沾身的公子哥……

"我倒是想帮她付违约金一了百了，到时候她要是有负担怎么办？

"讨厌我自作主张怎么办？

"因为违约金和我保持距离怎么办？"

她的念念，不应该迁就别人，他来迁就她就好。

那边李雷听完温楚一一连串来自灵魂深处的拷问，久久没有出声。

温楚一手里的烟就要燃尽，他没有留恋，将烟摁灭在烟灰缸里。

半晌，李雷叹了口气："兄弟，你真的完蛋了。"

历时 14 个小时的训练结束，所有人都手脚发麻，几乎是回到房间的瞬间就要晕厥过去。

尽管如此，姜念依然注意到温楚一没有和他们一起上楼。想起卫晗早上的话，姜念揉了揉略微酸胀的手臂，叹了口气。没有人能随随便便成功，就连温楚一也不行。想了想，她一个翻身就从床上蹦了起来，决定加练两个小时。

已是深夜，房间外的走廊空无一人，担心自己的动作吵醒他人，姜念轻手轻脚地带上房门，这才往楼下走去。只是楼梯刚下了一半，她就听到仍坐在电脑前的男人低沉嗓音。

"她和飞猫有合同。"

姜念这人实在不算敏锐，但也能大概猜到温楚一口中的"她"……似乎是指自己。果然，接下来温楚一和李雷的对话证实了她的猜想，姜念就这么一动不动地听着，看到温楚一起身走向阳台时，还下意识往楼梯旁的窗帘躲了躲。

尽管话题说的是自己，她也不是有意为之，但这毕竟是偷听。

所幸客厅里的灯在刚才大家上楼之后就让温楚一给关了，黑暗的环境在这一刻给了姜念一丝安全感。

　　只是当她听完整段对话时，刚刚萦绕在身边的那一丝安全感瞬间烟消云散。接踵而来的，是心底某个地方的塌陷。就像本该身披金甲圣衣的齐天大圣，在这一刻突然放下了手里的金箍棒，心甘情愿地戴上了自己手中的紧箍圈。

　　最要命的是，他还是自己默默崇拜了三年的那个人。

　　一开始喜欢温楚一，是他进 QP 后第一次参加全国总决赛，当时他的一个瞬镜爆头，明明还是一个名不见经传的新人，却张扬到让人移不开眼。

　　自那以后，他的每一场比赛她都会看，发展到后面，不管是温楚一参加的是国内的比赛还是国外的比赛，她都会早早定好闹钟，生怕错过一场。

　　她看着温楚一从一个新人慢慢成长为一跺脚电竞圈都要抖三抖的大魔王，对他也从一开始的欣赏转为狂热，最后变成所有人眼里的"Chew吹"。

　　这样一个出类拔萃的男人，现在就站在离她几米不到的地方，话里话外全是对她的维护和心意。这样的温楚一和比赛时的温楚一截然不同，和她见过几面甚至在网上接触了一个多月的男人似乎也并不一样。

　　姜念似乎有些明白温楚一口中的喜欢到底包含了多少情绪，包括他这一个月来在自己身上花的心思。这个认知让她有些无措，也没了继续听下去或训练的想法，转过身就原路返回到自己房里。

　　关上门的那一瞬间，姜念感觉仿佛全身力气都被抽离，靠在门上滑落至地面。

　　温楚一认真地喜欢着自己，这个认知让她惊喜却又害怕。

　　她喜欢他吗？

　　当然。

　　对一个自己信奉为神的人，说喜欢她都觉得肤浅。

　　但这份喜欢里有没有带一个"情"字，说实话，她不知道。

　　她喜欢了温楚一这么久，一直只是把他当作偶像，当成自己前进的方向和动力，却从没想过这个人会属于自己。姜念慢慢站起身来，走到盥洗台前用凉水洗了把脸，试图降低脸上的温度。

　　她不能慌，不能被他说的这些话给误导。

　　在给他答复之前，她要分辨清楚，这份喜欢到底是属于这个人的，还是属于他作为偶像所带给她的光环。

温楚一和卫晗带着 TRB 这群小朋友连续进行了三天魔鬼训练，每天 14 个小时的高强度训练下来，连以前上课直播连轴转的姜念都有些吃不消。训练很累，但好在这样连轴转的生活也分散了一些姜念对温楚一的注意。

那晚以后，姜念对两人间的相处一直保持着高度紧张的状态。

让她欣慰又有些失望的是，这几天温楚一都没有特别找她说过话。

两人之间似乎有一种无形的默契，她不说，他也不问。

第四天一早，当所有人早早起来准备开始训练时，陈子彦带来了新拟的直播合同。

Wind 看到陈子彦就像看到了救星，以为终于可以歇口气了，第一个蹦跶着迎了上去。

萧咏和黎晴却没有 Wind 那么天真，老老实实地继续练着压枪。

毕竟从这几天温楚一的架势来看，现在浪费的时间往往都会用宝贵的休息时间补上。所以在温楚一动作之前，他们绝不会轻易行动。

而一直埋头练习 Exact Aiming 的姜念，更是从头到尾都没有被陈子彦的出现打断。

卫晗满意地点了点头，尽管才三天时间，但看起来大家都已经全身心投入训练了，除了……那个不知悔改的小胖子。

温楚一解决完屏幕上的最后一个敌人，起身走近陈子彦："改好了？"

陈子彦脸上堆满了笑容，忙不迭点头："改好了、改好了，全都是按照你的要求改的，飞猫那边非常合作。"

温楚一还没说话，倒是卫晗嗤笑一声："能不合作吗？ Chew 的第一份直播合同，他们难道会不知道这份合同的分量？"

光是"Chew 的第一份直播合同"这几个字，飞猫就已经占足便宜了。

温楚一也斜了卫晗一眼："检查一下他们的合同。"

一边说着，他一边也拿了份合同看了起来，虽然直播合约姜念以前也签过，但和他们两个老油条比起来，还是差了些功力。

在陈子彦将合同拿过来之前，所有队员合同里的细节温楚一就已经修改过不下三次，连李雷听了他烦琐的要求都忍不住啧啧称奇："你一个大老爷们儿怎么这么麻烦？"

对此，温楚一往往回以冷笑："对媳妇儿都不认真，活该你一辈子单身。"

待两人细细确认完合同内容无误，这才叫来埋头苦干的姜念和小情侣签字。

几人对温楚一甚是放心，几乎没怎么看就龙飞凤舞地签下了自己的名字，准备接着回去埋头用功。

温楚一看了几人严肃的表情都不知道该哭还是该笑，敲了敲桌子才吸引来几人的注意力："合同从下个月天命杯结束之日开始生效，在此之前，每天的训练时长改为 10 个小时，直播任务开始之后个人训练时长降至 8 个小时。"

此话一出，所有人都停下了动作，用整齐划一的惊诧眼神看向说话之人。温楚一笑了笑，兀自走到自己的电脑桌前坐下，似乎并没有重复的意思。萧咏和黎晴对视一眼，率先发出疑问："不是……每天 14 个小时吗？"

姜念也感觉有些莫名其妙，分神听着几人的对话，手上操作鼠标的动作并未停下。

唯独 Wind 一人像打了鸡血似的满场蹦跶起来。

太好了，终于能活得像个人了。

卫晗一边一手捞过 Wind 宽厚的肩膀使其停下，一边对几人笑了笑："怎么？真想每天练 14 个小时连轴转？"

"14 个小时是楚一每天的练习时长，对你们来说不适用。开始这几天你们体验一下就行了，就算是先苦后甜吧。"

一边说着，卫晗还一边拍了拍 Wind 的脑袋："就你一个人问题最多，还每天好高骛远不好好练枪，其他人每天练 10 个小时，你练 12 个小时。"

Wind 脸瞬间垮了下来，肉嘟嘟的圆脸眼见着就要皱成一团："不太好吧？"

卫晗冷笑一声："没什么不好的。"

说完，卫晗抓着 Wind 的脖子就将他往电脑桌前拖："练四倍镜压枪，1 分钟间隔 5 秒，50 组。"

Wind 哀号一声，只好老老实实撸起袖子开始干。

和 Wind 这边强烈的绝望气息不同，其他几人的心情都显得异常愉悦。

姜念看了看温楚一摆在桌子旁边的直播合同，因为刚才一直在反复确认，他还未来得及签上自己的名字。

想了想，她往温楚一边上拖动椅子："你如果不想直播……"

温楚一没等她说完，抓起笔就在合同上的签名处草草画了几笔。

言下之意：我签都签了，你能拿我怎么办？

姜念看着他的动作，目瞪口呆，怎么的，现在是连话都不让她说完吗？

顿了顿，她脱口而出："我真的很有钱。"

温楚一面不改色地点头："我知道，你上次说过。"

"我付得起违约金，"姜念盯着他，一动不动，"不想直播就不播。"

她的确付得起违约金，不过就是倾家荡产还要找爸妈资助点生活费而已。

虽然合同已经签了，但副本现在还在他们自己手上，就算现在反悔也来得及。这几天脑子里一直想着温楚一喜欢自己的事情，再加上训练实在耗费了太多精力，她甚至没有想起直播这茬。

姜念神色异常认真，温楚一看得分明，她这番话是经过深思熟虑后说出来的。想着，他挑了挑眉："为什么你觉得我不想直播？"

姜念一愣，明显没想到温楚一会这么问自己。

毕竟作为他的老粉，他不直播的事情几乎尽人皆知。

温楚一撑了撑脑袋，歪过头看她："签合同的前提条件是什么，你知道吗？"

姜念眨了眨眼，乖巧地摇头。

他笑着眯了眯眼，一双好看的眸子立刻向上扬起："李雷答应五年内不接广告和代言。"

两年直播换来五年清静，论谁都会承认这是个划算的买卖。

姜念自然也是，双眸展露一丝亮光："真的？"

温楚一轻笑点头，好不容易忍住自己想揉揉她脑袋的手。既然都想到了她会为难，他当然也不会忘记给自己找一个像样点的理由。

反正李雷不差钱，反正他也不差钱，正巧也是老板之一。

姜念放下心来，还好，并不是全因为她。

只是刚松懈一秒，耳边再次传来温楚一带着笑意的声音："月月，那笔账到底要怎么算，你想好了吗？"

姜念立刻警觉起来，进入战斗状态。

只是寒毛竖起来没多久，就再次被温楚一委屈的眼神通通软化。

"想好了，"姜念最终点头，"天命杯拿了第一就一笔勾销。"

有了目标，TRB几人很快投入紧锣密鼓的训练之中。

姜念练得最是投入。投入到什么地步呢？投入到忘了"姨妈"造访的日子。"姨妈"造访时，姜念正在和温楚一直播双排，也来不及解释，她撂下鼠标便逃也似的往自己房间跑去。

这段时间过得太混乱太忙，导致她忘了补充女性之友——"姨妈巾"。

更让她感到绝望的是，她还没来得及加上萧咏和黎晴的微信和电话，连找黎晴求助的机会都没有。

目光在 Wind 和温楚一的微信头像中游移片刻，姜念视死如归地给温楚一发去消息。

代表月亮消灭你：【这把游戏打完了吗？】

温楚一"秒回"姜念答案。

Y：【我退了，怎么了？】

这下反倒是姜念不知道怎么继续了，迟疑片刻，她红着脸打字。

代表月亮消灭你：【你能让黎晴加一下我的微信吗？】

Y：【黎晴？谁？】

代表月亮消灭你：【……09。】

Y：【哦，你怎么还不下来？】

姜念忍住想骂人的冲动，敲字的力气越来越大。

代表月亮消灭你：【快点让她加我！！！】

Y：【她刚刚和 08 出去吃饭了。】

姜念险些晕厥，直接打了电话给温楚一："你有黎晴的联系方式吗？"

温楚一的声音相当冷静："没有，不过她最多半小时就回来了。"

虽然训练时长减少了，但黎晴和萧咏对温楚一发自内心的恐惧感还是存在的，每次单独出去吃饭绝不会超过半小时。

只是这半小时，在姜念眼里，已经等同于一万年。

见姜念迟迟没有出声，温楚一瞥了眼姜念分屏上的直播界面："你不下来吗？直播还开着呢。"

姜念欲哭无泪，连带着声音都虚弱不堪："我……下不来……"

温楚一说着就要迈步上楼："你怎么了？我来帮你。"

"你别来！"姜念声音立马提高了两个调，"我问问陈子彦有没有黎晴电话好了。"

这句话说完，为防温楚一寻根究底，姜念毫不迟疑地挂断了电话。

一楼的温楚一陷入沉思，为什么她宁愿绕一圈找黎晴帮忙都不让他帮忙呢？

正好那边 Wind 结束单项训练，卫晗得空去给自己倒杯咖啡，路过一脸沉思的温楚一。

温楚一立刻叫住他："你说，女人有什么事是只能找女人帮忙的？"

他虽有时"直男"，但绝对不傻。姜念绕了几个圈子找黎晴而不找自己，显然是受到性别因素的限制了。

卫晗张嘴就来："打小三，吵架，卫生巾。"

温楚一心领神会，破天荒地对着卫晗道了声谢，头也不回地往外跑去。

看着温楚一的背影，卫晗瞳孔剧烈收缩，搅拌着咖啡的动作都顿住了。

小念念是要和他吵架还是打小三？？

姜念离开时并未关直播，此时直播间里的观众将两人的对话尽收耳底，已呈欢腾状态。

【我没听错的话，这应该是 Chew 神和 Fun 的声音吧，哈哈哈哈哈哈……】

【哈哈哈哈哈哈，什么鬼啊？女人找女人不能说悄悄话吗，为什么就是打小三、吵架、卫生巾了？】

【嗯……你们不觉得之前那个小菜鸟的声音和 Chew 很像吗？】

【兄弟们，我有一个大胆的想法。】

【前面的兄弟，不瞒你说，我也有和你一样的想法。】

他们万万没想到，就连姜念不在屏幕前的这段时间里，发生的事情也没让他们无聊过。

十分钟后，温楚一火急火燎地拎着一个黑色塑料袋跑了进来，伴随着的还有他额头上细密的汗珠。卫晗就这样呆愣地看着他紧抿着唇跑到姜念房门口，伸出手准备敲门又放下，没过两秒，再次伸出手又再次放下。

就这样重复了至少十次抬手放手的动作后，卫晗忍不住了："你倒是敲啊！不敢敲就给她发微信啊！"

温楚一顿了顿，终于掏出了兜里的手机，给姜念拨去电话。

姜念接电话的速度很快，声音听起来也疲惫不堪："我已经联系到黎晴了……"

"我给你买了……是放你门口，还是给你拿进去？"温楚一的声音听上去还算沉稳，如果忽略他对某种女性用品名称的含糊其词的话。

龟缩在洗手间的姜念听到温楚一的话一个激灵直起了身子，立马精神起来："你给我买了卫生巾？！"

听到她近乎颤抖的惊呼声，温楚一嘴角绷不住地向上扬了扬，声音依旧低沉平静："嗯，我给你送进去？"

"别别别，我过来拿！"姜念大声制止了他。

温楚一甚至在门外都能听到一丝她的声音。

两秒后，姜念的房门微微打开了一条缝，一条雪白的手臂从门缝里伸出，一把夺过了他手中的袋子，道谢的声音都满是羞赧的意味："谢谢。"

然后，"砰"的一声，她关上了房门。

温楚一靠着门，难以自抑地笑起来，连带着胸膛也跟着有了细小的起伏抖动。他甚至可以想象出姜念面红耳赤的模样。啧，可爱。

又过了十分钟，姜念终于整理完从房间出来，脸上带着余温，她重新坐回电脑前，甚至连一眼都不敢朝温楚一那边看。

直播空了二十来分钟，早就有平台超级管理员查房，给她强行关闭了直播间。姜念捂了捂额头，也不想再重新开播了，索性关闭了直播串流软件，又掏出手机一顿打字，以自己身体不适为由发出一条道歉微博。

她发完也懒得看评论，直接锁了手机就打开 Exact Aiming 飞快练了起来。

温楚一不知何时已经走到姜念身后，手里还端着杯褐色液体。

这是他刚刚询问便利店服务员后，顺便买的红糖冲剂。眼看着姜念手臂飞速晃动操作着鼠标，他不自觉皱了皱眉头，抬手捉住了她的胳膊。

姜念被吓了一跳，转头看到温楚一时还有些不自在："怎、怎么了？"

温楚一也不出声，只默默将水杯递到她手上，又拿起鼠标将她的电脑关了。

"关电脑干吗？"姜念扑闪着眼睛，显得极其无辜，仿佛那个刚刚在微博上卖惨的人不是她。

温楚一眉眼渐弯，用连他自己都未能察觉的柔和语气道："今天不用练了，喝完去休息吧。"

姜念呆呆地看着自己手中温度刚好的红糖水，又看了看眼前这个眉眼清淡的男人，她怕是活在哪个童话世界吧？！

温楚一顿了顿，最后实在没忍住，伸手揉了揉姜念蓬松的头发。

像是担心姜念会拒绝似的，柔软的触感仅在手心停顿两秒，他便松开手，坐回了自己的电脑桌前。

似是想掩盖住自己狂跳不安的内心，他再也没敢看她。

尽管姜念"姨妈"造访，但 4 月的最后一天，天命杯依旧如期而至。

因为有 Chew 的加入，今天场馆内的观众坐得满满当当的。

台上的两名解说员也是满脸兴奋——

【大家好，欢迎收看由飞猫 TV 主办的天命杯预选赛第一场，由 A 组对抗 B 组。我是小黑。】

【是的，大家好，这里是 S 市主会场，我是咚咚。】

随着两名解说员清晰简短的开场白响起，直播导演朝身边的副手比了个 OK，直播画面立马出现在会场中间的摇臂镜头上，台上的 96 位选手和台下振臂欢呼的观众完整地出现在屏幕上。

天命杯势态已久，飞猫直播平台上的观众们也展现出相当大的热情。

【等一手 Chew 的花式吊打，希望导播能多切到 Chew 的画面。】

【啊啊啊！我刚刚好像在人海中看到我大哥了！！！】

【这么远的距离我大哥都这么突出，哈哈哈……】

【哈哈哈，兄弟们醒醒！你们能看到大哥真的只是因为 TRB 那身亮片队服而已啊！】

没错，在经过李雷长达半个月的说服后，温楚一不胜其烦，为了终止李雷无数次打断训练的骚扰，他最终妥协了。

于是直播画面里，尽管看不清脸，但 TRB 队员那身亮闪闪的宝蓝色队服绝对是全场最引人注目的颜色。

连两位主播看清 TRB 的队服后都忍不住有些笑场。

小黑：【嗯……TRB 的队服倒是很别致，非常吸引眼球。】

咚咚：【哈哈哈……这是他们的战术吗？按照队服的规模来说，TRB 这套衣服真的有点过了。】

短暂的玩笑过去，两人言归正传。

小黑：【撇去队服不说，其实 TRB 在这次的预选赛中也算是呼声最高的一支队伍了。】

咚咚直点头，眼里全是星星：【对于电竞圈来说，Chew 是怎样的存在大家心里都有数，给予他这么高的关注，说白了也是对一个世界冠军的尊重。很荣幸，Chew 神转型 PUBG 的第一场公开赛是由我来解说的。】

小黑笑了笑，像是已经见惯了搭档这副"Chew 吹"姿态：【Chew 是世界冠军，但 TRB 只是一支刚刚成立的新队。】

说着，他话锋一转：【不过这场比赛有了 QP 的加入，说实话战局还并不明朗，毕竟这是一个团队游戏，在 FPS 游戏中，QP 是占据统治地位的。】

导播很有眼色地将温楚一和马克的特写同时放上直播画面，昔日队友成对手，光是这个话题就足够做文章了。

唯一的问题是，导播忘记了温楚一数以万计的颜粉——

【我老公实在太帅啦！！！】

【啊啊啊！妈妈，我恋爱了！】

类似这样的弹幕没完没了，倒是让温楚一的男粉丝有些不胜其烦——

【你们看比赛还是看脸？呵，女人。】

【怎么比赛还没开始话题就在 Chew 神身上纠缠个没完没了，让人安心看看比赛不行吗？】

【附议，想看帅哥去看明星啊，跑来这里看什么电竞比赛，看得懂吗，你们？】

导播见势不妙，赶紧给两位解说员做了个 Cut（剪切）的手势，镜头也转而一一扫过两队的其他队员。

当画面停留在姜念脸上时，弹幕不减反增。

而这一次发声的，是刚刚还在嘲讽女人看脸的那群男人——

【我大哥的正脸太好看了吧！】

【呜呜呜，大哥打什么职业啊，去选美不好吗？】

【我大哥的气质和这身队服，真的绝配哈哈哈……】

小黑看了一眼躁动的观众席，暗自挑了挑眉：【导播给了 Moon 一个画面，看来现场的男同胞们都有些蠢蠢欲动啊。】

咚咚也笑起来：【Moon 这位选手以前是主播，刚刚成为职业选手一个来月，但就以前的视频资料来看，这位选手的操作也是极其有灵性的。】

虽然两人话里话外都没说姜念不好，但很明显，因为她过去是游戏主播，两人对她的期待值并不算太高。就算提到她，也都是因为她的外貌和人气。

短暂的热闹过去，大屏幕上，随着游戏的读秒时间逐渐减少，导播最终将画面切到了游戏画面。

小黑正了正神色：【我们可以看到导播将画面切到了机场画面上，这把是老地图。】

咚咚：【是的，A、B 组预选赛的第一场比赛，在网络人气票选中最高的前五位分别是 TRB、SLZ、ANX、FHL 和……QP。】

明眼人心里都有数，QP 宣布参赛的消息才刚两天，但在网络投票中的支持率却已经能排在前五，不得不承认，老牌强队的招牌还是很有号召力的。

游戏正式开始，屏幕上出现地图界面。

小黑：【航线从 L 港直接往左下角切，算是一条中规中矩的航线了。】

咚咚：【我们可以看到 FHL 已经率先落伞了，这边 QP 和 TRB 似乎都没有在大城区落点的意思。航线过半，飞机上只剩不到 10 支队伍，让我们来看看 TRB 和 QP 会不会在第一场就遇上。】

咚咚的语气有些激动，很显然是很期待这两支队伍相遇的。

只是双方看起来都并没有成全咚咚的意思，分别跳了两个野区远点。

这样一来，连小黑都难免皱眉：【TRB 居然选择了野点，这么尿，不是 Chew 神的风格啊。】

在这一个月的训练中，卫晗将战略部署得十分细致。

细致到什么地图什么航线具体跳什么点，都有自己的一套布局。而这第一把平行于老地图的航线，在卫晗的战略部署中，恰好就符合卫晗赛前还和他们强调过的"农村包围城市"战术。

几人准确落在了 Y 城上半区百米开外的野区。

温楚一是个天生的闪光体，在比赛中人们永远能第一个找到他，他的操作和实力也不容置疑；但也是因为温楚一太过闪耀，直接让人忽略了其他队友在队伍中的作用。

就比如说卫晗，在这之前，姜念对他的印象仅仅只是游戏操作不错，关键时刻能稳住阵脚，帮助温楚一拿下最后的胜利。

但事实证明，不管是 CS 还是 PUBG，团队型游戏，队里的每一个人都不可或缺。而卫晗这段时间展现出来的整体部署和策略能力，也让姜念对他的印象焕然一新。

毕竟是野区，几人没有跳得太过集中，太集中对各自搜索物资都没什么效率。

也不知道导播是不是 Chew 的粉丝，明明 TRB 这边没有交战，却一直将视角切在 Chew 身上。

当观众的目光聚集在温楚一的身上时，容纳了几百人的现场似乎落针可闻。

温楚一搜索每栋楼房的时间都很好地控制在 20 秒以内，动作干净利索，连一个拖泥带水的弯腰和停顿都没有；而除了保持速度之外，更是时刻保持着自己装备的精简性，绝不少拿一个配件，背包里也从不会有多余的物资。

这样的搜索筛选速度和精准性不仅让观众看得心旷神怡，就连两位解说员都忍不住感叹温楚一这犹如机器人的搜索效率。

以咚咚眼里闪烁的亮光最甚：【有生之年能解说一场 Chew 神的比赛，值了！】

小黑笑了笑，在紧张的比赛气氛中也没忘记露出平日里的幽默本性：【控制一点，Chew 神的比赛，我们可能还要解说将近四十场。】

一句话便道出了两人对于 TRB 晋级的笃定。

稳妥起见，卫晗第一把派出的是萧咏。在 TRB 其他选手中，萧咏的表现自然没那么亮眼，但他贵在稳定，游戏中的心理素质也强，作为首发阵容也没什么问题。

四人花了两分钟简单搜索完各自的片区时，右上角的存活人数已经只有 91 人，导播也早已切换到了有战争的地方。

而目前为止，网络票选前五名的团队仍未有一人出局。

温楚一在几人位置中央标了个点，言简意赅：“交换物资。”

队里每个人的分工不同，所以枪械需求也不尽相同，为提高效率，在搜寻物资的时候，几人都会沟通并帮对方找到最合适的枪械或配件。

听到指令，几人迅速抱团至黄点处。

萧咏身上背了两把枪，看到姜念和温楚一时迅速卸下枪放在地上：“一把 98K 一把 SCAR，但我只找到一个四倍镜。”

“嗯，”温楚一在这之前已经捡了把 98K，他捡起 SCAR，又将身上的霰弹枪换下给萧咏，抽空看了看毒圈，“报一下补给品数量，333。”

“121。”姜念率先开口，同时将身后的 M16A4 换成了 98K，并放下一些 5.56 的子弹。

萧咏迅速换上霰弹枪和步枪：“344，M4 的枪屁股我放地上了。”

“230，”Wind 颠颠儿地最后一个跑过来，捡起枪托安好，才把满配 M4 放到姜念面前，完了也不忘邀功，“啧啧，看我这个神仙手，落地 M4 还跟你搞了个满配。”

姜念轻笑两声：“希望你的运气没有用完。”

温楚一也跟着弯了弯眉。

还有心情说笑，看来他是低估了这群小朋友的心态。

温楚一选的交换物资的位置正好是刷车点，而且很明显，Wind 的运气并没有用完，旁边就是一辆吉普。

萧咏是侦察员，这一个月来光是练习车技就花了将近一半的时间，他轻车熟路地爬上了驾驶座的位置，一个漂亮的飘移将车停到了几人面前。

温楚一看了一眼地图，重新在白圈中央偏右的位置标了个点："下次刷圈之前，争夺下这个房区……"

虽然只是一句没有说完的话，但一个月来培养的默契让几人心领神会。

这个房区有很大概率已经有人占领了，离下次刷圈还有 5 分钟左右，他们要在这 5 分钟之内赶到标点房区不说，还要将这队极大可能存在的人马清理干净。

当然，如果中途遇上了扫车的，按照温楚一的性格，他也绝不会是闷声挨打的那一类人。

但就是面对这样苛刻的要求，所有人脸上都没有出现一丝一毫的难色，反而个个像打了鸡血似的红光满面。

姜念暗自按捺下全身沸腾的血液，偷偷松开鼠标抹了抹手心的汗。

她不能太兴奋，肾上腺激素过高极有可能会直接影响到她的发挥。

对于狙击手来说，最重要的，就是保持冷静和稳定。

许是因为路程并不算长，也可能是因为萧咏开过来的路线恰好没人，半分钟后，几人终于看到了黄点处的几栋房子。

只在远处看的话，根本看不出来这里面可能有一队人马，直到温楚一看到横在两栋房子之间的蹦蹦车和摩托，立马喊停："08 往左边开，停在 80 方向的石头那边。"

萧咏应了声好，立马打转方向盘往指定方位开去。

另一边，这里有人的念头迅速植入姜念脑中，虽面上无异，但她实在有些迫不及待了。

旁边的温楚一似乎感受到什么，转过头深深看了眼姜念，轻轻一晒："我去右侧，姜念在左侧石头后架枪；Wind 从侧翼拉过去，务必让敌人看到你；08 你从 Wind 反方向绕过去，Wind 会给你打掩护。"

话音刚落，萧咏正好驾车到达了指定目标点。

姜念立马摁下 F 键下车，不消片刻就在石头右侧找到了最佳狙击点，这个角度能将对面假车库的屋顶和窗口尽收眼底。

楼房里的人也不是傻瓜，早在耳边传来汽车引擎的轰鸣声时，就判断出有人来了，很快就找到了萧咏驾驶的吉普车。

萧咏也没有耽搁，将姜念和温楚一分别放在两处狙击点后，立马在身后的一片小树林中藏好车，和 Wind 齐齐跑上前来，开始实施温楚一的部署。

会场的主屏幕上，不知何时画面已经切到了 TRB 的视角上。

只见 Wind 朝假车库二楼的窗边连打两枪，迅速吸引过来楼里几个敌人的注意，在确定对方看到自己后，才缓缓躲到了树后。

姜念立马开镜，在连续摸清楚至少三个人的位置后，她缓声开口："平楼一个，高楼楼顶两个，还有一个未知。"

紧接着，耳机里传来温楚一冷静的低沉声音："在我这边。"

四个人的位置全部找到，Wind 没有犹豫，往自己右前方扔出烟幕弹，却在飘起烟雾的两秒后迅速往左边跑去——

这，便是开始进攻的信号。

不能怪 Wind 是戏精，但如果他头铁地直接往前冲，那就是明摆着告诉人家："我在为队友打掩护，来打我呀，来呀来呀！"

而像现在这样，当 Wind 以蛇形走位甚至把枪都别在了身后往房区 S 形前进时，不出意外地，楼上盯着他的两个人只商量片刻便站起身往他的方向开始扫射。

露头第一秒，姜念扯了扯唇，摁下鼠标左键。

"叮——"

[TRB_Moon 使用 98K 爆头击倒了 QP_Kimble]

另一个角度，温楚一瞥了一眼正抱着霰弹枪往楼里跑去的萧咏，紧随其后开出一枪。

"叮——"和一秒前的声音一般无二。

[TRB_Chew 使用 98K 爆头击倒了 QP_Mark]

全场沸腾。

两人手起刀落，在屏幕上出现击杀信息的一瞬间，同时愣了一秒。

不是冤家不聚头，谁能想到他们在第一把游戏里狙击的队伍，就是温楚一的老东家——QP。

当然，除了他们俩，QP 的队员们看到同伴倒地的消息也吃了一惊。

导播敬业地在大屏幕右下角切出这一刻马克的表情。

很明显的呆滞表情，如果硬要深挖，里面可能还带了点恼怒。

马克和温楚一合作的时间不算太久，但到底也从温楚一那儿学到了一点真东西，就比如说选点。

在毒圈刷新之后，圈内预选点是非常重要的环节。如果作战位置选得好，也就是人们口中的天命圈，游戏的胜率几乎立刻就提高了 50%。

在冷面魔王的磨炼下，缩圈的那一瞬间马克就选好了这边的假车库，因比 TRB 更占地理优势而先一步到达此地。

哪知道他们连事先安排好的几个点都没有就位，就等来了 TRB。

这也是为什么萧咏开车闹出了这么大的动静，但 QP 一直等到 Wind 现身才开始攻击的原因。

现在懊悔也没有办法，马克顿了顿，立刻朝队友寻求帮助："冯宇守住最后一个狙击位，对方的狙击手位置就在 80 和 120 方向，Shrink 先把 Kimble 拉起来，我卡住位置再来救我。"

马克如今在 QP 就是主心骨，地位自然不可同日而语，尽管嘴上迅速说出指令，他心里却清楚得很，他们这把比赛应该是要殉葬在这里了。

Chew 有多可怕，只有真正和他做过队友的人才能体会到。

当然，温楚一也没有叫马克失望，准确来说，是姜念没有让温楚一失望。在得知对面两人双双倒地的情况下，Wind 和萧咏全无后顾之忧地就往房子里冲，而已经暴露了位置的姜念却依然牢牢地朝刚刚自己射击的那个窗口架着枪。

姜念击倒 Kimble 在先，按照刚刚她看到的这几个位置，不管是冯宇还是 Shrink，一定会先去救 Kimble。

如果要救他，不管在这期间 Kimble 能捂着肚子爬多远，来救他的人都躲不过这扇窗户。

耳边时不时传来 Wind 和萧咏报告距离的声音，姜念屏息以待，似乎连心跳都要停滞了。

姜念的移动靶一直是个问题，虽然温楚一将方法告诉她后，她提升良多，但毕竟是第一次参加大赛，她难免有些紧张。

就算知道自己现在瞄准的窗口在敌人救人的必经之路上，但在游戏中，从窗户中露头也终究只是一瞬间的事。

且不论对方露头的时间，光是手里这把 98K 的弹速，如果要准确无误地一击命中，留给她的反应时间仅仅只有短短半秒不到；另外，如果对方是三级头，就算她打中了，也不能让其倒地。

而在瞄准期间，她还要防止对方的另一名队员狙击。

诸多因素结合起来，她成功的可能性微乎其微。

温楚一自然也没有错过姜念瞄准的动作，只一瞬就明白了她的想法，却迟迟没有开口打断她，反倒自觉地帮她架起了冯宇的位置。

对一个第一次上赛场的选手，他的团队可以容许失误，但他不可能在这种时候打击队员的心理防线。

所幸现在的情况对于他们来说一片大好，让她试试也无妨。

一秒，两秒，三秒……

姜念默默在心里估算着 Kimble 的倒地时间，连眼睛都不敢眨。

因为精神长时间的高度集中，她眼皮有些泛酸，但随着时间的推移，她的意识却越来越清晰，眼中的一切都仿佛慢了下来。

第四秒，窗口闪现出一抹黑影。

姜念眯了眯眼，天助她也，这人是个一级头。

她对准人影前方半个身位，开出一枪。甚至没有等那人倒地，姜念嘴边已经荡起了胸有成竹的笑意，她迅速收了枪就往假车库的方向跑去。

她的手感很热，脑子很兴奋，心却十分平静，这种状态下，这枪不中，她名字倒过来写。下一秒，击倒信息便配合地出现在了右上角。

姜念再次爆头击倒成功，和刚才几乎没什么难度的定点爆头不同，这一次爆头，给了所有场下和屏幕前的观众以震撼。

导播灵性地将刚才姜念视角的画面做了回放。

屏幕上显示着，在对面的 Shrink 出现之前，姜念就已经将枪口对准了窗台，明显是已经猜到了对方的动作。而在 Shrink 出现的那一瞬，导播开启了慢镜头。

观众们的嘴巴张得更大了。

姜念开枪的时间，和 Shrink 出现在倍镜里的时间……

前后竟差了不到半秒！

在很多对游戏理解不深的观众眼里，这几乎是同时发生的。

台上的两名解说都不由自主地愣了愣，小黑和咚咚默契地对视一眼，都从对方眼里看到闪光。

小黑：【这一枪打得漂亮！Moon 这位选手，我想我需要重新定位一下她。】

咚咚点头：【这一枪太惊人了，就算你说这一枪是 Chew 打出来的，我也会相信。】

台下的观众在短暂的惊讶过后，霎时传来铺天盖地的尖叫声。

毫无疑问，所有尖叫声里都包含了一个名字——Moon。

电子竞技，实力即一切。

第七章
糟了，是心动的感觉

可能刚刚还有人在吐槽姜念的女性身份，对她游戏主播的过去嗤之以鼻，甚至有人觉得她就是靠脸吃饭的。

但这一枪过后，没有人再有这样的想法，就算这一枪是侥幸，但人们也不会错过在这之前那一枪利索的定点爆头。

对手如果是个野鸡战队也就算了，可 TRB 现在面对的是谁？

对手是国内射击类竞技游戏的霸主 QP，就算没了温楚一，瘦死的骆驼也比马大。

而相较于现场观众，网络观众才是闹得最凶的——

【突然有一种自己小心翼翼种了几年的金白菜被大家知道了的感觉，呜呜呜……】

【月月是不是变强了啊？据我所知以前大哥移动靶很弱的。】

【这个移动靶爆头！我竟然看呆了！！！】

正在往房区跑的 Wind 看到击倒信息后，吹了声口哨："Nice（漂亮）！"

说着，他已经到达了温楚一交代的地点，顺手拿了步枪就把趴在地上欲哭无泪的马克给补了。另一边，萧咏也已经摸上了冯宇所在的楼层，专注地听着耳机里轻微的脚步声，慢慢向他逼近。

温楚一知道冯宇大概的水平，一边收了枪往假车库跑，一边开口："你在角落守一拨，Wind 来了两个人一起上。"

就算只是面对一匹独狼，温楚一似乎也并不准备给冯宇留下一丝机会，而是谨慎地选择了两人抱团。

话音刚落，耳机里就传来喷子独有的嘈杂枪声。

萧咏已经解决掉了 QP 最后的火种。

屏幕左下角出现本场以来的第一条黄色弹幕——

【QP 逃生失败。】

温楚一挑了挑眉，倒是小看了萧咏的能力。

这是只有在一支队伍全灭的情况下才会出现的弹幕，当然，能看到的只有观众，在游戏里的选手们并不知情。

谁能想到，国内排名第一的老牌强队，在第一把会以0积分爆冷出局？

又有谁能想到，将 QP 踢出局的，会是老队友温楚一所在的新战队？

温楚一故作遗憾地叹了口气："马克运气太差了。"

他的声音很轻，恍惚听起来，Wind 等人甚至以为他是在真心实意地为前队友感到不值。Wind 正想开口安慰两句，姜念突然心领神会地补了一句："嗯，遇上我们的确不走运。"

小胖子脸垮了下来，哼，他再也不相信这两个人说的话了。

已经率先开始舔包的萧咏打断两人的感慨："这里有 98K 和八倍镜，念姐过来拿一下吧。"

姜念眼睛一亮，颠颠儿地就往楼上跑。

谁说 QP 运气不好的？这么肥的装备，怎么就运气不好了？

几人补给好装备后，迎来了又一次缩圈，只是这一次，四个人都像大爷似的，各自占据了不同方向的视野，不动如山。

有的时候天算不如人算，这里作为 QP 和 TRB 争抢的地点自然是有道理的，因为他们现在所在的假车库，就在白圈的正中心！

不说这次，就是下次缩圈他们也有至少 80% 的概率仍在圈内。

四人将吉普车藏到了假车库围墙边上，守株待兔 5 分钟，陆陆续续解决了路过的三队人马，中间虽然也被人击中过，但他们竟在连续三拨攻势下仍保持了满编状态。

随着右上角人数的不断减少，导播切出了存活战队的名单。

最后剩下的 14 人中包含了 6 支战队，除了 TRB 四人俱在，其他队伍多多少少损失了一两名成员。

观众此时大概也反应过来，TRB 这群人和其他预选队伍的实力……

差距相当大。

如果硬要用上形容词的话，这可能是一群高中生和成年人的对抗——孰强孰弱，一看便知。

TRB 的人数优势在决赛圈得到体现，几乎没什么悬念地，TRB 拿下了第一场比赛的胜利。

姜念等人摘下耳机，回头看向屏幕上已经出现的战队积分。

TRB 以 740 分的高分稳居第一，足足超过第二名的 FHL200 分。

虽然也想象过 TRB 的表现会很优秀，但直到看到他们在第一把游戏中的操作，观众才真正感受到他们远超其他对手的实力。

而人们看到强者的第一反应，就是躁动起来。

韩国在电子竞技上的优势留存已久，虽然不甘心，但事实上，不管是 LOL 还是 PUBG，领先者仍是韩国队伍。

也许 TRB，就是那支能打破韩国领先地位的队伍。

随着第一场比赛的结束，不管是观众还是专业的电竞人，都已经敏锐地察觉到这场比赛可能带来的蝴蝶效应。

TRB 在第一场比赛中，以绝对优势领先于其他参加预选赛的队伍，亮眼的绝不只是那个只听名字就令人闻风丧胆的温楚一。

姜念一整场下来几乎是百发百中的超稳定发挥，Wind 极快的反应能力和扫射速度，甚至是队伍里最不起眼的萧咏，都能毫不留情地制裁 QP 新人里势头强劲的冯宇，这一切拼凑起来，所有人心中都有了一个不算模糊的概念——TRB 很强。

至于它强到什么程度，可能只有等到预选赛结束后的正式赛场上，他们才能做出最后的判断。

仍处于比赛状态的队员们自然不知道网上的"腥风血雨"，但手中的电话响个不停的陈子彦，可能是第一个感受到这场比赛所带来的效益的人。

离第一场比赛结束仅十来分钟，陈子彦就已经连续接到两个赞助商的电话。这些赞助商和以往看重温楚一个人效应的赞助商不同，他们看重的，是 TRB 整支队伍的实力。

又一次挂断一通电话，陈子彦因为这个认知而兴奋起来，转头看向一脸轻松的卫晗："我们是不是要火了？"

"火？"卫晗嗤笑一声，眼睛紧盯着休息室内的显示屏，若有似无地沉吟道，"这才哪到哪啊……"

他了解温楚一，就像温楚一也了解他一样。

他们两个，不在某一个领域走到巅峰，都是不会罢休的。

另一边，刚刚被 TRB 摁在地上摩擦了一番的 QP，气氛格外低迷。

因为一场比赛集结了 24 支队伍，所以在 BO5 的战局中根本没有留下给选手回休息室的时间，只原地休息五分钟，第二场比赛就紧锣密鼓地开始了。

马克隔着重重电脑，准确找到了那一排闪着亮片反光的四人，感觉自己都要窒息了，他是失了智，才会答应唐三毛来参加这个比赛的吗？

活着不好吗？为什么要来找虐？

奠定了第一把的绝对优势基础，温楚一平日里的张扬就再也压抑不住了，连续几把都直接选择了人多刚枪的地点。虽不是把把都能"吃鸡"，但总归都稳定进入了前三，加上击杀积分，总分遥遥领先。

游戏公屏上，每把比赛至少有一半镜头是围绕着 TRB 展开的。

一直到 A、B 组的预选赛结束，人们才恍然大悟，这哪里是 24 支队伍的厮杀，这完全就成了 TRB 的个人表演赛。

"厉害啊，念念，"卫晗看着一边和 Wind 说笑，一边走近休息室的姜念，忍不住凑了过去，"最后一把那个一对三，我敢说连 Chew 都不一定能成功。"

姜念摆了摆手，似乎是对此不以为意，嘴边的笑意却高高扬起，显然是对卫晗的夸奖很受用："坐下，日常操作。"

Wind 听了扑哧笑出声来："晗哥，你别听她吹，你是没听到刚刚她对完三个人之后的队内语音。"

卫晗兴致很高："她说什么了？没乱说话吧？赛时语音很可能会被剪辑出来的。"

姜念一把扯过 Wind 圆润的耳朵："你少说一句会死？"

卫晗正欲说话，休息室里的显示屏上已经出现了温楚一的面孔。

刚刚结束的比赛中，温楚一毫无悬念地拿到了 MVP，正在接受采访。

几人很快被屏幕里那张天怒人怨的臭脸给吸引住了，卫晗忍不住抽了抽嘴角，又来了，每次接受采访他都摆这张臭脸。

卫晗轻轻摇了摇头，这张脸到底比自己强在哪儿？

屏幕上，女主持难掩一脸激动，小心翼翼地向温楚一靠近几步："Chew 神，这次比赛严格意义上来说，也是你转 PUBG 后的第一次比赛，现在心情怎么样？"

卫晗发出一声嘲笑声，这种没什么意义的问题，温楚一从来不屑于回答。

"很好。"温楚一点了点头，"今天大家手感都挺热的，对后面的比赛来说也是好消息。"

卫晗嘴边嘲讽的笑容一僵，他看错了？这个在镜头前笑着说话的男人是温楚一？看了看一旁一脸笑意的姜念，卫晗兀自晃了晃脑袋。

算了，怪事年年有，今年特别多。

温楚一现在心情的确很好，但并不是因为比赛。

刚刚最后一把的决赛圈，Wind和萧咏遭到偷袭牺牲，紧接着温楚一又因为将最安全的狙击位让给了姜念而被人扫死。

就在这样劣势下，姜念以一敌三，先是用步枪扫死了离她最近的敌人为温楚一报了仇，又在对面两人互攻之时偷掉了一个，最后一枪爆头了跑圈的生存者，拿到了比赛的胜利。

做完这一连串的动作，看着屏幕上出现的"大吉大利，今晚吃鸡"字样，姜念难以自抑地拉住了旁边温楚一握着鼠标的手："呜呜呜，我真的太厉害了！"

温楚一感受着手背上传来的温度，刚刚还一脸惬意的表情瞬间因为这意料之外的触碰烟消云散，一时竟没能做出反应。

姜念似乎也没打算等到他的回应，只是绷着的一颗心猛然放松下来，高度紧张的神经瞬间松懈，这才感觉到全身由内而外地虚弱。

她像个没事人似的抬起了自己覆在温楚一手背上的爪子，拍了拍自己的心口，气若游丝："吓死我了……"

耳边传来Wind和萧咏的爆笑声，而温楚一脑袋却一片空白，平日里连买卫生巾都游刃有余的他在这一瞬死机了。

下一秒，所有的脑细胞都迅速运转起来。

她刚刚主动握了自己的手？

什么意思？

这是不是她对自己的回应？

她是不是也喜欢自己？

经过一系列"缜密"的思考，温楚一最后确定下来，姜念捉住他手的这个举动绝对不是随性而为。

没错，她这分明是在暗示自己——皇天不负有心人，他这段时间的忍辱负重总算没有白费。温楚一掀了掀唇，脑中甚至已经描绘好了未来美好生活的蓝图，脑袋上的耳机却突然被人扯了下来。

一抬眼，他看到一脸疑惑的姜念："主持人点你名了，MVP采访。"

"那边，"一边说着，她还一边朝采访区扬了扬下巴，笑道，"我们去休息室等你。"

温楚一嘴角弧度更甚："好。"

没错了，他笃定地点点头，心道，她在给自己传递信号。

女主持显然也因温楚一突如其来的好脾气受宠若惊，说话都不太利索了："今、今天的比赛 TRB 的表现非常出色，除了你的招牌瞬镜秒杀之外，主狙击手 Moon 的表现也相当不错。"

"说起来，"她顿了顿，"大家都以为主狙击手会是你。"

温楚一不以为然地点点头："现在大家应该知道了，她成为主狙击手并不是偶然。"

语气饱含骄傲和得意。

休息室内的姜念诧异地挑了挑眉，虽然是在夸她没错，但为什么听起来这么像是在……炫耀？

话音刚落，弹幕上的滚动频率也相当疯狂——

【Chew 神和 Moon 要是没一腿，我吃土！！！】

【哈哈哈，大哥不是 Chew 吹吗？现在变成 Chew 吹大哥了？】

【各位冷静，商业互吹而已，Chew 是我老公，谢谢！】

女主持笑了笑，也没有在这个话题上过多停留："那么……感谢 Chew 神接受采访，也希望 TRB 能保持这个势头打进决赛。"

温楚一满意地点了点头，这才抬步下台。

不管怎样，"Moon 吹"的名号他算是拿下了。

为了庆祝 TRB 的首战顺利，李雷不仅在队员们下榻的酒店订了包厢，还给几人准备了 China Joy（中国国际数码互动娱乐展览会）的门票。

恰逢休赛日，为了不耽误晚上的训练，几人到的时候离李雷告知众人的时间还早，正好他们能四处逛逛，享受一下久违的休闲时光。

黎晴和萧咏一进会场就表现出了极大的兴趣，牵着手就蹦跶开了。

卫晗和温楚一在这种场合知名度极高，早早就去了场馆后台休息。

唯独姜念和 Wind 像两个好奇宝宝，看着展品琳琅满目的场馆满眼放光。姜念虽然在 S 市上学，但喜欢上电竞只有两三年，加上她只对温楚一的事情上心，倒是一次都没来过 China Joy，更不用说之前一直在青训队苦苦挣扎的 Wind 了。

看着面前眼花缭乱的各种展厅，旁边各式各样的玩具模型，加上身边拥挤的人群，两人眼里都露出兴奋。

Wind 指着不远处网易的游戏展厅，率先开口："China Joy 现场会派发《阴阳师》的式神皮肤，我们过去排队吧！"

他脸上已经是壮士一去不复返的视死如归。

姜念也不扫他的兴，反手握住 Wind 肉乎乎的手腕，另一只手灵活地在背靠背的人群中撑开一条血路。

Wind 一个两百斤的胖子，姜念拉着他竟是脸不红心不跳，过五关斩六将穿过重重人群挤到了展厅的最里层。如果不是她额头上那层薄汗和止不住起伏的胸脯，Wind 甚至都要以为姜念是个隐藏的大力水手了。

但这并不妨碍他对姜念露出崇拜的神色："大哥，你简直是我见过最 Man（男人）的女人！"

"你这是在夸人吗？"姜念随手甩开他的手腕，斜眼瞥他，"速战速决，我要去参加 PUBG 展厅的比赛。"

"什么比赛？" Wind 眨眼。

"你刚刚没看到门口的宣传海报？"姜念白他一眼，"赢了可以拿到限量版皮卡丘 Switch（任天堂的游戏机）。"

Wind 险些笑出声来，职业选手在 China Joy 现场吊打普通玩家。

这人是有多不要脸？

想着，Wind 一溜烟儿跑到队伍尾巴，还美滋滋地朝她晃了晃脑袋。

姜念勾唇笑了笑，兀自在展厅里逛了起来。

她不玩手游，想去找找看有没有《守望先锋》的展厅，但她担心自己走了小胖子一个人出不来，就老老实实看起展来。

网易的美工水平是绝对没话说的，就拿《阴阳师》的展览墙为例，一路看过去，就连不玩手游的姜念都忍不住停下了脚步。

毕竟，没有人能阻挡女生喜欢好看的东西。

逛了没一会儿，姜念就感觉到展厅里的人越来越多了，耳边充斥着叽叽喳喳的说话声。

她下意识地往 Wind 排队的方向看去，他才刚刚到队伍中间。

姜念叹了口气，她真的很不喜欢嘈杂的环境。

正想着，耳边突然传入一道清亮的男声，带着些许的兴奋和不自信："大、大……大哥？"

猛然听到这个称呼，姜念足足愣了两秒，才反应过来对方是在叫自己。

抬起头，一张清秀的面容出现在她眼前，她疑惑地眨了眨眼："你……在叫我？"

听到姜念的声音，男孩更笃定了，眼里也冒出些闪烁神色："真的是你！大哥！！！"

姜念终于反应过来，她这是遇到直播间观众了。

　　由于两个月以前她还是一名不露脸的主播，开了摄像头之后紧接着又进了 TRB，每天的活动范围都在遥远的郊区内。所以严格意义上来说，除去遇到温楚一和卫晗那次，这是她第一次在外面被粉丝认出来。

　　不得不说，她心情有些微妙。

　　想了想，姜念缓慢地朝眼前的男孩招了招手，露出尴尬而不失礼貌的微笑："好巧，你也来看展？"

　　话说出口的那一瞬间，姜念就想跳起来扇自己两嘴巴。

　　她是谁？她是大哥啊！为什么会说出这么没脑子的话来？

　　人家出现在这里，不看展难道是来许愿的吗？

　　男孩看着明显一脸懊恼的姜念，忍不住乐呵起来："能签名吗？不不不，能合个影吗？"

　　"可以可以，"像是为了掩饰刚刚自己的僵硬，姜念很快点头应允，还煞有介事地朝他眨眨眼，"只是如果你想发微博，最好是离开以后再发。"

　　不是姜念自恋，她怎么说也有两三百万直播观众，她在展厅现场的消息传出去，她被粉丝狙击是小，关键是今天温楚一还在这儿，暴露行踪就不好了。男孩也学着她的样子，心领神会地眨眨眼："放心吧大哥，我绝对保护你的人身安全。"

　　人算不如天算，姜念刚和他自拍完，旁边再度传来惊呼声："大大大……大哥？！"

　　姜念耷了耷眼皮，完了，出大事了。她怎么会忘了这是哪里？

　　这里是 China Joy，聚集的全是关注电竞和游戏的玩家，而 PUBG 作为现在最火的游戏之一，能在这里认出她的人没有一半也有三分之一。

　　这次认出姜念来的是三个结伴而来的男生，表现得也比刚合完影的男孩更加激动，几乎喊出大哥的一瞬间就拥了过来。

　　姜念下意识地往 Wind 排队的地方看了看，还好，小胖子前面只剩两个人了。她硬着头皮朝围着自己的几人招招手："来来来，我们去边上。"

　　新加入的三个男生异常兴奋，一边跟着姜念往角落走，一边说个不停。

　　"大哥，我看了你昨天的比赛！一对三时，爆头那几枪简直无敌帅！"

　　"大哥，今天来看展，不用训练吗？"

　　"大哥，你下次啥时候直播啊，我们真的等得好辛苦，呜呜呜……对了！那个总和你双排的'菜鸡'，我们都觉得很有可能是……"

　　姜念听到"菜鸡"二字，脑细胞立刻调动起来，摆摆手转移话题："听说待会儿 PUBG 展厅有比赛，你们想去试试吗？"

几人乐呵呵地点点头："大哥你也看到了？我们待会儿就过去……等一下，大哥不会也要参加吧？"

姜念笑眯眯地点点头："一起呀。"

几个男生彻底兴奋起来，也忘了刚刚那个小"菜鸡"的话题，成功被姜念带偏。

一一和几人拍完照，姜念终于等来了拿到限量版皮肤的 Wind。

姜念朝几人使了使眼色，又将食指放在唇上做了个"嘘"的姿势，立马拉着 Wind 往外跑。

和进来时一样，这次姜念甚至比刚才动作更快了，拉着 Wind 在人群中杀出一条血路，左拐右拐就溜没了影。

仍在网易展厅里的几个男生面面相觑。虽然他们叫她大哥，但还别说，姜念这身体质素的确有被叫作大哥的资格。

展厅另一角，从姜念拉着小胖子进来到离开，目光就没从她身上移开过的高个儿男人压了压自己头上的鸭舌帽，利用身高优势迅速找到出路走出展厅的包围圈，嘴边若隐若现的笑意却怎么都消散不去。

那是他看到感兴趣的事或人才会露出的表情。

后台休息室内，卫晗百无聊赖地刷着手机，像是突然想起什么，他猛地抬头看向温楚一。

"对了，你听说了吗？这次 Unique 被免了预选赛，我们下一轮就会碰上他们了。"

温楚一无所谓地点点头，眼神却没离开过手机上姜念的微博界面："碰上就碰上，有问题吗？"

"宿继九也在哦。"卫晗笑了两声，"紧张吗？"

温楚一用看外星人的眼神瞥了眼卫晗："你在说什么胡话？"

卫晗乐得不行："说起来，这好像是你俩第一次碰头吧。"

温楚一点点头，不置一词，如果说 Chew 代表国内射击类游戏的最高水准，那么宿继九，代表的便是韩国射击类游戏的最高水准。

宿继九比温楚一成名早，温楚一崭露头角之时，宿继九已经离开了CS 国际比赛的舞台，这也是为什么两人一直王不见王的原因。

倒是没想到，天命杯这样的国内小赛事，居然能让两位前 CS 巅峰选手碰头。卫晗也没在意温楚一的反应，继续自说自话："宿继九这人也真奇怪，一个中国人跑去韩国队就算了，居然还在自己最巅峰的时候退出 CS 转了别的项目……"

温楚一笑出声来："所以他现在凉了。"

此话不假，自从宿继九退出 CS 后，就很少有他的消息了。

卫晗正欲再说，手机突然振动起来，他瞥了一眼屏幕，眼神凝固了。

"他凉不凉我不知道，我只知道他现在正和你未来媳妇儿打比赛。"

温楚一猛地抬起头："你说谁？在哪儿？"

宿继九走在人群中，鹤立鸡群的身高，眼神里却带着些迷茫。

休赛日有些无聊，他便跟着队友来了 China Joy，却没想到能在这儿看到姜念。

第一眼注意到姜念和 Wind 纯粹是因为以宿继九的身高，在密密麻麻的脑袋中被迅速游蹿的两个脑袋吸引了目光。

第二眼，当终于看清这两人的脸时，他认出了他们。

虽然 Unique 不用参加预选赛，但这并不代表他会错过温楚一的比赛，恰恰相反，他昨天花了整整一天时间重复看了好几次 TRB 在天命杯的首秀。

宿继九当然知道连续两年斩获 CSGO 全球冠军的大魔王 Chew，且事实上，他对温楚一和自己隐约相似的操作手法也早有察觉。

在昨天以前，宿继九对于 TRB 的认识就仅限于温楚一，但不可否认的是，昨天的比赛中，TRB 队主狙击手的操作，的确让他移不开眼。

诚然在昨天的比赛中，还是 Chew 各方面表现最佳，但这个女孩表现出极具灵性的操作，存在感也绝不比 Chew 低。

也是因为这个认知，让宿继九对这次的比赛更加期待。

只是他没想到自己会在展厅里迷路，也没想到会遇到 TRB 的队员。

"大哥……"宿继九低声笑，很有意思的称呼。

他游刃有余地穿过人群，掏出不停振动的手机看了看。

【快回来啊，九哥，你不是迷路了吧？】

宿继九摸了摸鼻子，可不就是迷路了吗？

找不到回休息室的方向，宿继九索性放弃了寻找，漫无目的地先逛起来，反正这里是中国，认识他的人少之又少。

一阵喧哗声传来，宿继九闻声望去，一抬眼便看到 PUBG 的展台。

他挑了挑眉，压低帽檐走近展台。

下一秒，他看到了展台上笑得得意的姜念。

台上的主持人看起来也很兴奋："现在 Moon 已经连续击败五名参赛者了，还有要挑战的吗？"

宿继九瞥了一眼边上的宣传海报，不由得失笑。

这可不像一个职业选手会做的事情。

台下起哄的人很多，却迟迟没有人举手迎战。

毕竟刚刚姜念连续击败五人，看了她的操作，几乎没有人敢以身试法。

输给一个女人，这可不是台下一群男人能接受的结果。

主持人看起来有些失望："如果没有人继续挑战的话，那么我宣布……"

乌泱泱的人群中，一只手缓缓举起，一道男声打断了主持人未说完的话："挑战。"

主持人立即循声望去。

高，这是所有人对这个男人的第一印象，因为他至少要比周围的人高出一个头来，这种鹤立鸡群的感觉实在太明显了。

台下观众们尖叫着鼓起掌来，台上的姜念也缓缓挑眉。

居然还有不怕死的。

五分钟后，当自己惨遭 98K 一枪爆头时，姜念眉头一皱，发现事情并不简单。

游戏结束，宿继九站起身来走向姜念。姜念紧皱着眉头打量他，却怎么也想不起有这号人物。她这样的技术，不是她膨胀，放在职业选手里应该也是数一数二的，她不可能不知道。

思忖间，宿继九已经来到姜念面前，向她伸出手来："你好，我是 Unique 的宿继九。"

宿继九……

姜念皱眉，总觉得这个名字在哪儿听过。

这边主持人确认无人挑战后，将礼物递给宿继九："恭喜你！这是你挑战成功的礼物。"

宿继九没有犹豫，接过礼物就递给姜念："这个给你。"

姜念一愣，眉头便皱了起来："你什么意思？"

这人瞧不起谁？

台下观众已经开始起哄，虽然不知道这个突然出现的男人是谁，但毕竟姜念是公众人物，他们甚至已经嗅到了一丝爱情的味道。

宿继九并未理会台下的嘈杂，口袋里的手机一直在嗡嗡作响，应该是队员找他找急了。他无暇顾及太多，将礼物放到桌上就想溜。

姜念冷着脸，正欲开口叫住他，耳边突然传来一道熟悉的男声。

"现在还可以挑战吗？"

姜念和宿继九同时顿住，和主持人一同循声望去。

舞台边，一身白T长裤的温楚一缓步走上台来，穿过层层人群，他的目光笔直地落在宿继九身上。

姜念眨眨眼，小跑几步靠近温楚一："你怎么来了？"

温楚一偏过头，抬手随意地摸了摸姜念的脑袋："看你太久没回来，我来找你。"

众目睽睽之下，姜念一张小脸瞬间红了个透，台下观众甚至还没反应过来发生了什么，姜念已经迅速远离温楚一几大步。

她感觉自己要窒息了，当着这么多人的面，这个人在干吗？

信息量太大，台下观众几乎全体陷入狂热——

"我就说Moon在这儿Chew也肯定会在！哇，我居然可以亲眼看到Chew打游戏！"

"都什么时候了，还看Chew打游戏？没看到现在的剧情是三角恋吗？！"

"我看不像，Moon跟那个高个子明显不认识。"

"你们在说什么，Chew保护队员有问题吗？别乱给我老公配对！"

主持人看到温楚一，整个人也陷入兴奋状态，顾不上游戏规则了，上前两步走向宿继九："你愿意接受Chew神的挑战吗？"

一直站在原地未动的宿继九，甚至连多余的眼神都没有分给主持人，从温楚一出现的那一秒，他的目光便一直停留在温楚一身上。

宿继九笑着点头："当然。"

没有什么比和Chew较量更吸引他的了。

在台下观众的尖叫声中，两人同时坐上竞赛席。

一旁的姜念眨眨眼，现在这是什么情况？

"小念念！小念念！"

姜念下意识回头，看见不知何时出现的卫晗正朝自己招手，姜念看了眼已经进入游戏画面的温楚一，默默走了过去。

刚刚输了SOLO，还将温楚一牵扯进来，姜念显得有些心虚："对不起啊，我打着打着忘了时间。"

"没事、没事，"卫晗笑嘻嘻地，双手抱胸看着大屏幕，"你别听楚一的，他就是听说你在和宿继九 SOLO 才过来的。"

姜念一愣，终于明白过来："你们认识？"

卫晗奇怪地看了她一眼："念念，赛前调查都白做了吗？Unique 是天命杯决赛我们会遇到的队伍，宿继九是队长。"

姜念摸了摸鼻子，怪不得她觉得这个名字有点耳熟。决赛队伍太多，她记不住不也正常吗？

像是知道她心中所想，卫晗轻笑两声："宿继九不一样。"

"什么？"姜念疑惑抬头。

游戏已经开始，大屏幕上，只见宿继九利索地捡了把枪，直接便往温楚一所在的房区冲了过去，整个动作一气呵成，连一个多余的转身都没有。

"三年前，全球 CS 第一人……"卫晗扯了扯唇，"就是宿继九。"

姜念睁大双眸，难怪……

"楚一早想跟宿继九打一把了，所以一听到你在和宿继九 SOLO，他颠颠儿就过来了。"卫晗继续说着，"你刚刚输了也别放在心上，毕竟他比你强太多了。"

姜念心中刚刚升起的"输了也不亏"的心理建设顷刻崩塌，她干笑两声："你还真会安慰人呢。"

屏幕上，宿继九已经准确找到了温楚一的位置，正欲上楼突近，半空中突然传来玻璃碎裂的声音，宿继九反应极快，立马将枪口对准半空，却只看到一个燃烧瓶在空中划出一道华丽的抛物线。

宿继九皱眉，上当了。

果不其然，下一秒，"砰砰砰"几声枪响传来，不知何时已经从二楼下来的温楚一仅打了三枪，三枪全中，宿继九倒地。

从两人坐下到游戏结束，整个时长不超过两分钟。

全场沸腾。

宿继九盯着屏幕上倒地的自己，忍不住轻笑出声。真强啊！

"九哥！九哥！！"

宿继九愣了愣，一回头便看到在台下疯狂挥手的自家队员老鸡，看老鸡着急上脑的模样，应该是找了他好久了。

他摸了摸脑袋，起身走下台去。

路过温楚一时，宿继九朝他点点头："赛场见。"

温楚一不置可否地笑了笑，宿继九也没打算得到回应。

这是两人第一次见面，却显得默契十足。

台边的姜念看着两人，突然有种高手过招之感。

只是宿继九帅不过三秒，就被身后老鸡的声音打破。

"等等……走错了，九哥！出口在右边！！右边！！！"

姜念扑哧笑出声来，这人未免也太有意思了。温楚一不知何时已来到姜念跟前，姜念只觉手上一沉，怀里多了个Switch礼盒。

紧接着，头上也多了些重量，温楚一的大掌在姜念头上胡乱地拍了拍："走了。"

说完也不等姜念，在粉丝还没有围堵过来之前，温楚一抬步走向后台休息室。

仍待在原地的姜念头皮发麻，糟了，是心动的感觉。

小鹿乱撞的是姜念，成功为媳妇报仇的是温楚一，而收拾残局的是卫晗。面对几百个观众，温楚一又是给礼物又是摸头杀，微博上的动图转发数量高得可怕。

温楚一和姜念疑似恋爱的消息几乎让整个电竞圈陷入狂欢。

两人的微博几乎沦陷。

【呜呜呜，我就知道我家大哥迟早有一天会被Chew神拱到的！】

【面对现实吧，大哥Chew吹了这么多年，终于熬到头了，哈哈哈！】

【拍拍头而已，至于吗？说不定就是队友之间的亲昵！！！】

【Chew和Moon队内恋爱是什么操作，真的不会影响比赛吗？】

【电子竞技不相信爱情，请你们就地分手，谢谢！】

卫晗将脑袋都快抠破了，也没能想出个解决办法来。

倒是始作俑者的两人，一个从China Joy出来便面带笑意，另一个则跟只鸵鸟似的，紧紧抱着Switch礼盒，龟缩在大巴车最后排。

卫晗看着温楚一不甚在意的样子就来气，将手机扔到一旁。

他不管了，这烂摊子他再也不收拾了！

尽管温楚一和姜念恋爱的消息被传得沸沸扬扬，但好在TRB成绩稳定，在预选赛中崭露头角，过五关斩六将，一路挺进决赛。

这倒是让之前对两人颇有微词的粉丝闭了嘴。

只是苦了姜念，自从上次China Joy事件之后，她每次打比赛都打得战战兢兢，就怕哪里失误了被温楚一的粉丝喷。

反观温楚一，整天跟个没事人似的，倒像什么都没发生过一样。

第八章
棋逢对手

5 月中旬，天命杯总决赛的 25 支队伍名单终于出炉。

除去 2 支韩国队伍，其中最受关注的，还是以 GI、SLZ 为首的几支国内顶尖战队，还有刚刚从小组赛杀上来的 TRB。

尽管只是国内直播平台举办的比赛，但在经过接近一个季度的宣传和 TRB、Unique 连续制造的话题下，天命杯决赛仍引起了不小的轰动。

决赛的门票早在半个月前便被一抢而空，前排黄牛票的票价更是已经炒到了原票价的五倍不止。作为种子队伍之一，刚从大巴车下来，TRB 几人就被等候多时的几个记者扑了个满怀，各式各样的问题层出不穷。

"马上就要比赛了，Chew 神会紧张吗？"

"Moon 已经和 Chew 在一起了吗？"

"是因为事先认识你才能被 TRB 录取吗？Moon 觉得自己的实力足够和 Chew 神做队友吗？"

一连串犀利的问题抛到姜念身上，她一张小脸几经变色，奋力想要拨开这群人，奈何实力相差悬殊，竟是一步都挪不动。

慌乱中，有人拉住了她的手腕，肩膀也被人揽住，姜念皱了皱眉，刚准备骂人，一抬眼便看到了不知何时来到自己旁边的温楚一。

她咽下快要脱口而出的脏话，吞了一下口水，还好还好，差一点。

温楚一"啧"了一声，就这样不置一词地揽着她，用蛮力突破包围圈，将姜念护到了后台。

他牵着她一路走到自家休息室，又合上门，这才开口："是不是以后非要在你身上绑根绳子才行？"

这都什么时候了，她居然还能在媒体面前发呆掉队。

姜念努努嘴，泫然欲泣的语气说来就来："他们欺负老实人。"

温楚一见怪不怪地拍了一下她的脑袋，不为所动："去交外设。"

媒体人和狗仔不同，姜念他们也不是明星，所以一般不会出现太大阵仗的包围圈。但就算如此，他们在媒体人面前也不能有一秒的停顿，谁都不会放过独家报道的机会。

而姜念刚刚面对他们的质问一动不动，很容易让人写出捕风捉影的通稿。她好不容易才用前面两场预选赛的优异表现让网上那群人消停了一段时间，这一闹腾，指不定又要被人说成什么样了。

许是听出他语气中暗含的警告，姜念立马转身，老实地将外设包交给了陈子彦。

随着关注度的增加，飞猫将之前的场馆临时扩建了一倍不止，今天的决赛也容纳了至少 5000 个观众席位。即便这样，多出来的门票也在短时间内被一抢而空，连黄牛票都在开场前两个小时售罄。

TRB 几人刚从后台走出来，馆内就响起了排山倒海的欢呼声，比以往他们的每一次登场阵仗都大，走在最前面的萧咏和 Wind 被吓得都有些迈不动步子。

姜念走在 Wind 身后，伸手戳了戳他肉乎乎的后背："别发呆，我们后面还有人呢。"

Wind 回过神，羞臊地摸了摸脑袋，这才推着萧咏继续往前走。

一边走着，小胖子还一边有些纳闷。怎么说自己参加的比赛也比姜念多多了，怎么看到这样的阵仗，她反倒比自己还淡定？

随着前面队友的移动，镜头里也终于出现了姜念和温楚一的身影，台下的尖叫声更大了，仿佛下一秒就能将整个屋顶给掀翻。

"Chew 神，啊啊啊！我们爱你！！！"

"看这里一眼啊，Chew！！！加油！！！"

"天哪，大哥太美了，大哥！！！"

"啊——Moon 神！！！Chew 神！！！我要晕了，啊啊啊！"

解说台上的小黑和咚咚对视一眼，纷纷露出一抹苦笑。

这哪里是百人比赛现场，都快成了 Chew 和 Moon 两个人的粉丝见面会了。这两个人的人气似乎已经颠覆了绝大部分电竞人的想象，甚至还越演越烈。电竞圈也不是只有这一对俊男靓女，要说 Chew 是世界冠军也能理解，就是这个 Moon……

粉丝数量也太夸张了，而且里面还有很大一部分是女性粉丝。毕竟刚刚姜念出现在镜头上的第一秒，尖叫声里的女高音就占了绝大部分。

尽管惊讶，但两人也没有忘记身为解说员的职责。

小黑迅速调整好状态：【看来之前的预选赛 Moon 给大家留下了很深的印象，我们可以看到现场有很多 Moon 的粉丝，正振臂高呼着 Moon 的名字！】

咚咚点头：【现在导播将镜头切到了另一个入口处，Unique 也出来了！】

因为 100 人的参赛队伍入场时间太长，现场便设有四个入口。这边 TRB 几人刚刚入座，那边 Unique 就从另一个入口走了进来。

尽管站在队伍最后，但宿继九的身高很快就暴露了自己的位置，观众席传来的欢呼声一浪高过一浪，一点休息时间都没有。

小黑：【来了，这次比赛受关注度最高的队伍之一，Unique。】

咚咚：【九神走在队伍最后还是一样显眼啊，哈哈哈！】

镜头再次移动，小黑目不暇接：【Snake 也出来了。】

咚咚：【Snake 和 Unique 都是这次主办方特地邀请来的韩国强队，Unique 是老牌俱乐部了，九神也是曾经在 CSGO 中叱咤风云的人物；相比 Unique，Snake 的选手……】

他看了一眼旁边的小黑，小黑很快接过话茬：【Snake 这支队伍很特别，它没有个人特色非常鲜明的选手，每次 SOLO 赛的排名也都很低，但只要是团体赛，Snake 从来没有跌出过前三。】

咚咚附和：【足以证明这支队伍的配合非常惊人，他们似乎将所有精力都集中在了团体赛上，没有让人眼前一亮的操作或选手，但每次比赛都能名列前茅。】

随着 Snake 四人入座，25 支队伍终于到齐。

简单调试过外设之后，第一局游戏开始了。

从直播间里的网络支持率可以看到：TRB、Unique、Snake 和 KG，分别占了 20% 左右的比重，其他队伍甚至包括老牌强队 QP，都被压缩在了另外 20% 里。

仅从网络支持率上也能看出观众的想法和偏好，在预选赛中表现亮眼的 KG 和 TRB 就不用说了，两支韩国队伍在国内没什么人气，能占到如此高的比重，仅仅是因为他们是韩国强队，并且两队都有着傲人的履历。

这把是沙漠地图，大屏幕上，飞机终于出现，陆续有队伍往下跳伞，但呼声最高的四支队伍却迟迟没有动静。

眼看航线过半，飞机上的人数也仅剩 40 人左右，偌大的会场内鸦雀无声，仿佛是暴风雨来临前的宁静。

经过 4 月份游戏地图的更新后，高级物资的大概率刷新地点都集中在北方的三个特定区域，这也是为什么这四支队伍迟迟没有落伞的原因。

一秒后，飞机终于来到圣马丁附近——

KG 和 Unique 同时选择了落伞。

下一秒，TRB 和 Snake 纵身朝 E 城的方向跳去。

四支队伍选择了两个落地处，这也就意味着……

最好的情况下，四支队伍里只有两队可以活着从这两座城市走出来。像这样几支强队碰到一起的局面并不常有，大多数战队都会在赛前定好战略，且这个战略几乎和战队以前的部署大同小异。

而就在第一场的比赛中，之前预选赛里多次展现过强势打野能力的 TRB 居然选择了地图里的大城市作为落点，几乎是将本就复杂的战局搅得更浑了。

TRB 这次跳 E 城，尽管在直播屏幕上看来干净利落，但只有竞赛席上的队员们清楚，这是一次跳伞失误。赛前卫晗就做足了准备，几乎预测了每一支队伍最有可能降落的地点；而根据这些地点，卫晗给他们安排的，是 E 城和 Lake 中间的小城，进可攻退可守。

这是卫晗谨慎调整了十余次后的战略部署，姜念几人也早在半个月前就开始频繁地在这片区域练习。

问题出就出在，萧咏跳早了。

萧咏摁下 F 键落伞的那一瞬间，四个人心里"咯噔"一下，都不约而同地皱了皱眉。Wind 是最先反应过来的，只晚了萧咏半秒落伞。

作为突击手，他看到萧咏的动作下意识就跳了下去，等他反应过来位置不对的时候，身后的温楚一和姜念也已经跳下了飞机。

萧咏脸色苍白，手都不知道该往哪儿放："对、对不起，我太紧张了。"

"就跳 E 城，"跳伞的时间短暂，容不得他们想太多，温楚一立马在地图上重新标点，"08 和 Wind 的落地时间应该差不多，你们去城头，念念你跟着我，去制高点。"

姜念轻轻应了一声，没有多说，内心却浮起些许不安。

E 城这片区域因为太偏远，在常规航线上并不火热，虽然这段时间他们经常会在旁边的小 L 城落点，但也很少回头往 E 城这边跑。

因为 E 城这边物资虽然丰富，但城市太过复杂，城中心太多真真假假的高楼，很难准确找到敌人位置。

恰好他们四排时，连一把 E 城都没有跳过。

面对这样一座不算熟悉，甚至可以说有点陌生的城市……

姜念滑动鼠标往自己上方看了看人数，目前至少是三支队伍的争夺战。

他们能成功走出 E 城的可能性……她想都不敢想。

这是决赛，和预选赛上碰到的对手可不一样，除了几支名号很大的强队，能杀入决赛的哪一支队伍又会是省油的灯？

思绪间，这边萧咏和 Wind 果然同时落了地。

不幸中的万幸，他们俩是第一批落地的。

温楚一开伞的位置偏高，将其他几队敌人的位置尽收眼底，很快开口："08 那边两个，Wind 那边一个。"

小胖子脸上露出一抹诡异的笑容，双颊也红通通的，显得极其兴奋："收到。"

他这大半个月的落伞和突击训练就是为了这一刻。

屏幕上，只见 Wind 飞快地从地上捡起一把 AKM 自动步枪，连子弹都只来得及捡起 30 发，刚提枪上膛，对方正好落在了他旁边的建筑物下。

一连串开枪扫射的声音传来，敌人应声倒地，屏幕上出现击杀信息。

"啊啊啊——"

场下传来阵阵尖叫声，所有观众都忍不住为 Wind 干脆利索的表现欢呼。

这样的欢呼声并没有持续太久，导播将镜头切换到了萧咏的视角。同样是利落地提枪上膛，但萧咏面对两个人明显有些独木难支，堪堪击倒了一个人，就被另一个人用霰弹枪给爆了头。

屏幕上的萧咏头上迸出丝丝血迹，紧接着倒地不起。

短短几秒时间，Wind 刚刚漂亮地拿下第一个人头，08 便牺牲。

开局一分钟不到，TRB 仅剩三员大将。

萧咏眼眶都红了，声音颤抖着开口："他在拉队友，Wind 从右边摸过来应该能解决他们俩。"

Wind 道了句"好"，毫不犹豫地冲了过来，突突几枪收掉了没有补给品的残血二人组。

E 城尾城区，已经安心搜索了有一会儿的 Snake 几人看到击杀信息，心情着实不错。根据刚刚不远处传来的枪声和屏幕上的击杀信息，Snake几人已经初步判断出 TRB 等人就在 E 城，只是和他们不在同一片区域罢了。

这边一共就落了三支队伍，眼看 TRB 在扫除另一队的同时损失一名成员，Snake 几人脸上纷纷露出笑意。

谁不喜欢打优势局呢？

这边姜念和温楚一也已经搜到了一些物资，对于 08 的牺牲，大家都没有发表什么意见。08 这局从一开始就出现了致命的失误，这是非常影响心态的，所以他的牺牲也不会让大家感到惊讶。

倒是除了指挥之外一般不怎么说话的温楚一不轻不重地说了一句："后面还有四场，打起精神来。"

萧咏点头答"好"，愧疚得说不出一句其他话。今天原本的安排是他打前三场，黎晴打后两场；现在看来，如果下一场他还不能集中精神好好发挥的话，黎晴可能要帮他多打一场了。

两人说话间，姜念已经准确找到了这队人马的最后一名敌人，一个抬枪便将其爆了头。看到击杀信息，姜念才收了枪一边继续搜索物资，一边道："这边是不是还有一队？"

"嗯，"温楚一找到姜念的位置，把身上刚刚搜到的 98K 放到她面前，"另一队的位置在尾城区，Wind 搜得差不多了来找我们会合。"

"好嘞。"小胖子的声音听上去生龙活虎，完全没有受到 08 失误的影响。

尽管如此，Wind 搜好装备跑出建筑物的一瞬间，还是遭到了扫射。

Wind 立马回头躲到建筑物后方加血："老大，小姐姐，我的 140 方向有人，你们看一下。"

姜念和温楚一各自占了两个制高点，同时开镜往 Wind 所报出的位置看去。两人开镜的方向相差无几，却都空无一人。

温楚一思绪一顿，立马反应过来，大吼一声："他们过来包你了！动起来！别让他们找到你的具体位置！"

一般的狙击手在一招即中的情况下，不会随意改变位置，他们需要一个相对稳定的点来狙击。

但刚刚这队人，听声音是步枪扫射，他们这么快就开镜看过去却又空无一人，很明显是已经移动了位置。也就是说，刚刚那几枪只是狙击手的掩护而已，真正的突击手已经朝 Wind 所在的位置去了。

之前那一队已经被他们全灭了，那这队人马无论如何也应该是满编状态。

四包一，Wind 相当危险。

说罢，温楚一迅速收起枪就往楼下跑，对姜念道："你架好枪，我过去支援他。"

形势所迫，再危险他也要去支援。他们已经损失了一个突击手，再牺牲一个 Wind，单靠他和姜念，能撑到决赛圈的可能性微乎其微。

姜念也知道现在局势紧迫，打起十二分精神，架起枪就往 Wind 所在的建筑物看去："200 方向安全。"

随着她的声音，温楚一加速飞奔过去。

现场的气氛异常紧张，导播将画面切给了正在狩猎的 Snake。

从他们的视角来看，四个队员都快到达 Wind 所在的大厂房了，四面夹击，单从阵形上来看便已经无懈可击了。

小黑看着屏幕上五个快速聚拢的小点，忍不住皱了皱眉：【Chew 应该是赶不到了，说实话，这还是我第一次看 Snake 比赛，这支队伍的配合能力真的挺强的，刚刚镜头在 TRB 那边的时候，我们还能看到 Snake 仍在尾城区，现在这四个人就已经把 Wind 团团包围了。】

咚咚赞许地点了点头：【包括刚刚 Snake 突击手的虚晃一招，也帮他们拖延了一部分时间。现在的问题是，就算 Chew 能赶过来，他和 Wind 两个人也不是 Snake 这边四个人的对手……】

这边解说话音未落，"砰——"一声传来。

98K 的声音响彻 E 城，屏幕左上角 Snake 的队员被姜念一枪爆了头。

小黑大叫：【来了！在预选赛中给我们留下深刻印象的 TRB 的 Moon 又一次给我们展现了她的'死亡凝视'！】

因为之前姜念的每瞄必中实在太过骇人，网友们便擅自给她的狙击动作冠以"死亡凝视"之称。

凡是被姜念看到的敌人，不管是定点还是在移动，只要是在射程范围以内，就都难逃一死。

【太惊人了！】咚咚赶紧给导播打手势，示意她切换到姜念的视角，【上次比赛中，Moon 打全速奔跑的移动靶时，还需要一两枪试探，今天居然直接一枪就给爆头了。】

如果不是线下比赛，这种操作想都不用想，肯定会被冠上"开挂"的标签。这种命中率，就算拿到世界顶尖赛事上也能被列为 TOP10 的操作之一；但对于 Moon 来说，几乎每场比赛都能出现一两次这样神乎其神的操作。

场馆内的气氛瞬间到达最高峰，绝大多数观众振臂欢呼，自发地高呼起"Moon"这个不算熟悉的名字。

这些欢呼声不属于 FPS 的传奇 Chew，也不再属于 Unique。

在这一刻，这样热烈的欢呼只属于一个人——Moon。

不管这场比赛结果如何，从今天开始，Moon 这个名字都会刻在他们心头，再也不会有人怀疑她的实力。尽管姜念的一枪爆头惊艳全场，但 Snake 的人看到队友倒地后，也迅速做出了回击。

只见剩余三人已经从三个不同方向到达厂房外侧，摸索起 Wind 的位置。而此时的温楚一，最少还需要全速奔跑个十来秒才能到达厂房。

姜念目不转睛地注视着厂房的入口，轻声开口："Snake 剩下三个人都过去了，你大概还需要多久能到 Wind 的位置？"

"我听到脚步声了，"不等温楚一开口，Wind 突然道，"就在我右边。"

话音刚落，阵阵枪声传来——

几乎是同时，Wind 耳边传来姜念的惊呼声："有人进厂房了！"

枪声吸引了姜念的注意，以至于她没能第一时间出枪，眼睁睁看着一人从左侧的门进入了厂房。

"砰砰砰——"

接连几道枪声传出，屏幕上出现 Wind 倒地和击杀的信息。

竟连钓鱼的想法都没有便直接补死了 Wind！

小胖子委屈地"嗷"了一声，恹恹地趴在了桌上："哇！这些人是魔鬼吗？"

尽管 Wind 的死亡已成定局，姜念却没有掉以轻心，一直紧盯着厂房右边的入口。刚刚她在左边看到了人，于情于理，那人也应该从另一个出口出来才比较保险，这是她的想法。

但很显然，按照国际惯例，那人杀完 Wind 之后还要舔包，于是姜念没能在右边看到有人出来，却看到了试图从右边入口进入厂房的另外两人。

她眯了眯眼，开镜对准两人中较为落后的一人，只听"叮"的一声——

姜念手里的 98K 射出一发子弹，划破空气，打在了落后那人的头上；她没有松开屏息按钮，一秒停顿都没有，朝着那人移动方向的前半身又是一枪。

屏幕上出现击倒信息，那人倒在了厂房入口处不到半米的位置。

时间分毫不差，距离也控制得刚刚好。

姜念看着屏幕上被她击倒之人的 ID，勾了勾唇。

狙击手一般会习惯性地跑在队伍最后，一是为了寻找有利位置架枪，二是因为习惯了别人为自己打掩护，这是姜念最初选择打最后一人的原因。

直到简单计算过弹速和距离后，姜念才发现，她好像最快也只打得到第二个人。

剩下两人都是三级头，在必须连中两枪才能击倒敌人的情况下，选择落后之人才是最稳健的打法。

最终那人的 ID 和倒地的位置都证明了姜念的想法。

与此同时，温楚一终于赶到。

温楚一看也没看地上那个死命往里爬的人一眼，直接越过他朝厂房里的两人点开自动扫射。

Snake 的人兴许是没料到温楚一能在如此短的时间内抵达战场，反应速度落后了一秒。

但在关键性的战局之中，这一秒往往就决定着成败。

温楚一的扫射几乎一枪都没有落空地打在了他们身上，很快击倒一人。

另一人一边闪躲着，一边回击，但现在三个队友都已经倒下，他毫无退路，于是身形操作更加谨慎起来，打几枪就躲到了掩体后面。

温楚一却不想和他浪费时间，切换出手榴弹就往 Snake 最后一匹独狼的方向扔了过去。

只听"砰"的一声，手榴弹的爆炸引起阵阵黑烟，在这预示着死亡的黑烟中，屏幕上同时出现三则击杀信息。

同时，屏幕左下角弹出一条提示——

[Snake 求生失败。]

小黑猛拍桌子，浑圆的双眼里满是狂热：【关键时刻 Chew 神站了出来！在人数明显劣势的情况下，Chew 神展现了他惊人的近战能力！这个人实在太灵活了！】

咚咚点头：【在天命杯的所有比赛里，Chew 神并没有过多展示他被人熟知的狙击能力，反而是他的近战突击能力，一次又一次刷新了我们对他的固有看法。】

小黑：【也许这也是 Chew 会将主狙击手的位置交到 Moon 手上的原因，

Chew 这位选手真的太全能了，他可以灵活地担任队内的任何位置。】

咚咚：【没错，虽然现在 TRB 已经损失了两名突击手，但我想这并不会阻碍 TRB 前进的步伐。我们刚刚也都见识过 Moon 强大的狙击能力，以及 Chew 在近战上对其他选手的碾压了。】

胜负已分，姜念收了枪往楼下跑，她轻叹口气，虽然淘汰了 Snake，但他们也损失了一半的队员，就算赢了也只能叫作惨胜。

她现在一点都高兴不起来。

温楚一正在舔包，他一边快速筛选着物资，一边朝姜念开口："去找车吧，两个人也有得打。"

就算姜念不说，他也能感觉到她的低落。

尽管现在她低落的情绪没有影响到操作，但这种无形的压力一定会影响到接下来的局势，两个人打满编队伍确实很难，特别是他们的对手还是国内所有的一流队伍，更别说 Unique 了。

但这只是 BO5 的第一场，而且他们已经拿了 8 个人头击杀，只要最后能保持在前三名，后面几把只要不出差错，获得冠军奖杯也还是有希望的。

这时毒圈已经刷新了，两人分别开了两辆车往圈里赶。

与此同时，Unique 所在的圣马丁也已经爆发了好几拨战争。

尽管 KG 一开局就强势地占据了最佳地理位置，但在 Unique 和另一支队伍的两面夹击中，他们最后还是以 5 个击杀结束了第一把游戏。

当屏幕上出现"KG 逃生失败"的字样时，温楚一明显感受到旁边人一瞬间的怔然。

姜念看着前方摩托车上的温楚一，兀自抿了抿唇。

KG 是被 Unique 淘汰的，击杀信息上都有提示，她也并不怀疑 Unique 的能力。

但毕竟是她交过手的队伍，她知道 KG 的刚枪实力。

这一切都发生得太快了。

思绪未断，耳边突然传过温楚一的声音："右边房区有人！"

姜念立马回神，不料温楚一话音刚落，一阵枪声便响起，房区里的人已经瞄准了他们。

按照弹道的方向和火力看来，对方起码有三人，担心车被打爆，两人立马就要停车。却因为房区的视野实在太过开阔，温楚一和姜念的位置也没有太多掩体，他们终究还是晚了一步。

又是几阵枪声后，随着两人的屏幕暗下来，左下角出现一行信息——

[TRB 逃生失败。]

第一场比赛开始不过短短七分半钟，四支种子队伍仅剩一支，战局的激烈程度可见一斑。所有人都没想到，折损两员大将才苦苦从 E 城逃生出来的 TRB，竟就这样被另一队人马轻而易举地扫爆了车。

死法并不好看，也算不上死得其所。

但这就是 PUBG 的魅力所在，你永远都猜不到下一秒会发生什么。

也许会被天降正义，也许会被人引爆车辆，当然也可能会被人偷袭。

包括毒圈的随机刷新和每个房区的随机物资刷新。

就是因为有随机性，比赛才会如此好看。

运气也是实力的一部分，说的可能就是这个游戏了。

就像现在，TRB 经历九九八十一难，刚刚逃出来没一分钟，就给这支圈内的天选之队送了拨快递。姜念忍不住哀号一声，又看了眼边上的温楚一："说好的两个人也有得打呢？"

温楚一摸了摸鼻子，罕见地露出一抹尴尬之色："人算不如天算。"

就算无奈叹息，TRB 也以积分 200 结束了第一场比赛。

而另外的几支强队例如 KG 和 Snake，更是只拿到了个基础分就出局了。

Unique 毫无悬念地夺得了最终的胜利，以高分 600 分暂居第一，甩开第二名 200 分。

一直在后台密切注视着赛事的卫晗皱了皱眉。

第一把下来就差了 400 分，TRB 如果想获得这座冠军奖杯，后面几乎不能有任何失误。

他若有所思地看了眼一旁同样神情严肃的黎晴，双眸晦涩不明。

因为参赛人数太多，每场比赛中间虽有休息时间，却也远远没有达到所有选手都能回休息室的地步。

卫晗起身拍了拍腿上并不存在的灰尘，在原地伫立片刻，最终没有叫出黎晴的名字，独自走出了后台。

卫晗来到台上时，姜念几人已经在讨论下一局的战略部署了。

萧咏看到卫晗的到来，下意识往他身后看去。

直到发现他身后空无一人后，萧咏才暗自松了口气。

还好，教练没有在第二把就把他换下。

卫晗也没看萧咏，直接走到众人中间，将手里的笔记本摊开放到桌上:"下一把如果是老地图,航线允许的情况下,最好能跳在 G 港附近;如果不行就机场,楚一你看着办……"

连姜念都不得不承认,卫晗不疾不徐的声音在这一刻的确有一种稳定人心的作用。当局者迷,就算是温楚这样的大神,在游戏中也会有看不清局势和问题的情况,但卫晗不会。卫晗作为一个旁观者,总能最快找到他们的问题,并在短时间内提出新的思路解决它。

萧咏刚开始还因为失误有些忐忑,却不想卫晗连看都没看自己一眼,后面他慢慢地就听入了神,时而眉头紧锁,时而露出沉思之色。

等卫晗这边终于讲完,休息时间也所剩无几了。

卫晗看了看几人一眼,面上是前所未有的严肃神情:"第一把和 Unique 差 400 分,第二把打保守一点,一定要把比分差减少到 250 分左右。"

临下台前,他又望了一眼萧咏:"好歹给你媳妇儿打下点江山,别留下个烂摊子给她。"

萧咏一愣,顿了好几秒才反应过来,再抬头时才发现卫晗已经走下了台。

听着身后萧咏那声响亮的"我知道了",卫晗挑挑眉笑出了声。

都说电子竞技没有爱情,他们战队的人处对象倒是一个比一个认真。

也不知道是不是卫晗最后一句话起了作用,第二把开始后,萧咏的状态有了很大回升。至少在一整局的游戏中,他都没有出现什么失误,反而还在 Wind 的掩护下拿了两个人头。

和上一局的紧张场面截然不同,第二局并不存在两个强队跳同一个点的情况:KG 跳了机场,TRB 选择了较远的 G 港,Snake 去了 P 城,Unique 则跳了水城。看着屏幕上分散开来的几支队伍,后台休息室的卫晗才终于松了口气。

尽管这一把大家都分散开来了,战局却依旧不算平静。

开局短短五分钟内,Unique 和 KG 就纷纷遭到围剿,损失了两员大将。

反倒是在 P 城称霸的 Snake 和偏远地区的 TRB 混得风生水起,人头和装备都比较肥。

在第四个毒圈刷新时,两支韩国队伍在路上相遇,面对仅剩两名幸存者的 Unique,Snake 的四人围剿战术很快起了作用,将宿继九打得没了脾气。

戏剧性的是,TRB 也在跑圈途中碰上了仅余两人的 KG,姜念和温楚

——人两枪便解决掉了他们。

看到两支队伍求生失败的信息，台上的解说有感而发。

小黑：【《绝地求生》这个游戏，保证团队存活人数太关键了，就像我们刚刚看到的那样，再强的队伍，只要遭遇减员之后就很难打得过满编队伍。】

咚咚"啧"了一声：【也不全是吧，第一把 TRB 不也是在三打四的情况下，把 Snake 团灭了吗？】

小黑哽了一下：【嗯……这其实也带了点偶然性。】

话音刚落，屏幕上的 Wind 一个不小心中了敌人的埋伏，率先牺牲了。TRB 在仅剩三人的状况下，将伏击他们的满编队伍团灭了。

咚咚意有所指地看了一眼小黑。

小黑有些不自在地清了清嗓子：【我是说大多数情况，当然也会有一些特例。】

紧接着，在最后一个毒圈，萧咏拉线时被 Snake 的人爆了头，TRB 仅剩姜念和温楚一，和上把的情况竟如出一辙。

决赛圈存活人数一共六人：TRB 两人，Snake 四人。

在二打四的局势下，TRB 的胜率微乎其微。

但鉴于 TRB 上一把奇迹般的操作，台下的观众纷纷屏住呼吸，一触即发的战争气氛弥漫着整个场馆。

两队现在都在圈内，离下一个圈的刷新时间不过十几秒。而占据这最后一个圈的刷新位置就是成败的关键。如果毒圈刷在 Snake 这边，TRB 在人数明显占劣势的情况下，还要暴露在对手面前移动，失败的概率大于 99%。

但如果毒圈刷新在 TRB 这一边，再次上演奇迹的可能性还是有的。

除了现场观众和网络观众，台上的解说，两队的队员，后台休息室里的卫晗和黎晴……

所有人都没了说话的心思，现场奇异地陷入一阵微妙的沉默。

毒圈的位置在一片树林之中，起了很好的遮挡作用，但在这片范围不大的树林里，任何一方稍微移动，另一方的人就能给以致命一击。

屏幕上，两队人马对对方的位置心知肚明，各自躲在树后，默默看着地图上缓缓缩小的蓝圈。毒圈刷新仅剩五秒，温楚一开口了："如果不是天命圈就不用在意生死，尽量多拿几个人头就行。"

"好，"姜念一愣，立马会意地点了点头，"我还有两个烟幕弹，待会儿帮你封烟。"

温楚一此刻说出这样的话实属平常，如果毒圈刷新到了 Snake 的位置，他们只要妄图进圈就会被打成筛子。再加上第一把 Snake 的积分很低，就算他们拿了第一积分也不会有太大差距，倒不如不要"吃鸡"的 500 分，尽量多拿些人头。

这样他们就算只拿到第二名和人头数的积分，也差不多能超过 Unique 的积分。

这就是经验老到之人才能做出的战略性决策，如果现在坐在姜念旁边的不是温楚一，在这样刻不容缓的氛围下，她只会硬着头皮封烟往圈里冲。

温楚一知道姜念已经理解了自己的话，似乎想缓解气氛一般，轻笑两声："别丧着脸，说不定我们还真就是天命圈。"

话音刚落，蓝圈和白圈重合不到一秒，毒圈便刷新了——

"啊——出来了！在 Snake 那边！"

"Snake 那边还是满编啊，呜呜呜，Chew 神和 Moon 神要怎么办？"

"哇！真的是雪上加霜，心疼我大哥。"

小黑叹了口气：【仅从局势来看，TRB 这把能赢的可能性实在不大。】

咚咚正欲点头，突然发现屏幕上姜念已经开始封烟了，立马大声开口：【Moon 动了！是不是太着急了？离下一个圈还有时间啊！】

两人一边说着，一边看到姜念一把将枪背到身后，往封烟位置的反方向跑去，她甚至没有等到烟雾完全起来就动了！

小黑忍住自己想骂脏话的冲动，捏了捏拳。这难道不是自杀吗？

Snake 的人立马就发现了姜念的位置，探出头来就向她的身影扫射过去，毕竟是强队，他们的准心还是有保障的。

姜念连中三枪后，匆匆躲到离她最近的一棵树后打急救包。

Snake 的人哪里会给她这个机会，立马就往姜念所在的位置丢雷。只是几人连续投了好几个手榴弹才发现，姜念的位置比他们想象中的要远。

【看小地图上 Moon 的位置，她离圈越来越远了！】咚咚猛拍大腿，恍然大悟道，【她一开始就没想过要赢！按照最后一个圈的刷新时间，她这个位置根本已经来不及进圈了！】

小黑此时也已经发现 TRB 两人不对劲，立马在屏幕上搜寻起温楚一的身影：【等等！Chew……进圈了？！】

果然，屏幕上的温楚一正趴在地上，小心翼翼地从侧面往掩体的位置爬，而他的位置，已经是在白圈边缘了。

刚刚趁姜念跑到远处去找狙击位时，他就已经趴在了烟幕弹的层层白气中，缓慢地移到了白圈附近的位置。

观众们看到这样的进展，刚刚已经绝望的心瞬间死灰复燃，一个个挺直了腰杆，目不转睛地盯着屏幕，生怕错过哪怕一秒。

既然上把 TRB 能够以少敌多，这把为什么不行呢？

电光石火间，姜念已经补好了状态，只见她麻利地切换到 AWM 狙击枪，这是刚刚她在另外一队那边抢来的。姜念每次开空投的手气相当一般，所以她捡到 AWM 的次数也少，但这并不妨碍她对这把枪的喜爱。

无视防具的一枪爆头利器，决赛圈的必胜法宝。

她从掩体另一侧探出头，似乎是没准备开镜瞄准，又很快缩回来。下一秒，枪声从左耳边惊险划过。

姜念抿了抿唇，罕见地有些紧张："你好了吗？"

"好了。"温楚一的声音依旧沉稳。

话音刚落，一阵扫射的 M4 枪声接连袭来，有力的枪声和他淡然的语气形成鲜明对比，屏幕上出现一则 Snake 成员的倒地信息。

"Nice，"姜念赞叹一声，从树木右侧探出头去，"左一右二。"

一边说着，她一边迅速提枪上膛，屏息开镜。

"叮——"

AWM 独有的回声萦绕林间，Snake 再倒一人。

观众还没来得及尖叫，两道飞速射来的子弹一前一后击中姜念头部。姜念撇嘴，看了一眼自己电脑屏幕灰暗的游戏界面，一把扯下自己脑袋上的耳机，嘟囔道："啧，这些人反应也太快了吧。"

一直在旁边盯着看的 Wind 手心全是汗："嘘，别说话，老大那边还没结束呢。"

姜念是同时被两人狙倒的，这也给温楚一提供了一丝空当。几乎是姜念倒下的一瞬间，温楚一已经换好子弹，朝 Snake 两人所在的位置扫射过去。

但这两人是 Snake 最后的中坚力量，操作上和姜念比起来也不遑多让，迅速左右移动起身子。

温楚一脸色不变，一边开枪，一边往另一侧的掩体逼近。

Snake 又哪里会给他继续躲藏的机会，两人迅速蹿出冲向温楚一，其中一人甚至是用肉体帮队友挡住了一连串子弹。

温楚一堪堪击倒跑在前面的敌人，就被那人身后之人给爆了头。

随着游戏结束的界面出现，小黑激昂的声音也瞬间传入会场：【太精彩了！恭喜 Snake 拿下第二局的冠军，也恭喜 TRB 拿到第二名的积分！】

咚咚：【两队最后的对决都展现出了高超水平，特别是 Chew 神和 Moon 两个人破釜沉舟的配合，还有 Snake 这支队伍无人能比的团队意识！再次感谢两支队伍，给我们带来这样精彩的对决！】

尽管两位解说员没有明说，但所有人心里都明白这场对决的分量。

TRB 以两人之力对抗四人，居然还能击倒三人。

如果对手是弱队也就罢了，偏偏是 Snake 这样的上位圈战队。

不管是哪一点，都能体现出 TRB 这支队伍……或者说是 Chew 和 Moon 两人的卓越实力。

虽败犹荣——这是所有观众脑中第一秒想到的词。

又或者，这样的失败根本不能称之为失败，因为……大屏幕上已经开始滚动的积分榜上，两局游戏之后的总积分排名已经出现。

在第二场比赛中，TRB 拿到 545 分，以 745 分的总积分超越了总分 725 分的 Unique，位居第一！

第二把结束后，卫晗没有特地出来，只是让安静坐着的黎晴活动活动手指。

照刚才这把的形势看来，萧咏多多少少已经找回了些状态，卫晗便也不急着将萧咏换下来，还是按原定计划让黎晴第四把上。

这是 TRB 的第一场重要赛事，要说不想拿冠军是不可能的，但卫晗心里也有数，比赛就算再重要，也还是得仰仗这群在赛场上厮杀的队员。

既然萧咏是他们中的一员，他就要给予其足够的信任，并在最大程度上保证萧咏的心理状态。

黎晴听到卫晗的话两眼一亮，拿起一旁的键盘就开始热身。

看了两个小时比赛，她早就迫不及待想要上场了。

场馆内，温楚一在确定卫晗不会上台后，朝旁边的几位小朋友点点头："现在我们和 Unique 在同一起跑线上，不要掉以轻心。"

排位上他们是第一，但 Unique 和他们只差了 20 分而已，一个人头就赶回来的事，没什么值得高兴的。

但很显然，场内和直播间里的观众不是这么想的。

Snake 和 Unique 是韩国队伍，在"外人"面前，国人的枪口永远都是一致对外的，于是不管是场内的讨论还是直播间里的弹幕，清一色都是为 TRB 祝贺及鼓励。就连平日里嘲讽姜念的几个顽固黑粉，在这一刻都偃旗息鼓，转而给 TRB 摇旗呐喊起来。只可惜这样一出盛景，在台上讨论下局部署的人是看不到了。

五分钟后，第三局比赛终于开始。

比赛过半，所有队伍这一局都谨慎地选择了自己最擅长的地点和战略，TRB 也不例外，落到了地图中心的野点。

看到 TRB 的选点，现场观众捧场地鼓起掌来，所有人都显得斗志满满。

虽不知前两把 TRB 为什么会选择跳在城区内，但看过 TRB 之前比赛的观众们清楚地知道，从野区步步包围到决赛圈，还没有人是 TRB 的对手。

只是这一次，TRB 让他们失望了。

前期肥得飞起的 TRB 顺利剿灭了两支队伍后，在赶往第三个圈的路上遭到了 Unique 的狙击。

许是为了将比分拉开，Unique 这把跳的是号称 CF 模式的机场，却没想到这局正好就是机场圈。收拾完机场内的几支队伍后，宿继九便给队员下了堵桥的指令，自己更是穿过桥梁挡在了队伍的最前方。

TRB 两辆车逼近的时候，宿继九便准确判断出了他们的方位。

尽管温楚一在快要接近桥边时留了个心眼，特意放慢车速并绕到一边准备观望，但几人下车之际仍是吃到不少子弹，先行露出身子的 Wind 和萧咏吃得最多。

不等 TRB 几人反应，宿继九立即做出决策："把车扫爆。"

TRB 两辆车应声爆炸。

这也意味着，如果想要进圈，他们只能徒步。

而机场入口处的桥梁前一望无际，TRB 想要进圈，必须和 Unique 硬碰硬，否则就是死路一条。

姜念眉头紧锁，躲在仍冒着黑烟的车后加血："看到对方的位置了吗？"

萧咏颔首："看到了，桥头石墩后一个，桥中央两个，还有一个……"

"180 方向树后。"温楚一帮他补充。

尽管不知道这队人是谁，但毫无疑问，他们很聪明，这样分散的站位作为防守方来说无懈可击。

最关键的是，就连树后之人也在白圈的范围内。

这队人可以毫无后顾之忧地把他们卡死在这儿。

Wind 抖了抖身子，短暂的沉默后，第一个开口："我拉线掩护你们！"

"你拉个头，"温楚一嗤笑，"外边连掩体都没有，真以为自己是金刚不坏之身？"

小胖子泄了气，萧咏立马补了他的位："我们可以封烟，我从左侧拉过去，Wind右侧。"

这次温楚一倒是没有嘲笑他，默认了他的说法。

他们没有退路，连车都被爆了，走另一座桥更不可能了，游过去也会被桥上之人打死，更何况，离刷圈的时间越来越近了，他们别无他法。

萧咏掏出烟幕弹朝桥口的位置抛了过去，动作不慢，却还是在露头时中了一枪，脑袋上的头盔已经没了。

头盔没了相当于少了条命，萧咏多少有些慌张，但此时烟雾已经飘散而出，他没有缓冲的时间，立即猫着腰往左边桥口的方向走。

因为是在烟雾中，萧咏很难辨别方向，只能依靠小地图上他的坐标变化分辨自己的位置。

好不容易走到烟雾边缘，他再次投出烟幕弹，大声喊出小胖子的名字："跑！"

小胖子应声而动，却不料对方似乎已经察觉出了TRB的意图，一连串手榴弹被抛了出来，Wind闪避不及，只能匆匆跑出烟雾区域。

紧接着一阵枪声响起，Wind和萧咏同时倒地。

混乱中，一颗子弹飞速穿过快要散尽的烟雾，打在了刚丢完雷的宿继九的眉心。

熟悉的98K声音传出，正中红心的子弹立时打掉了他的三级头。

宿继九赶忙闪身缩回树后打药，嘴角勾起一抹若有似无的笑意。

这个打法……

他看了看屏幕右上角Wind和08的击倒信息，笑意渐浓。

果然是她。

趁着他加血的时候，姜念和温楚一也没停下，借着最后的烟雾遮挡，朝桥头那人连开两枪——

两枪皆中，那人立马倒地。

"Wind和08往后爬，"温楚一冷着脸开口，"念念直接补掉他。"凶多吉少，能换一个是一个。

姜念哪会不懂他的意思，立刻又开出一枪打爆了对方的头。

对方队员Kid死了，但在击杀信息出现的同时，最后一丝烟雾散尽，姜念的位置便这样毫无遮掩地暴露在宿继九眼前。

"丢雷。"宿继九也不用狙，直接提起 SCAR 开镜，"砰砰砰——"三枪便结束了姜念的死亡凝视。

这边姜念倒地的位置还算安全，温楚一立即弯下腰拉她。

不料两颗手榴弹在空中划出一条漂亮的弧线，精准地落在了两人面前。

温楚一皱了皱眉，起身往后撤。

只是两人的藏身之处是一处斜坡，后撤后没了石头和车辆遮挡，温楚一几乎是赤裸着身子在承受敌人的枪林弹雨。

不出几秒两人就倒在了老鸡的枪口之下。

屏幕左下角立时出现信息——

TRB 被淘汰了。

观众席间一片哀号，一些 TRB 的粉丝甚至已经在懊恼地抓头发了。

TRB 和 Unique 的积分几乎一样，但这把过后，可能就是一个天上一个地下了。

这把 Unique 跳在机场本来就拿了三支队的人头，加上 TRB 四人和后面还可能拿下的人头，这局他们应该能拿到人头积分上限的 240 分。

光是人头分就已经超过了这局 TRB 的总分 235 分，就更不用说 Unique 后面的名次积分了。

Unique 如果这把没吃到鸡，后面两把几支强队之间的分数还有可能会产生混战；但如果这把 Unique 吃到鸡，TRB 夺冠的可能性微乎其微。

毕竟第二把 Unique 的失误并不会时常出现。

而且……把希望寄托于其他队的失误上，真的很蠢。

沉默了几分钟后，Wind 幽幽哀叹一声，偷瞄了一眼最边上脸色并不算好看的队长："老大，我们现在还有夺冠的可能吗？"

温楚一没说话，倒是姜念瞥他一眼："这不是还有两把吗？"

小胖子摸摸鼻子，正想着要如何回话，屏幕上已经出现了最后的赢家。

已经摘下耳机的众人清晰地听到了音箱里两位解说员的声音。

【恭喜 Unique！19 杀吃鸡！！非常精彩的一局！！】

Wind 绝望地捂住了脸："呜呜呜，他们是魔鬼吗？！"

第九章
啧，真可爱

此时大屏幕上已经很有效率地滚动播出了 25 支队伍的积分情况。

Unique 以 1465 分的超高分数登顶，超过第二名 1080 分的 Snake 近 400 分。而 TRB，最终以 980 分暂居第三。

决赛只剩最后两局，485 分的差距，在 Unique 不出差错的情况下，TRB 只存在理论上夺冠的可能——

连续吃两把鸡，且每把人头数不能少于 10。

"太被动了……"卫晗揉了揉眉心，心情前所未有地沉重。

半晌，他看了一眼身边一脸凝重的黎晴，强装轻松地拍了拍她的肩："走吧，轮到你表演了。"

黎晴僵硬地站起身来，紧绷的肩膀泄露出她此时的慌乱无措。

看到她这副模样，这次卫晗倒是颇为真心地笑出声来："冷静点，只是一场比赛而已，这不是我们的终点。"

"可是……"黎晴抿唇，"不是说如果我们没有拿到冠军，后面的 G-Star 邀请赛就轮不到我们了？"

卫晗一愣，倒是没想到她脑子里还在想这些有的没的："温楚一说的？"

"没有，"黎晴尴尬地扯了扯嘴角，"上次他和你聊天的时候，我不小心听到的。"

卫晗笑出声来："你的任务是把比赛打好，其他的事不用想太多，走吧。"

说着，他拿起成员替换表递给黎晴，迈步走出休息室。黎晴亦步亦趋地跟在后头，尽管有了卫晗的安慰，心中那颗大石头也迟迟放不下来。

在这样劣势的情况下换上自己，她的压力说是所有人中最大的也不为过。前方的男人突然停下了脚步，黎晴没反应过来，一头撞了上去。

她吃痛地揉了揉自己的脑袋，一脸疑惑地看着他："怎么了？"

"每年的职业比赛不计其数，G-Star 也不可能只有这一届，"卫晗没有回头，只是自顾自说着，"我们的队伍才刚刚起步，你们也都还年轻，就算这次我们没能拿到邀请卡，也还有明年、后年、大后年。

"一次不行就两次，两次不行就三次，别那么怕输，输就是成长的第一步。"

卫晗的声音毫无波澜，并没有激昂的鼓励之情，也没有想象中的紧张与颓靡，更像是在陈述着某种事实，奇异地有着一股强大的说服力。

这和黎晴印象中那个跟他们嬉笑打闹的卫晗不太一样，这也是第一次，黎晴听到他对自己说这样多的话。

她沉下心来，明知卫晗背对着自己看不到，却还是用力地点了点头。

卫晗似有所感，正步继续往亮着光的舞台方向走去。

这句话是温楚一曾经对他说过的，也不知道为什么，刚刚看到黎晴满脸沮丧的表情，他情不自禁就将这段话说出了口。

这么想着，卫晗挑了挑眉，他刚刚说话的样子也太帅了。

卫晗领着黎晴上台时并没有引起太多人注意，反倒是萧咏临下台前和黎晴的"深情相拥"吸引了导播的眼神，将镜头切了过去。

卫晗看着哭丧着脸的萧咏，好不容易才强压下分开两人的想法："差不多行了啊。"

萧咏眼巴巴地看着黎晴坐上竞赛席，最后小声说了句"加油"，这才跟着卫晗下了台。

Wind "啧啧"两声，看向坐在自己边上的黎晴："你俩还真有意思，在赛场上谈起恋爱来了。"

黎晴小脸一红，总觉得自己多说多错，手忙脚乱地调试起外设，硬是一句话都没憋出来。

姜念一掌拍向 Wind 圆滚滚的后脑勺："就你话多。"

Wind 不服气地揉了揉脑袋，忍不住嘟囔几句："说话就说话，怎么还打人呢……"

黎晴被两人逗乐了，嘴边漾起一抹笑意。比赛都到了这个地步，他们还有心思开玩笑，看来情况也没自己想的那么糟糕，倒是自己这个观战了三局的人慌乱得不像样。

温楚一随意滑动着鼠标，轻声开口打断了黎晴的思绪："后面两把你们跳哪儿比较有把握？"

"人多的位置。"姜念脱口而出。

Wind立马点头："同意。"

Snake一般不喜欢跳人满为患的位置，Unique在积分甩开第二名这么多的情况下，打法应该也会相对稳健，最多就是遇到喜欢凑热闹的KG。

他们除了要吃到鸡之外，也要拿到足够多的人头，不然根本赶不上Unique现在的分数。

"09呢？"温楚一不咸不淡地问。

黎晴一愣："我没意见。"

"行，"温楚一颔首，"那就CF模式，大家落点尽量靠拢些。"

他们一般会将人多的刚枪地点称为CF模式，而在玩家密集的情况下，队员间要保持较近距离，才能及时给到队友支援。

又说了几句，几人屏幕一黑，第四局游戏开始。

只是和上一把的弹幕盛况不同，这一把观众的情绪普遍受到了上一把的影响，直播间的观看人数也骤减几十万。

刚刚还在为TRB摇旗呐喊的人，现在纷纷恶语相向。

翻脸比翻书快，也足以看出他们的悲观情绪。

就连在观众提问环节，面对大家关于TRB有多大可能赶超Unique的询问，两位解说员都有些闪烁其词。

小黑：【虽然说理论上还是存在反超可能，但也真的只能说是理论上了。】

咚咚：【最好的结果其实是TRB和Unique在前期相遇，如果TRB赢了的话，赶超的可能性还是很大的。】

小黑摇头：【现在Unique领先这么多，他们一定会选择相对保守的方法，而TRB则恰恰要选择激进的打法，所以这两支队伍在前期相遇的可能性其实不太大。】

咚咚叹了口气：【话是这么说……欸，航线已经出来了！这边可以看到TRB已经跳了！！正如我们猜测的那样，他们选择了罪恶之都Pecado作为落点！！！】

镜头一晃，来到Unique的视角，小黑叹了口气：【果然，这把Unique选择了野点。】

他当然知道咚咚在期待什么，但宿继九虽然经常不按套路出牌，但在这样的正式比赛上，大方向是肯定不能出差错的。比如在落点的决策上，Unique如果不选择稳妥的打法，一定会被他们的粉丝喷膨胀。

意料之中，却也让人对TRB的处境担忧不已。

因为Unique的落点没有敌人，导播重新将镜头切到了温楚一的视角。

从上帝视角来看，Pecado一共落了四队，其中还包括KG。

作为P城的霸主，KG几人直接落到了赌场，而TRB几人则落到了赌场对面的红楼。

咚咚紧张起来：【KG和TRB的位置相当近，就从刚才Chew的视角看来，双方应该都发现了对方的存在，这两支队伍应该会正面遭遇一拨！】

温楚一的确看到了对面赌场的队伍，同样看到的还有姜念和黎晴。他们甚至不用沟通，也不在意对面有人，四人分别在两栋红楼里搜了起来。

攻防战中，他们自然更喜欢打防守，特别是TRB所占领的红楼还是整座P城的制高点，这对姜念和温楚一来说，就已经足够了。

赌场物资有限，一分钟不到KG就将这边搜了个底朝天，留下一人架枪，其他人拎着枪就往红楼的方向跑。楼下的脚步声却没能逃过温楚一的耳朵，他捡起地上的四倍镜，朝小朋友们开口："赌场的人过来了，姜念顶楼架枪，Wind和09在楼梯口守着。"

他自己则已经埋伏在二楼房间的窗户旁边。

话音刚落，只听"砰——"的一声，姜念已经找到了对面狙击手的位置，并给了对方头部一个暴击。

几乎是同时，没了狙击手威胁的TRB几人探出头来，对着楼下几人就是一顿扫射。KG的狙击手见势不妙，也顾不得自己没了头盔，立马就朝温楚一的位置开出两枪。

温楚一岿然不动，枪口依旧对着楼下的人不断扫射，似乎根本没有意识到自己的处境，这让观众们忍不住倒抽一口凉气。

Chew神不可能不知道对面的狙击手在朝自己开枪，站着挨打可不是他的风格。下一秒，SKS的声音响彻P城，姜念又是一枪，将KG的狙击手爆头击倒。观众们震惊了，这哪里是没看到对面狙击手的位置，这分明就是没把对方放在眼里！

10秒，仅仅10秒。

KG的人暴露在TRB面前仅10秒，就遭到团灭。

直到屏幕上出现淘汰信息，观众才反应过来发生了什么，弹幕汹涌而至——

【不是吧，上次预选赛 TRB 打 KG 的时候，还是苦战啊……】

【和 Snake 还有 Unique 打的时候还不觉得，同样是强队，为什么 KG 在 TRB 面前这么不堪一击？】

【总觉得这把 TRB 整个队的气氛都变了啊……】

而在所有人都在感叹 TRB 的梦幻开局之时，TRB 已经势如破竹地扫荡完了整个 P 城，屏幕右上角也一次又一次地被 Wind 和 09 刷屏。

当 TRB 等人离开 P 城跑毒时，他们取得的人头数量已达 10 人。

与此同时，在野区相遇的 Unique 和 Snake 在经历一番鏖战后，Unique 在牺牲一名队友的情况下将 Snake 灭了团。

正在开车的黎晴看到击杀信息后，笑了笑："Snake 被 Unique 淘汰了，Unique 的老鸡被杀了。"

对于现在的 TRB 来说，这无疑是一个天大的好消息，也是一个能"理论"上赶超 Unique 的机会。

两队终究在倒数第二个圈相遇了，除此之外，存活下来的九人中，还有两个 FHL 的小朋友。

率先发现 FHL 两人位置的是宿继九，他没有丝毫犹豫，准确无误地告知了队友敌人的坐标，架起枪就往两人的方向瞄去。

一枪，两枪，因为是 SKS，宿继九两枪后仍没能击倒他们。

FHL 两人意识到危险，赶忙侧过身躲到石头的另一边。

"Surprise（惊喜）！"姜念轻笑一声，一发 M24 便带走了 FHL 其中一员。

"别飘，"温楚一眠她一眼，同时扣动扳机，一枪爆了 FHL 另一人的头，"还没赢呢。"

TRB 在这边已经潜伏一段时间了，只是一直因为视野问题，没看到人就没有轻举妄动，却没想到 FHL 的两个小可怜就这样往他们枪口上撞。

Unique 的 Kid 却是气不打一处来，这队真的……居然偷人头偷到 Unique 身上来了。

姜念吐了吐舌头，在两块巨石之间架起了枪："这把我们要还不是天命圈，晚上大家一起去买彩票吧。"

说来也怪，TRB 从参加天命杯到现在，居然还真没有一把是天命圈的，每次都死在了跑毒的路上。像是为了印证这句话似的，最后一个圈的位置终于刷新了——

就在 TRB 所在的位置！

Wind 喜不自胜地大叫一声"Yes（欢呼）"，三十年河东，三十年河西，总该轮到他们当一把天选之人了。

和 TRB 的欢庆气氛不同的是，Unique 这边沉默半响，宿继九叹了口气："封烟跑过去吧，刷毒前十秒丢，左右各两个。"

"左右各两个？"Kid 夸张地叫唤起来，"这么多烟幕弹，又是这么小一块地方，待会儿连视野都看不清了！"

宿继九横他一眼："再废话，我崩了你。"

Kid 闭了嘴。这人就是个疯子，他惹不起还不行吗？

此时蓝圈已经开始移动了，Kid 当机立断甩出两个烟幕弹，满满当当地将队伍包围了起来。

历史却总是惊人地相似，几乎是 Unique 几人刚移动到白烟内，一连串手榴弹就腾空而出，堪堪炸死两人。

宿继九也没了拉队友的想法，立马冲向不远处的掩体。

"砰砰砰——"铺天盖地的子弹袭来，宿继九倒在了血泊中。

Kid 看着屏幕上自家队长的尸体，啐了一口。

宿继九似有所感，也无声地笑了笑。

这可不就是上一把他们干掉 TRB 时所用的伎俩吗？

现学现卖倒是很有一套。

"啊！！！"短暂的安静过后，场内观众的热情一瞬间被点燃，特别是刚刚还对 TRB 的夺冠之路存有悲观想法的观众。

配合着现场的热烈气氛，屏幕上也终于滚动出第四局后的总积分排名。姜念不敢看屏幕，结果出来后，她撇过头看温楚一："积分差在 300 分以内吗？快告诉我在 300 分以内吗，一定要在 300 分以内！"

上把结束两队的积分差距是 485 分，如果 Unique 下一把的发挥依旧稳定，现在他们之间的差距只有小于 300 分才有反超的可能。

300 分的差距，只剩最后一把游戏，不管是对谁都是极限。

但就算是极限，也总比完全没可能要好。

从姜念的角度看过去，温楚一紧紧抿着唇，一张好看的脸庞紧绷着，始终没有说话。一颗心沉入谷底，如同被人泼了盆冷水一般，她语气越发着急："你倒是说啊！"

温楚一转过头，抿成一条直线的嘴唇突然往上一提："还差 290 分。"

姜念闻言愣了愣，对刚刚得到的答案有些出乎意料，她吐出一口浊气，劫后余生之感涌上心头，甚至顾不上温楚一刻意的装模作样，立马朝大屏幕看去。

现在 Unique 的总分停留在了 1905，位居第一。

第二名是 TRB……1615 分。

Snake 则以 1490 分的总分稳稳当当地坐在了第三的位置。

接连几个小时看下来，场内的观众都只能趁着比赛的间隙去个洗手间，甚至有些人连中饭都没吃一直熬到现在。

但这些客观因素都无法阻挡他们此刻的热情。比赛局势跌宕起伏，就连最初的跳伞阶段都让他们乐在其中。小黑抽空看了一眼直播间里的弹幕，大多数人因为刚刚的比赛又对 TRB 重燃希望。

既然能赢过 Unique 一次，就能赢第二次，说不定真的有奇迹呢？

就连对场面局势最清楚、情绪最冷静的两位解说员心里，也有了一丝蠢蠢欲动的盼望。

但他们不能明说。

在比赛结果出来之前，他们不能把话说太满，也不能在这种关键时刻给予观众希望。如果结果不符合观众的预期，不仅他们会被人嘲讽，也相当于是给 TRB 带了拨节奏。

短暂的休息时间结束，小黑扯了扯衣领：【观众朋友们，现在我们已经来到了天命杯 BO5 决赛的最后一场比赛，现在来自韩国的 Unique 暂时领先，在预选赛中展现了亮眼表现的 TRB 紧随其后。】

咚咚：【现在两队的积分差是 290 分，如果 TRB 这把能吃鸡的话，很大程度上能够反超 Unique；而只要 TRB 拿到其他名次，甚至是在 Unique 没吃到鸡的情况下，就算拿到第二名，也基本上与冠军无缘。】

小黑沉重地点了点头：【没错，这把比赛对于 TRB 来说，可以说是背水一战，要么吃鸡，要么与冠军擦肩而过。】

咚咚：【航线出来了，从机场右侧飞往 G 港，这是一条中规中矩的航线，让我们来期待一下 TRB 的……等等……这边 TRB 已经落伞了？！】

大屏幕上，镜头已经切到了 Wind 的视角。作为第一个从飞机上俯冲而下的人，Wind 这把的角度找得相当完美，以最快的速度落在了锅炉房的左侧入口处。

不算少的机场建筑物中，锅炉房算是地形最复杂的建筑物之一，入口多，也是最多玩家争夺资源之地。

比如这一把，还在空中时就能看到有两队人马是朝着锅炉房跳去的。

这个时候也不用谈什么配合了，能抢到枪才是首要的。

只见 TRB 几人快速抱团进入锅炉房，屏幕上切出四宫格画面，每个人的动作都清晰可见，四人朝着不同的方向跑去，又以迅雷不及掩耳之势捡枪上膛就和对面那队人"刚"起枪来。

现场观众看得眼花缭乱，恨不得长出四双眼睛。

"哎呀！Wind 被喷子击倒了！"

"稳住，Moon 这边扫倒两个了。"

"我的天，Chew 神这个走位是不是太夸张了？"

"别吵！里面还有一队！"

姜念几人不停从蒸汽机的缝隙中射出子弹，一分多钟不停歇的混战过去，TRB 这边倒了一个 Wind，其他两队则被尽数淘汰。

黎晴赶紧跑到 Wind 旁边，找了个隐蔽的角落将小胖子扶了起来，趁着救援队伍的时间才偷偷捏了把手心的汗。

机场是个是非之地，但也是他们熟知的为数不多的热闹地段。

说实话，如果这把不是老地图，他们就只能再跳一次 P 城了。毕竟因为积分的差距，他们只能选择人多的地方落伞，否则就算吃了鸡也没有反超 Unique 的可能。

当然，这也是除了 TRB 外前几支队伍的一致想法，比如说 Snake，就是刚刚和 TRB 在锅炉房狭路相逢惨遭淘汰的队伍之一。

看到击杀信息时，大家都吓了一跳。

以团队配合著称的 Snake，在跳伞"刚"枪的环节居然毫无还手之力，就这样被 TRB 打成了筛子。比赛才刚开始三分钟，TRB 就已经淘汰了两支队伍，这给翘首以盼的观众更添一丝信心，几乎整个直播间都是关于 TRB 的弹幕。可惜导播似乎没有感受到观众的心情，在机场这边的战役结束后，就将镜头切换给了 Unique。

在解决完机场的所有队伍后，TRB 几人的装备已经有了雏形，姜念也如愿拿到了自己最喜欢的 98K。

温楚一看了看地图上的白圈位置，顺势坐上敌人刚刚开过来的吉普车："抓紧时间，跑毒了。"

也不知道是不是上一把的天命圈耗完了 TRB 所有的运气，这把他们跳到机场，刷新出来的白圈在右上角，且几乎有三分之一的位置在水里，堪称死亡对角线。

因为是最后一把，队内的气氛比较沉默，就连一向喜欢开玩笑的姜念和 Wind 都消停了下来，时刻注意着车外的路况。

许是航线的缘故，地图右侧的队伍很少，TRB 这次也总算没再倒在跑毒的路上。直到去往第三个圈，他们才终于又在圈边的 Y 城埋伏到一拨人。

这拨人嗅觉并不灵敏，甚至在 TRB 所在的房区停下了车，自投罗网。

温楚一和姜念在制高点架着枪，一人两枪便解决了对方为首两人；Wind 和黎晴紧随其后，没有留给对方一丝空隙就是一顿扫射。

TRB 的人头数终于达到 16 人，这也意味着，只要他们把这把吃到鸡，就能拿到 740 分的满分。

屏幕右上角的人数仅剩四十余人，而这才刚刚进行到第三个圈。

"黎晴，"姜念一边将手中的 98K 上满子弹，一边开口询问，"Unique 现在的人头数多少了？"

黎晴抿唇，很快报出数字："7 个。"

也就是 105 分。

现在 Unique 还是满编状态，不出意外肯定能活到决赛圈；而在这段时间里，如果 Unique 继续拿到人头，就算他们只是第二也能夺冠。

姜念心中升起一丝焦躁。

他们可以在比赛中打败 Unique "吃鸡"，但在遇到 Unique 之前，对方所能拿到的人头数却是不受控的。

这样下去会输。

这个念头一旦出现，便再也压不下去。

人头数的积分已达上限，几人也无心再在毒圈边缘耗下去，决定提前进圈占点。

"小姐姐快来！"耳机中突然传出 Wind 的声音，"这人有 AWM ！"

姜念稳了稳心神，跳下楼顶赶去舔包。

"冷静冷静，"她无声地说着，仿佛在对自己进行催眠，"一定要冷静。"

他们还没输，就算最后拿到满分还是输了，他们也尽力了。

随着毒圈渐渐缩小，屏幕右上角的存活人数也越来越少。

已经不需要人头的 TRB 彻底沉寂下来，只要在对方没有发现自己的情况下，决不出头开枪暴露位置。

不得不说，这样的情形在温楚一整个职业生涯中是第一次发生。

倒数第二个圈时，存活人数还剩十人，除了 TRB 和 Unique，还有仅剩两名成员一路杀出来的 KG。

Unique 是满编状态，这是黎晴一直关注所得，KG 的身份也能从刚才的交战中得出结论。

TRB 是第一个进圈的，自然也占据着圈内的最佳地理位置，轻而易举便找到了两队的坐标。

温楚一快速报出对面两队的坐标又开口道："Unique 基础分多少？"

虽没有指名道姓，但黎晴也知道他这是在问自己。

"9 个人头了，"默算片刻，黎晴道，"135 分左右。"

温楚一皱眉："具体点。"

黎晴抿了抿唇，迟疑道："在默认我们吃鸡拿到 2355 总分的情况下，Unique 如果拿到第二名，总积分是……2390 分，"她顿了顿，"但如果他们只拿到第三，总积分 2340 分，我们能夺冠。"

想让 Unique 停留在第三名，不仅要先灭掉 Unique 整队，在交战过程中还要保住自己和 KG 两人的人头，只是……光要让 KG 两人的人头不落入 Unique 手中，就已经是极不可控的因素了。

几人听着黎晴的话，心凉了半截。

温楚一却笑了，如果现在有人能看到他的双眸，一定能从他眼里看到势在必得的笃定之色。

"走吧，"看着已经刷到三支队伍正中央的最后一个决赛圈，温楚一终于开口，"我们送 KG 一个第二。"

同样已经在计算积分的，除了黎晴，台上的两名解说员也没闲着。

小黑一边注视着屏幕上 TRB 这边的动静，一边掏出计算器噼里啪啦摁了起来，嘴里念念有词。

现在 TRB 是……Unique 是……

TRB 这把人头数是……Unique 是……

如果 Unique 第二……如果 Unique 第三……

仗着观众看不到他，小黑胡乱揉了揉脑袋。

不行了，越算越乱，他立马关掉耳麦给导播打手势："数据给我，数据！积分数据！"

导播会意，安排工作人员递过去了刚刚算好的数据。小黑看着纸上刚算好的积分数据，脸色越来越沉，不可能了，这种情况下，就算 Unique 只拿到第三名，只要他们再多一个人头，也能顺利拿到冠军。

他将手里的薄纸递给一直滔滔不绝补充自己空当的咚咚，接过话茬做出总结：【经过刚刚工作人员的严密计算，现在的情况是，只要 Unique 再拿下一个人头就能夺冠。】

【是的，】他顿了顿，【甚至不用拿到第一第二名，只要再拿下一个人头，Unique 就能捧起本次比赛的冠军奖杯！】

随着小黑不算激昂的声音，大屏幕上，TRB 的人开始动了！

这是一片树林，只见除了姜念，三人提着枪从不同方向往白圈中央跑去，连烟幕弹都没有丢，动静之大让另外两支队伍瞬间就找到了他们的位置。

咚咚睁大双眼：【TRB 这是……放弃了？！这样的跑圈方法无异于自杀！】

【不，还有一种可能，】小黑张了张嘴，细听之下声音还带着些颤抖，【TRB 在吸引火力。】

这不是放弃，恰恰相反，他们正在对冠军发起冲击！

【等等，什么意思？】咚咚反应过来小黑的画外音，【你是说 TRB 的人，难道知道他们现在的处境，故意吸引火力来保证 KG 得到第二名，以此反超 Unique 的积分？】

小黑点了点头，虽然这听起来并不那么现实，但这是 TRB 采取这种"自杀做法"的唯一解释。

Unique 和 KG 没有手下留情的意思，在看到 TRB 几人的一瞬间就集中了火力，疯狂往温楚一等人的位置扫射过去。尽管 TRB 几人的走位灵活，也禁不住数量如此巨大的子弹炮轰，几人身上多多少少都负了伤。

温楚一一马当先跑在最前方，一冲进圈内便寻了掩体，立马背到树后打急救包："不要存在侥幸心理，两枪过后必须找掩体打包！"

确定左侧是满编队伍后，一直待在圈外没有动弹的姜念扣动扳机，TRB 几人身后传出一道清脆的枪鸣声。

"砰——"

子弹穿过深绿色的树林，打在了 Kid 的二级头上，Kid 应声倒地。

就是现在！

"丢雷！"温楚一迅速躲到最近的大树后方，朝 Unique 的方向投出雷去。

Wind 和黎晴依葫芦画瓢。

趁两人丢雷的间隙，温楚一也终于有了一丝空隙，朝 Unique 所在的大石后架起 98K。

"叮叮"两声，连中两枪！

Unique 除了宿继九之外，一人倒地，两人负伤。

宿继九看着朝他们这边丢来的手雷和马上就要缩小的毒圈，蹙眉开口："别加血也别扶 Kid 了，赶紧进圈！"

几人立即停下手中的动作，分散开来朝白圈的方位挺进。

KG 这边也不傻，知道 TRB 的目标不是他们，也没了恋战的心思，很快从另一侧往圈内跑去。

看着 Unique 几人毫无遮掩地从大石后逃出，姜念眯了眯眼，深呼吸一瞬，屏息对准了其中一人的方向。

"砰"的一声，又是一枪。

[TRB_Moon 使用 AWM 爆头击倒了 Unique.Nine。]

依旧是堪称完美的移动靶教学，且这次被她爆头的还是宿继九。

一切都来得猝不及防，不管是 TRB 莽撞冲圈，还是姜念不打算跑毒，反而原地不动地架枪，都透露出他们的破釜沉舟。

毒圈已经开始缩小了，姜念丝毫没有要跑的意思，架着枪的鼠标顺着 Unique 的另外一人移动，再次开出一枪。

计算出了偏差，这一枪并没有中，最后一个圈的毒来势汹汹，终究越过了她的身子。

姜念被毒死了，她看着自己眼前灰暗的屏幕，喃喃自语："靠你们了。"

紧张的观众席间因姜念的死亡传出阵阵叹息声。

明眼人都能看懂 TRB 的策略，之前的莽撞其实都是为了给姜念打掩护；而姜念的牺牲也是为了能心无旁骛地打破 Unique 的满编格局。

反正到了决赛圈，狙击手的作用并不大。下一秒，晚了一步跑进圈的黎晴已经冲到了最前方，朝 Unique 剩余两人扫射过去，十枪一中。

到了关键时刻，没有人能真正做到沉着冷静。

老鸡也不是省油的灯，左右位移着身子，毫不手软地两枪就将黎晴击倒在地。

温楚一眼神一顿，对着老鸡开出一枪将其爆头："Wind 快去扶 09 ！"

没有人忘记，09 如果死了，人头是 Unique 的，这意味着他们会输。

Wind 自然知道轻重缓急，直接将枪收到身后往黎晴冲去，所幸黎晴离得不远，Unique 最后一人自顾不暇，也没有再朝他们开枪的工夫。

温楚一朝那人开出最后一枪，随着 98K 的丁零回声，左下角出现淘汰字样。

[Unique 求生失败。]

现场陷入狂热的吼叫声中，几乎所有人都站起来，不约而同地喊起了 TRB 的名字。

小黑看得眼睛都红了：【TRB 做到了！他们压制住了世界顶尖战队 Unique！Unique 没有拿到这最后一个至关重要的人头！！！】

咚咚也跟着大吼：【我们可以看到 Wind 已经把 09 扶起来了！现在只要 TRB 吃到鸡，他们就是这次比赛的冠军！】

后台的卫晗和萧咏早已站起了身，不知不觉中已经走到了电视屏幕前，两人的脸都有些涨红——这是激动的标志。

在全场的嘶吼声中，Wind 和重新站起来的黎晴已经朝 KG 的方向冲了过去。

2 对 2 的扫射声传入耳中，温楚一架起手中的 98K。

"叮——"

一个漂亮的瞬镜爆头，结束了 BO5 的最后一局。

场馆中传来声振屋瓦的尖叫和欢呼。

两名解说员站起身来：【让我们恭喜 TRB——拿下了 2018 年飞猫 PUBG 天命杯总决赛的冠军！】

伴着台下观众的嘶吼和解说员慷慨激昂的道贺，导播已经将镜头转到了台上 TRB 所在的位置。

作为一支刚刚成立不过三个月的队伍，他们拿下了各自职业生涯里的第一座冠军奖杯。

这是他们从 Unique 手上抢过来的冠军，一个有价值、有含金量的冠军。

姜念欢呼起来，也不管旁边是谁，猛地抱住了他。

镜头正好打过来，全场观众再次沸腾。

"实锤了！这两个人真的在谈恋爱！"

"你冷静点行不行，夺冠不能拥抱啊？"

"嗝，我招谁惹谁了，为什么看场比赛也被逼着吃了碗狗粮？"

温楚一拍了拍怀里的姜念："走了，上台领奖。"

他波澜不惊的样子和旁边几个小朋友看起来截然不同。

颁奖台上，温楚一耸耸肩，一派悠然地伸手拿过领奖台上的冠军奖杯，递给了身边的三个小朋友。此时后台的卫晗和萧咏也笑着跑了出来，几人同时举起奖杯，舞台上礼炮齐响，喷涌出五颜六色的彩带及亮片。

镜头忠实地记录下他们脸上的笑容。

而只有此时漾着笑意的温楚一自己知道，他现在心跳得有多快。

刚刚的拥抱并不在他计划之内，如果不是现场有上万观众，他险些失控。

颁奖结束后，TRB全员来到了采访区。

因为刚刚台上温楚一和姜念突如其来的亲密动作，女主持早就磨刀霍霍等待多时了。

现在到了采访环节，她拿起麦克风就凑到姜念旁边："恭喜TRB拿到了这次天命杯的冠军，Moon神有什么话想对粉丝说吗？"

虽然对女主持首先将话筒递给自己有些不解，姜念还是配合地朝镜头挑了挑眉："大哥给你们长脸了吧。"

眉宇间的得意和骄傲都快溢出来了，却怎么都让人讨厌不起来。

直播间立刻被弹幕刷屏：【哈哈哈，对对对，大哥说得都对，大哥开心就好。】

【大哥今天一米八！大哥什么时候来娶我？】

【哇！大哥接受采访的时候都这副贱样，酷得老子心里发苦啊，呜呜呜，这么酷的大哥怎么就让Chew神给拱了？】

女主持不知道直播间里的盛况，但她醉翁之意本就不在酒，立马进入下一个话题："刚刚大家都看到Chew神和你的互动了，两个人在一起多久了呢？"

姜念下意识蹙眉，话筒却被一旁的温楚一接了过去："这些事大家以后会知道的，就不用耽误赛后采访的时间了。"

语气硬邦邦的，是他一贯的作风。这种话如果由姜念来说可能会被喷成筛子，但由温楚一来说，却是最适合不过了。

毕竟比这更让人下不来台的话，他以前也没少说。

但这一次虽然温楚一没有明说，观众们也很快听出了他的话外音。

这些事大家以后会知道，这是没有否认两人关系的意思，也就是说……

这两人的确在一起了！

【我就说他们在一起了吧！眼神是骗不了人的，啧啧，你们是没看到他们在比赛中途休息的时候，看对方的那个眼神。】

【我被甩了，啊啊啊，妈妈呀我今天单方面被甩了！】

【呵，一次性让我同时失去了男友和女友，我去自杀！】

弹幕上的评论大多是惨绝人寰的哀怨话语，但不存在真正的恶意。

无法，又问了几句老生常谈的感想，女主持遗憾地结束了这次的采访。

TRB 是新战队，第一次参加正式比赛就拿了冠军，尤其还是在对手有韩国强队的情况下，这自然也在电竞圈内引发了热烈讨论。

TRB 几人没想到的是，刚结束采访走进后台，就看到了休息室内的不速之客。

熟悉的身高让几人一眼便认出了他的身份。

卫晗率先迎上前去："这个时间九神怎么来了，又迷路了吗？我找人送你回去？"

宿继九笑着摇了摇头："我们明天的飞机回韩国，和你们道个别就回去收拾行李了。"

语气淡然得好像刚刚输了比赛的不是他。卫晗摸了摸鼻子，虽然是打过几场比赛的对手，但他们应该也不至于是宿继九特地过来道别的关系才对。这个退役两年又复出的圈内传奇，刚刚输给他们之后，又心平气和地来和他们道别。

对于这个世界，他有些无法理解了。

短暂的沉默后，卫晗摆出笑脸："这么快就回韩国了？不在国内多待段时间？"

"该看的都看到了，该干的也都干完了。"宿继九耸耸肩，自然地越过卫晗走到温楚一面前伸出手，"今天的比赛很精彩，你们很强。"

温楚一面不改色，轻轻握了握宿继九的手，稍触即离，礼貌且克制："谢谢，你们也是。"

宿继九看了一眼温楚一和姜念仍未放开的手，又对姜念伸出手："下次 Unique 不会再输了，我们 7 月见。"

他是盯着姜念说的，但她明显感受到话是冲着温楚一说的。两人间无形的磁场似乎在相互碰撞，休息室内静得落针可闻。很难想象，明明在刚刚的比赛中宿继九是输家，现在他的气势却除了温楚一之外无人可及。

姜念笑着握住宿继九的手："抱歉，我想下次应该也还是你们输。"

一旁的 Wind 一头雾水："7 月见？为什么？"

"G-Star 邀请赛，"Wind 实在不高，宿继九只能俯首看他，"今年在韩国举行。"

Wind 立马瞪大了双眼，转过头看向卫晗："G-Star？教练，我们真能去 G-Star？"

G-Star 邀请赛，是真正意义上全世界一线队伍的盛会，TRB 却是才成立没多久的。

他们……居然能去 G-Star？！

小胖子摇摇头，就算是在韩国举行，宿继九又怎么会知道 G-Star 的邀请名单？

让他意外的是，卫晗却没有否定这一说法，反而轻轻点了点头："这次天命杯的第一名能直接拿到 G-Star 的邀请名额，我忘记和你们说了。"

其实哪里是忘了说，卫晗只是不想给他们太多压力。

一阵铃声突兀地在室内响起，宿继九掏出手机看了一眼来电显示，径自摁掉了电话："我得走了。"

说着，他走近姜念两步，从兜里掏出一张皱巴巴的纸来递给她："这是我的电话，来韩国请你们吃饭。"

宿继九也不在意温楚一骤然变冷的脸色，朝 Wind 几人摆摆手，扬长而去。

场面一度陷入尴尬，屋内所有人都盯着姜念手里的薄纸，Wind 还忍不住偷瞄两眼旁边铁青着脸的队长，下意识打了个寒战。

明明是一张帅得人神共愤的脸，现在可能用眼神就能杀人。

也对，前脚刚在台上宣示主权没两秒，后脚宿继九就来明目张胆地给小姐姐递手机号。

挑衅！这简直是赤裸裸的挑衅！！

是男人都不能忍！

这么想着，连 Wind 都开始替自家队长义愤填膺起来。

他默默叹了口气，可惜九神挖完墙脚就溜了，不然又是一出好戏。

这口气还没叹完，门口传来一阵脚步声，刚刚才走出去没多久的宿继九去而复返，只是这次他的眼神里还带了一丝迷茫。

"那个……"宿继九摸了摸脑袋，赛场上的霸王这一刻显得有些呆萌，"从后台怎么出去来着？"

卫晗忍俊不禁，刚准备上前领他出去，余光突然闪过一个人影。

只见温楚一随意地抬起手，修长的手指轻轻捻过姜念手中那张皱巴巴的白纸，又不紧不慢地在桌上找了支笔，唰唰在纸上画了几笔。

姜念一脸蒙地看着宿继九那串电话号码下的另一串数字，摸不着头脑。

温楚一捏着纸走到宿继九面前，轻描淡写地将小字条塞到他手上，淡淡道："走吧，我带你过去。"

宿继九没动，站在原地看了看字条上新添上的一串电话号码，蹙眉道："这是什么？"

　　"手机号，"温楚一面不改色，"到时候联系我，我请你们吃饭。"

　　包括姜念在内的所有人目瞪口呆，Wind 和卫晗面面相觑。

　　这人哪根筋不对？还请吃饭？鸿门宴？

　　宿继九虎躯一震，强装镇定："我是直的。"

　　空气突然安静，连双手紧握的萧咏和黎晴都能感觉到屋内温度迅速下降。

　　宿继九语出惊人是所有人都始料未及的。

　　姜念皱了皱眉，这是从宿继九进门到现在，她脸上出现的第一个表情。

　　她一直以为温楚一已经够自恋了，现在看来，是她误会他了。

　　谁能想到一山更比一山高。

　　"呵，"短暂的沉默过去，温楚一冷笑出声，"你对自己误解挺深的。"

　　宿继九脸上的惊疑之色更甚："不是，我真的不喜欢你。"

　　"活在梦里。"温楚一横他一眼，转身回到姜念身边。

　　末了，他又朝 Wind 招招手："你送一下他。"

　　说罢，他也不再看仍待在门口的宿继九，转而帮姜念收拾起外设来。

　　直到 Wind 硬生生将一头雾水的宿继九送上了 Unique 的小巴车，宿继九还沉浸在这个惊人的消息中无法自拔。

　　倒是姜念看着默不吭声的温楚一忍不住抿唇一笑。

　　她赌五毛钱，刚刚这个"吃醋精"真的只是想抢走她手上的电话号码而已。

　　啧，真可爱。

第十章
时间太短，不够我发挥

随着天命杯的结束，根据之前和飞猫签署的合同，TRB 从比赛结束第二天起，就要开始直播了。这也意味着，他们的活动范围受到了限制，旅游也别想了，回家更不可能了。

作为直播届元老级的人物，姜念理所当然地承担起了指导工作。

Wind 之前多少还有过直播经验，但对于从没接触过直播的温楚一、萧咏和黎晴来说，姜念无疑接了个大工程。

温楚一对此兴致缺缺，虽然因为姜念的缘故应下了直播，但他内心还是有些抵触的。

合同签了，宣传也早就放出去了，再不习惯也是要硬着头皮上的。

好不容易给几人安排好直播账号和 OBS 串流软件，姜念想了想，决定提前开播给几个小白演示一下。

因为他们直播是要求开摄像头的，姜念略微思忖一瞬，还是开启了摄像头，手把手教他们怎么录屏。开启串流的第一秒，几个在姜念直播间围观的小白，在各自屏幕上看到了姜念姣好的面容。

尽管是临时决定的提前开播，也还是有许多设置了开播提醒的观众陆续拥进了房间，弹幕也热闹起来。

【大哥？是大哥吗？！大哥你终于开播了！！！】

【不是说明天才复播吗？差点错过了小月月直播！】

【我看了决赛，大哥太厉害了！！！】

姜念调整了一下摄像头，一脸嘚瑟地笑："啧，都坐下坐下，这都是基本操作，这种操作对于我而言相当正常。"

还没等直播间观众开启嘲讽模式，姜念身边几人就已经先笑出声来。

也不知道是不是这段时间太过紧绷，姜念在他们面前表现得远没有这般随意张狂。Wind坐在姜念身后一角笑岔了气，观众里的"福尔摩斯"很快看到屏幕内抖动着的一团肉球。

姜念横了在边上狂笑的几人两眼，继续道："正式开播是明天，今天就是给他们几个演示一下，随便播一会儿。"说着她叹了口气继续道，"小月月真的很可怜，又当爹又当妈，连直播都要手把手教学。"

观众们见怪不怪——

【听到大哥这熟悉的做作的声音，我放心了。】

【大哥在基地？Chew神是不是也在旁边？快给我们看看Chew神！】

【我都看见胖哥了！把Chew交出来不杀！】

没等姜念开口，看到弹幕内容的小胖子已经起身冲到了镜头面前，怒气冲天："什么胖哥！谁是胖哥？你们看清楚了，"他又凑近了些，一张肉脸瞬间将屏幕填满，"这么好看的一张脸，以后请叫我胖帅……"

"行了，"温楚一看着快被小胖子挤出屏幕的姜念，一把扯过小胖子的衣领将他往后面提，"你不是会直播吗，来这儿凑什么热闹？"

Wind蔫了，乖巧地坐回了自己的位置。

温楚一出现的那一秒，弹幕疯狂刷了起来。

【我的天！真的是Chew神！穿得也太居家了吧！哈哈哈……】

【Chew神是不是明天也要开播了？期待！！！】

【唉，我都能想象大哥和Chew以后一起撒狗粮的日子了。】

【那大哥今天还打游戏吗？上都上了，要不打一把？】

姜念正有此意，痛快地应了下来，还转头看了眼身边的温楚一："怎么样？要双排吗？"

温楚一点点头，回头开启了游戏。和之前两人的无数把双排一样，两人极有默契，不管是打配合还是操作都无懈可击。

已经很久没有从姜念视角看直播的老观众们老泪纵横。这么久了，终于又可以看大哥直播了！随着时间的推进，直播间里多了一大拨闻讯赶来的观众，有的是为了看姜念，有的是为了看Chew。

看着屏幕上两人的操作，一些老观众心头几乎同时升起一抹疑惑。这打法，这配合，还有Chew神的声音……莫名有种熟悉感。

游戏中，刚刚搜完拳击场的两人分别往不同的方向跑去，准备各自解决两边不同的敌人。这把运气不错，姜念装备很肥，除了M4和98K之外，还有300多发子弹。然而这边姜念刚刚跑出去没多久，耳机里就传出几道"砰砰砰"的枪声——

她被人偷袭倒地了。看着姜念突然变红的血条，温楚一脚步一顿，立马往回跑："你卡一个点，我来救你。"

姜念缓慢地爬到旁边的掩体后面："那两个人应该是在前面的房区里瞄着呢……我看到了！在对面房区二楼！"

之所以将位置告诉他，是因为她的本意其实只是想让他解决这两个人。毕竟她所在位置被上面两人看得一清二楚，来救她也是白费力气。

只是温楚一似乎是没有听懂她的言外之意，背起枪就往她的方向跑去。待姜念看清他的动作，她惊吼出声："你别过来！他们瞄着这边呢！这个掩体挡不住人的！"

"说过来救你，就一定要来救你，"温楚一边跑边说，"放心，我来了。"

姜念还在试图说服他："真的别来！时间快到了，你赶过来已经来不及了！"

温楚一飞快地跑着，也不管楼房中的人怎么打他，一往无前地冲了过来。可惜，赶到的那一刻，姜念的最后一滴血也消耗殆尽，她倒在了血泊中。姜念看着她身边的温楚一，虽然感动得一塌糊涂，嘴上却还是不饶人："我都跟你说时间不够了，他们还瞄着这边，你怎么这么执着？！"

温楚一顿了顿，飞速点开了姜念的盒子："念念，我得舔你的包啊。"

姜念一愣，下一秒，她猛拍一下桌子："温楚一！你、你是狗吗？！"

"肥水不流外人田，"温楚一一笑道，"我也是为了帮你报仇。"

温楚一的声音如实传递到直播间，这一次直播间的老观众们总算是想起来为什么总觉得这两个人双排有一种迷之熟悉感了。

这无赖的语气、风骚的走位和无人能及的舔包速度……

【我的天，这不就是之前那个抱我们大哥大腿的"菜鸡"吗？！】

尽管在这之前就有"福尔摩斯"道破了真相，但也都只是小范围内的讨论，并且在温楚一强大的粉丝势力下，这类流言刚被提出就被人喷熄了火。

然而，今天他们在直播间里亲眼看到后，强烈的既视感几乎让人无法反驳。第一个破案的人出现后，弹幕喷涌而出——

【还真是……我之前就觉得 Chew 神的声音太耳熟了，原来在这儿等着我呢！】

【我的妈呀！ Chew 神要不是那"菜鸡"，我直播吃土！！】

【我早说了是他！当时一群人喷我！给我道歉！】

【CS大神隐藏身份接近吃鸡女主播，装菜抱大腿一个月，终于如愿抱得美人归，就这情节我能写个百来万字了。】

【哦，连我们都看出来了，我觉得大哥早就知道了，哈哈哈……】

姜念已经身亡，看弹幕的时间还是有的。结果一抬眼就看到温楚一身份暴露了，短暂的慌乱过后，她起了报复的心思。

"温楚一。"姜念连名带姓地叫出名字，除了生气状态下，这种情况很少发生。

温楚一心里"咯噔"一下，只听她这道声音就知道来者不善，强装镇定："嗯？"

"你看看我。"姜念笑得蛊惑，声音里也带了丝娇媚，惹得他立刻偏头看她。

不看还好，这一看，温楚一魂都没了。姜念的五官本来就有些偏欧洲人，深邃的眼眶和轮廓让她看起来异常成熟，加上她现在有意为之的做作妩媚，就算明知道她是故意的，他也忍不住愣了神，眸色倏地变得幽深。紧接着，耳机里传来阵阵枪声，温楚一被人打死了。

弹幕更凶了——

【刚刚用生命舔完包，这就去送快递了？】

【哈哈哈……大哥还是厉害，让Chew神看她一眼，结果人家把魂都丢了，死得太惨了！】

【哈哈哈，职业选手被美色所惑，惨送人头，这操作我还是第一次见。】

知道自己死了，温楚一看也不看屏幕，仍眼睛一眨不眨地盯着她。

无视旁边男人火热的眼神，姜念还得意地挑了挑眉："我直播间的福尔摩斯们破案了，你要不解释解释？"

虽然没明说，但满屏的弹幕温楚一也看得无比清晰。

半晌，他不疾不徐地摘下耳机，手指一抬，将电脑给关了。

姜念一脸惊恐：？？？

几个意思？不播了？生气了？这么玻璃心？？？

然后，她便看着他起身走近两步，低头凑近摄像头。

温楚一的脸瞬间在屏幕上放大，镜头像素不高，但这么近的距离还是惹得女观众们直冒粉红泡泡。

只是观众们的"啊啊啊"和"帅帅帅"还没刷出来，就听到温楚一近在咫尺的声音。

"那个人是我，今天就播到这儿，我们处理点私事。"

话音刚落，温楚一就夺过姜念的鼠标，在 OBS 上点下停止串流，一把将姜念拉了起来。椅子被突然的冲力推得滑出去老远，在卫晗和三个小朋友的注视下，温楚一扯着姜念上楼，最后停在了她的房门口。

他冷静地开门关门，两人就这样消失在众人眼中。

除了已经炸翻天的弹幕，楼下几人也被这突如其来的反转惊得瞠目结舌。Wind 看着已经黑了屏的直播间和飘满屏幕的弹幕，迟疑地看向卫晗，干笑两声："老大学得还挺快，小姐姐还没教怎么关直播呢，他就会了。呵呵呵……"

房间内。

房门刚关上，姜念就被温楚一摁在门边。紧接着，温楚一克制又低沉的声音在她耳边响起："天命杯我们夺冠了。"

姜念勾了勾唇："嗯。"

"没记错的话，我们的账是不是该算一下了？"温楚一眸色黝黑，语气却还是淡淡的。

姜念压住自己狂跳不已的心脏，乖巧地点点头。

温楚一挑眉，不太理解姜念的意思。下一秒，两片带着酸甜味道的唇贴上了他的下颌，一触即离，快得像没有发生过一样，柔软的触感也稍纵即逝。温楚一脑袋一片空白，连好看的眉眼此刻看上去都有些滑稽。

姜念红了脸，侧过身想溜。

不料刚动身，一股强有力的拉扯传来，她就被温楚一噙住了唇。

这个吻来势汹汹，她被困在他强有力的臂膀中，动弹不得。

当然，她也没想过要动弹。

姜念抬起抵在温楚一胸前的双手，顺势钩住了男人的脖子，踮起脚将自己的唇瓣送上前去配合他，由被动化为主动。

温楚一似乎受到了鼓励，脑子里全是刚刚姜念看着自己时的一颦一笑，全身都被点燃了。

吻着吻着，两人脚步一深一浅地吻到了床上。

唇瓣间的厮磨也从蜻蜓点水变得难解难分，由浅入深。

这个吻最后以姜念肺部空气快要被掏空结束，温楚一看着怀里满脸红潮，眉眼间尽显媚态的女人，一直捧着她脑袋的大掌移动到她脸上。

他的眸子似有暗光浮动，带着薄茧的指腹轻轻抚过她的额头和脸颊，最后来到脖颈。

所到之处，引起阵阵战栗。

正当姜念以为自己要"晚节不保"之时，温楚一却突然停了动作。

姜念眨眨眼，抬眸看向身旁脸上满是克制的男人："怎么了？"

温楚一搂住姜念，一深一浅的呼吸声透露出他的难耐："我待会儿要回家一趟，这么点时间，不够我发挥。"

姜念"扑哧"一声笑了出来。理由很充分，她无法辩驳。

十分钟后，当两人整理好衣服下楼时，楼下几人目瞪口呆。

卫晗反应最大："兄弟，你……这么快就……"

温楚一心情好，也不欲和他多说，只斜他一眼便悠悠走出了基地。

卫晗无法，来到姜念身边："小念念，你说说，真这么快？"

姜念白他一眼，打开电脑开始"吃鸡"。

卫晗叹了口气，儿行千里母担忧，楚一这以后可怎么办哪？

温楚一回到基地的时候，姜念还坐在沙发上刷微博。

见温楚一来了，她对他招招手，朝他挤眉弄眼地笑："快来看，福尔摩斯们正在历数你过去的罪状。"

温楚一不动声色地坐下，顺势接过姜念的手机。

姜念的微博下几乎全是在回忆"易初闻"时期的事，一个比一个慷慨激昂，一个比一个痛心疾首——

【装菜，抱大腿，抢装备，吃白食舔包！大哥，你清醒一点啊！别再被他骗了！】

【大哥真要和他在一起？我第一个站出来实名制反对！！！】

【别被那个男人骗了啊，大哥！你还没有看清他的真面目吗？！】

【呵，没想到你是这样的Chew，大哥和他分手！立刻！就现在！！！】

【只有我一个人觉得贼浪漫？】

【为了追月月，Chew神也算是机关算尽，大家不要太严格了。】

姜念每次直播都有录屏，短短两个小时里，甚至已经有人将温楚一和姜念之前的双排视频做成了集锦，并放上偌大的标题——

《大魔王Chew装菜抱大腿之追妻全过程》

姜念当着温楚一的面点开视频。

视频一开始，屏幕上漆黑一片，正下方慢慢浮起一行字幕，随后传来姜念小心翼翼的试探声："兄弟……要不……我们来定个君子协议？"

"说说看。"

温楚一声音刚落下，镜头一转，视频里就出现了温楚一开车撞死姜念的画面。

欢快的背景音乐响起，一个快剪将温楚一数十次飞快逃窜到姜念身后的画面切到了一起。逃走的姿势各有不同，主角却永远都是那一个。

随着鼓点的变换，紧接着又是数十次温楚一飞速舔包的画面，每一次他都是第一个冲向盒子的人。

姜念："你跑什么？"

温楚一："我害怕。"

"我怕。"

"我菜。"

"月月快来保护我！"

"别走啊，月月！"

"月月救我！！"

姜念："你离我远点！两个人目标太大了！"

温楚一："不行啊，我会死的。"

姜念："前面有人。"

温楚一："哦，快跑。"

姜念："你……真的太菜了。"

温楚一委屈："你嫌弃我。"

视频的最后以今天两人直播时的画面结束——

"你别来！他们瞄着这边呢！"

"放心，我来了。"

"你怎么这么执着？"

"我得舔你的包啊。"

前面"菜鸡"的片段和最后这一段无缝衔接，没有一丝违和感。

这条视频下面的评论炸了，不仅有姜念的粉丝，温楚一的粉丝也闻讯赶来。

【这是 Chew？你还是杀了我吧！】

【我的妈！Chew 这演技，能拿奥斯卡了，真的。】

【爱情使人盲目，Chew 完美体现了这一点。】

【兄弟们别笑了，这都是策略，这不，小姐姐追到手了。】

姜念看得津津有味，特别是对批判温楚一丧心病狂的评论连续点了好几个赞。看视频的间隙，温楚一已经不知不觉环住了姜念，双臂紧紧钳住了怀中娇小的女人，而姜念对一切却毫不自知，只兀自沉浸在温楚一掉马甲的愉悦中。

直到她颈脖处感受到身后男人的呼吸，立时引起阵阵战栗，才让她察觉出一丝危险的气息，可惜为时已晚。

似乎感受到姜念呼吸的停顿，温楚一将手机一甩，手机落在皮质沙发上发出一声闷响。温楚一的吻是循序渐进的，薄唇压上来的那一瞬，唇齿与鼻息的缠绕让客厅里的空气都变得极尽暧昧。

姜念嘤咛出声，有些适应不了这样的节奏，双手使劲试图推开身旁的男人。温楚一岿然不动，将怀中的女人搂得更紧，加深了这个吻。

也不知过了多久，就在姜念感到快要窒息时，温楚一才恋恋不舍地放开了她。姜念双眼蒙眬，隐隐蒙上了一层水汽，一双红唇轻轻嘟起，似乎是在埋怨男人的恶行。

温楚一神色黯了黯，刚刚抑制下去的欲念亦有渐起之势。

他用额头抵住姜念，声音显得有些沙哑，还带了一丝威胁意味："别这么看我。"

姜念心里"咯噔"一下，她知道自己完了。

下一秒，温楚一低下头，就要吻上她的唇。

"嘭——"楼梯上方传出一声巨响。

姜念像只炸毛的猫，立即从温楚一怀里弹起，跳到沙发的另一边。

紧接着，Wind 蜷缩成一团从楼梯上滚了下来，发出一声惨叫声，完美地打破了一室旖旎。

楼上传出几声抽气声，温楚一揉了揉眉心，朝声源处瞟去。

卫晗和萧咏、黎晴齐齐蹲在楼梯一角，萧咏、黎晴惊恐地看着滚下去的 Wind，两人的嘴巴被卫晗捂得死死的。用脚指头也猜得出始作俑者是谁。

卫晗察觉到温楚一的目光，脚底抹油，一眨眼的工夫就溜回了房。萧咏、黎晴向 Wind 投以同情的目光，也纷纷开溜。

楼梯转角处，颤巍巍站起身的 Wind 还没意识到自己被卖了，哼哼唧唧地揉了揉屁股："我说你们偷看就偷看，别推我啊……"

楼梯上空无一人，Wind 一愣，突然意识到刚刚发生了什么。

Wind 僵硬地转过头，毫不意外地，和温楚一四目相对。

他干笑两声："嘿嘿……老大好巧，我下来拿瓶水，你们继续、你们继续……"

温楚一懒懒地站起身来，随手拍了拍裤子上不存在的灰尘："下都下来了，就别上去了，训练吧。"

一边说着，温楚一一边走到电脑桌前坐下，不容置喙："我教你卡视野。"

Wind哭丧着脸看向姜念，试图求救。开什么玩笑，他刚刚撞破了队长的好事，现在教他卡视野？恐怕虐他一百次都不够。

姜念红着脸，一溜烟便跑上楼去，哪还有心情顾及他人。

温楚一听到"咚咚咚"的脚步声，扯了扯唇，朝Wind开口："还等什么？"

Wind人死心凉，完了，一切都完了。

有了前一天的教学，第二天TRB几人早早便开了直播。

因为是第一次直播，五个人是一起开播的，相对于观众稳定的姜念和粉丝基数较大的温楚一来说，Wind和萧咏、黎晴的直播间人少得可怜。

再加上昨晚姜念直播间里闹得沸沸扬扬的"菜鸡"事件，温楚一的直播间里甚至比姜念的直播间里还要热闹。

姜念还偶尔看看弹幕和观众们聊聊天，但温楚一一上来就关了弹幕，一张冷脸似乎只有在看到姜念时，才会露出别的表情。

这简直就成了CP（指配对）粉们的狂欢。

【虽然Chew神装菜抱大腿的行为让人唾弃，但他看Moon的眼神太太太太苏了！！！】

【老夫的少女心啊，明明什么都没做，但我就是觉得甜怎么办？】

【霸总Chew神：别的人我一眼都不想看，我眼里只有我女人。】

几人刚结束直播没多久，陈子彦气喘吁吁地拿着他从不离手的iPad跑了进来，兴奋地向众人招手："我、我们……收到G-Star的邀请函了，7月份，在韩国！"

卫晗斜陈子彦一眼："下次进来前先确认他们没在直播再开口。"

他们这边刚关掉直播，要是早个几分钟，陈子彦的话就都被直播间的观众听了去。

虽然不是什么秘密，但直播间也不算是一个宣布这种消息的好地方。

陈子彦愣了愣，他还真把几人直播的事忘了个干净，不好意思地摸了摸脑袋："我太激动了，下次注意。"

也不能怪他情绪波动这么大，G-Star是什么级别的赛事！TRB一个刚刚成立没多久的战队，能收到这次全球邀请赛的邀请函，这不让人激动吗？

陈子彦顿了顿，狐疑地看向异常冷静的众人："你们怎么这么冷漠？这是 G-Star 啊！这和天命杯可不一样，天命杯是平台举办的，G-Star 是官方举办的比赛啊！"

显然陈子彦是将几人的反应归类到他们不熟悉 G-Star 的范畴了。

但是他悲伤地发现，"科普"完 G-Star，他还是没能做出自己预料中的反应。

太冷漠了，这群人太冷漠了！

卫晗拍了拍陈子彦的肩膀："这个消息……比完赛大家就知道了。"

陈子彦吃了一惊："什么？！为什么没有人跟我说？"

"我以为你知道，"卫晗笑道，"这毕竟是李雷那边告诉我的消息。"

"老板？"陈子彦刚刚升起来的怒火被浇熄了。算了，老板不告诉自己肯定是不小心忘了，跟谁生气也不能跟老板生气。

情绪来得快去得也快，陈子彦收起 iPad，向卫晗眨眨眼，小声道："我怎么觉得他们看起来好像不怎么高兴？"

卫晗但笑不语，可不就是不开心吗？现在只要听到 G-Star，连他脑海里都全是宿继九当面挖墙脚的样子，更何况温楚一！

姜念自然也从温楚一阴沉的表情中窥出一二，试图找话题："7 月份的比赛，那我们什么时候去韩国？"

温楚一紧了紧下颌："一般会提前一周。"

"那这周有时间逛街吗？"她再接再厉。

尽管她父母满世界到处跑，她却一次都没出过国，想到一个月后的韩国行不免有些心动。Wind 听了她的话，大笑出声："大哥，你这想法很危险啊，把自己当代购队了？"

姜念撇撇嘴，嘟囔两句："我就是问问。"

Wind 不屑："逛什么街，还是抓紧时间吃遍韩国靠谱。"

"吃遍韩国比去韩国逛街高级到哪里去？"卫晗嗤笑，"好好训练，拿了冠军有得是时间吃喝玩乐。"

话是这么说，对于这次的比赛卫晗却不怎么乐观。

G-Star 除了几支韩国强队之外，还有数十支欧洲队伍加盟。

这是第一届 PUBG 官方邀请赛，除了之前活跃在各大赛事的 Unique 和 Snake，欧洲那边队伍的深浅他们一无所知。

强大的对手不足为惧，只要知道对方的实力，就能设定出目标，但未知的事物却往往会让人心生畏惧。在温楚一和宿继九的时代来临之前，欧洲那边是 FPS 的霸主。就连之前温楚一带着 QP 夺冠，哪次不是接二连三地苦战？只是在座几人看起来都对这场比赛信心满满，卫晗也不想打击小朋友们的积极性，没有多说。

说话间，温楚一放在桌上的手机屏幕突然亮了。姜念下意识看过去，是一条飞猫平台的推送信息。姜念眼神一顿，被前几个字吸引目光——

【亲爱的老腊肉，您关注的主播 Moon 已结束直播。】

"老腊肉"这个名字对于姜念来说，还是有一定熟悉度的。

毕竟是常年在自己直播间占据榜首位置的人，她看到他还会打打招呼。

脑中闪过当初温楚一说的"看了她直播一年"，刚好也和老腊肉出现的时机重合。

事实摆在眼前，她几乎没怎么思考，就断定了老腊肉的身份。

许是姜念沉默的时间有些长，很快引起了温楚一的注意："你怎么了？"

"没什么。"姜念收回目光，镇定自若地练起枪来。

老腊肉是温楚一，这个消息竟让她有一种意料之外又在情理之中的感觉。且老腊肉的这层身份，也更好地说明了温楚一之前表白的真实性。

只是好多女主播会在土豪面前刻意放下身段，甚至还可能会进行一些地下交易。而对于女主播和送礼物大佬之间不可说的二三事，大多人心中是有数的。想到在自己身上花了这么多钱的人居然真的变成了自己的男朋友，姜念感觉有些微妙。

姜念抿了抿唇，收回渐远的思绪，状似不经意地问温楚一："你……还有没有什么事是瞒着我的？"

温楚一被她突如其来的问题弄蒙了一秒，还谨慎地将两人从认识到现在的相处都回忆了一遍，才开口道："没有。"

姜念眯着眼笑："需要想这么久？"

温楚一："真没有。"

姜念点头："行，我知道了。"

语气很随意，却让温楚一嗅出了一股危险的气息。

直到姜念打完这把游戏，温楚一仍在思考自己到底还有没有什么瞒着她，只是想破脑袋也想不出个所以然来。

一把打完，姜念转过头，随手拿起桌面上的手机，在温楚一面前晃了晃："那这是什么？你很喜欢吃老腊肉？"

　　温楚一一愣，他怎么就把这茬儿给忘了？

　　半晌，他僵硬地点了点头："挺喜欢的。"

　　不知为何，看到他一脸慌乱的表情，她竟有些想笑。

　　姜念随手将手机往他怀里一甩："也不是什么大事……"

　　温楚一点头，他的念念终于讲一回道理了。

　　"但你刚刚想了这么久都没想起来，"姜念一顿，幽怨道，"看来我在你心里的影响力与日递减。"

　　"没有的事，"温楚一第一时间表明心迹，却半天说不出后话，一张薄唇张张合合好几次。

　　姜念憋笑得够呛，语气却依旧低迷："唉，算了算了，也许这就是男人吧。"

　　温楚一彻底蔫了，可怜巴巴地看着她："念念……"

　　她再也忍不住大笑起来，立马引来周围其他人的注视。

　　总算将昨晚的事扳回一成。

　　她的得意没能维持多久，一旁的 Wind 突然大叫一声："小姐姐！是不是有人在拉你双排？"

　　姜念和温楚一同时看向屏幕。果然，右上角的邀请信息瞩目——

　　[Unique.Nine 邀请你加入游戏。]

　　紧接着，是 Wind 已经有些颤抖的声音："九、九神在拉你，他、他还正在直播，这个人是不是疯了？"

　　这次轮到温楚一冷笑了，不等姜念有所反应，温楚一抢先一步将她的电竞椅一把拉到后面，自己坐到了电脑面前。

　　下一秒，他滑动鼠标接受了宿继九的邀请。

　　"这个人什么时候正常过？"

　　看他这架势，似乎还真的准备和宿继九双排一把。

　　姜念一脸惊异："真跟他双排？"

　　"排啊！"温楚一笑得随意，和刚刚在她面前手足无措之人截然不同，"我倒要看看，他到底想干什么！"

　　他的人也敢肖想？

　　屏幕上，两人已经出现在队列中，Wind 也手忙脚乱地打开了宿继九的直播间。

可惜他发现除了画面之外什么也看不懂，韩文弹幕飞快地从屏幕上方滑过，对他来说跟天书没什么差别，只能隐约看出宿继九在韩国的人气应该还不错，观众又多又活跃。

Wind 看了一会儿，懊恼地抓了抓头发："完全看不懂啊。"

卫晗凑过去瞟了一眼："他们在问念念是谁。"

话音一落，这下不止 Wind，连萧咏、黎晴都诧异地看向自家教练。

这么秀的吗？

卫晗心里得意，面上却不显。知道他早期在韩国做青训生经历的不多，温楚一算一个。只是年代太久远，他现在虽然能看懂听懂一些韩语，但也仅限于日常对话范畴，稍微高深一点他就蒙圈。

不过，这种水平看个直播还是足够的。

宿继九看到屏幕上的弹幕后轻笑，说了几句，所有人都看向卫晗。

"他说念念是中国很厉害的女选手。"

这句话说完，屏幕上的弹幕疯狂刷了起来，卫晗挑了几条讲："韩国的观众好像是第一次听说女选手，还有人问念念和宿继九的关系。"

"呵，孤陋寡闻。"Wind 嘲笑道，脸上表情别提有多得意了，就好像刚刚被夸奖的是自己一样。

说话间，温楚一和宿继九已经进到了缓冲画面。许是直播的缘故，宿继九迟迟没有说话，温楚一自然也不会先开这个口。

于是两人就一直沉默到了上飞机。这期间虽然两人间没有对话，但宿继九嘴巴也没停下过，一直在和观众们叨叨。

"对，这次中国的比赛就是输给他们了。"

"比赛嘛，有赢就有输，这都是正常的。"

"拉她只是想近距离看看她的操作，没别的。"

缓冲界面结束后，屏幕上出现一架飞机。

本以为这时候两人肯定要商量一下跳哪儿，结果温楚一和宿继九竟同时将点标在了机场的位置，甚至都标记的是卫星站。

弹幕一阵喧哗，几个旁观者也忍不住感叹两声。

难道这就是强者的默契？温楚一冷笑，默契？不存在的。两人落伞期间，宿继九直播间的人数又多了不少，大多是闻讯赶来的中国观众。弹幕上也多了不少中文，这让 Wind 几人看起来终于不那么费力了。

【什么情况，刚刚看到还以为是假消息！】

【九神什么时候和我大哥这么熟了？都双排上了？】

【哇，Moon 这么快就把魔爪伸到了国外？】

屏幕上，几乎是同时落地的两人已经飞快蹿进了卫星站，在完全没有沟通的情况下，一个从上往下搜，一个从下往上，两个人的搜索速度不相上下，看得人赏心悦目。

楼外很快传来脚步声，宿继九 SCAR 在手，来到阳台的位置往外看去，果然看到一个悄悄靠近的身影。

他毫不迟疑地开枪，"砰砰——"连中两枪。

随着最后一道枪声，那人倒在了血泊中。

击杀信息一出现，众人哗然——

[TRB_Moon 使用 S12K 击倒了 silencecode。]

【什么情况？我明明看到是九神杀的人啊，怎么击杀信息是 Moon？】

【哈哈哈，抢得一手好人头啊，社会社会。】

宿继九笑了笑，似乎也没放在心上，继续开镜瞄准另一个人。

这次温楚一更快了，死亡三连喷枪枪毙命，屏幕上连续出现两则击杀，皆是"Moon"的名字。

杀完人后，温楚一也不耽搁，迅速将主楼的物资搜索了个干净，就往机场的中心圈跑去，理都没理身后的宿继九一下。

宿继九挑眉，Moon 这是想和自己比试比试？

这个念头一出来，仿佛什么都能说通了。他笑得随意，却突然直了直身子，调整坐姿，眸中透出诡异的光。再然后……两人开始了在机场的杀戮，所到之处，寸草不生。右上角的击杀信息频繁交替。

前一秒宿继九刚爆头击杀一个，后一秒温楚一便扫死了两个。

这看起来不像是相互扶持的队友，反而更像是各自为战的比试，看得直播间观众热血沸腾，甚至有好多韩国观众已经开始搜索姜念的个人资料了。

【我的天，这个女选手的实力……和九神不相上下了。】

【什么不相上下，Moon 已经 7 个人头了，Nine 才 5 个。】

【哈哈哈，对不起，我真的看不出来这两个人是队友，半毛钱合作没有，疯狂抢人头。】

虽然这场比拼来得猝不及防，但两人越来越投入，不管是宿继九还是温楚一，脸上的表情都变得异常严肃。

一直在边上看着的姜念精力有些涣散，在屏幕和温楚一间挣扎半天，最后还是选择了脸，真的太帅了。

几分钟时间，两人将机场翻了个底朝天，终于更新完一拨巨肥无比的装备，一人开一辆车离开了机场。

尽管都没有出声，但两人还是心照不宣地朝着同一目的地进发。

就在两人接二连三地虐杀时，决赛圈的人数仅剩三人，而此时温楚一比宿继九暂时领先一个人头。

两人几乎是在同时看到最后一匹独狼的身影，又几乎是同时拿起枪扣动扳机。

"砰砰——"

"砰砰砰——"

几发子弹尽数打在敌人身上，那人轰然倒地的瞬间，两人屏幕上同时出现"吃鸡"画面。

而人头比，打平了。温楚一皱了皱眉，刚想退出游戏，宿继九摁响了队内语音："继续吗？"

TRB基地内，所有人的目光同时投向温楚一。

温楚一掀了掀唇，懒洋洋地摁下语音键。

一道清晰低沉的男声从直播间传出："不了。"

话音刚落，直播间里传来丁零咣啷的嘈杂声。

尽管宿继九没有开摄像头，但也不妨碍看官们脑补出那边的画面。

紧接着，似乎又是一阵兵荒马乱地收拾，他们甚至能听到纸巾擦过桌面和宿继九自顾自嘀咕的声音。

待一切处理妥当，宿继九清了清嗓："Chew。"

这是个陈述句，能用姜念的号跟他双排的，除了Chew也没别人了。

弹幕快刷爆了，大多是不明真相的韩国观众——

【说好的小姐姐呢？】

【这是女选手？亏我还以为Nine开窍了。】

【等等，所以这个小哥哥是九神的菜？？？】

和韩国观众比起来，刚刚拥去直播间的国内观众就显得淡定多了。

【哈哈哈，笑死我了，我就想说Moon怎么会在Chew面前和九神双排。】

【哇，对不起了各位，我已经脑补出吃醋精"暗戳戳"接受邀请想捉奸的场景了。】

【哈哈哈，是不是想笑死我，怪不得一整场没开语音，要是我大哥早就开始放狠话了。】

温楚一笑了一声，算作是对宿继九的回答："是我。"

167

"我知道是你，"宿继九语气略显僵硬，还有着说不清道不明的忧郁，"Moon 呢？"

温楚一嘴角的弧度更大了："在我旁边。"

宿继九沉默，他问的是这个意思吗？

不等他说话，温楚一又道："我们要训练了，你找别人双排吧。"

说罢也不等宿继九有所反应，他兀自返回大厅离开了组队。

Wind第一个大笑出声，捂着肚子沉浸在脑补画面中无法自拔："老大，哈哈哈……你这哈哈哈不太好吧？"

温楚一嗤笑，不给他留下点深刻印象，以后怕是要没完没了。

将一切扼杀在摇篮之中，这是他一贯的做法。

末了，他偏过头看向从刚才开始就一直没有作声的姜念，恰巧捕捉到她偷看自己的目光。

四目相对，温楚一严肃道："以后我不在的时候，他如果拉你双排，直接拒绝就好。"

说着，他还义正词严地点了点头："毕竟是竞争对手，接触太多对你没好处。"

"我知道……"姜念险些被他的歪理邪说给说服，"嗯？？？"

温楚一拍了拍她的脑袋："走吧，出去吃饭。"

而此时仍在直播间里发呆的宿继九则显得极为落寞。

他看着组队界面上形单影只的自己，心态崩了。

第十一章

喂，我想报警

经过天命杯一役，队里的训练系统和时间都已经稳定下来。加上这段时间来的直播，除了观众日渐稳定的姜念和温楚一之外，Wind、萧咏和黎晴也稍微积攒了些人气，直播间里的观众数量终于突破六位数大关。

队里的小可怜 Wind 非常受观众欢迎。不为别的，小胖子每次泫然欲泣的表情和巴巴贴着姜念、温楚一寻求保护的样子，就已经逗笑了无数观众。明明是比赛时头铁到看见人就要上去"刚"的人，直播时展现出来的反差实在太大。

就像现在，几个人正在四排，毒圈有些远，他们在路上遇到了好几拨敌人，却又每次都没能全灭一整支队伍，而四人身上的补给品又都用得差不多了。奈何刚刚进圈不出五秒，一连串子弹飞出，旁边的房区又有敌人！Wind 看着自己只剩一半的血量，慌张得不行："还有包吗？你们还有包吗？"

"没有。"其余人异口同声，全然没有注意到自己语气冷漠。

小胖子"呜呜呜"了几声："救救孩子吧，我半血啊，他们一枪，我就倒了。"

黎晴看他实在可怜，默默给了他两个绷带："我血量也不多了，你两个，我三个吧。"

温楚一皱了皱眉："太穷了，我们去取拨快递。"

言下之意，是要对刚刚朝他们动手的这支队伍下手了。

Wind 沉浸在生命垂危的恐惧中无法自拔："09 先去，我跟在你后面。"

黎晴看着自己打完绷带都只有三分之二的血量，顿时目瞪口呆。

自己前脚刚分了他两个绷带，后脚他让自己冲在前面？

姜念翻了个白眼："小胖子，你一个突击手，让 09 冲前面？"

"我如果再倒地就是二倒了！"Wind 哭唧唧，"我的处境很危险！"

只要不是正式训练或比赛，他们怎么玩，温楚一和卫晗都不会多说一句，这也造就了 Wind 这段时间只要直播就会忍不住放飞自我。

也可能是小胖子比赛的时候，总是第一个牺牲的，导致他直播的时候求生欲异常强烈，甚至可以用执着来形容。

"别吵，"温楚一一边往烂尾楼的方向跑，一边啐了两口，"我先过去，念念在最后，你们两个随便吧。"

说着，温楚一已经冲到了烂尾楼底下，姜念在后面架着枪，一枪崩了楼顶一个。电光石火之间，一阵步枪扫射声传来，横着拉出一条线，连续三个爆头！

温楚一三人应声倒地。

Wind 万万没想到自己跑第三也会遭此一劫，第一个哭出声音："挂！这要不是个神仙，我名字倒过来写！"

温楚一也忍不住暗骂一声，对姜念叮嘱："在一楼小仓库里面，小心点。"

他们平日里也不是没有遇到过神仙，只是大部分"挂比"还会象征性地演一演，倒是很少看到这种直接一个横拉就爆头三个的——

一个单纯、毫不做作的神仙挂。

姜念直播 PUBG 很长一段时间，对于处理这类神仙，自然也有她的一套。

只见她小心翼翼地从掩体后方探出头来，又很快缩了回去。

对方没有反应。

姜念轻笑，区区一个锁头挂，不足为惧。想着，她很快将枪口对准房内，足足等了有五秒，对方见外面没了动静，才终于从小仓库里跑了出来。

露头的一瞬间，姜念扣动扳机，只听"砰砰"两声枪响，对方倒地。

因为不是"直死"，姜念没有掉以轻心，换了步枪摸上前去。

Wind 已经是二倒，血量掉得比其他人都快，此时看到对方不是直死，声音里已经透出哭腔："救救小 Wind 吧，小 Wind 真的好可怜。"

姜念横他一眼："闭嘴。"

话音未落，余光已经捕捉到一抹向山上狂奔的身影，她不再犹豫，立马对准对方。完美的压枪动作，丝毫不拖沓的开镜扫射，不过一瞬那人便倒在血泊之中，这次是"直死"。

姜念松了口气，收了枪快速跑到 Wind 倒地的地方，堪堪在他血量见底的最后一秒将他救起。

劫后余生的小胖子转身去救温楚一，姜念一愣，明明黎晴就在他旁边，他居然舍近求远去救温楚一？

九秒后，救起温楚一的小胖子头也不回，甩开膀子就往尸体的方向跑。

那欢脱的背影，朝着盒子飞奔而去的速度……

不得不说，真能看出些温楚一的影子。

温楚一看清 Wind 的动作，冷笑一声："小心！二楼还有人！"

"哪里？哪里？"Wind 吓得浑身一颤，立马转动鼠标往反方向跑，快速蹿到一个三面死角的掩体后方才松了口气。

半晌，没有得到任何回应的小胖子小心翼翼地探出脑袋。

小仓库里，温楚一已经舔完了一个包，身上的装备焕然一新："念念，来，我给你背了把 M24。"

Wind 疑惑不已，敌人呢？说好的敌人呢？

许是 Wind 的表情太过喜感，许是温楚一的行为实在太无耻，弹幕里说什么的都有。

【哈哈哈，Chew 神是不是想笑死我，然后继承我的蚂蚁花呗？】

【我……刚想说小胖成长了，变得老谋深算了……】

【别傻了，论老谋深算，谁比得过 Chew？】

【实不相瞒，从他装菜抱大哥大腿的时候，我就已经看出来了，这个男人绝不一般，哈哈哈。】

还在游戏中，Wind 倒是没时间看弹幕，却也被气得够呛。

他哀怨地走到被温楚一舔完的包前，摁下 Tab 键看了看盒子里的物品。

下一秒，Wind 的歌声传入直播间里观众的耳边："这一年似乎没有改变，守着你离开后的世界，空空如也。"

所有人全当没听见，连黎晴都眨眨眼朝姜念的位置跑去。

小胖子这次是真的哭了："别这样啊老哥们，至少给我个急救包吧。"

温楚一嗤笑一声，大发慈悲道："过来。"

Wind 这才颠颠儿跑上前去。接下来的时间，Wind 也学乖了。算了，骚操作还是留着自己单排或者排路人的时候用吧。队里这几个他惹不起。

客厅里的吵闹声不绝于耳，卫晗就这样在楼下的哄闹声中睡了过去。

睡梦中，他仿佛看到了陈子彦终于回来，流下了感动的泪水。

第二天，陈子彦如期而至。

卫晗看到他激动得连话都说不出来，最后意味深长地拍了拍他的肩膀："辛苦了。"

　　陈子彦还有点蒙，他请了好几天假，辛苦什么？

　　还没反应过来，陈子彦便看到闲庭漫步下楼的温楚一，立马摆出一张笑脸奔了过去："老大，我回来了。"

　　"嗯，"温楚一淡淡点了点头，"妈妈回去了？"

　　陈子彦笑眯眯的："是啊，这次真的谢谢老大批假了，老板当时没批我的假，可把我急死了。"

　　温楚一一哂，朝卫晗的方向扬了扬下巴："我没帮什么忙，谢谢你晗哥吧。"

　　陈子彦赶紧又跑到卫晗身前道谢。卫晗也不傻，自然从两人对话里听出些端倪，疑惑道："你……不是专门委托我替你顶班的？"

　　"不是啊！"陈子彦无辜地摇头，"老板说找不到人顶我，不给批假，然后我跟老大说了之后没多久，就接到你电话了。"

　　卫晗倒抽一口凉气，终于会过意来。

　　陈子彦确实请了假，但并没有指定他来顶班。他被温楚一给坑了。

　　卫晗想起自己这几天累得跟什么似的，抬手指着已经走进厨房的温楚一："你、你……你陷害我？！"

　　"这怎么能叫陷害？"温楚一蹙眉，给自己倒了杯水，"那天不是你自己说的，想要做宣传工作，正好小陈请假，我这也算是给你圆梦了。"

　　圆他个菠萝梦！卫晗怒目而视，气得要命。

　　陈子彦这时也大概了解到情况，小心翼翼地摸到卫晗边上，小声道："晗哥……你怎么惹到老大了？"

　　卫晗冷笑，自己什么时候惹到……

　　他表情一僵，瞬间想起自己前段时间放飞自我做的那些事。

　　他还说这人怎么没动静，原来是在这儿等着自己呢。

　　温楚一又帮姜念倒了杯水，连一个眼神都懒得施舍给卫晗，施施然坐到了自己的电脑前。

　　卫晗看着神情自若的温楚一，缓缓吐出口浊气，默念几声："不生气不生气，气出病来无人替，我若气谁如意。"

　　就在这或紧张或欢乐的训练和直播日常中，去韩国的日程如期而至。

　　G-Star 邀请赛的前一周，TRB 几人踏上了飞往韩国的班机，同去的还有国内几支接到邀请的老牌战队。

同一时间，欧洲强队 LS、DFS、KJ 也陆续朝着韩国进发。

上飞机前，陈子彦也终于通过微博公开了 TRB 的 G-Star 行程。

距离天命杯结束已有一个多月时间，对于观众来说，TRB 这支队伍的崛起速度可谓是前无古人。首先它一成立就在国内最具规模的 PUBG 比赛上拿下了冠军，夺冠后成员们也没有消失在众人的视线范围内，几名成员都活跃在直播平台上。而现在 TRB 的热度刚刚有所削减，又传来他们飞往韩国参加 G-Star 的消息。

G-Star 是国际邀请赛，国内能收到邀请的队伍都是 GI、FHL 这样的老牌战队，而现在这些食物链顶端的队伍中，还多了一个 TRB。

粉丝们刚得到消息就已燃起期待，贴吧上甚至已经盖起了万丈高楼。

似乎因为温楚一的加盟，让 TRB 的一路走高看起来多了份真实性。也因为 TRB 从成立到如今的战绩太过辉煌，加之温楚一在 CS 方面获得的成就，对于这次 G-Star 的征程，他们更是信心满满。

对于 TRB 夺冠的呼声，甚至已经超过了其他几支老牌队伍。

这种情况对于卫晗和陈子彦来说却并不是什么好事，现在这些人把他们捧得越高，万一比赛中出了什么岔子，他们便摔得越狠。

倒是几个小朋友看起来完全没有这方面的顾虑。

接近半年的训练和磨合，加上之前天命杯的夺冠，让他们对这次的比赛信心满满。一下飞机，Wind 和萧咏便找起当地的著名小吃店。两人还未来得及商量出个结果，温楚一便接到了宿继九的邀约电话。

TRB 的行程不是秘密，宿继九当然也没有错过他们的航班信息，掐着他们下飞机的点，就拨通了温楚一的电话。

温楚一接到他电话时并不惊讶，甚至还饶有兴致地挑眉一笑，很快应了下来。

于是不管是 Wind 中意的烤肉，还是萧咏更加倾向的冷面，都被驳回，几人刚到主办方安排的酒店放好东西，便等来了东道主宿继九。

宿继九在礼数方面做得相当周到，不仅为 TRB 等人安排了小巴车；为了方便沟通，他也只带了同为中国人的老鸡前来赴约。面面俱到的心思让姜念都忍不住感叹，男人细腻起来，也就没女人什么事了。

宿继九订的是一个专门吃韩餐的地方，装修古色古香，里面也全是用屏风相隔的包厢。

包厢里，除了姜念和温楚一能淡定地和宿继九对视之外，其他人都是一副战战兢兢的样子。

特别是在经过宿继九对姜念的频频示好之后，他们三人的关系看起来更是扑朔迷离，很难想象他们会这样相安无事地在一张桌子上吃饭。

准确来说，相安无事只是个相当委婉的形容词，毕竟从他们坐在桌子边到现在，气氛就一直诡异地僵持着，却是谁也没准备要开口。

姜念当然也发现了空气中弥漫的不对劲，她当这是因为温楚一和宿继九的过往之事，倒没想到自己身上去。想了想，她最终决定不搅和进去，乖巧地拿起水杯，先给温楚一倒了一杯水，又给自己倒了一杯水，轻手轻脚地将水壶放回原位。温楚一面上立马透出一抹自得之色，他似笑非笑地瞥了宿继九一眼，仿若挑衅。

宿继九抿了抿唇，自己给自己倒了杯水。

一旁的老鸡看着自家队长，这会儿算是什么都明白了。

什么再不努力就被 Moon 超过了，什么拉她双排学学移动靶技术，什么作为东道主请 TRB 吃饭……全是鬼扯。

特地扯了自己出来请 TRB 的人吃饭，老鸡撇嘴，这哪里是因为语言沟通才带上自己，分明只是担心他自己迷路迟到而已。

包厢的木制屏风门被人从外面推开，几名服务员端着数不清的盘子进来了。趁人上菜的空隙，卫晗终于朝宿继九开口："Unique 这周训练赛的日程还有空的吗？"

"有，"宿继九喝了口水，点头道，"只是现在队里只有两个自定义服的权限，二队那边最近参加比赛也要用，你们这边可能得排到后半段了。"

"能理解，"卫晗颔首，"LS 和 DFS 那边呢？"

宿继九笑了笑："他们倒是也给我们发了邀请，你们没收到邀请？"

卫晗抿唇，这人在温楚一身上没讨着好，就报复到他身上来了？

TRB 当然没有收到 LS 他们的邀请，毕竟 TRB 目前还只是一个国内小比赛的冠军，如果不是温楚一，可能对方连他们的战队名都念不清楚。

宿继九会意，慢条斯理地给卫晗台阶下："训练赛意义其实不大，最后还是赛场上见真章。"

给人施压后又喂人一颗糖，这一放一收倒是被他玩得不错。

卫晗忍住冷笑的冲动，不再看他。

温楚一却点点头接过话茬，语意嘲讽："也是，赢了训练赛也不一定能赢正式比赛。"

宿继九瞳孔微缩。他当然知道温楚一说的是天命杯期间 Unique 在 China Joy 上打赢了 TRB，却还是在决赛上输给了他们。

两人间剑拔弩张的氛围霎时弥漫在房间中。

服务员听不懂中文，此时终于上完菜退了出去。

看着桌上琳琅满目的食物，姜念清了清嗓，转头看向温楚一："我饿了。"

声音不大，却带了满满的撒娇意味。

两人同时收回对视的眼神："吃饭吧。"

一顿饭本来不过是一两个小时的事，只是传统韩餐的菜式和花样实在太过烦琐，几人竟生生吃了三个多小时。当然，这其中也有别的原因。

比如拼酒。

姜念平时挺能喝酒，只是加入 TRB 后，因为日常训练要保持清醒才收敛了点。

于是刚吃了一会儿，姜念就撺掇着卫晗点烧酒。

她之前也没少看韩剧，每次看到韩剧里的男女主角在路边的年糕店里喝烧酒就冒粉红泡泡，姜念甚至觉得这是她唯一的少女心了。

卫晗也是个爱酒的，有段时间没喝烧酒还真有点想喝，没多想就偷偷自己付钱拿了十几瓶烧酒回来。

柚子味、草莓味、桃子味应有尽有，看得姜念眼睛放光。

还没等她反应过来，卫晗递过来的酒就直接让温楚一把夺过。姜念用控诉的眼神看他："那是我的，你要喝自己去买。"

温楚一点头，将钱包甩给卫晗。

卫晗忙不迭捡起钱包揣进自己兜里，将刚买回来的酒通通推到温楚一面前，速度之快让在场之人无不瞠目结舌。

姜念瞪着卫晗，你这么快就变节？

卫晗点头，有钱真的可以为所欲为。

宿继九沉默地看了看对面几人，摁铃叫来服务员说了些什么。

这句话是用韩语说的，在座的人除了卫晗和老鸡，谁都没有听懂。

温楚一看了看卫晗似笑非笑的表情，脸色晦暗不明。

想也知道这人绝不会做无意义的事。

果然，两分钟后，穿着韩服的服务员提着十几瓶烧酒进了屋，摆在宿继九面前。

宿继九左挑右选了半天，终于从中挑出了草莓味道的，给姜念递了过去。姜念眨眨眼，一双手在桌下攥成拳，蠢蠢欲动。

半响，她缓缓抬起手，一把捏住了眼前草莓味的烧酒，紧抿着的唇透露出她此时的挣扎，却依然坚定地将酒瓶推了回去。

做完这一系列动作，姜念觉得自己老了十岁，气若游丝地说道："算了，我不喝了。"

她虽然很想喝酒，但只要想到接了这瓶酒将会面临的后果，就退避三分。和酒比起来，男朋友还是重要那么一点点。

果然，在看清姜念动作后，温楚一向上挑起的眉毛稍有回落，嘴角多出抹笑意。

"可惜了，"宿继九叹了口气，"这个味道只有本地才有。"

一边说着，他一边当着姜念的面将酒开了，给自己倒上一杯，懒洋洋地一饮而尽。

姜念赶紧挪开视线不再看他，转而委屈巴巴地看向身边的温楚一。

满眼的可怜，无声胜有声。

温楚一顿了两秒，"很有原则"地给姜念倒了杯酒："只此一杯。"

看着姜念骤然阴转晴的脸色，温楚一才放下心重新看向宿继九，仿佛完全没有看懂刚才的暗流涌动："买都买了，我敬你一杯。"

说着，他拿起烧酒又给宿继九添了一杯。宿继九笑了笑，回身也为他倒满酒。一杯过去，吃了没两口，这次开口的又变成了宿继九："欢迎你们来韩国，我敬你。"

"这顿饭让你破费了，我再敬你一杯。"

"上次和你们交手受益匪浅，我也再敬你一杯。"

周而复始，没完没了。

一开始周围几个还胆战心惊地看着相互敬酒的两人，几瓶过去见两人还没有停下的架势，也就都该干吗干吗了。

剩下的时间几乎就在两人无穷无尽地斗酒中流逝，除了姜念看着温楚一越来越红的双颊有些担心外，连老鸡都没有多看自家队长一眼，似乎是已经对他这副做派习以为常了。不过，这对于姜念来说，确实是新鲜的体验。毕竟相处了快半年，这还是她第一次看温楚一喝这么多酒。

回头瞥见卫晗一脸不在意的模样，姜念还是忍不住小声问了句："他酒量很好？"

"酒量？"卫晗轻蔑一笑，"那是什么？" 卫晗说完这句话，就被老鸡拉到一边喝酒，姜念也拿不准这句话的意思，终是作罢。算了，就算喝大了也有旁边几个人高马大的背回去。

这种时候她还是不掺和了。

幸运的是直到桌上的酒被清空，温楚一除了上脸之外也没什么异常，还悠悠然婉拒了宿继九和老鸡的相送，姜念这才彻底安下心来。

宿继九已经喝得有点摸不着北，虽然他不喝也一样，被老鸡搀扶着站在餐厅门口向众人道别。经过姜念时，他特地驻足片刻，对她伸出手："你……打得很好，下次又是赛场上见了，很期待下一次见面。"

姜念打量片刻温楚一的表情，见他面色无异，才和宿继九握手道："谢谢。"

两人交握的手很快松开，宿继九也没有多作逗留，很快就和老鸡一齐朝大马路上走去。

卫晗看着宿继九和老鸡一高一低的背影渐行渐远，忍不住一哂。舌头都打结了还硬着头皮拼酒，这人倒是各方面都和温楚一有得一拼。想着，他又回首看了看身边面不改色的温楚一，唇边的笑意又扩大了些。

打肿脸充胖子，当然不会只有宿继九一个。温楚一这个人，根本没有酒量。别看他现在看上去还像个没事人，但如果仔细看他的眼睛就会发现，那里面一片幽深，尽是空洞。

温楚一喝多了就会这样，喝得最多的一次，他看起来和平时没什么两样，却连站在他面前的卫晗都认不得了。

一喝醉就脸盲，这种操作卫晗也是第一次见。

走的时候，卫晗自觉地将温楚一留给了姜念，自己带着三个小朋友上了另一辆出租车。姜念也没多想，上车将酒店地址报给司机后，肩膀上就多了个脑袋。姜念一愣，低头看了看男人潮红的脸颊："温楚一？"

温楚一不动如山，眼睛也合上了，一张好看的脸看起来毫无防备。

姜念从没看过温楚一这副样子。印象中的温楚一总是强势的，就算是向她表白或是撒娇吃醋时都是占据主导地位的人，合上眼睡觉的样子居然像只乖顺的小绵羊。嘴边不自觉漾起笑意，知道他喝多了，她也不扰他，一直等到了目的地，姜念付过车费后，才试图叫醒他。

毕竟一米八的大个儿，在无人帮忙的情况下，她还真拿他没辙。

许是因为温楚一喝了酒之后的状态一直不错，姜念直接耸了耸肩膀想叫醒他。两秒过去，温楚一没睁开眼，却轻轻哼了一声："怎么了？"

"到了。"姜念在他耳边轻声道。

温楚一有些费力地睁开双眸，眼神却依然空洞，声音听起来也有些沙哑："到哪儿了？"

姜念又忍不住笑："到酒店了，快下车吧。"

温楚一顺从地被姜念牵下车，又被她一路拉到自己的房间门口。

姜念总算松了口气，将他扶稳才道："刷房卡。"

温楚一又哼了一声，只是这次明显已经没了力气，半个身子的重量压在门上，迟迟没有动作。姜念叹了口气，这时才发现他是真的喝多了。

一看表，已经快十一点了，想了想，她索性伸手在他身上摸索起来。

左右也是她的人了，被女朋友摸摸也不吃亏。只是姜念没想到的是，半倚在门口的温楚一突然抓住了她作乱的手，而且还挺有力。

姜念一愣，抬头看他："你醒了？赶紧掏房卡，都快十一点了。"

"别碰我。"温楚一的声音从头顶传来，凛冽的语气让姜念感到陌生，他却连眼睛都没睁开。

姜念一脸蒙："我得把你送进去才能走啊。"

他依旧没睁眼，只轻轻摇头，又重复一次："别碰我，我有媳妇儿了。"

姜念沉默了几秒。这人跟自己一路回酒店，车上还把脑袋枕在自己肩上，现在……这是认不出自己来了？

不过对于他喝醉了，还能一直强调自己有女朋友的举动，姜念还是相当满意的。算了，不和喝醉酒的人较真，她挣开他的手，又摸索起来。

刚在他裤兜里摸到一个类似的卡状物，她的手又被温楚一抓住了："再碰我，我要报警了。"

姜念被他逗乐了，气极反笑："你今天就给我报警，不报警我瞧不起你。"

一边说着，她一边再次使劲挣开他，掏出房卡开了门，就将他带了进去，又吃力地将他扔到床上。

等终于帮他盖上了被子，姜念已经累出了一身汗，走进浴室洗了个手。

再出来时，温楚一已经从床上坐起了身，手里还握着一部手机。

她一脸惊异地看着床上的男人，刚走近两步想问问他怎么回事儿，就听到温楚一冷静的声音。

"喂，我想报警……"

姜念惊呼一声快步冲了上去："温楚一你给我挂了！看清楚我是谁！"

等她终于把手机抢来时，才发现屏幕上的"110"显示通话失败。

幸好，温楚一没有清醒到拨通韩国的报警电话。

温楚一清醒的时间并不长，几乎是姜念夺过手机的一瞬间，整个人又倒回床上，发出一声闷响。

姜念气鼓鼓地将他手机锁了屏，放到床头柜上，还不甚放心地看了他一会儿。直到确定他这次是真的睡了，她才轻手轻脚地出了门。

舟车劳顿了一天，晚饭又折腾了一整晚，姜念几乎是洗完澡躺到床上的一瞬间就睡过去。失去意识前的最后一秒，她脑中还在思考明天要怎么收拾那个醉鬼。

一夜无梦。

姜念是被卫晗的"夺命追魂 Call"叫醒的。睁开蒙眬睡眼，窗外已经散落了些阳光进来，她接起电话，嗓音哑得不像话："怎么了？"

听到姜念的声音，卫晗下意识在心里暗骂了句脏话，昨晚这孩子肯定是被温楚一折腾得够呛，他声音放轻了些："快把楚一叫起来吧，去楼下吃个饭赶紧训练了。"

"好，我现在起来，"姜念一骨碌坐起身，毫不拖泥带水，"你去叫他吧，我还要洗个头。"

卫晗那边顿了两秒："你……昨晚没和他一起？"

姜念揉了揉眼睛，试图恢复些清明："我昨天把他送回去了啊。"

卫晗笑了："好，我知道了，先挂了。"

说罢也不等姜念反应过来，他挂断了电话。卫晗在联系姜念前和温楚一打过电话，只是温楚一的手机一直是关机状态，他才打来姜念这里。

却没想到，这俩人居然不在一起。

他嘿嘿坏笑了两声，看来温楚一进度条拉得有点慢啊。

待姜念收拾好来到自助餐厅时，卫晗几人已经在大快朵颐了。

她走近两步，随手将 Wind 还未开封的酸奶拿起来喝了两口。

在小胖子控诉的眼神中，她朝卫晗问："温楚一人呢？"

"已经醒了，一会儿下来，"卫晗看起来心情不错，整个人看上去都洋溢着胜利的喜悦，"你别管他了，快去拿东西吃吧。"

姜念点点头习惯性地拍了拍小胖子的脑袋："姐再给你去拿，别哭。"

Wind 这才将注意力重新投到眼前的食物中。

和昨天精致又繁杂的韩餐比起来，最适合他的果然还是自助餐。

姜念端了盘子回来之时，温楚一也已经入座了，她将手中的餐盘递给温楚一，又把酸奶放到他面前，转身拿了个空盘又晃悠出去。

Wind 一看，小嘴都快翘上天了。

不是说好给自己拿吗？凡事总要讲究个先来后到吧？

温楚一倒是没空去管 Wind 的想法。他虽然喝醉之后会犯浑,但他就算喝得再醉,每次酒醒之后也能清晰地回忆起醉酒之后发生的事。

于是今早被卫晗敲醒的第一秒,昨晚所有的回忆瞬间涌了上来。

脑海中的第一想法是,他完了。

这也直接导致了他刚刚一路上忐忑不安,直到看到姜念若无其事的表情,甚至还帮他拿菜,一颗悬着的心才稍微放下来点。他早该知道,念念不会把自己喝醉酒时的举动放在心上。

又过了好一会儿,姜念终于回来,将酸奶放回到 Wind 面前,这才坐下来用餐。温楚一的眼神不可控制地朝姜念的方向瞟,一个不留神,被抬头看向他的姜念碰了个正着。

姜念挑眉:"你今天老看着我干吗?"

温楚一张了张嘴,又不知道该说些什么。

"怎么?"姜念笑,"又想报警?"

温楚一的笑脸一僵:"报警?报什么警?"

强烈的求生欲让他直接选择了假装失忆。

姜念冷笑:"挺能耐的啊,不能喝还要打肿脸充胖子。"

温楚一实在没法装失忆了:"我不是……"

"得了,"姜念咬了口面包,"快吃东西,待会儿还要去训练室。"

温楚一一副乖巧模样,拿起叉子就吃起来。

旁边几人看得目瞪口呆。虽然知道温楚一对姜念的态度一向乖顺,但这副耗子见到猫的模样,他们倒还真是第一次见。

这副模样连卫晗都没见过,更别提 Wind 他们几个小朋友了。

特别是被温楚一收拾得服服帖帖的 Wind,现在看姜念的眼神,活像看到了救星,感觉姜念就是上帝派来拯救自己的正义使者。

吃完饭后,几人便直接来到了训练场地。

训练场地由韩国主办方提供,虽然空间不大,但至少保证了每支战队都拥有单独的训练室。

TRB 的训练室正好在 JK 的训练室旁边。

于是温楚一几人刚走到训练室门口,就听到了隔壁一连串吵闹的法语夹杂英语。姜念愣了愣,仿佛直到这一刻,才真正感受到世界赛的氛围。

她看了看旁边几个小的,他们也都有短暂的愣神。

卫晗看了温楚一一眼:"要过去打招呼吗?JK 这次来的好像还是 Simon 那几个。"

温楚一摇了摇头，率先拉开训练室的大门走了进去："先训练吧，在这边最好还是避避嫌。"

卫晗会意地点点头，虽然各个战队的训练场地都很近，但绝对不会存在将同语种战队安排在一起的情况。自从前几年因为训练期间有人偷听到了隔壁战队的战略后，国际比赛在这方面的管控都十分严格。

虽然这构不成作弊，但也不是什么光明正大的手段。

这次来的几支欧洲队伍中，最强的是LS，但温楚一和卫晗最熟悉的还是JK。因为这次JK派来参赛的，就是和温楚一交过手的CS选手。

所以温楚一才会有此一言。

受到的关注越多，在各种方面就要越注意，在圈内混迹已久的温楚一深有体会。往往一个不经意的动作，引来的讨论和非议都是无法想象的。

几人调试片刻外设后便开始投入训练，而卫晗也很快就去了经理人休息室，想和其他几支战队约约训练赛的时间。

直到几人早上的训练快要结束，卫晗才愁眉苦脸地回到训练室。

温楚一看了看卫晗脸上恹恹的神色，心里也大致有数，一边开出一枪爆头一个敌人，一边开口："别忙活了，训练赛约不到人也正常。"

卫晗面上沮丧之色更甚，幽幽叹了口气："不止是我们，GI和FHL那边也是颗粒无收。"

国外选手，特别是欧洲那边，对中国队伍都抱着可有可无的态度。

这是常态，特别是以前经历过很多国际赛的卫晗和温楚一，对此早有预料。所以卫晗的话也在温楚一预料之中。

这却不在第一次参加世界赛的姜念几人的意料中。

姜念听着两人的对话有些不忿，又联想到昨天宿继九状似无意中提起的那句"你们没收到邀请吗"，更是气不打一处来。

她无法接受这样明显的区别对待，也不说话，只冷着一张脸，手下爆头的动作招招致命。今天遭受的这一切终究是因为他们还不够强，等他们的实力够强足以傲视一切时，这些人自然而然就会起变化。现在多说无益，只有在赛场上将这些人狠狠打倒，用实力说话才是正道。

姜念如此，一旁的Wind和萧咏、黎晴也是如此。没有人会对他们现在的遭遇有所抱怨，唯有走到巅峰，才具备开口的资格。

温楚一当然也明白这个道理。之前因为宿继九的缺席，他连续两年获得世界冠军，却在欧美选手眼中没什么含金量。

而这一次，他再次来到了宿继九的领域，也会再一次取代宿继九的位置。他倒要看看，这一次那些优越感"爆棚"的欧美人还有什么话说。

因为没约到其他战队，卫晗和温楚一商量之后将 Unique 的训练赛也取消了。只有两支战队的训练赛不好打，打了也没什么战略性意义，还不如趁这个时间多打几把四排。

宿继九接到电话时也并不在意，语气平淡得好像这本就是意料之中的事。电话的最后，他对卫晗说："欧美那边从以前开始就是这样，不用太在意了。"

卫晗笑了："冠冕堂皇的话，你还是挺会说的。"

所谓站着说话不腰疼，宿继九被欧美那边的人封神也不是一年两年的事了，又哪里能体会他们的处境。

"信不信由你，"宿继九的声音听上去依旧淡漠，"等你们连续三次全胜拿下世界冠军后，他们就不是这个态度了。"

卫晗一愣，连续三次以全胜之姿拿下世界冠军……

宿继九说的是他自己。

"你以前也……"卫晗脱口而出。

宿继九轻声回他："嗯，除非站在最高处，否则他们不会因为一两次冠军就改变态度。"

"当然，"宿继九话锋一转，声音里多了丝笑意，"你们要想连续三次……也挺难的。"

卫晗挑眉，这人在瞧不起谁？

"因为 Unique 不会再输给你们了。"宿继九的语气中饱含笃定，仿佛在陈述一个既定事实。

卫晗冷笑一声，道了句再见便挂掉了电话。

说什么胡话，这种事情有一就有二，你说不会再输就真的不会再输了？

心里是这么想着，但是一挂掉电话，卫晗转头又给几人增加了两小时练枪时长。

第十二章

新的旅途

　　一周的时间一晃而过，7月下旬，G-Star世界邀请赛终于打响了第一枪！

　　G-Star是PUBG第一次由官方组织的正式线下比赛，参加G-Star的所有队伍也都由官方邀请，所以不存在预选赛一说。

　　虽然没有预选赛，但这次邀请的48支队伍也被分成了A、B组。

　　赛程安排得也比较紧，第一周小组赛，第二周就直接进行总决赛了，不过和天命杯相比也有稍许变化，小组赛分成A、B组的组内BO5，而总决赛则变成了BO8，局数变多的对局让游戏的随机和运气成分有一定程度的降低，但同时连续8局比赛也势必会带来选手不同程度的疲劳，特别是对于一些体力大不如前的大龄选手，比如温楚一，又比如宿继九。不过现在考虑这些为时过早，首先，他们得从小组赛50%的淘汰率中胜出。

　　TRB这次被分到A组，Unique则被分到了B组。

　　相比较为和平的B组，大多数观众更加在意强队如云的A组。

　　不怪世人都说运气也是实力的一部分，A组在已经囊括两支欧美强队的基础上，同时被派上台的Wind和Kid同人不同命。

　　一抽完签下台，小胖子手里的字条就被他揉得稀碎，眼里既有悔恨也有怒气："早知道会这样，刚才我讲究个什么礼让精神。"

　　刚刚Wind和Kid两人分别代表TRB和Unique同时上台，小胖子想发扬一下中华民族的传统美德，笑眯眯地将先手让给了Kid。

　　这一让，就把TRB让到了A组，他那个悔恨啊。

　　姜念一掌过去拍到Wind厚实的背上："没事，把抽签的运气留到决赛圈也挺好，就当积德了。"

一旁的黎晴收拾外设的手一顿："积德不是这么用的。"

"哦，是吗？"姜念无所谓地耸耸肩，面上不露一丝窘意，"A组什么时候比赛？"

"今天。"Wind垂下了头，也就是说，半小时后TRB就要上场了。

一直默不作声的温楚一将手里的签名表递给姜念："收拾一下准备上场了。"

不管被分到哪一组，遇到强队是早晚的事，区别只在于第一场比赛所承受的不同压力而已。面对压力这种事，不管是温楚一、姜念还是黎晴，就算是每天嘻嘻哈哈的Wind都还算轻松。

温楚一瞥了一眼萧咏，但这孩子就不一定了，趁着几人签名的空隙，温楚一将卫晗拉到一边："这场比赛08不适合上场。"

"我也在考虑这个问题。"卫晗点点头，面色有些凝重，"但如果今天不让他上场，我怕这孩子会多想啊……"

温楚一当然知道黎晴心里肯定过不去，但比赛就是比赛，他们一点点的心软可能会带来什么隐患，两人心知肚明，萧咏的心理承受能力从上场比赛就足以看出端倪，现在被分到了"死亡小组"，很难让人相信他能正常发挥。抉择在于，是保全比赛的胜利，还是顾及萧咏的心理状态。

两人思考的时间并不长，尽管两人都对启用萧咏会带来的风险心里有数，但最终还是决定给他一次机会，毕竟战队未来的路还长，这次的比赛也只是他们职业生涯的起步阶段，队员的成长更加重要。

但同样的，既然选择参赛，就是奔着冠军去的；如果萧咏在第一场比赛中出了岔子，他们会第一时间换上黎晴。

虽然残忍，但电竞圈从来都是一个靠实力说话的地方。

这边两人刚得出结论，工作人员已经敲响了TRB休息室的大门："TRB准备上场了。"

卫晗用韩语朝工作人员道了谢，立刻开口："第一场萧咏上，Wind打的时候不要太激进，一切行动听指挥。"

Wind立刻朝卫晗敬礼："保证完成任务！"

萧咏却一点都没有玩笑的心思，神色显得有些沉重。

卫晗心底一沉，走上前拍了拍他的肩膀："别紧张，正常发挥就行。"

萧咏顿了半晌，最终缓慢地点了点头。他不是傻瓜，自然知道自己在队伍中的定位，虽然是首发选手，但他自己也清楚，他的能力远远不如黎晴。看着边上的黎晴一脸笑意地为自己加油，他不免心中酸涩。

每次上场前黎晴都会用充满期待的眼神看着他，她说过，他是她的骄傲。但经过了上次天命杯决赛的失误后，他的状态越来越差。虽然队长和教练没特地找他谈话，但他心知肚明，这是他头一次不敢和黎晴对视。如果他再强一点，心理素质再稳一点就好了。不求带领队伍走向胜利，至少他不能拖队伍的后腿，这么想着，萧咏强打着精神朝黎晴点了点头，临上场前，还轻轻拍了拍黎晴的脑袋。

不管怎么样，这次一定不能让黎晴失望了。

黎晴笑意更深："加油。"

卫晗将两人的互动尽收眼底，等几人走出休息室后，幽幽叹了口气。

有的时候，给自己越多心理暗示，得到的效果往往越差，卫晗对此深有体会，只希望萧咏的发挥不会让差距变得太大。

现场几乎80%是韩国观众，他们对TRB几乎没什么了解，因为开幕式、抽签和第一场比赛是同一天，台下的大多数观众都是来看Unique的。

尽管最后的抽签结果显示今天并不会看到Unique的比赛，但来都来了，比赛也还是要看的。

除去Unique，观众们最了解的还是欧美的两支强队——LS和JK。

TRB的出场刚好在JK后面，观众们刚刚为JK吼了两嗓子，正是疲惫之时，见到一支名不见经传的战队，纷纷偃旗息鼓。

场面一度非常尴尬，直到大屏幕上出现TRB的官方宣传照。这是TRB一个月前所拍宣传照的第一次正式亮相，连官微都没来得及发，就直接在G-Star用上了。不管是现场的各国观众，还是国内守在直播间里的中国观众，都有些怔然，和其他战队中规中矩的白底宣传照不同，TRB五人的黑底照片一出现，就夺去了所有人的目光。

纯黑的背景色上，五个身着宝蓝色亮片队服的年轻人面色沉静，脸上不带一丝笑意，眼中的光亮却让人无法忽视，少年们注视着的地方并不相同，眉宇间打着深浅不一的橘色系渲染，脸上、身上、背景上也飘散着些许鲜红色的印记，像是浮起的落叶，也像是在空中散开的尘埃，给人一种五个少年赤手空拳浴血奋战的观感。

亮色与暗色的冲撞让整个画面鲜活起来，明明每个人脸上都没有特别的表情，动作也单调乏味，竟意外地让人有些移不开眼。

与其说是宣传照，倒不如说像是大牌杂志的封面写真。

台下观众交头接耳："这都是谁啊？宣传照也太得劲儿了吧？"

"TRB？没听过啊……等等，中间那人还真有点眼熟啊。"

"中间的？名字是……Chew？是不是那个 CS 冠军？"

"对对对！就是他！我就说在哪儿见过他。"

相比现场观众，国内直播间里的观众就闹腾多了，特别是在卫晗的微博上看过"原版"宣传照的粉丝。

【妈呀！TRB 这个宣传照，是不是过分了点？】

【哈哈哈，之前看到 TRB 浮夸的队服就有这种感觉了，别的俱乐部都是怎么省钱怎么来，TRB 是怎么烧钱怎么来啊！】

在宣传照先声夺人的情况下，台下观众自然而然地将目光转移到刚刚出场的 TRB 成员身上。会场里也渐渐响起了带着温楚一名字的尖叫声。姜念跟在温楚一后面，忍不住低头闷笑，虽然不是第一次知道李雷有钱，但在"为所欲为"这一点上，他的确做得很好。

台下一角突然传来一阵剧烈的尖叫声，镜头一扫而过，准确捕捉到 DFS 和 Unique 的身影。

解说 1 笑了笑：【看来 B 组的选手对今天的比赛也相当期待，最后一天的练习时间也用来看比赛了。】

解说 2：【听说之前中国天命杯的比赛上 TRB 战胜了 Unique 和 Snake 拿下了冠军，他们应该也相当重视在国际舞台上的首秀。】

解说 1 明显不知道这事儿，露出惊讶的表情，又立马收敛了神色：【也是，毕竟是 Chew 神在的队伍。】

解说 2：【不过，这次 A 组被称为——死亡之组，除了 LS 和 JK 这样的欧美强队，还有 Snake 和 GI 这样的老牌强队，TRB 的出线局势堪忧啊。】

待 24 支队伍都已入座，场面也终于被控制下来，24 支队伍同时进入游戏画面。

对局开始了。BO5 的第一场是老图，航线由下至上，稍微脱离垂直航线往右偏离一些。飞机出现在航线上空不过两秒，TRB 四人第一队落伞——

跳向机场！

两位解说员语气还算平淡，只稍微提了两句 TRB 落地机场的抉择。

国内的直播平台上却早已被弹幕刷了屏。要知道 TRB 之前的所有比赛都是比较稳健的开局，要么是打野，要么是边缘小城；这次却直接选择了机场。只是地图上的飞机也渐行渐远，再看向机场，除了 TRB 之外，哪里还有其他队的人影？

台下观众不免惊呼："看机场！居然只有 TRB 一队！"

竞赛席前，已经确认过没有其他队伍的 Wind 笑得像个 300 斤的孩子："真的没人！老大你通神吗？"

航线出来之时，温楚一看过一眼，便已经做出了跳机场的决定。一般情况下机场并不是一个很好的选择，毕竟是一个人多"刚"枪的地方，哪怕一点点微小的失误，他们就无法活着走出机场，更不必说是满编状态了。

第一把的航线和机场其实有一大段距离不说，在职业比赛中，会跳机场的选手也本就比日常对局中要少。温楚一看了看眼神仍有些飘忽的萧咏，最终决定落伞机场。一方面不管有没有人，战斗状态下人们始终都会保持个人的灵敏度，对萧咏来说也有益无害。

另一方面，如果萧咏真的难当此大任，那么问题还是越早发现越好。

因为落点是机场，萧咏从飞机刚刚在地图上冒头之时就已经屏息以待，而这次落伞他也确实没有失误，不管是选点还是角度都控制得很完美。

只可惜这次并不需要抢枪，偌大的机场只有 TRB 一队，而离他们最近的队伍则在旁边的 N 港。

几人陆续落地，分散在机场的各个角落开始搜寻物资。

而另一边，地图中心的 P 城，已经响起了阵阵枪声。

游戏开始仅两分钟不到的时间，落在 P 城城区的 LS 率先挑起战争，并以雷霆万钧之势淘汰了一整支队伍——FHL。

FHL 是国内首屈一指的老牌战队，虽然远没有 GI 和 TRB 实力强劲，但在 A 组的 24 支队伍里也称得上是中上游战队了。如今却在 LS 的火力下不满两分钟就被淘汰了个干净，足以得见 LS 逆天一般的强劲实力。

两位韩国解说员当即拍起手来。

解说 1：【这边可以看到 LS 已经将 FHL 淘汰了！比赛才刚刚开始两分钟！】

解说 2：【这将会是一场 LS 单方面的虐杀吗？从刚刚的画面我们可以看到，不管是反应速度还是团队配合，LS 这支队伍都太强了。】

解说 1：【这样的攻势就算是 Unique 可能都很难招架啊……】

面上虽然是在夸赞 LS，但话里话外都能听出解说员语气中的侥幸。

虽说不管分在哪一组最后都会相见，但 A 组被称为"死亡之组"也不无道理。就像刚刚这样，谁也不知道自己的队伍会在什么时候遇上 LS。在搜枪阶段遇到前期拿着基瞄当倍镜用的欧美强队，被淘汰出局可以说是必然的，这就是"死亡之组"的由来。

并不是说在 24 支队伍中拿到前 12 名很难，但只要运气不佳，落地碰上 LS 这样的队伍，不管能不能打过都会对后面的战局产生影响。

且这个影响是致命的。游戏的随机性太高，如果在一开始就被淘汰，谁也不知道能不能在后面的战局中赶回来。当然也可以避其锋芒去野区打野，但野区物资的稀缺很容易造成装备上的差距，得不偿失。

这边 LS 的单方面杀戮并未结束，淘汰完 FHL 他们很快又将枪口对准了同在 P 城的 ANZ，因为位置上的分散，这次花的时间久了点，足足过去五分钟才将 ANZ 全部淘汰。

TRB 几人从机场赶到中心圈时，LS 的人头数已经达到了 11。

这也意味着，想要在人头数上占优，已经是不可能完成的任务了。

就算人头数能拿到满分，比分也并不能和 LS 拉开，就更不用说一路上一队人都没遇到的 TRB 了。

大屏幕上画面一转，导播将镜头给到了 JK。

原因无他，JK 在圈中心占点之时遭遇了先一步占下房区的 Snake。

Snake 的人只匆匆露了个面，观众席的尖叫声顿时四起。

甚至不用解说员多说什么，也大致能看出 Snake 在本地的人气之高。

只是这一次 Snake 遇上 JK，注定会让韩国粉丝失望。

Snake 的选手本身个人能力就不强，全靠团队间的配合和长时间的经验累积。

遇上同样擅长团体战，且个人实力超强的 JK，Snake 几乎没有什么反抗的余地，人头便尽数归了 JK。

前一分钟还在热烈欢呼的观众立马蔫了，连带着解说员也一时无语，而纵观全局的导播却已经将镜头转到了 TRB 几人身上。

虽然才第二个圈，但下个圈刷新的位置不会脱离中心点太远，这个时候最好的选择是抢先占领位于中心点的 P 城，以图后事。

从屏幕上 TRB 两辆车行驶的方向看来，他们正有此意。温楚一当然知道 P 城肯定有人，不管是航线还是这边极其有利的地理位置，P 城势必已经爆发过几场战争。而在 P 城的恶战中存活下来的，也肯定是某支强队。

心被紧紧揪起，直播间的国内观众都为 TRB 提心吊胆，这个时候去 P 城，80% 的可能会死在 LS 手上。

不承想，十几秒后，屏幕上的两辆跑车停在了能远眺 P 城的山头背坡。

温楚一抿唇，跳下车的瞬间便开始发号施令。

随着他始终如一的平淡嗓音，四人分别观察着四个不同方向。

离第三个圈刷新还有段时间，尽管 P 城仍是中心点，但现在过去完全就是找死，所以温楚一一开始便不是打着占领 P 城的主意。

为了一个只是"可能"成为中心点的战乱之地，承受团灭的风险，这并不在温楚一的计划之中。随着几人的动作，解说台上的两位解说员看清 TRB 成员的观察方向后，不禁有些惊异。

解说 1：【发现了吗？ TRB 这几个人的观察方向……】

解说 2 点头：【Moon 观测的北面正好是 JK 的位置，08 守着毒圈过来的必经之路，Wind 开镜的地方是 QW，但是……虽然 Chew 看着 P 城的动静，但 LS 的方位现在非常分散，他一个人看得过来……】

两人话音未落，"砰"的一声枪响从屏幕内传出——

[TRB_Chew 使用 98K 爆头击倒 LS.Spark。]

解说 2 晃了晃脑袋，吞下了嘴边的"吗"字：【……吧。Chew 不愧是金字塔顶峰的男人！反应速度也太快了！！】

虽然一击毙中，但就算温楚一将守着大马路的 08 调度过来一起密切关注，也再未能找到 LS 其他人的位置。

城中被温楚一爆头的 Spark 已经在艰难地往回爬着，温楚一似乎也没有补了他的意思，只是任由他动着。

解说 1 不由得撇嘴：【Chew 心很大啊，都已经知道对方是 LS 了，还想着钓鱼？】

下一秒，温楚一在对方爬进建筑的最后一秒连开三枪，补死了 Spark。而后他毫不拖泥带水地收枪转身，和 TRB 其他几人重新上车。

看到解说员难堪的脸色，现场观众爆笑，Chew 可能是上天派来惩罚他们的吧。导播切换到地图界面，刚刚刷新出来的毒圈显示在大屏幕上，白圈被刷在了学校附近，P 城也不再是中心。

观众这才恍然大悟，怪不得 Chew 没有继续守着 LS 的人。

解说员对视一眼，同时在对方眼中看到一抹惊异之色。

这样精准的对时机和准心的掌控，对游戏和对局的深刻理解，在明明是刚转入 PUBG 半年不到的温楚一身上出现，怎么都有些令人难以置信。经此一役，LS 不再是满编状态，同时，自比赛开始到现在，TRB 的名字也终于第一次出现在了击杀屏幕上。

尽管如此，对于 TRB 来说，局势依然不妙。因为刚刚清除掉 Snake 的 JK，现在所在的位置，刚好就是学校旁边的 R 城。

首先在地理位置上 JK 便占尽优势。和之前的战略一样，这次 TRB 还是没有直接进城，依然选择了学校旁边的一个背坡。

这个背坡并不深，远没有 P 城那个安全。

温楚一凝神看了看不远处的建筑物，将狙枪切换到手中："里面有一队，至少三个人，08 往右面拉线，念念架枪，Wind 左边封烟先冲上去。"

几人立马行动起来，姜念这边刚架好枪，温楚一已经背过身架枪在几人身后，以防敌人偷袭。烟幕弹的声音响起，缕缕白烟飘散开来，楼里的人也终于意识到 TRB 这队人的存在。

他们现在才意识到，终究为时已晚，二楼一人刚露出头来，姜念便准确定位到他的头颅，只一枪，98K 的声音破膛而出，成功击倒一人。

对方另外几人还没反应过来，一连串步枪扫射声袭来，变故发生在一瞬间——

萧咏看到人便下意识开了枪，却忘了观察旁边近点处的建筑物，那人没有放过这一空隙，在萧咏开枪的同时，手中的 SKS 就已经对准了他的脑门。

一连好几枪，萧咏应声倒地，倒是萧咏这边开枪时太快乱了准心，竟一发未中。

突如其来的变故让 Wind 脚底打滑，刚刚冲出烟幕弹覆盖区域的小胖子位置有些尴尬，往前冲会吃右楼狙击手的子弹，往后退又立马暴露了姜念和温楚一的位置。

他立马转头冲回烟雾覆盖区域："小姐姐！先解决右边那个！"

话音刚落，楼里之人接连抛出三四个手榴弹，只听"砰砰砰"几声，Wind 从倒地到屏幕变暗几乎只是一瞬间的事情。

姜念忍不住蹙眉，和温楚一一人两枪解决了右侧和主楼里的两人。

最后一人是直死，对方被灭队了，但温楚一和姜念却丝毫高兴不起来，一支只有两人的队伍，在这样的高手局里脱颖而出的可能性微乎其微。

最重要的是，他们现在面对的并不是 JK 或者 LS，仅一支中游水平的队伍就将他们队灭了一半，不管对他们还是对观众来说，这都无异于是一场灾难。

直播间里的弹幕从萧咏倒地那一瞬便开始刷了起来——

【哇！这个 08，也太菜了吧？】

【下把让 09 来吧，这人这么菜还首发，这是什么操作啊？】

【自己失误死了就算了，关键这是团队游戏啊，我胖 Wind 也被害死，我就很不开心了。】

【哇！心疼我家小胖子，这简直是无妄之灾。】

惨胜的姜念和温楚一短暂休整片刻，舔完包后立马占领学校制高点往两边看了起来，接下来的十分钟里，这两人的镜头显得尤其多。

每次导播将画面切到他们身上，他们几乎都在远点狙击。

姜念十发八中，温楚一十发九中。

观众和解说员总算是看出来了，这两个人现在就只是想多拿点人头，来弥补排名上的劣势。

只是好景不长，两人的轮番发力并没能真的杀死几个，毕竟在有队友的情况下，就算他们爆到头也不可能每次都有机会补中。倒是他们的火力太猛，很快就引来了周围两队的注意。

不巧，其中一队还是刚刚被温楚一击杀一人的 LS。

就算是姜念两人所在的躲藏位置再刁钻，也禁不住 LS 几人狂风暴雨般的轰炸。

两人一齐惨死在楼顶时，TRB 堪堪拿到 9 个人头，加上排名分数，第一局的积分停留在 255 分。

其他求生队伍的游戏仍在继续，温楚一不动声色地摘下耳机，看向最边上的萧咏，少年的脸色有些灰败，细看之下额上冒了些微汗，一望便知他处于极度不安的状态。

温楚一双眸变暗了些，张了嘴似乎是想说点什么，又很快放弃。

刚刚萧咏的失误实在太大，没有掌握好出击的合适时间，慌乱中甚至没有告知队友敌人的方向，还是在烟雾中的 Wind 利用视觉差才知道了敌人的位置。

从开始出击到被击倒，几乎没有一件事是正确的。拖后腿拖得太明显了，小孩子的心理承受能力实在太差，这让他甚至开始考虑萧咏到底适不适合继续留在队里，毕竟，这样的失误已经出现两次了。

G-Star 每场比赛的中场休息时间有一刻钟左右，这给了选手回后台讨论的时间，提前被淘汰的战队也可以从小通道提前下场。

温楚一朝几人做了个手势，也不准备等最后的结果，起身率先走向后台。萧咏被 Wind 拖着跟了上去，姜念在工作人员递过来的表上签了名也赶紧追了上去。

一边走着，她一边一手捞过 Wind 架着萧咏的肉手："小胖子，看看你像什么样子，目无尊长。"

"什么目无尊长，"Wind 瞪了瞪姜念，瞬间领悟到她是想说没大没小，

"你语文老师是谁？我打完比赛一定去会会他！"

姜念不在意地笑了笑，掐着他的手倒是没准备放："别叨叨，待会儿叫卫晗给你加训练时长。"

小胖子一听，瞬间老实了，谄媚地挤出一张笑脸："别别别，小姐姐口渴吗？我去给你买水。"

自上次的代班事件之后，卫晗收敛了不少，连带着对姜念的态度也"敬重"了不少，就只能在 Wind 和萧咏、黎晴身上找存在感了。

这直接导致 Wind 现在只要一听到卫晗的名字就发怵。

温楚一听着身后几人的对话，暗觉好笑，队里的小朋友们，要么是心理素质极差，要么就是没心没肺到输了比赛也像没事儿人。

还真是旱的旱死，涝的涝死。

萧咏却并没有被姜念和 Wind 间的轻松氛围所打动，整个人看上去没什么精神。

这样的氛围并没有维持多久，几人刚走进休息室，卫晗迎面走来，对着萧咏就是一顿骂。

"比赛前是不是跟你说过无数次了？时机时机！你都受训快半年了，怎么还犯这种低级错误？！

"上次天命杯的时候也是，一到关键时刻就给我掉链子，好话跟你说尽了，你倒是怎么也给我听进去一点啊！

"是，这只是小组赛，只淘汰一半人，但像你这样失误下去，别说淘汰一半，就算只淘汰四分之一，我们可能明天就要打道回府。"

萧咏一声不吭地听着，也不反驳，只是卫晗每说一句，他的脸色就苍白一分，他比谁都清楚自己拖了后腿。

只是心理状态这事儿，越是在意就越是出问题。平时训练时的操作，到了比赛场上，竟是一个都用不出来，还频频失误，他比谁都绝望。

"够了，"黎晴站起身，打断了卫晗夹枪带棒似的话语，挡在萧咏面前，"他不是故意的。"

卫晗被气笑了："我不知道他不是故意的？他要真是故意的，早被我丢出去了！但现在是故意不故意的问题吗？这是比赛！这是你们的工作！你们为此而获得报酬的工作！你们在外面上班一句不是故意的能换来上司的一句算了？第一次出社会？"

温楚一叹了口气，上前拍了拍卫晗的肩："行了，待会儿还要比赛。"

他能看出卫晗是真的气急了，但现在还是比赛阶段，就算收拾萧咏，那也是回去以后的事，现下并不合适这么做。

黎晴被卫晗吼得也有些害怕，看温楚一站出来了，暗暗松了口气，感激地看了温楚一一眼，赶紧把萧咏拉到一旁坐下。刚刚看萧咏脸色太难看，她担心他受不了，什么也没想就站出来说话了。

卫晗的话她听得分明，自然也明白其中的道理。不是故意的不能代表什么，萧咏在比赛上不止一次失误，就算都不是故意的，但他没能在两次失误中做出改变，甚至有愈演愈烈之势，这就是萧咏的个人能力问题。

他没能调整好自己的心态，这是他的问题；而她张嘴就来的被害者理论，也只是她的想当然。

虽然他们热爱这个游戏，但这同时也是他们的工作，他们既然拿这份薪水，就要做对得起这份薪水的事。

这不仅仅关乎梦想，这也是一份责任。

黎晴不禁有些懊恼，她也是被气急了，张嘴就是我弱我有理的口吻，也不怪卫晗这么生气，但是黎晴想通了，萧咏却没有。

他现在的状态和刚刚浑浑噩噩的状态相差无几，双眸空洞无神。

黎晴沉默了两秒，立即判断出他这样的状态已经不适合上场了，主动走到卫晗面前道歉："对不起教练，刚刚是我太理所当然了，接下来的比赛我来吧。"

卫晗还是臭着一张脸，脸色却略有松动："你不来，难道他来？准备准备上场了！"

一直注视着这边情况的姜念和 Wind 总算松了口气。

一边想着，姜念一边扯了扯温楚一的袖子，小声道："卫晗刚刚太恐怖了，我以后失误了是不是也要经历这些？"

温楚一被姜念小心翼翼的语气逗笑了一瞬，又立马收敛了神色："不会，他不敢。"

姜念高兴不起来，还煞有介事地瞪了他一眼："什么意思？你是觉得我会失误？"

温楚一面不改色："我的意思是，你不会失误，他也不敢吼你。"

姜念终于放过他，转而去安慰瑟瑟发抖的小胖子。

倒是温楚一若有所思地看了一眼卫晗，又侧过头望了望失了魂似的萧咏，叹了口气。

卫晗是第一次当教练，萧咏也是第一次当队员。

温楚一当然知道卫晗会这么骂萧咏是没把萧咏当外人，但萧咏最后能不能接受，他还真不知道。自始至终，所有人都没想过要去安慰萧咏。大家都不是小孩子，也知道现在对萧咏来说，沉默好过安慰。

更何况，比赛并未结束，不能因为萧咏自身的问题让他们也受到影响。

黎晴的上场是意料之中的事，尽管她心里也惦记萧咏，但在赛场上，就算是心里藏了事的黎晴也还算发挥稳定。

第一局结束后，TRB暂列第十，在安全线里，却也在摇摆不定的危险区内。

第二局，TRB选择了野区，一路稳稳当当拿到第四名，积分赶至第八。

第三局，TRB再次选择野区，排名和人头数依旧稳健，积分来到第五。

形势一片大好之际，第四局TRB又一次选择野区，却在开局就遭遇了JK。

黎晴和Wind正准备侧面突进先解决对方两人，不料他们冲出去的一瞬间，情况突变，随着"砰砰"几声，子弹穿过平原，准确无误地打向了Wind身后的方位——

第四局开局两分钟，姜念和温楚一双双倒地！

Wind和黎晴想也没想就要回头救人，温楚一冷静的声音透过耳机传入两人耳中："救不了，别来。"

黎晴和Wind两人纷纷顿住，有些不知所措。

特别是一向被温楚一安排工作惯了的Wind，进退两难了足足两秒。

倒是黎晴很快反应过来，按照原计划向刚刚的指定标点奔了过去。

温楚一和姜念虽然倒地，但队内语音却没有断。

看着小胖子迟疑的步伐，温楚一沉声开口："发什么愣？快去配合09。"

小胖子赶紧行动起来，还不死心地切换视角看了看温楚一和姜念的方向，喃喃出声："真的不能救吗？"

"别想了，"尽管遭受变故，黎晴的声音也还算冷静，"我到左翼了，刚刚老大他们是被后侧的人击倒的，你注意一下。"

Wind按照原计划赶到右翼，身形看着却是畏畏缩缩的："现在JK这边满编，我们才两个人，正面'刚'没胜算啊。"

黎晴点头："我们先偷两个。"

刚刚JK的人没有打他们，却直接将矛头指向了温楚一和姜念，极有可能是没有找到他们。

现在老大和念念倒了，JK的人肯定还盯着那边，自己跟前的防备会大大减少不说，等 JK 的人赶去补温楚一两人的空隙，他们得手的可能性很大。

但这些解释起来很麻烦，黎晴在高度集中注意力的情况下也很难分散精力开口。

Wind 白了一眼屏幕上的黎晴，都已经知道对方是 JK 了，还偷两个？

抱怨归抱怨，Wind 手上的动作却没再迟疑，准确摸到了 JK 所在地点的右后方："抓紧时间，说不定还有机会能回去救老大他们。"

一倒的血条掉得很慢，如果他们动作快，赶回去救人也不是完全没可能。

姜念感动不已，没白养这小胖子。

没等她想完，旁边同样倒地的温楚一已经出声了："80 方向两个，正在往我这边跑，烂尾楼里的确只有两个。"

Wind 和黎晴瞬间安了心，切换视角看了眼 80 方向的敌人后，两人立马行动起来。

烂尾楼的掩体本就不够完善，黎晴压低脚步声缓缓移动到墙边，还没探出头就听到了建筑物里的脚步声，准确判断出方向的第一秒，黎晴探出头，手里 M4 的红点立时对准了其中一人。

"砰砰砰——"

一连串扫射应声而出，黎晴的突袭让 JK 那人猝不及防，没一会儿就倒了地。

另外一人马上找到黎晴的方向，飞速朝她开镜射击，不承想刚打中一枪，身后再度传来接连不断的枪声。

导播被这拨乱战搞得头昏眼花，切了两次才手忙脚乱地换到 Wind 的视角。切换好视角的同时，Wind 已经将那人击倒，不管是速度、准心还是配合都堪称完美！

全场沸腾。

"这是 Chew 神的那支队伍吧？居然两个人把 JK 打得毫无招架之力？"

"TRB 到底什么来头？不是说只有两个狙击手撑场面吗？我看这两个突击手也挺强的啊！"

"这可是 JK 啊！怎么 TRB 打起来跟切菜一样？"

解说 1 连连拍桌，声音显得有些激动：【精彩！刚刚 09 找到了最佳突击位，趁 JK 这边两人出去补人头的时机偷袭了 Hip。lupo 这边很快注意到 09 却又让躲在后面找时机的 Wind 给扫下了！09 和 Wind 这个配合

打得不错！】

解说 2 若有所思：【也不知道该夸这两位年轻小选手勇气可嘉还是冲动无脑，刚刚 Chew 和 Moon 被击倒，他们在无法解救的情况下，最好的方法应该是快速后撤，这两个人居然直接闯到人家大本营里去了，太莽撞了。】

解说 1 哈哈大笑：【年轻人嘛，有冲劲！不过，刚刚如果他们真的后撤，很有可能会被 JK 看穿，就这样落地成盒了也说不定，也是歪打正着吧。】

歪打正着？

休息室里的卫晗脸上挂着冷笑。

虽然队里掌握主动权的一向是温楚一，但就算温楚一倒了也照样能扛起指挥的工作。

更何况……TRB 的所有人的个人能力都是在水准之上的，卫晗瞥了一眼身边一脸紧张地看着屏幕的萧咏。

包括萧咏，如果除开他那稀碎的心理素质的话。

可能 Wind 和黎晴的狙击能力确实不强，但论起突击能力，这几个小朋友绝对都能挑起大梁。

JK 连续减员两人遭受巨大创伤，存活下来的另外两人却毫不犹豫地继续赶往温楚一两人倒下之地。

"现在赶回去也改变不了什么，Simon 和 Xavier 很冷静。"卫晗轻声说着，余光里见到萧咏已经抬头看向自己才又继续，"这就是经验使然，刚刚 09 和 Wind 虽然也按原计划往前冲，但始终滞后一些，不然可能还真有机会回去救人。"

"不管是谁，在比赛中唯有保持冷静才能取得优势地位。"

卫晗最后一句话似乎意有所指，萧咏几乎是立刻反应过来，这几句话是对自己说的。

屏幕上，游戏仍在继续，黎晴和 Wind 匆匆舔完包就往刚刚刷新的白圈进发，丝毫没有恋战的意思。

屏幕前，一直呆坐着的萧咏就这样看着黎晴的身影渐行渐远，反复回忆着卫晗的话，鼻尖微微发酸。

黎晴最开始玩这游戏是因为萧咏，那时的萧咏在路人局里的"吃鸡"率高达 60%，蹲在网吧里没日没夜地练枪、练技术，黎晴在旁边看的时间久了，自然而然就陪他玩起了吃鸡。

刚开始他就发现了黎晴不俗的手速和超高的反应速度，但黎晴永远都是三分钟热度，他也没放在心上。

直到在网上看到 TRB 的招募消息，萧咏对职业队一直抱有憧憬，这个机会对他来说势在必得，而黎晴会报名却只是想陪陪他。

却没想到，第一轮选拔两人便双双获得复试资格。在结束选拔后，他和黎晴居然被摆到了竞争对手的位置上。

所幸温楚一当时选择了同时留下两人。

好不容易获得了进队资格，现在就这样被他搞砸了。而一直在他身边默不作声支持他的黎晴，现在已经远远将他抛到身后，成长到他都触不可及的位置了。如果他继续这样下去，他们之间的距离只会越来越大，最后形成巨大的鸿沟。

到那一天，他失去的可能就不仅仅是这个游戏这份职业了。

萧咏瞳孔剧烈紧缩起来。

他失去的……还有她。

后台休息室中的空气变得有些压抑，想明白了前因后果，萧咏的脸色越发凝重。

而屏幕里，黎晴和 Wind 已经手握 7 个人头，一路披荆斩棘来到了决赛圈。

只听"嘭嘭"两声，黎晴再拿下一个人头，屏幕右上角的存活人数仅剩 11 人了。

随着这声枪响，萧咏脑子里绷着的那根弦终于断了。

他不能再这样下去，他还要和黎晴一道走下去，还要和大家一起走上最高领奖台，他不能在这里就被打倒。

想通的一瞬间，屏幕上的黎晴和 Wind 已经来到了避无可避的死角，被两队人马扔出的手榴弹炸了个满怀，双双牺牲。

TRB 最后的成绩如实显示在屏幕上，420 分。

在两名狙击手开局落地成盒的情况下，这个成绩已经给了所有观众惊喜。

排名在游戏结束后也出现在滚动屏幕上，这局过后，TRB 保持在了第五名。

卫晗笑了笑，第一次遇上这事儿，对于这两个小朋友来说已经很不错了。他瞥了萧咏一眼，少年的面色依然阴沉不见好转，却又好像哪里不一样了。

半晌，温楚一领着几个小朋友进来打破了一室沉寂。

吵闹声由远及近，小胖子声如洪钟："老大，你刚刚看到我那枪狙了吗？看到了吧？哇！太准了吧，你说我是不是太厉害了！"

　　"嗯，"这是温楚一的声音，居然罕见地没有损他，"那枪准心的确不错。"

　　"是吧？是吧？！"小胖子得意起来，蹦蹦跳跳地背着身子进了休息室，还在朝身后的温楚一挤眉弄眼，"你说我是不是很有当狙击手的天分？"

　　温楚一此时也一脚踏进休息室，还没等他说话，姜念已经走上前，一只手搁在温楚一的肩膀上，朝 Wind 冷笑出声："怎么，你是想代替我，还是想代替队长？"

　　小胖子立马意识到自己可能有点飘了，连连摆手："没没没，没有的事……"

　　一副心虚的样子看得人啼笑皆非。

　　"差不多行了，"温楚一笑道，"刚才那把是表现不错……"

　　小胖子瞬间多云转晴，最后进来的黎晴面上也多了抹笑意。

　　"但是你的多余动作太多，"他话锋一转，肃了脸看向 Wind，"好几次能直接扫到对手的机会都错失了，幸亏后面 09 给你补了位。"

　　"还有你，"没等黎晴笑出来，温楚一又转向她，"太过注重击杀信息，注意力很容易被分散。"

　　Wind 和黎晴面部同时出现一抹僵硬之色，刚刚那股欢天喜地的气氛也就此打住。

　　卫晗咳了两声："行了你，要不是你和姜念一开始落地成盒，还能有后面那么多事儿？"

　　温楚一面不改色："你懂什么，这是为了锻炼他们。"

　　小朋友同时瞪大双眼看向自家队长。

　　论脸皮厚度，世界上估计是没人比得上温楚一了，果然，世界冠军还真不是谁都能当的。

　　说笑间，一声不吭的萧咏已经来到了黎晴身侧。

　　他默默牵过她的手："别听他的，你刚刚打得很好。"

　　黎晴一愣，这是第一把失误之后他对她说的第一句话。

　　她笑了笑，悄悄捏了捏与自己相握的大手："我知道。"

　　她知道自己打得不错，也知道温楚一只是客观点出他们身上的问题。

　　她更加清楚的是，自己熟悉的那个萧咏似乎回来了。

第十三章
黑马诞生

尽管萧咏的状态似有回升，但对于今天的最后一场比赛，他也没有要上场的意思。在黎晴频频的眼色之下，萧咏摇了摇头，给她送去一个安抚的眼神。卫晗将两人的小动作尽收眼底，也不道破："快去吧，最后一局，冲到前三没问题吧？"

"小菜一碟！"经过上一把的历练，Wind 的自信空前高涨。

怎么说他也是杀过 JK 的人了。

旁边的姜念一手拍上小胖子的背："别飘，稳住。"

小胖子立马挺胸收腹："你也不看看我的体形，飘得起来吗？"

姜念和黎晴同时笑喷，连温楚一脸上都沾染了一丝笑意。

由于前几局的稳定发挥和上一把 Wind、黎晴的超常战斗力，TRB 的排名已经是稳稳出线的状态了。但这是比赛，不论结果如何，所有选手对胜利的渴望都是相同的，TRB 也不例外。

第五局比赛一开始，在温楚一的指挥下，四人一同跳往 G 港上城区。

因为航线较近，同时选择上城区和对面海景房的还有两队。

尽管几队之间离得不远，但在前期搜枪阶段井水不犯河水。

上城区建筑物很多，且每栋楼面积都很大，搜起来有些费力；不仅如此，这一把 TRB 几人的运气似乎走到了尽头，搜了两分多钟，四人身上不是喷子就是手枪，竟连一把像样的武器都没有搜到。

巧妇难为无米之炊，同样的道理，就算拥有再强的技术，没有称手的枪也是白搭。可现在离刷圈时间越来越近，旁边还有两队人马，再接着搜下去显然不合适，但仅凭手里的这些喷子和手枪，和旁边两队打架不会有优势。

进退两难之际，温楚一开口了："走吧，去取一下快递。"

言下之意，竟真的想要和旁边两支队伍打一场。

话音刚落，海景房的位置传出阵阵枪声，旁边两队似乎已经对上了！

姜念应声而动，手里没有狙击枪和倍镜，她这个狙击手理所当然地冲到了最前面。温楚一也不阻止，跟上她的脚步第二个冲了上去。

身后的 Wind 和黎晴滞后一秒，眸中皆有些诧异，也立即跟上去。

两个狙击手冲在前面，岂不让人看笑话？

待台上的解说员看清 TRB 几人的动作，声音不禁大了起来。

解说 1：【TRB 这就去打架了？他们甚至连一把正经枪都没有！】

解说 2：【从第十名稳定上升到上位圈，TRB 是不是开始有点飘了？这不是相当于自杀吗？】

导播很快将画面切到另外两队人马 CQB 和 GS 身上，这边几人最差的配置也有 M16 了，尽管当前版本对 M16 有些不友好，但至少也比 TRB 身上几把手枪和霰弹枪要强上不少。

最直观的差距是，TRB 现在只能打近战，稍远一点他们枪械的射程就达不到，这也是 TRB 几人疯狂向 CQB 冲去的原因。

解说员再一看，呵，冲在最前面的那两人居然还是 TRB 的两个狙击手。这已经不仅是自杀了，在正常对局中，甚至可能会被冠上"演员"的称号。

熟悉姜念的观众都知道，在没有进入 TRB 之前，她可不是一个只会在远处老老实实架枪的人，不管是狙击还是突击战，姜念都有自己的理解和超强的反应速度。

尽管自从加入 TRB 之后，她从未在比赛中展露过自己的突进实力，但她的老粉丝们可没有忘记她在直播中展现的近战实力。姜念的老粉丝不占少数，但相对的，经过近半年的职业比赛磨炼之后，现在会守着点看比赛直播的，大多数还是后来因为比赛而关注她的新粉丝。

另一方面，就算她近战能力再强，也架不住手里连把步枪都没有啊。

于是直播间里，几乎清一色的，全是对姜念的担忧。

【大哥，冷静啊！你一把 S12K、一把手枪，上去"刚"什么枪啊！】

【飘了飘了，Chew 神上去说不定还有得打，Moon 跟着凑什么热闹？】

当然也有保持乐观的佛系观众，期待着会有奇迹发生。

毕竟对方两队已经展开混战，鹬蚌相争，渔翁得利的例子还少吗？

这也是温楚一没有阻止姜念的原因。

海景房和 G 港两队正在交战，正是混乱之际，他们在只能打近战的情况下，趁乱掩盖脚步声冲过去已经是上策。

刚刚降落的时候，他们能看到另外两队，另外两队当然也能看到他们。

这场战争本就不可避免，与其被动挨打，还不如抢占先机。

屏幕上，跑在最前面的姜念和温楚一已经趁乱摸到了海景房几栋矮楼前，身后的黎晴和 Wind 也快要赶到。

枪声就在耳边，四人都已经进入备战状态，密切注视着目标建筑物里的动静。听了不过几秒，温楚一开口："40 方向楼里两个，一个狙击手在楼顶，一个在二楼；左边房子里有一个，另外一个人……"

他顿了顿，黎晴很快补充："应该是 CQB，另外一个人已经被 GS 补死了；GS 那边也已经倒了两个。"

温楚一颔首，语速也倏地变快："不管待会儿哪边的人先倒，只要再倒一个，我们就上。"

对方不是傻瓜，CQB 三人中肯定有一人注视着他们这边的动静，如果对方嗅觉灵敏，不出一会儿就能发现他们已经压上来了。

如果 CQB 的人再被击倒一个，他们就可以用人海战术压制住只有两人的 CQB；而如果 GS 的人被击倒，CQB 的人一定会利用空隙来观察上城区的动向，届时他们必定露馅。所以不管下一个倒下的是谁，他们都必须冲上去。这边温楚一话音刚落，响亮的枪鸣声就再度传来，右上角终于出现击倒信息——GS 那边的人被击倒了！

姜念应声而动，抱着手里的 S12k 就翻过阳台冲进面前的高楼："小胖子跟在我后面！"

Wind 来不及反应，下意识地立马跟了上去。

温楚一简明扼要地朝黎晴说了句"冲"，就提枪奔进了左侧的楼房。

因为姜念所在的楼房人数较多，导播将画面切到了冲在最前头的姜念身上。

屏幕上，姜念在上楼前就已经切换成了第一人称视角。

只这一个动作，就让台上的两名韩国解说忍不住对视一眼。

近战选手大多喜欢切换成第一视角，一是因为第一视角下，屏幕上会有更多空间用来观察近距离对手，看得也更加清楚；另一方面，很多射击类游戏的职业选手比较习惯用第一视角，这是 FPS 类游戏留下的后遗症。

姜念一直是狙击手，画面每次给到她也都是 TPP 视角，但这一次她打近战，熟练地切换到了第一视角……这就挺有意思了。

两名解说员心中升起一抹奇异之感，看这专业的架势，难道还真能出现反转不成？

　　冲进房间的速度很快，但上楼时姜念和 Wind 还是刻意压低了脚步声。温楚一抽空看了一眼姜念这边的情况，想也不想便冲到所在建筑物的二楼。

　　看清敌人的第一眼，他连右键都没点，直接开出一枪。

　　"砰——"

　　喷子的声音就和它的杀伤力一样大，一枪就让敌人仅剩丝血。

　　温楚一没有迟疑，开完枪后立即跳起，同时切换到手枪并往楼下跳，却终究还是让那人找到这丝空隙，接连几枪打中了温楚一。

　　电光石火间，黎晴霎时补位上前，手里的手枪毫不迟疑地就往那人身上突突突几枪，敌人终于倒地。

　　黎晴和温楚一这边的战争结束，姜念那边的却没有。

　　早在温楚一开出第一枪时，姜念便利用隔壁楼里响亮的枪声掩住了自己的脚步声冲上了楼。

　　楼上 CQB 两人也被队友那边的险情吸引了注意力，二楼跳下去正对着 G 港，会被打成筛子，他们想也没想便走向楼梯——

　　正好与姜念两人碰了个满怀。

　　不同的是，姜念和 Wind 早已做好准备，CQB 两人却是被吓了一跳。

　　短短零点几秒的时间差里，姜念已经开出第一枪，一枪击中便直接倒了一人，她一边毫不迟疑地开出第二枪，一边还带着 Wind 朝里面压。

　　第二枪没中，S12k 姜念打得少，有些控制不住后坐力。

　　而短暂的惊异过去，毕竟同为职业选手，CQB 后面一人很快开始回击，对着姜念就是一顿扫。

　　S12k 的速度始终没有步枪快，姜念接连中了几枪便倒了地。

　　倒地的同时，Wind 也利用对方攻击姜念的空隙连开几枪。

　　乱战般的画面终于结束，最后 CQB 一人直死了。

　　看到这里，不管是提心吊胆的直播间观众，还是屏息以待的现场观众，纷纷吐出口气。下一秒，是现场观众最热烈的吼叫声——

　　"牛！TRB 这群人简直是疯子，看得我紧张死了！！！"

　　"啊啊啊，TRB！TRB！TRB！太帅了！！！"

　　这些观众在此之前可能都没有观看过 TRB 比赛，却在这一刻默契十足地喊出了 TRB 的名字，被 TRB 打败的 CQB 是韩国战队，却已经没有人在意国界，他们现在只想为刚打赢一场硬仗的 TRB 欢呼鼓劲。

比赛还没有结束，但在他们心中，这一刻 TRB 就是冠军！

一拨过后，TRB 几人的装备已经得到了质的飞跃。

喷子和手枪焕然一新，清一色变成了狙击步枪。

对面 G 港的那一队却仍未放弃，温楚一听着耳边不时传来的飞弹声，很快判断出对方似乎压过来了。

等 Wind 终于切换好装备，温楚一已经率先占了二楼的狙击点："95 方向有人压过来了。"

话音刚落，只听"叮——"的一声枪响从耳边掠过，98K 清脆的枪声漾出回音，95 方向的小可怜应声倒地。

[TRB_Moon 使用 Kar98K 爆头击倒 GS.dook。]

"小胖子动作快点，"姜念的声音听上去没有丝毫波动，语调中带了些揶揄，"GS 那边就一个狙击手驻守大本营了。"

Wind 撇撇嘴，手上动作倒是毫不手软，立即就跳下楼奔上了旁边的摩托，黎晴立即跟上："等等，我和你一起。"

"不用了，"Wind 头也不回，"你们帮我架枪。"

十几秒后，不等 Wind 到达敌人的大本营，GS 的最后一匹独狼已经干净利落地死于温楚一的枪口之下。

温楚一收了枪："走，上去舔包。"

仍在摩托车上的小胖子泄了气。

队长抢他人头也就算了，连他一早想好的台词也被抢了。

成了 G 港的大赢家，弹药充足的 TRB 整装待发，终于往圈里进发。此时几个大城区的资源，也分别被 LS 和 JK 抢到。三队都不在圈内，离圈的位置却也相差无几，从装备和地理位置来看，三队势均力敌。

导播适时地将画面切成三个窗口，分别显示出三队的第一视角，暗示意味十足。

经过刚刚 TRB 的精彩表现，解说 1 也忍不住开口：【目前来看，这一把三支队伍的资源和位置都旗鼓相当，TRB 刚刚的表现非常精彩，LS 和 JK 也保持了一贯的高水准。】

解说 2：【是的，从现在开始，三队都在同一起跑线上，接下来真的就是看选点和硬实力了。】

当然，两人话没有说满，这之中当然还包含了一点点运气。

选点可以凭借经验，但最后的刷圈位置却不行。如果三队都进入了决赛圈，实力相差不大的情况下，基本上哪一方占到了天命圈，哪一方就是胜者。尽管才刚刷到第二个圈，但许是因为刚刚才结束一场恶战，TRB几人神经都保持着高度紧绷状态，抢占圈内房区时几乎没费什么工夫就再度拿下一队。虽然明面上三队看起来状况差不多，但在人头数上，TRB却已经遥遥领先。

TRB越战越勇，观众对他们的呼声也随之越来越高，每次屏幕上只要出现TRB的身影，席间的尖叫和欢呼便不绝于耳，甚至有压倒本土队伍Snake之势。

面对这样惊人的转变，后台休息室内的卫晗和萧咏是最受触动的，尤其是从头到尾都透过直播屏幕观看比赛的卫晗。

TRB刚刚出场的时候，除了宣传照之外几乎没有引来什么关注。

但随着比赛进程，越来越多人看到温楚一几人的操作和实力后，对他们也越发热情。

卫晗动了动嘴，却没发出声来。

这有些像当年他和温楚一在欧洲赛场上的第一次比赛，又有些不像。

当年温楚一加入QP后参加的第一次世界赛上，对观众来说，他几乎就是一张白纸，卫晗甚至还记得当时他们出场时，观众席上一片沉默。

随着他们的夺冠，观众们对他们的态度热情起来，却也仅仅止步于赛场上。赛场上的胜利是平等的，至少在他们夺冠的那一刻，尽管其他战队的粉丝失望，对他们的祝贺也是真心实意的，就和现在的TRB一样。

游戏中，第四个圈已经刷新，这一次LS正好在白圈中心，可谓占尽先机。另一边，JK的位置虽然不如LS好，但也在白圈边缘。

所有人将视线移往TRB的方向，纷纷叹一口气。

虽然还不是决赛圈，但TRB的位置……离白圈至少有十几秒车程。

一条死亡对角线，如果只是这样，倒也没什么，但……

解说1叹息：【TRB形势非常紧急，现在圈中心的LS以逸待劳就行了，圈边的JK也只需要稍稍往里移动。但问题是，现在这个圈……TRB的进圈路径只有一条是安全的。】

圈中心是LS，左侧是JK，TRB只能选择从右侧进圈。

但问题是，TRB的人又没有开天眼，就这个圈的地势来讲，最好的路径就是左侧。

解说2摇了摇头：【这条安全的路TRB不会选的。】

虽然安全，但不管是开车还是徒步，这条路都太过曲折。

果然，两名解说员还在讨论，TRB 这边已经从孤零零的房区出来，分别上了两辆车，就往左侧 JK 的位置驶去。

第四个圈不大，一旁的风吹草动立马就让 JK 的队员意识到敌人的到来，观众席间传来阵阵骚动，JK 和 TRB 又要正面对上了！

下一秒，接连不断的扫射声传来，JK 已经朝 TRB 发起了攻势。

温楚一当机立断："找掩体下车。"

JK 在房区内，而 TRB 这边只有几棵孤零零的树做遮掩，没几下 Wind 就被打残，掩在树后加血。

掩体太小，姜念甚至连架枪的地方都找不到，只能时不时从吉普车和树木的缝隙中探头出来开一枪。

但这样的操作实在太弱，准心也急剧下降，几乎没有一枪打中敌人。

温楚一一边架枪，一边让黎晴扔烟幕弹，形势异常紧迫。

就这样僵持了一会儿，温楚一抿了抿唇，毒圈马上就要缩小了，而他们现在的位置还在圈外。

这拨毒造成的已经不是前两拨那样不痛不痒的伤害，他们必须立即行动。

JK 所在的位置易守难攻，正面"刚"他们多半是有去无回。

想了想，温楚一索性收了枪："能丢多少烟幕弹就丢多少烟幕弹，把这一片整个罩起来。"

几人立即行动，不过一瞬 TRB 所在的这片树林就已经白烟弥漫。

几乎是瞬间，JK 那边就已经想到对策。这边 TRB 几人封烟，那边 JK 四人便同时开始投雷。姜念刚刚循着地图朝圈内移动两步，手雷落地的声音就在耳边响起，她立马往回撤，大声道："撤一下！有雷！"

话音未落，旁边的黎晴被炸去了大半血条，几人迅速撤回树后。

全场几乎都陷入沉默，所有人都紧张地盯着大屏幕。

毒马上就要来了，但 TRB 被 JK 彻底拖住了，进退两难。

烟雾持续的时间较长，JK 那边的手雷攻势也还在继续，温楚一切换到步枪，朝几人开口："报一下补给品数量。"

几人迅速回话："212。"

"322。"

"121。"

温楚一颔首："Wind 把包给 09。"

一边说着，他一边来到了姜念的位置，将自己的包扔到她脚边："待会儿 Wind 和我先冲上去，你和 09 往房区那边丢雷，对面倒了两个人你们才能过来，先用这几个包扛一下毒。"

姜念和黎晴立马领悟到温楚一的用意，几乎是在 Wind 和温楚一跑出去的一瞬间同时开始丢雷。

温楚一的本意就是想逼得对方往后撤，姜念和黎晴便也不在意准心，只是飞快往 JK 所在的房区丢雷，一直到手里的手榴弹全部用光才罢休。

此时毒圈已经来临，姜念和黎晴丢完最后一个雷，血量已经告急，立马蹲下打包。打完包的空隙，她们小心翼翼地往前移动到另一棵树后，再次打包。

周而复始，其间没有一丝停顿。

这拨毒来势汹汹，相较于已经冲入圈中的 Wind 和温楚一，姜念和黎晴对于控制血量的细节操控也不见得有多轻松。

JK 的人确实被这突然的雷阵给惊得连连后撤。

同时，萦绕在树林久久没有散开的烟雾中，冲出两个影影绰绰的身形——

【是 Wind 和 Chew！】解说 1 紧盯着屏幕不放，呼吸也有些急促，【JK 这边因为后撤了，目前只有楼顶的狙击手 Simon 能看到两人的位置！这是 TRB 唯一的机会了！】

解说 2 猛地拍手：【Wind 已经冲进去了！Hip 被 Wind 击倒了！这边 Chew 也已经对准了 lupo！倒了！lupo 被 Chew 击倒了！！！】

Wind 和温楚一的枪法很稳，特别是手感处于绝佳状态的 Wind，在移动中就已经完成了击杀。温楚一稍晚一步，立即大吼一声："进圈！"

姜念和黎晴立马将枪背到身后，以最快速度奔了过来。

处在楼顶的对方的狙击手有条不紊地开着枪，子弹飞速划过空气，打在两人周身，带出的紧迫感让所有人都屏住了呼吸。

"砰——"的一声，Simon 一枪击中黎晴，打掉了她的头盔。

黎晴一步不停，没有丝毫犹豫地继续往前冲，左右摇摆着身子以防他再次击中。两人好不容易跑到屋前，还没来得及打药，不再被手雷掣肘的 JK 另一个突击手便已经朝这边扫射过来。

姜念堪堪跳起身子躲过，黎晴却没能逃过倒地的命运，立即红血。

姜念切换至 SCAR，连上面的四倍镜都来不及换，也不开镜，马上予以回击。"砰砰"几声枪鸣响起，敌人瞬间倒地。

她收了枪赶紧去拉黎晴，与此同时，一齐冲向楼顶的温楚一和 Wind 也终于收下了 Simon 的人头。

这场战斗最后以 0 换 4 告终。

由于这拨战斗耗费了不短时间，毒圈几乎马上就又要刷了，几人甚至连喘息的时间都没有，立即朝下一个圈进发。在短短一分钟前，这在所有观众甚至各国解说眼里，都是不可能完成的任务，但他们却完成了。

随着这一拨攻势结束，哪怕是刚刚还对 TRB 上次"刚"枪心存疑念的观众，也彻底转变为 TRB 的狂热粉丝。

"这到底是哪里来的怪物，这一队也太恐怖了吧？"

"哇，要是从第一把开始 TRB 就是这种水平，这场的冠军还真不一定是 LS……"

"唉……确实有点可惜了，TRB 一开始的排名太低了，不然按这个不要命的打法，肯定能以第一名出线。"

大屏幕上，游戏已经来到决赛圈，只剩 LS 和 TRB 满编，还有 Snake 两人。

LS 已经占下了圈内的主要房区，而 Snake 两人因为人数差距也早早地隐匿到旁边的树林中。

唯有刚刚赶入圈中的 TRB，在边缘处观望良久也没有动静。

Wind 刚刚打了场硬仗，精神亢奋得不行，却见温楚一躲在这儿连移动的想法都没有，忍不住问："老大，我们不进去吗？待会儿刷圈再跑我们四个人目标太大不好跑啊。"

"不急，"温楚一眉眼依旧平淡，完全看不出是刚刚那个提枪冲在最前头的热血战士，"等圈刷新。"

现在他们太被动了，唯一恢复主动的方法就是等圈刷新，趁其他队伍人马移动之际偷袭。

这当然也有风险，如果最后的圈还是刷到对方那边，他们身上的补给品也已经所剩无几，战死几乎是板上钉钉之事。

半分钟后，毒圈刷新，位置正好在 TRB 所在的背坡。

全场观众沸腾起来没两秒，LS 的人就已经动了。

LS 出现在 TRB 几人视线中那一瞬，旁边的 Snake 几乎想也没想，对着 LS 就是一顿扫射。

LS 也不是省油的灯，近战方面几乎是碾压 Snake，竟只派出两人去应付 Snake，剩余两人继续往圈里冲。

看到这里，温楚一终于开口："圈外几个姜念解决，09 和 Wind 准备把线拉过去。"

姜念毫不含糊地开镜对上圈外几人，在看到温楚一几人起身出击后，才开出第一枪。

"砰——"

爆头击倒一个，Snake 另一人也同时被 LS 击杀。

"砰——"

两个。

"砰——"

对方将枪背到了身后，步伐明显加快，这枪打歪了。

姜念叹气，迅速蹲下躲到背坡后面。

"砰砰砰——"

这次是温楚一这边的枪声，LS 两人只来得及开出两枪，便双双倒地。

屏幕上，温楚一飞快切换到狙击枪，对准姜念刚刚落空的位置就是一个瞬镜。

一切发生得太快，观众只觉眼前一晃，台上的屏幕就暗了下来。

而后，是两位解说员迟了许久才传出的道贺声——

【恭喜 TRB！拿下最后一把的胜利！】

虽然 TRB 最后一局拿下了第一，但也无法撼动 LS 和 JK 前四局打下的坚实基础。

最后的积分出现在滚动屏幕上，TRB 以总积分第三的成绩挺入决赛。

面对这一成绩，大多数粉丝是相当满意的，特别是在看过 TRB 最后一局的比赛后。

【前面扑成那样，最后还能赶到第三，我不管，我先奶为敬，TRB 给我决赛夺冠！！】

【TRB 牛！！Chew 神牛！！！】

【如果不是前面几局出现失误，这个第一肯定稳了啊。】

当然也有观众对 TRB 决赛夺冠一事并不乐观，毕竟 PUBG 本就不是一个百分百靠实力的比赛。更何况，最后一局如果不是运气好毒圈正好刷到 TRB 这边，他们只有死路一条。

网上的言论 TRB 几人自然不知，在看到最终排名后，几人紧张的情绪终于有所放松。前四把结束后，他们便知道和第一名无缘了，毕竟 LS 的排名和人头数都相当稳健，就算他们这局拿到满分也只能位列第二。

几人陆续脱下耳机，耳边立时传来此起彼伏的尖叫声。

许多观众整齐划一地喊着 TRB 的名字。

姜念一愣，朝温楚一眨眼："我们不是输了吗？"

温楚一晒道："是输了。"

但很显然，在观众眼里，他们赢了。一边说着，他一边抬手朝观众席的方向挥了挥手。随着他的动作，台下尖叫声更是一浪高过一浪，看到温楚一的脸之后，观众对于 TRB 没能夺冠表现得更可惜了。

小组冠军是 LS，MVP 的采访自然也落到 LS 头上，温楚一打过招呼后便带着姜念几人款款走向后台，似乎全然不在意近在咫尺的第一落入他人之手。

也不知是有心还是无意，连镜头都时不时在 TRB 几人身上掠过，给足了最后一局胜利者的面子。都是在电竞圈内混迹多年的人，就今天这几场比赛看下来，谁会看不出 TRB 的崛起之势？

只是这让人或多或少有些吃惊，原本以为只有一个温楚一根本不够打，却没想到，这支成立不足半年的队伍，每一个竟都是个中好手。

一支新起之秀打败了欧美强队的消息不胫而走，没过多久，关注赛事的所有国外媒体都关注起 TRB，有些人甚至打听了几轮 TRB 的信息。大部分媒体在得知 TRB 里有 Chew 时露出了恍然大悟的表情，对这支新战队的迅速崛起也有了自己的推断。毕竟 Chew 已经是 CS 世界第一人，能带领队伍走到这一步也还算合理。

只有真正对比赛和游戏操作熟悉的人，譬如宿继九，才知道事实远远不止如此。诚然温楚一很强，但他敏锐地发现，TRB 其他成员的成长速度也相当惊人。不管是几个月前友谊赛上接连失误的 Wind，还是之前一直默默无闻的黎晴，甚至在最后一局比赛中展现了突击实力的姜念……

他们每一个人都实力不俗。

如果说之前的比赛还是温楚一一个人的独角戏，那么现在的 TRB 看起来更像一支团队了，宿继九心里跟明镜似的。

在 TRB 还没有真正磨合成功之时就已经打败了 Unique，更何况现在？

这么想着，他大手一挥，将组内成员的每日训练时间增加了两小时。

紧迫感，这是他看完这场比赛的唯一感知。

A 组的比赛结束后，TRB 几人很快便投入下一轮的训练之中。

和之前不同的是，训练室被人造访的次数明显变多了。虽然欧美战队对他们的态度没有太明显的变化，但也总算是有几支队伍给他们发出训练赛邀请，卫晗却一个都没有接受。

PUBG 的训练赛并不好打，几支队伍远远不够开一场训练赛的数量；

与其浪费时间在安排训练赛上，倒不如静下心来多练练枪。

再者，TRB 现在本也不适合打太多比赛。

当务之急，是要将萧咏的状态稳定下来。

A组小组赛结束后，萧咏的状态已经恢复如初，但谁也无法预估他会不会在赛场上再出状况，卫晗的心一刻都没有放下过。

下一场就是决赛，虽然是 BO8，但和这么多强队同台竞技，他们根本耗不起一场比赛来试探萧咏的状态。

饶是身经百战的温楚一和卫晗，在面对萧咏的问题时也有些头疼。

黎晴的状态的确不错，但毕竟游戏基础不够扎实，三四场倒还好说，但让她连续打 8 场，很难保证中途不会出什么岔子。

而在决赛之中，一点点小偏差就可能造成他们和冠军擦肩而过。

也是因为这个原因，最近 TRB 的训练日程被迫加大，和以往参赛期间的训练强度相差甚远。

A组比赛结束后三天，B组的比赛终于开始了。

比赛当天，卫晗刚吃完午饭就朝众人摆手："走吧，最近训练太紧了，去看看B组的比赛，就当放松了。"

Wind 和姜念眼睛发亮，刚想点头应下，一旁的温楚一已经冷眼瞥过来："B组那群乌合之众有什么好看的，第一不是 Unique 就是 DFS，还能有什么悬念不成？都坐下训练。"

姜念和 Wind 同时哭丧着脸，重新回到各自电脑前入座。最近的训练强度确实很大，温楚一罕见地没有给姜念减时，连平时已经习惯了每晚加练的姜念都叫苦不迭，就更不用说 Wind 了。

不过萧咏和黎晴却是眉头都没皱一下。

萧咏知道自己的问题，每天大气都不敢出一声；而黎晴本身就是萧咏练多久，她就练多久，也一声不吭坚持了下来。

温楚一看到两人入座，勉强朝卫晗点了点头："你想看就去看吧，不用管我们。"

卫晗笑了笑，顺着他的话，真的就这样扬长而去，不带走一片云彩。

身后的 Wind 和姜念看着卫晗渐行渐远的背影欲哭无泪，哭丧着脸进入下一把游戏。

快到晚饭时间，卫晗才终于迈着沉重的步伐回来。

此时温楚一几人刚好结束一把游戏，正因为刚才的对局笑闹着。

"怎么样？"温楚一的手放在姜念脑袋上，不自觉地揉了揉她的头发，"是 Unique 还是 DFS？"

卫晗看上去有些恍惚，强装镇定地摇了摇头："都不是。"

这下不止温楚一，连姜念和 Wind 也齐齐朝卫晗的方向望去，不约而同地露出惊诧之色。

"是一支刚成立不久的加拿大战队，"卫晗的声音不大，屋内所有人却听得分明，"上个月刚刚在加拿大 PUBG 联赛上拿了第一的 CUS。"

CUS 和 TRB 的职业道路可以说是相差无几。

刚刚成立不久，它便在加拿大 PUBG 的职业联赛中，以黑马之姿拿到冠军，并由此拿到了 G-Star 邀请赛的入场券。

同样是刚刚成立的新战队，同样是在国内赛事中声名鹊起。

不同的是，虽然 B 组的竞争没有 A 组这般激烈，但在 B 组 Unique 和 DFS 的围剿中夺得首位，也足以证明这支队伍的实力。

要说 TRB 的崛起是意料之外，却也是意料之中，毕竟再怎么说 TRB 里也有名声在外的 Chew。

但 CUS 呢？

它没有所谓的大神队员，没有任何光辉亮丽的履历，甚至没有一个成员有过类似的参赛历史。他们就像是腾空而出的一把利剑，紧紧勒住了所有强队的咽喉，包括 TRB。

温楚一听到 CUS 的名字倒是有些印象，前段时间休赛期他抽空看过一场比赛，那场便是 CUS 吃了鸡。虽然实力的确出挑，但那场更多的镜头都在另一支传统强队上，温楚一看过了也就忘了。

现在想想，CUS 的实力居然已经超过了 Unique？

如果宿继九是被 DFS 打倒，温楚一可能还会幸灾乐祸几句，但现在这个情况倒让他有些无措。

想着，温楚一蹙了蹙眉："他们打得怎么样？"

卫晗似乎还沉浸在 CUS 夺冠的消息中，听到温楚一的问话还恍惚了一会儿。

"很强。"思绪回神，卫晗答得斩钉截铁，面色越发沉重。

一边说着，他一边打开了旁边的备用电脑，打开搜索引擎便开始搜寻 CUS 过去的比赛视频。

CUS 的成立时间比 TRB 晚，搜索引擎能找到的资料不多，就算有也只是寥寥几句简介，竟连一个视频都找不到。卫晗索性登入国外的网站，半晌才终于找到之前加拿大 PUBG 联赛的比赛视频。

姜念几人很快拖着板凳围了过来，前一分钟欢快的氛围此时荡然无存，只剩紧张。众人花了整整一个小时才看完了前不久才举行的这场联赛的半决赛和决赛。

如果说一开始他们心里还带了些侥幸意味，那么看完两场比赛后，他们算是彻底明白了原委。卫晗并没有夸大，CUS 确实很强，不仅每个队员的个人实力超群，团队配合也远远超过水准线。

就说 CUS 的主狙击手 Zoom，在比赛中展现出的反应速度和狙击准心，甚至隐隐有超过温楚一之势，全程看下来没有一个多余的动作。

不仅是他，另外几个队员虽然没有 Zoom 那么高的击中率，但无一不是简练利落，堪比机器。

这样如流水线一般的操作，放在几个刚刚出道的新人身上……

别说是电竞圈的老人了，就连姜念和 Wind 看了都难免有些紧迫感。同是新人，差距却已经到了不可忽视的程度，这个认知让几人胆寒。

这么看来，Unique 和 DFS 的败北也在情理之中。

不料视频刚结束没多久，卫晗又兀自开始呢喃，瞳孔也跟着紧缩起来："这种操作……不应该啊。"

"什么意思？" Wind 撇嘴，"这操作还不够强？我要是能具备和 CUS 的突击手一样的手速，睡着了都会笑醒。"

"不够，"卫晗思绪被 Wind 打断，很快摇了摇头，"刚刚我们看的几场比赛 CUS 展现出来的操作确实不错，但只是这样的操作……不可能甩开 Unique 和 DFS 那么多。"卫晗顿了顿，终于将话说完。

温楚一抬眸看向他："卖什么关子，今天的比赛视频什么时候出来？"

看视频的时候，温楚一就已经有这种感觉，就像上次他偶然看到的那场比赛一样。CUS 是强，但这种操作和 Unique 比顶多也就有五五开的胜负率。这也是他当初没有第一时间提起警觉的原因。

虽然 CUS 几位成员的手速很快，也没什么多余的动作，但仓促间难免会出现或多或少的失误。比如刚刚那一把决赛圈，如果 CUS 能避开最险要的房区混战，这个冠军会拿得更加轻松。

但 CUS 这支队伍虽然最后凭借其强大的操作拿下比赛，却也因为最后的混战损失惨重，让别的队伍白白拿了两个人头。

从比赛中也不难看出，这支队伍从一开始就在追求极致的速度。不论是战斗时还是搜寻物资时，就好像有人在身后拿着鞭子追赶他们一样。

速度在 PUBG 中固然重要，但这往往也会带来一些弊端，比如错过装备，比如忽略附近的危险，又比如刚刚他们的失误。

卫晗听了温楚一的话似乎想笑，扯了半天又发现自己笑不出来，老老实实搜出今天的比赛视频："刚刚出了。"

话音刚落，耳边传来一阵闷响。

卫晗看了一眼 Wind 的肚子，顿了顿才道："先去吃饭吧，回来再看。"

温楚一看了看电脑屏幕上的时间，半晌，他接过卫晗手中的鼠标："你们去吃饭吧，我不饿。"

Wind 神情有些尴尬，忙捂着肚子干笑两声："我其实也不太饿……"

"咕噜——"

话说到一半，被手捂住的肚子再次发出响声，比刚刚的叫唤声更大。

小胖子圆脸一红，乖乖闭了嘴。

姜念和萧咏、黎晴早在一旁笑开了花，连卫晗都忍不住勾了勾唇，一直凝重的脸色也略有缓解："行了，别管他了，我们先去吃。"

"可是……"Wind 摸摸脑袋，礼貌性地挣扎，"我也想看看他们的比赛……"

"回来再看，"温楚一连头都没抬，电脑的蓝光影影绰绰地打在脸上，映出些阴影，"一场 BO5 看下来起码三个小时。"

Wind 一听时间，立马缩了脑袋不再说话，这边卫晗已经将背包提了起来，领着萧咏、黎晴就要往外走，小胖子慌了，赶紧跟了上去。

等几人走至门口，一直盯着电脑屏幕的温楚一偏过头看向一动不动的姜念："还不去？"

姜念摇头："我也不饿。"

"真不饿？"温楚一似笑非笑。

姜念鼓了鼓嘴："只有你一个人能不饿，是吗？"

她也不是不饿，只是顾念着他，怕他待会儿饿了出去吃饭，还能找个伴一起。

"不饿也稍微吃点，"温楚一抬手揉了揉她的脑袋，"帮我带点夜宵回来。"

温楚一当然知道姜念心中的弯弯绕绕，但他却舍不得她饿肚子，中饭她就没吃多少，练了一下午，也应该出去放松放松。

果然，听了这句话的姜念就像得了指令。她在比赛布局和战略上帮不了什么忙，但帮他带点吃的还是可以的："那我争取早点吃完回来。"

这句话说完，得了任务的姜念终于起身往门外走。直到众人的脚步声远去，温楚一肃了神色，点开了 B 组的比赛视频。跳过视频一开始的入场和解说的开场白，他直接将进度条拉到第一场比赛的跳伞画面。

室内很静，只偶尔带出些电脑主机风扇的声音。

温楚一戴着耳机，静静地看着屏幕，偶尔用笔在小本子上写写画画。他的眼神慢慢从平静变为惊异，又从惊异转变成愕然。

CUS 一开始便和之前视频里的策略差不多，以快制胜。他们选择了航线经过的第一个城区，在所有队伍还在进行第一拨搜寻时，他们便已经搜完了整片房区，往刚刷出不久的第一个圈进发。

虽然和之前相比，他们的动作更加流畅熟练了，但这并不足以引起卫晗的失态。变化出现在 CUS 参与的第一拨战斗。

与一个多月前面对敌人一味逞快，只会劈头盖脸攻击对手的 CUS 不同，这群人似乎已经学会了战局部署。两个突击手向前拉，狙击手架枪，实属平常的操作。但在他们没有丝毫犹豫的动作和飞快的速度下，优势变得明显极了。一般队伍在行动之前至少会有几秒钟的停顿，用于队长的指挥和布局；但他们明显没有，几乎是在发现敌人的一瞬间，四个人便同时行动起来，虽然快，却也井井有条。

担心只是巧合，温楚一又接连看了几次 CUS 后面的枪战。

没有例外，每一次都是四人同时行动。

这便可以很好地解释为什么卫晗会这么惊讶了。

在这四个少年的操控下，这支队伍似乎不存在一丝破绽，不需要指挥，他们自己便知道怎么做。

这样的操作说起来没什么特别的，但温楚一却知道这之中包含了多长时间的练习，多少汗水。只有经历过成千上万场的对局，才能到达这种程度的速度和默契。更让温楚一在意的是，Zoom 在对战中时常表现出的神来之笔。

狙击、突击、近战，每一样他几乎都是佼佼者。

在几次战斗中，温楚一总能看到 Zoom 离开狙击手的位置，有的时候甚至一开始就直接冲上去突击。

Zoom 的队员却每次都能在他行动的同时做出突击路径上的改变。短短一个月的时间，这支队伍已经接近成熟般的成长让温楚一心惊。直到他快进着看完五场比赛，眼中的愕然才重归沉寂，还有一抹不易察觉的渴望。

和 CUS 打一场的渴求，甚至已经超过了当年打败宿继九的欲望。

他几乎可以肯定，CUS 会是他们这次比赛中夺冠的最大障碍。

温楚一摘下耳机，一直笔直坐着的身子慢慢向椅背上靠去。

"BO8 啊……"他幽幽叹了口气，喉间溢出沉吟。

该怎么应付这几个手感正热的年轻小伙呢？

姜念提着大袋小袋外卖回来的时候，天已经全黑了。

温楚一保持着和她离开前同样的姿势坐在电脑屏幕前，只是电脑上的已经不再是比赛视频，而是游戏画面了。她笑了笑，轻手轻脚地走过去，将几袋外卖放到桌上。温楚一看到桌上的白塑料袋便知道是姜念回来了，他看她一眼："买这么多？"

"是啊，"姜念耸肩，"Wind 说你喜欢吃泡菜饼，卫晗说你喜欢喝辣牛肉汤，我就都买了一点。"

温楚一回头看了眼已经被姜念关上的休息室大门："你提前回来的？"

"我吃饱就回来了。"姜念避重就轻。

心里惦记着温楚一没吃东西，她随意吃了两口便买了外卖回来。

"你饿了吗？"顿了顿，她在温楚一旁边坐下，"这把打完就吃？"

"等会儿吧。"温楚一声音里带着笑意，一边朝敌人开枪，一边状似不经意地道，"卫晗也就算了，小胖子还能知道我喜欢吃什么？"

姜念哽了半晌，好像是这么个道理。

喷，那小胖子，肯定只是说了自己喜欢吃的东西。

这么看来，身为女朋友，她对温楚一的了解好像真的不多。

相反，温楚一对自己的喜好早就摸得一清二楚了。

一直以来，好像也都是他在为她单方面付出。

姜念心虚地笑了笑，转移话题："怎么样？CUS 今天的比赛，你看完了？"

"看完了，"提到 CUS，温楚一的声音沉了些，"很精彩。"

"真这么强？"姜念瞪了瞪眼，立马上网页搜索出视频准备看。

与此同时，在餐厅吃饭的卫晗几人，也在吃饭的间隙中在手机上看起今天的比赛来。

温楚一看清姜念的动作也并未多言，只是结束手上的游戏后打开外卖，就着姜念的屏幕再重温了一次 CUS 今天的比赛。

这顿饭温楚一是在姜念此起彼伏的吸冷气声中吃完的。

第十四章
电竞精神

　　TRB 的训练日程越来越紧了。旁边的 JK 每次都能从 TRB 身上感觉到莫名的压力。TRB 这群人，每天来得比他们早，走得比他们还晚。

　　明明在小组赛上表现出了非凡的实力，还这么勤奋，这无疑给 JK 带来了紧迫感。崛起速度这么快，实力这么强，居然还这么努力，难怪人家进步神速。这也直接导致了 JK 训练强度的加强。

　　每当 Simon 和 Hoop 几人离开训练室时，看到隔壁 TRB 灯火通明的训练室，都忍不住感叹两句，这群人是魔鬼吗？

　　当然，A 组的几支强队也都收到了 CUS 在 B 组胜出的消息。

　　对此，大多数队伍持模棱两可的态度。虽说 CUS 是加拿大联赛的冠军，可毕竟根基短浅，就算他们在小组赛中的表现令人惊讶，却也占了不少运气成分。

　　值得一提的是，总决赛的前一天，温楚一接到了宿继九的电话。

　　也不知道是不是因为上次一起吃过饭，温楚一总觉得宿继九和卫晗的联系好像变频繁了。

　　卫晗每次出去打电话，大概率是接宿继九的电话。

　　这让温楚一很难不去猜想他们两人之间的谈话内容是否还囊括了自己。

　　虽说作为竞争关系，现在所有参加比赛的战队间的交往都能免则免，但温楚一也相信卫晗心中是有分寸的，除了第一次发现后表现出些许诧然外，一直没有说什么。

　　宿继九联系他，除了上次刚来韩国时请吃饭之外，这还是第一次。

　　宿继九拨来电话的时候，TRB 几人刚刚完成这天的训练，时间卡得刚刚好。

温楚一在屋内环视一周，没能找到卫晗的身影，他嗤笑一声，这才接起电话："卫晗不在训练室。"

那边顿了一秒，宿继九的声音才从手机耳麦中传出，却是顾左右而言他："CUS 的比赛你们看了吗？"

"看了，"温楚一对身旁的几个小朋友打手势，示意他们先走，然后才不慌不忙地退出了游戏，"怎么？"

宿继九笑了一声："这群小朋友很强啊……"

看了一眼身旁还等着自己的姜念，温楚一道："想说什么就直说，我媳妇儿还等着呢。"

不用多说，宿继九也能猜到温楚一口中的"媳妇儿"是谁。

他沉默半晌，幽幽叹了口气："LS 的人联系你们了吗？"

"LS？"温楚一蹙眉，"训练赛的事儿？这些事一直都是卫晗处理的。"

宿继九："我知道，我打卫晗手机是占线状态，所以打给你了。"

温楚一心里默默道了句"果然"："那你晚点再跟他打吧，他现在不在训练室，可能先回酒店了。"

宿继九那边突然安静了下来，听上去似乎是从室外来到了室内。

"刚刚我接到了 Deak 的电话……"半晌，那边终于传来动静，"他暗示了我一些决赛上的合作。"

温楚一手上动作停滞，鼠标滑出手心，暗示决赛上的合作……

他也是老选手了，自然知道宿继九话里的深意。Deak 是 LS 的队长，LS 是老牌强队，也是唯一一支队长同时担任教练的队伍。在 LS 里，Deak 拥有最高决策权，而他的话既然说出口，就已经等同是 LS 的决定。

这很容易理解，尽管 TRB 的崛起之势也很迅速，但怎么说队里还有个已经拿了几次 CS 世界冠军的 Chew。

但 CUS 呢？根基浅，四名选手全是新人，甚至战队都是刚成立不久的。而在 B 组的比赛中，这样一支队伍打败了 Unique 和 DFS，这让 LS 感觉到了压力，甚至觉得被冒犯了。

决赛上的合作，说得倒是冠冕堂皇，温楚一冷笑一声。

他甚至不用问宿继九具体的情况，也能猜到 LS 是想让几支强队在决赛开始时达成合作，先统一让 CUS 出局，再各自对战。

这很符合 LS 的作风，虽然普通观众可能不知道，但他们在职业圈内的名声一直不算好，只是苦于没有证据，也一直没有受到什么实质性的指责和惩罚。

温楚一冷着脸，声音更是沉得化不开，在夜里显得格外阴郁："你答应了？"

宿继九没说话，时间一秒一秒地过去，温楚一心中的弦也越绷越紧。

也不知过了多久，宿继九终于笑着开口，语气中似乎还有一丝不易察觉的愠怒："你把我想成什么人了？我如果答应了，还找卫晗？生怕别人不知道我们达成合作了？"

顿了顿，他又说："Deak 好像已经和 DFS 的人说好了，如果没错的话，卫晗的电话占线应该就是因为接到了 Deak 的电话。"

温楚一松了口气，声音略有回温："卫晗不会答应的。"

"我当然知道卫晗不会答应，"如果温楚一在宿继九面前，一定会看到宿继九已经翻上天的白眼，"我找卫晗是想提醒他，不要直接拒绝，回复考虑一下会比较稳妥。

"LS 在战队间的名声你是知道的，如果直接拒绝，在我们已经知情的情况下，他们恼羞成怒难免会做出一些过激的行为。这几年战队间的联系本来就让人诟病，很难说他们会不会也对我们……"

"别想了，"温楚一勾了勾唇，"卫晗一定会直接拒绝的。"

卫晗的为人他最了解，他们曾经是队员，上千个日日夜夜一起训练，他和卫晗对待圈里这些龌龊事不会有一丝容忍。

婉拒？拖延？不存在的。他们绝不会担心遭到 LS 的报复，这是作弊，也是温楚一最不能容忍的原则性问题。

电竞精神，这是温楚一和卫晗的本心。

想着，温楚一又问："你留了刚刚的电话录音吗？"

"谁没事会给通话录音？"宿继九猜到温楚一的用意，很快回他，"就算你拿着录音去举报也没用，Deak 的措辞非常谨慎；LS 手脚不干净也不是一天两天，这么久都没出事，他们不会留下什么话柄。"

温楚一一只手在鼠标垫上画着圈，笑得漫不经心："那也要试试才知道到底有没有用，像他们这种人，根本没有资格打职业赛。"

宿继九也跟着笑："说着说着倒成我的不是了，行了，早点休息吧，明天赛场上见。"

"嗯，"温楚一顿了顿，终于道了句"谢谢"。

宿继九听到温楚一道谢有些惊讶，不由得失笑："不管明天比赛谁赢了，打完一起出来喝一杯吧？"

一说到喝一杯，温楚一不由得想起上次和宿继九拼酒后造下的孽，他看了一眼一旁毫不知情的姜念，咳嗽两声："好，到时候约。"

说完他匆匆道了句再见便挂断了电话。

已经等候多时的姜念听到动静，回过头看他："打完啦？他找你干吗？"

"嗯，"温楚一颔首，"走吧，路上跟你说。"

这不是件小事，他本来也没准备瞒姜念。但当务之急，是要尽快找到卫晗。他需要知道 Deak 到底有没有找到卫晗，也需要知道卫晗是如何回复 Deak 的。

想着，他已经给卫晗拨去电话，耳边不时传来忙音，温楚一就一个接一个地打，一刻不停。一边打电话，温楚一一边给姜念讲了个大概。

姜念心里震惊，这是她所不了解的电竞圈，也是她第一次直接接触到圈内的阴暗面。

但庆幸的是，不管是温楚一还是卫晗，都没有助纣为虐的意思。

快走到酒店时，他们终于在路边的花坛边上看到了卫晗的身影，他一只手握着电话，另一只手夹着烟，忽明忽暗的星火在他指尖闪动着。

两人对视一眼，立马快步上前。刚走到近处，他们听到卫晗愠怒的声音，骂声很大，可惜是 Deak 听不懂的中文——

温楚一乐了，倒是他高看了卫晗，别谈婉拒，这都直接骂上了。

卫晗的破口大骂是一种发泄，也是他此刻最真实的情绪。要怪就怪他当年没好好学英语，怎么都想不出骂人的词。他也知道对方肯定听不懂他的最后一句话，但只要了解他的拒绝就够了。

骂完，卫晗便直接挂掉了电话。下一秒，他看到了迎面走来的温楚一和姜念。卫晗深吸了口烟，又重重地吐出来，一缕烟雾在路灯下氤出些颓靡的味道："回来啦，都早点休息吧，明天还有一场硬仗。"

温楚一挑眉，看卫晗这架势，应该是不准备告诉他们刚刚电话里发生的事。只是温楚一还没来得及开口，倒是姜念先一步走近卫晗："刚刚是 LS 的电话？"

卫晗一愣："你们都知道了？"

温楚一颔首："刚刚宿继九打你电话占线，找到我这儿了。"

只言片语便道出了事情的来龙去脉，卫晗了然，烦躁地揉了揉头上的碎发，又狠狠吸了口烟，将烟头摁灭在一旁的垃圾桶上："这事儿你们别管，明天安心打比赛就行。"

姜念和温楚一对视一眼，似乎想问点什么，又不知道如何开口。从卫晗刚刚的态度看来,两人丝毫不怀疑卫晗拒绝了 Deak 的提议。但这件事,终究让人心里存了个疙瘩,姜念莫名有些在意。一个简单的道理,虽然现在他们得到的信息,Unique 和他们都拒绝了 LS 的提议;但之前宿继九也说过 DFS 已经接受了 LS 的合作要求,难免不会有更多队伍接受。

虽然不知道他们具体会如何操作,但这已经大大减少了游戏的公平性和竞争性。如果 CUS 明天真的被 LS 和其他队伍暗算了,就算 TRB 拿到了冠军也不会开心。

公平这个词说起来又空又大,却是所有积极向上的职业选手所追求的。在比赛中用实力说话才是竞赛的本质。

想着,姜念小声地打破沉默:"那我们要不要提前通知 CUS 的人?"

明天就是决赛了,现在搜集证据举报必然已经晚了,但她做不到对这种事视而不见。

"聊了这么久,"温楚一突然道,"怎么说也应该套出点东西来了吧?"

他接到宿继九电话已经是近 20 分钟之前的事了,如果不是卫晗特意寻根究底地套话,这通电话早该结束了。

"可不嘛,我是谁?"果然,卫晗闻言勾了勾唇,晃了晃手里的电话,"知道那浑蛋的来意后,我就录音了。"

一边说着,卫晗一边解锁手机,当着两人的面点开了刚刚的通话录音。

的确如卫晗所说,录音一开始就是 Deak 一口刻意放慢语速的美式英语,将每局比赛如何针对 CUS 的策略都说了个遍,虽然有时语意不详,但同样是职业选手,几人一听便明白是什么意思。

大概就是合作的几支队伍都将队伍的落点提前告知对方,如果击杀信息上哪一队和 CUS 一齐出现,他们便会一齐包过去。许是担心赛场上的不确定性,Deak 甚至还提出了几队人一起跳地图上最大的城区,抱团到决赛圈也总能遇到 CUS 的人马。

录音在卫晗的破口大骂声中画上句号,在这之前,卫晗一直都在诱导 Deak,甚至摆出了接受提议的姿态,最后的粗口也是卫晗提出要和队员商量后才说出来的。不得不说,卫晗在坑人方面……造诣颇深。

几人英语一般,但也能大概听懂 Deak 的意思。作为队里唯一一个大学生,姜念看温楚一全程皱眉想给他解释,还秀了一把自己英语四级的水平,硬生生将 round 翻译成 run,惹得卫晗笑了一分钟才缓过气来。

温楚一也觉得好笑,默默拍了拍姜念的脑袋,才又对卫晗摇头:"Deak很谨慎,虽然提到了一些具体操作,但就这样听起来,他更像是在和你讨论战术，光凭这个录音，根本不能证明什么。"

"那怎么办？"卫晗一愣，立马问道，"难道真的跑去告诉 CUS，LS 明天会暗算他们？"

温楚一又摇头："人家信不信是一回事，就算他们信了，只要 LS 有心，CUS 还真没什么可以避免的办法。"

"这也不行，那也不行，那你说怎么办吧！"卫晗有些烦躁，又要从兜里掏烟。

温楚一"啧"了一声，摁住卫晗点烟的手："别抽了，你联系一下 CUS 的经理吧，给他透露一下 LS 这边的情况。另外，明天比赛的时候，你多关注一下 LS 和 DFS 的动静，有不对的地方录屏下来，比赛结束和录音一起交给主办方。"

卫晗眼睛发直："你不是说录音和提前告知 CUS 没用吗？"

"就算没用，我们既然知道了，总不能什么都不做。"温楚一的语气很平淡，刚刚得知此事时的情绪翻涌也被抑制住了，"把能做的都做了，我们也算是尽力了。"

他不是新人，一开始得知此事时，虽然有些控制不住情绪，但慢慢冷静下来后，他心里也清楚，不能因为这个插曲影响到他们明天的发挥。

尽人事，这是他们现在唯一可以帮到 CUS 和自己的。毕竟是 PUBG 官方举办的邀请赛，想在总决赛上做手脚，也得看 LS 那些人有没有这个演技。

温楚一唯一后悔的是，刚刚就不应该把这件事告诉姜念。

虽然她心理素质一向良好，但也难保不会因为这个插曲影响到明天的发挥。

卫晗应了下来，很快捏着电话率先往酒店的方向走去，他要尽快回房翻一翻 CUS 领队的电话。温楚一和姜念落后一步，走进酒店时便已经看不到卫晗的影子了。

两人并未多言，进电梯后，温楚一瞥了一眼身边若有所思的姜念："不要被这件事影响，好好打比赛就行了。"

"嗯，"姜念毫不迟疑地点头，"我觉得这件事还是不要告诉小胖子他们比较好。"

她自己的心理素质她有自信，但小胖子和萧咏、黎晴他们就不一定了。

温楚一失笑，是他多虑了，这人还在为别人担心呢。

7 月的最后一个周一，下午两点，G-Star 邀请赛全球总决赛终于开始了。和小组赛相比，同样的场地，但这次观众明显和之前已经不是一个量级的，能容纳大几千人的会场里坐得满满当当的，足以看出这场赛事的火热程度。

选手刚开始入场阶段，观众席就骚动起来，大几千个人，就是每人一句话都能吵得让人抓狂。

"怎么样？今天的比赛你觉得谁胜算大点？"

"这不是废话吗？当然 Unique 啊！"

"Unique 在中国输给了 TRB，上场小组赛又输给了 CUS，早凉了。"

"那你支持谁？TRB 还是 CUS？"

"我觉得最后的冠军应该在 CUS 和 LS 里面，你是没看上一场 CUS 的表现，我都震惊了！"

这样的对话发生在场馆内的无数角落，人们对于 TRB、CUS、Unique 和 LS 几支队伍的表现津津乐道，四支队伍的支持者数量也相差无几。就在这样的热烈气氛中，96 名选手全部入场后，屏幕上开始播放小组赛结束后，几支人气队伍的采访视频。

首先出现的是宿继九，一个最能代表韩国射击类游戏竞技水平的传奇，当他出现在大屏幕上的第一秒，全场观众就沸腾起来，报以最热烈的尖叫声。宿继九相当习惯采访，爽朗地对着镜头打了个招呼才坐下。

工作人员开始提问："九神这次有信心夺冠吗？"

宿继九笑得随意："有啊，给各位提个醒，别来 P 城，不然就是有去无回。"

因为是国际赛，屏幕上贴心地给出了英文字幕。

观众捧场地大笑起来，连 Wind 都忍不住嘀咕两句："无耻！这就是心理战术！"

温楚一听了小胖子的话，第一次用赞扬的眼光看他。

工作人员又问："Unique 已经连续输了两场国际赛了，对 TRB 和 CUS 有什么想说的吗？"

"没有，"宿继九耸肩，"反正他们到最后都会变成 Unique 的陪衬。"

"不要脸！"Wind 没有错过刚刚自家队长的赞扬眼神，再接再厉。

果然，这句话说完，Wind 发现自家队长嘴角上扬了。

他总算是摸清了一点温楚一的好恶了。

屏幕上镜头一转，这次来到 JK 的 Simon 身上。

工作人员："这次总决赛的心理名次是？"

Simon："前三。"

看得出来 JK 对突然涌现出来的几支强队应付得有些吃力，Simon 的话留了很多余地。

工作人员："有什么话想对对手说的吗？听说你和 Chew 神是老对手了？"

Simon："Chew 很强，但我想这次 Nine 的胜算会更大些。"

台下一片尖叫声，韩国主场，宿继九的呼声极高，观众看 Simon 的眼神也是爱屋及乌的。

中间又出现了好几个选手后，屏幕黑了几秒，随后出现了本场的第一个女选手采访片段，那人正是姜念。本来是应该由温楚一去的，但温楚一那天忙着给 Wind 和黎晴纠正问题，直接把姜念打发过去了。

主办方对此也并不在意，姜念是主狙，又是女选手，拍出来效果也不会差。果然，当模糊的镜头终于聚焦到姜念脸上时，台下观众静了一秒，接着尖叫声、口哨声随之而来。

打职业的女选手姜念自然不是第一个，但比赛得得好又长得漂亮的女选手除了 LOL 那边盛名在外的 Sleeping 之外，就剩一个 Moon 了。巧了，这两人还都是中国选手。

美女都是有优待的，工作人员对姜念说话的语气都轻柔了几分："Moon 觉得这次 TRB 有机会拿到冠军吗？"

"当然有啊，"翻译在姜念耳边说了几句话后，她立马答道，"Chew 你知道吧？CS 冠军！FPS 世界第一人！我们队的。"

这自豪的语气，得意的小眼神，让台下的观众目瞪口呆。

这商业吹捧，让人叹为观止。

更关键的是，也不知道为什么，这句话从她嘴里说出来，那理所应当的语气，怎么感觉这么有说服力呢？

选手席上的温楚一瞥向满脸通红的姜念，嘴都要咧上天了："现在知道脸红了？这种话当时怎么说出来的？"

姜念恨恨地瞪了他一眼："得了便宜还卖乖。"

视频里，姜念的这句话同样逗笑了工作人员，他循循善诱："可是 Nine、Deak 和 Simon，他们都拿过世界赛冠军呀。"

"不一样、不一样，"姜念不以为意地摆摆手，又骄傲道，"Chew 当然是最强的。"

视频时间有限，虽然依旧想笑，但工作人员也不得不开始下一个问题："TRB 之前也和 Unique 对战过，这次有什么想对他们说的吗？"

姜念神情自然："对不住了啊，千里迢迢来一趟，总不好空手而归，别灰心，下次努力！"

工作人员终于忍不住大笑起来，视频也最终定格为姜念被工作人员吓得瞪大双眼的画面。

台下台上的人看到屏幕上女人生动的表情，笑疯了。

虽然是总决赛，但在赛前播放了几位人气选手的采访视频后，现场少了些剑拔弩张，气氛却越来越热烈了。

姜念作为最后一个出现在视频里的选手，导播审时度势地将镜头移到了 TRB 这边，甚至还给了温楚一和姜念一个同框。

两人背对着大屏幕，头上戴着耳机，对发生的一切并不知情，神情自若地在交谈。明明都戴着耳机，两人说话时却还下意识往前倾，从大屏幕上看来，他们之间相隔不到一只手的距离，这让国内的观众们看得满眼都是粉红泡泡。姜念似乎说了些有趣的事，温楚一突然笑了起来，还自然地伸手揉了揉她的头。

这一切都被如实记录，在屏幕上播出，场内大龄单身青年们纷纷中箭，心口贼疼，却又舍不得移开眼。

导播得到了意外的收获也不贪心，笑着将镜头给到两位解说员，比赛就要开始了。

解说 1：【哈哈哈，这两人在公众场合撒狗粮不太厚道吧？】

解说 2：【不过，也可以看出他们现在状态不错啊，我们也很期待 TRB 这场比赛的表现。】

两名解说说了不到两句，大屏幕一黑，96 位选手同时进入缓冲界面。

赛前至少做了十次不同航线演练的温楚一看了一眼地图，很快在地图上标出落伞位置。

这个点观众和解说看不到，但姜念几人却看得一清二楚。

老地图航线水平在 G 港上下城区中间的海域，温楚一标的点在机场，离航线十万八千里。

"真的假的？"黎晴首先提出质疑，"虽然机场肯定没人，但离航线太远了。"

温楚一面不改色："没事，赌一把机场圈。"

黎晴沉默了，"赌一把"这种说辞，她还是第一次从自家队长嘴里听到。

一个平日里永远讲究部署和策略分析的人，总决赛第一场，说要"赌一把"？

虽然这么想，但作为突击手，在途中找车的任务是首要的，她并没有更多空闲说话，直接摁下 F 键往机场的方向跳去。

这也是她和 Wind 的区别，同样是被温楚一语出惊人的话吓到，小胖子就明显晚了黎晴一秒才跳伞，引来温楚一的一声冷哼。

黎晴和 Wind 不知道温楚一的用意，但姜念心里却是明白的。

LS 很有可能已经和其他几支欧洲队伍达成合作，那么接近航线的位置，必然会有一场乱战。除了合作的几支队伍，所有人都有可能成为目标。

再者，既然他们能合作对付 CUS，当然也可以合作对付其他队伍，寻求更高的积分系数。

所以在不知道哪几支队伍和 LS 达成协议的情况下，这 BO8 的第一局，选择偏离航线的资源点避战，是最稳妥的做法。但这些话自然不能对仍不知情的黎晴和 Wind 明说，毕竟比赛中的队内语音全程都会被录音。

此时 TRB 几人纷纷落伞，目的地明显直指机场，引来解说员讨论。

解说 1：【咦？ TRB 居然选择了机场？】

解说 2：【虽然机场相对安全，但距离航线也太远了，TRB 第一局就要赌机场圈吗？这支队伍真的很"莽"。】

两人刚说了 TRB 没两句，不过两秒，Unique 选择的落点位置又让他们吃惊了半晌。

【怎么连 Unique 也选择了避战，去了钢铁厂和核电站那一块？】解说 1 惊呼道。

解说 2 点点头：【这两支队伍第一局都选择了相对保守的避战地点，倒是让人有些吃惊。是想在第一把得到第一名的积分来保障后面的对局吗？要知道这两个队伍在这之前都是比较喜欢打架的。】

TRB 就不用说了，连手里只有喷子和手枪的情况下都要冲上去和别人硬"刚"；Unique 在之前的比赛中也是非城区不跳的。

这会儿倒好，他们竟全部选择了避战？问题是，他们想避开的到底是谁？ LS、JK 和 DFS？又或者……是 CUS？

屏幕上，CUS 和 LS 几支强队都选择了离航线较近的 G 港、R 城、学校或是监狱。

这也就是说，如果刷圈位置在地图下半区，他们之间势必会有交战。

这边 TRB 的人已经在公路上找了车来到机场，为了避免出机场时遭人堵桥，温楚一特地让黎晴在桥头的城区驻守。

这一细腻的部署立马让解说员点了点头。虽然 TRB 远离战区，但落伞过程中势必会有队伍看到他们的动向。留一个人守在桥头房区，很大程度上能够避免遭人偷袭。不得不承认，这就是经验。

论起赛事经验，没什么人比得过曾数次在国际赛事上夺冠的温楚一，单从这一布局就能看出 TRB 在细节部署上是下了大功夫的。

与此同时，这也表明 TRB 避战这一决策绝不是突发奇想。

解说两人对视一眼，明明在上次的比赛中表现出绝对实力的队伍，这一次莫名的保守还真有些奇怪。

几分钟后，毒圈和第一个空投同时出现。

毒圈刷新在整个地图的中心地段，黎晴的位置就在白圈里；巧合的是，空投的位置也在黎晴边上。Wind 滑动鼠标看了一眼飘在空中的空投方向，幽幽叹了口气。他赌一个鸡爪，黎晴肯定会去舔空投。

事实上，在他叹气的同时，地图上黎晴的图标就已经朝空投箱的方向移动了。

小胖子哀号一声："大姐，你小心一点啊，离桥头太远的话就算了。"

要是因为黎晴的离开让他们遭受埋伏，这口锅黎晴是肯定了。

倒是温楚一看了一眼空投的位置，懒洋洋道："算了，空投只要在她方圆千米之内，她都会忍不住，更何况是在她脸上。"

让黎晴守桥的指令是温楚一下的，但也只是以防万一，事实上，他并不觉得真的会有队伍特地赶到白圈边缘的位置来堵他们。

不过十几秒，舔完空投的黎晴神采飞扬："念姐！是 AWM！"

姜念一听是 AWM，眼睛瞬间放亮，随着蓝圈开始缩小，她迅速上了辆摩托就要过去和黎晴会合。

她一边开车，还一边放话："这把 AWM 到我手上的那一刻，这把鸡就已经吃定了。"

Wind 忍不住翻了个白眼："能不能别随便立 Flag（旗帜）。"

温楚一不自觉弯了弯眉，坐上另一辆吉普车："走了小胖子，刷毒了。"

机场的高级物资很多，TRB 几人从机场出来已经相当肥了，再加上一把空投枪富得流油。

只是当姜念刚换上自己心心念念的 AWM 不足两秒，屏幕右上角突然出现的击杀信息让四人动作齐齐顿了一瞬。

[CUS.Zoom 使用 AKM 击倒了 DFS.Lion。]

这是 CUS 本场第一次出现在击杀屏幕上，但这也说明他们遇上的第一支队伍，就是已经和 LS 达成同盟的 DFS。如果按照昨天 Deak 所说的计划行事，恐怕过不了多久那边就是一片混战了。

温楚一垂眸，也不知道昨天卫晗告诉CUS后，他们有没有想出对策。

只是CUS选择的落点依旧是航线附近，这么看来……CUS是根本没把LS这群人放在眼里？

温楚一神情自若地跳上车："走吧，先去圈里占点。"

这群孩子太自负了，明知道有人对他们图谋不轨，还要正面往上闯。如果LS他们除了小动作什么真本领都没有，又怎么会得到如今的成就？

果然，思绪未落，屏幕右上方已经出现又一轮刷屏——

[LS.Deak 使用 98K 击倒了 CUS.Zoom。]

[CUS.Tank 使用 SKS 爆头击倒了 DFS.Star。]

[DFS.Sky 使用 SCAR 击倒了 CUS.Tank。]

[LS.Deak 使用 98K 爆头击倒了 CUS.Gun。]

[GT.Spy 使用 M4 击杀了 CUS.Pink。]

正开着车的黎晴都忍不住抽一口凉气："怎么回事？CUS这么早就被团灭了？这么多队伍都聚在一起了？"

加上已经被团灭的CUS，R城一共聚集了四支队伍，刚刚的那一番乱战更是让人目不暇接，观众尖叫声一阵高过一阵。解说员也忍不住苦笑，CUS也太倒霉了，居然同时被几支强队围攻。

而此时场上知道真相的温楚一、姜念和宿继九，同时露出了冷厉之色。这哪里会是凑巧，这几支队伍分明就是已经和LS达成协议一起去围剿CUS的。纵使CUS反应和能力再快再高，也敌不过几支队伍不同方向的集火。

三人心头皆起怒火，既是因为LS龌龊的小动作，又是因为CUS忽视警告的自负，更是因为这样一来，这场游戏从一开始就失去了公平性，不管是谁最后拿到冠军，这个奖杯终究会成为一个笑话。

这不是他们想要的结果，更甚者，这已经侵犯到了其他队伍的利益。这也让游戏一开始便选择避战的TRB和Unique成为两个笑话。一场毫无公平性可言的赛事，避战成功打赢了又有何用？温楚一和宿继九几乎是在同一时间做出决定。去他的策略避战，去他的游戏规则，从现在开始，他们的目标从夺冠变成了杀戮。

他们俩谁都不愿意去拿这个冠军，倒不如多杀几个人，拿个kDa（指电子游戏中杀人率和死亡率的比率）奖杯。

于是观众和解说员发现，自从CUS被淘汰后，TRB和Unique的行进目标似乎完全没了规划，只要路上看到了人，哪怕不在毒圈内，也要拿个人头才肯离开。只是歪打正着，在姜念用 AWM 一枪爆头 LS 最后一人后，决赛圈里，TRB 和刚刚淘汰掉 DFS 的 Unique，还是相遇了。

两分钟后，随着 AWM 子弹划破空气的声音，TRB 吃到 B08 的第一个鸡。

中途休息时间，温楚一寒着一张脸领着几个小朋友回到休息室，立马朝卫晗问："LS 和 DFS 的小动作录屏了吗？"

卫晗点头："虽然演得不错，但加上昨天的录音，事情的真相一目了然。"

"好，"温楚一脸色稍霁，"你现在去把证据交到主办方手里。"

"现在？"卫晗蹙眉，"中场休息只有 15 分钟。"

"就现在，"温楚一脸色不变，"这场比赛必须马上叫停。"

"嗯，"另一侧的 Unique 休息室内，同样冷着一张脸的宿继九对着教练说出同样的话，"这场比赛，必须马上叫停。"

温楚一的脾气，卫晗是清楚的，当即也没有多说，捏着手机便跑了出去，嘴上还忍不住嘟嚷几句。这浑蛋，尽给自己找麻烦。

不过这麻烦，卫晗接得很畅快就是了。

这么一闹，LS 作弊的事情也瞒不住 Wind 和黎晴和萧咏了，姜念索性将来龙去脉告诉了他们。让人欣慰的是，尽管 TRB 在第一把就拿下了全场最高分，几个小朋友的是非观还是挺正的，完全没感到丝毫惋惜，只剩下震惊和对 LS 的鄙夷。

一支老牌欧洲强队尚且如此，比赛要是真打下去，他们在某种意义上当了帮凶不说，甚至有坐收渔翁之利之嫌。更别谈在此之前，Wind 对始作俑者 Deak 还存着些敬仰。

毕竟是老选手中唯一一个身兼队长和教练之人，Deak 的个人实力和对团队把控的能力，一直是 Wind 学习的对象。就连温楚一，在担任队长的同时也无法兼顾教练一职。

他想不通，LS 为什么会在刚出头的一支队伍上下这么大的功夫，如果 LS 尽全力且发挥正常，CUS 再强，两队也只是势均力敌而已，胜负还未可知。

姜念看出小胖子情绪不对，拍了拍他的肩："怎么？偶像幻灭打击很大？"

"我就是想不通，"Wind 摇摇头，眉眼中透出一丝沮丧，"Deak 就这么不相信自己的实力吗？为什么要在赛场上作弊？这对 LS 来说风险更大，不是吗？"

温楚一闻言脸上出现抹冷笑。Deak 在众多职业选手也是排得上名号的老选手，他当然相信自己的实力，但不会有人喜欢未知的威胁。TRB 有温楚一，Deak 对他也有一定了解，且 A 组赛中就算 TRB 表现好，也只是拿了个前三而已，这才没有引起 LS 的注意，侥幸逃过一劫。

但 CUS 就不一样了，在 CUS 以碾压之姿打败 Unique 和 DFS 之后，就已经给整场比赛带来极大的变数，甚至在没有和 LS 交过手的情况下，就已经给了 Deak 足够大的压力。

谁都想赢，但 LS 的做法却是最令人不齿的一种。

与此同时，Unique 的休息室内也正发生着同样的对话。

经理瞪大眼睛看着宿继九，就好像在看一个陌生人一般："你知道自己在说什么吗？就算 LS 真的存在作弊行为，光是一场比赛能证明什么？你想用这一点举报 LS 成功，根本是痴心妄想！"

"不用说了，"宿继九神色不变，眼底却氤氲着一丝冷意，"至少这场比赛，我绝不会再和 LS 同台。如果待会儿 LS 出现在台上，我会退出，有他没我。"

"退出？"经理被宿继九一番说辞扰得不胜其烦，胡乱地揉了揉头发，"这是你说退出就能退出的吗？！官方现在肯定不会对 LS 下手，毕竟才刚打完一场，他们难道就不需要时间搜集证据？你好好打完这场比赛会死？"

"再说了，"他顿了顿，眼神瞥向旁边几个从刚刚开始就默不作声的队员，"你如果退出了，你的队员怎么办？你到底要我重复多少次，不要因为你个人的任性影响到团队！你们刚刚在中国输了场比赛，现在退赛，你知道意味着什么吗？"

宿继九当然知道这样做的后果，但这场比赛从一开始就已经失去了公平性，让他装作没事发生，已经是不可能的事了。虽然这样做不仅会让他受到粉丝的抨击，整个团队也会因为这个不成熟的决定遭殃，但他没办法违背自己的本心。电竞精神几个字说来轻巧，却是这个行业从开始到现在无数职业人的汗水和心血构筑的长城。

老鸡似有所感，抢在宿继九前面便开口表态："我同意队长的做法。"

"我也同意。"其他两名队员异口同声道。

戴着框架眼镜的经理一手甩掉了手里的签名簿，忍无可忍地朝几人吼："我看你们是想造反！这是你们能决定的事吗？！你们是不是把进队时的一纸合约都忘干净了？"

几人同时沉默，他们的确忘得差不多了。不料宿继九却轻笑一声，话语中有说不出的从容："你们该上场上场，反正我是不上场了。"

说罢，他斜眼看向经理："这样算我一个人违约就行了吧？"

经理语塞，两秒后，他彻底蔫了。从宿继九入队到现在，自己还真没一次犟赢过他。半晌，经理扶了扶眼镜，声音中带着僵硬："我去和主办方汇报一下 LS 的情况，能让他们退赛是最好，但如果不能，你们就是上去给我随便打个倒数第一也好，至少不能退赛。"

宿继九不置可否地玩起手机，老鸡几人也不敢与经理对视，自顾自做起手头的事来。经理暗叹口气，都已经在职业圈混了这么久了，这些个人身上的棱角怕是一点都没被磨平，甚至有更加锋利之势。

就是不知道……这到底是好事还是坏事。

第十五章
你跟谁撒娇呢？
哥哥不吃你这套

　　Unique 经理人走到主办方信息管理中心时，卫晗和另一个金发少年已经在了。不用两秒，他便分辨出金发少年的身份，上次那个将 Unique 摁在地上摩擦的 CUS 的队长——Zoom。

　　近距离看起来，Zoom 比屏幕上看起来还要小。

　　回想起少年在比赛中雷厉风行的操作，他忍不住又叹了口气。

　　长江后浪推前浪啊，这么小就有这种操作，以后还得了？

　　卫晗在 Unique 经理进来之时就已经注意到了，只是他并没有时间在意这些了，离休息时间结束就几分钟了，主办方迟迟不松口，就连 Zoom 都已经在旁边分析了一次又一次这不会是意外，主办方的人却要求打完整场比赛再做调查。

　　卫晗听完后嘴边的冷笑就已经克制不住了，打完比赛再调查？那有什么意义？最后调查结果出来，取消 LS 和其他几队的成绩？

　　那被 LS 影响到的另外几十支队伍的成绩就不管了？

　　一场比赛的走势瞬息万变，一个细小操作就能产生巨大的蝴蝶效应，赛后惩治 LS，显然已经来不及了。到时候这场比赛无论如何都会成为一个笑话。而卫晗可以用多年的参赛经验担保，为了维持比赛的公信力，G-Star 这边的工作人员绝不会判定 LS 作弊。

　　就连刚进入职业圈不久的 Zoom 也能听懂其中利害。

　　此时主办方的人和两人纠缠已久，看到突然进来的 Unique 经理，一颗心沉入谷底。这两人都已经难缠得要死，怎么 Unique 的人也过来凑热闹了？要知道，这次的邀请赛虽然是官方举办，但举办地点在韩国，现场的工作人员和主办方派来的都是韩国人。

就算是抱着自家人何苦为难自家人的想法，这个时候 Unique 也不应该来插一脚。

主办方的工作人员没想到，这个"自家人"一进来，甚至比卫晗和 Zoom 的气场还要强劲，一开口就以退赛要挟。

"是这样的，昨天 LS 也联系过我队的 Nine，虽然没有录音，但 Nine 的说法和今天 LS 几支队伍在赛场的表现不谋而合。我来是想请主办方立即终止 LS 和其他几支合作队伍的参赛权，否则可能 Unique 没办法再继续参赛了。"

卫晗听得懂韩语，一听这话，立即挑眉附和："TRB 和 Unique 是同一个态度，如果主办单位坚持不让 LS 退出比赛，TRB 也只能选择退赛了。"

卫晗这句话是用英文说的，Zoom 大致猜测出刚刚 Unique 经理和卫晗也说出了一样的话。这边工作人员看到这三支夺冠种子队竟连续说出相差无几的几句话后，整个人都不好了。

刚才自己还端着架子对这群人不理不睬，结果下一秒这三人竟威胁自己了。且这样的威胁，还真让他没有一点法子。

想了想，他决定使用拖延战术："你们说的我都知道了，这样吧，我先联系一下高层，稍等片刻。"

说完，他便自顾自掏出手机往外走去，看起来要给自己的上级打电话请示。虽然这几人的威胁不能当没这回事，但他或多或少也知道都是各自队里管事之人，他只要能拖到比赛开始，三支队伍的选手一定会先上场等消息再做定夺。

这样的话，他也有更多的时间来查证这件事是否属实。尽管从刚刚卫晗给自己的证据看来，这已经是铁板钉钉的事了，但按照流程，他们必须在八场比赛中找到至少三场以上的相似操作才能下定论。

他如意算盘打得好，却怎么也没想到，规定的休息时间明明已经过去，这三支夺冠热门队伍，却是一个人都没有上场。

这下连他都兜不住了，现场的所有工作人员都陷入极度的慌乱中。如果这是几支受关注不多的队伍倒也不会显得这么突兀，但不管是 TRB、Unique 还是 CUS，哪一个不是夺冠热门？现在这三支队伍的竞赛席都是空的，要硬说是巧合，就是在侮辱观众的智商了。

中国、韩国和加拿大的几个直播平台上，已经有大部分人发现了本国队伍的缺席，弹幕都快将屏幕炸穿了。

【怎么回事？Chew 神呢？我大哥呢？我 TRB 为什么没上场？！】

【哇！TRB刚刚拿下上一把冠军欸,这会儿怎么十几分钟就消失了？】

【你们发现没有,Unique 和 CUS 的人也不在。】

【什么情况？他们是同时记错了休息时长？快出来啊比赛真的要开始了啊——】

【怎么可能记错,休息时间到了,都有专门的工作人员提醒的好吧。】

【不是我阴谋论啊,我怎么觉得这三支队伍像是商量好的……要集体退赛？！】

不仅是直播间里的粉丝一头雾水,会场里,台上台下的观众和各国解说员都被这突然的情况惊得措手不及。主场的两位韩国解说员也担任现场主持的工作,此时看到三队空缺的竞赛席面面相觑。

这样严重的直播事故,也是他们解说生涯中的第一次。

但此时仍在直播,成千上万的观众正在看着,他们连问都不能问,脑门上尽是虚汗,也只能随口打哈哈拖延时间。

解说1:【我们现在看到场上出了些情况,似乎是 TRB、Unique 和 CUS 三支队伍并没有按时出现在赛场上。】

解说2:【大家少安毋躁,我们现场的工作人员已经去了解情况了,相信用不了多久,我们就能知道发生了什么。】

台下的骚动声越来越大,台上其他队伍的选手也纷纷活动着手指,只言片语间却透露出对这三支队伍缺席的不满。

"这些人搞什么鬼？又不是第一场比赛,中场休息也能迟到。"

"迟到不应该直接做退赛处理吗？难道让这么多人全部等他们十几个人？一点责任感都没有。"

"不比就回家啊,跑来这儿耽误我们时间干吗？"

而此时此刻,已经引起非议的三支队伍派出的代表,正悠然自得地在信息管理室里喝茶。

工作人员刚刚已经将情况报告给了上头的领导,等领导回复期间嘴皮子都磨破了,也拉不回这三头倔强的牛。

卫晗和 Zoom 显然是打定主意不会在有 LS 的情况下参赛了,而本来还有些犹豫的 Unique 经理,许是受了这两人的鼓舞,也是不打算松口了。毕竟就算他现在松口,因为 TRB 和 CUS 两支队伍的缺席,比赛也进行不了。

他顶多只算是添一把火。

TRB 休息室内,Wind 看着电视屏幕上比赛现场混乱的画面,心虚地张了张嘴。

"老大，"小胖子指着屏幕，"不止是我们，Unique 和 CUS 也都没有上场。"

温楚一神色不变，坐在板凳上玩小游戏练手感："CUS 是受害者，他们拒绝上场很正常。"

"那 Unique 呢？"Wind 又问。

"他们……"温楚一手上的动作顿了顿，"倒是让我有点意外。"

虽然嘴里说着意外，他脸上可丝毫没表现出惊讶。

怎么说宿继九也是被自己当过偶像追逐多年的人，如果连这点儿电竞精神都没有，那他才真是瞎了眼。

姜念正专心致志地盯着温楚一玩小游戏，见他停下了动作，立马吸了口气："快点！那个怪物要过来了！"

温楚一回神，飞快动了动手指，堪堪在侵略者到达门口前筑起道墙："说了多少次了，这是侵略者，不是怪物。"

"差不多、差不多。"姜念对温楚一的纠正不以为意。

因为比赛期间他们被要求与外界切断联系，现在队里唯一拥有手机的就只有温楚一和卫晗。就算现在没有消息，离上场也遥遥无期，他们也依然拿不到自己的手机，这对姜念来说无所谓，反正她每次看温楚一玩游戏也能看得不亦乐乎。

黎晴将头靠在萧咏肩膀上，有些羡慕姜念的好心情。和萧咏每次上场都被心理压力折磨得要死要活不同，姜念似乎从比赛之初，就从没体验过什么叫紧张。每次她都淡定得像出来买菜似的，着实让人哭笑不得。

另一边，Unique 的训练室内的气氛却和 TRB 的轻松气氛截然不同。

虽然这个决定勉强算是四人一起做的，但这是他们的主场，特别是在之前输给 TRB 一次后，这次比赛他们所受的压力当然也不是别队可以比拟的。

就好像宿继九的落败，在韩国观众心里，就是传奇走下了神坛，回归平凡。所有人都喜欢超级英雄，但没有人会记住一个失败的英雄。

所以当 Unique 众人看到 TRB 和 CUS 也没有出现在赛场上时，心中都不约而同松了口气。还好，不是只有他们"头铁"。

宿继九看着屏幕中 TRB 空着的竞赛席，不自觉勾了勾唇。在昨天和温楚一通过电话后，他就大致猜到了会是这个结果。只是让宿继九没想明白的是，自家经理怎么会拖到比赛开始还没回来，这并不像经理平时的作风。心里惦记着事儿，宿继九看着屏幕上的转播画面不免烦躁。

好好的一场比赛，他还准备在这场比赛上找回场子，就这样让 LS 的人搅浑了水，啧，真不甘心啊。

思绪渐远，转播画面突然出现两名解说员的面孔。

解说 1：【嗯……是这样的，刚刚工作人员通知我们，因为一些个人原因，TRB、Unique 和 CUS 最终决定退出比赛。】

解说 2 立马接上：【虽然也很可惜这三支队伍的中途退赛，但场上其他选手和观众也已经等待很久了，根据刚刚工作人员告诉我们的结果，上一场积分保持不变，我们马上进入今天 BO8 的第二场比赛。】

随着两人的话语，屏幕一黑，随即进入游戏缓冲界面，只是这次，右上角的参与人数从 96 人骤减为 84 人。

宿继九看了一眼屏幕，冷笑一声，也不去管自己还留在赛场上的外设，连包都没拿就往外走。

"你去哪儿？"老鸡朝他的背影喊。

宿继九头也不回："回基地。"

"你等等！"老鸡见状立马收拾了背包骂骂咧咧地赶上他，"你凭你自己能安全走回基地？"

另外两名队员看了对方一眼，Kid 赶忙掏出手机拨通电话："经理你什么时候回来？刚刚解说员宣布我们退赛，队长和鸡哥已经回基地了！"

"回！跟他们一起回去！"经理的声音听起来有些窝火，显然是交涉失败的结果，"后面的事你们不用管了。"

匆匆说完一句，经理便挂断了电话，显然那头的事情还未结束。

Kid 看着手上已经黑屏的手机，幽幽叹气。

看来今天是真打不了比赛了，亏他还期待了很久今天这场对决。

卫晗这头的争论的确还没结束，但也已经到了尾声。主办方有领导发话了，规则就是规则，不能因为三支强队的说法就让另一支队伍蒙冤。

光是一场比赛，如果只是个巧合，不管是对 LS 和 DFS 那几支队伍，还是对这次的比赛，都是一场巨大的灾难。对于三支队伍的退赛威胁，主办方也很无奈，最终表示，如果在比赛结束前退赛，他们不可以透露任何关于比赛真实性的言论。

站在主办方的角度，卫晗对于这个做法是能理解的。毕竟是国际大赛，事关官方信誉问题，在没有确凿的证据之前，主办方会这么考虑也是理所当然。但他们就此退赛，LS 和其他队伍对于 CUS 一系列的针对行为又怎么可能再次出现？

这从一开始就是个悖论。

他们不退出，任由 LS 继续下去，就算拿到确凿证据也是在比赛之后，届时就算取消 LS 和其他几支队伍的成绩，比赛过程中的走向也会不受控制地偏移，比赛结果和最终排名也不会是真实的，这场比赛彻底失去意义。

而他们退出，LS 后面的行动便不会继续下去，也就是说，这场闹剧会就此结束，最终 LS 作弊的行为也将会不了了之。

不管是哪一种，他们都无法接受，却也无力反抗。

这是官方举办的比赛，不是什么小平台举办的比赛，事情的严重性可想而知。

这是真正的进退两难。

更何况，他们被要求不能在赛后说出退赛的真实原因。

那他们现在退赛岂不沦为笑柄？不说 CUS 作为一支全新的队伍连粉丝基础都没有，TRB 的情况也好不到哪里去，他们就算事后对粉丝解释了这次的退赛理由，在官方没有承认之前，又会有多少人相信他们？

而 Unique 作为本地的老牌强队，不仅仅只有 PUBG 一个分部，队里和韩国这边主办方的关系盘根错节，牵一发而动全身，更不好对这件事发声。

这也是 Unique 经理在得知主办方态度后感到窝火的原因。

在接到 Kid 的电话之前，他还接到了俱乐部老板亲自打来的电话。

看着身边一筹莫展的卫晗和 Zoom，他拍了拍两人的肩："放心，这件事到这儿绝不算完。"

原本一开始只是因为宿继九的执着过来，但在经过十几分钟的争论后，他打从心眼里厌烦 LS 做出的事情。卫晗和 Zoom 没有将他的话放在心上，每个人都有自己的苦衷和压力，就像卫晗知道工作人员和主办方为难一样，Unique 作为韩国这边最大的 FPS 队伍，又怎会不为难？

但就算事已至此，他们也绝不会后悔。这场比赛不会是终点，未来他们还会有无数场比赛。至少，他们守住了自己的本心。

和三人平静下来的内心不同的是，场外已经闹翻天了。

当解说员宣布三支队伍退赛之后，所有线上线下的观众反应都是一样的。没了 TRB，没了 Unique，没了 CUS，这场比赛还有什么可看的？

一句"个人原因"就想堵住所有观众的口，未免也太天真了。

第二局的比赛已经开始有一会儿了，世界各地的直播平台和观众全都乱了套。

【什么个人问题能让三支队伍同时退赛？】

【什么鬼啊，我就是为了 TRB 和 Unique 的复仇战才看了这么久的比赛啊！】

【能不能别扯犊子，一下子退了三支强队，这不是把冠军白送给 LS 吗？亏我还期待了这么久。】

与此同时，三支队伍的微博评论区也彻底沦陷。

全世界都在找他们，到底发生了什么？？？

当卫晗踏进休息室时，屋内几人已经收拾好了东西。

见卫晗进来，温楚一背起包上前两步："回去收拾行李吧。"

卫晗愣了愣，看了看其他几人还算平静的面容，摸了摸鼻子："怎么不问我结果？"

"没什么好问的，"温楚一耸肩，"走吧，我晚上还有点事要出去。"

对于结果，温楚一本来就不抱什么期望。国际赛事的评判本来就不是能凭他们送去的一段录音和一场比赛决定的。

主办方对于这类事情的态度他早有了解，不然也不会出现什么中国队伍快赢了却因为掉线重赛这类事情了。对他们来说，规矩定下了就是死的，牺牲一两支队伍来保全名声根本不算事儿。

姜念闻言顿了顿脚步，莫名其妙地看他："你怎么突然就晚上有事了？"

"嗯，"温楚一揉了揉自己后脑勺上的碎发，表情显得有些不自然，"昨天约的。"

姜念半信半疑地眯着眼："见谁啊？你在这边有认识的人？"

"男人。"温楚一点题。

姜念放心了："那走吧，趁现在还早，我待会儿去逛逛街，小溪让我给她带点化妆品回去。"

黎晴立马凑过来："念姐，待会儿我跟你一起去吧，我也有朋友让我帮忙带东西回去。"

另外一侧，Wind 和萧咏甚至已经开始商量去哪里吃晚饭了。卫晗看着一切如常的几人不禁失笑，只以为是他们天生的神经大条。殊不知，在听到解说员的说辞之后，温楚一就已经将事情利弊给几人说明白了。

他们不是不在意退赛，只是心知肚明，未来还会有无数比赛——无数公平公正的比赛。

上了小巴车后，温楚一慢悠悠掏出手机，给宿继九发了条短信。

【比完赛了，喝一杯吧。】

昨天通电话之时，谁也想不到今天的比赛会以这样的形式结束，这也让温楚一和宿继九的约会提前了些。

温楚一收拾行李花了些时间，稍晚了宿继九几分钟踏入餐厅。当他看到宿继九一个人坐在桌边之时不禁有些发愣。

这路痴居然敢一个人出来喝酒？

温楚一好不容易才忍住冷笑的冲动，朝宿继九打招呼："一个人来的？"

"嗯，"宿继九看起来兴致不高，很快招手唤来服务员，"老鸡陪女朋友去了。"

温楚一笑："我也得早点回去陪女朋友。"

气氛凝固一瞬。

"明人不说暗话，"下一秒，宿继九突然开口，"我喜欢你女朋友。"

"我知道。"温楚一面上不甚在意地睨他一眼，全然没有发现自己此刻语气中的紧绷。

宿继九颔首："那我猜你应该也知道，这个喜欢无关男女，只是一种欣赏，对于她的操作和表现的欣赏。"

温楚一轻笑一声："抱歉，这个我还真不知道。"

世界上那么多痴男怨女，哪有那么多无关男女的欣赏？宿继九对姜念有好感，温楚一可以肯定。

果然，两人对视两秒，宿继九率先败下阵来做举手投降状："你赢了，一开始确实有那么一点儿男女方面的喜欢。"

"但在知道你们俩关系之后就没有了，"他话锋一转，"后来顶多只是身为朋友对她的关心。"

温楚一看着宿继九就这样轻描淡写地道出"朋友"二字，对他的没脸没皮叹为观止。他和姜念统共见面不超过五次，怎么就成朋友了？

不过温楚一没打算拆穿他，正好此时服务员已经走到桌边，温楚一随手拿起菜单看了起来："这次就不喝烧酒了，来点啤酒吧。"

"来一扎生啤，"宿继九立马对服务员道，说完又转头看向温楚一，"怎么？上次的烧酒有点遭不住？"

"遭不住的是你吧？"温楚一嗤笑，"也不看看老鸡扶你上车那样儿。"

宿继九神情自然地笑着："那你今天怎么不喝烧酒了？"

宿继九的问话让温楚一立时想起上次喝多之后在姜念面前犯下的惨案，面色有点僵："你没喝多我都要送你上出租车，你说呢？"

宿继九被温楚一说中痛处，心虚地摸了摸鼻子："方向感是天生的，我也没办法。"

温楚一也不想在这个问题上多纠缠，随便又点了些小吃。

待服务员终于款款走开，宿继九组织片刻语言，开口问道："听我们经理说，今天主办方要求我们三缄其口是吗？"

"嗯，"谈起这个话题，温楚一眼神沉了一寸，"官方一直是这个德性。"

说话间，刚刚点的啤酒已经送了过来，两人碰了杯，宿继九闷了一大口："就这么算了？不像你的风格。"

"别说得你很了解我似的，"温楚一舐去唇上残留的液体，"就这么算了，难道就像你的风格了？"

"我可从来没说我会就这么算了。"宿继九笑了笑，"这事儿肯定不算完。"

温楚一勾唇一哂，他当然也不会让这件事就这么了了。

只是契机……还得再等等。

宿继九没有注意到温楚一眼中猛然闪过的暗光，兀自抿了口酒："好几年前，我也是因为涉嫌打假赛，被官方禁赛了两年。"

"砰——"

温楚一错手将酒杯掉到桌面，只是短短几厘米的高度，也生生发出令人在意的闷响。他的眼里满是错愕，嘴角也因为太过惊讶落成一抹极其不自然的弧度："禁赛？"

不能怪温楚一反应过大，而是这件事情的确是他从未想到过的。

宿继九打假赛，说出去只怕是会让人笑掉大牙——一个已经在世界称王称霸的选手，还需要用作弊来证明自己吗？

这不可能。

面对温楚一的质问，宿继九显得波澜不惊："嗯，说是禁赛，也只是背地里的操作，证据不够，他们美其名曰是为了保全我的面子而没有公布。"

温楚一立马联想到三年前宿继九突然在电竞圈消失，两年后又突然带着老鸡，由 CS 转到 PUBG 的事情。简简单单两句话，他就差不多想明白了个中缘由。所以……宿继九当年并不是逃避，他只是被迫离开。

但温楚一不懂，为什么宿继九会被官方判定为打假赛。据他所知，宿继九的最后一场国际赛从头到尾都打得很漂亮，并与队友最后拿下了冠军，这里面他看不出来任何问题。

想着，温楚一已经问出了口："官方那边是怎么说的？"

宿继九对温楚一的反应并不吃惊，只要对这件事知情的人，第一次听到几乎都是这个反应。

"这件事情知道的人很少，因为当年主办方和举报队伍没有找到确凿的证据，只用两段莫名其妙的录音和几张照片就定了我的罪，"他顿了顿，"说我指示 QX 里的一名成员故意输给 Unique。"

QX，CSGO 职业战队中的佼佼者，但在 Unique 和 QP 相继出头后已经沉寂了很多年，温楚一对这支队伍印象不深。

"当时我满腔怒火和官方理论，却被不由分说地定了罪，现在想想，"宿继九自嘲一哂，"不过是那些人的主观意念罢了。"

一个是刚冒出头拿了两届 CS 冠军的 Unique，另一个却是已经称霸FPS 类游戏多年的老牌强队。就算在此之前宿继九的硬实力已经在两次世界比赛中有所体现，奈何也拼不过电竞圈的宠儿 QX。

有些事情，一旦先入为主后，再想改变印象几乎已经是不可能了。

当年的作弊事件不仅让宿继九遭到了禁赛，就连失去支柱的 Unique也遭受了巨大的打击，而官方当时还自以为保全了宿继九和 Unique 的面子。两年时间，对于吃年龄饭的电竞选手来说，是多大的灾难？

温楚一难以想象。

关于宿继九的突然消失，温楚一想过很多种原因，却怎么也没猜到会是这种极其屈辱的方式，几乎是把宿继九从电竞圈扫地出门。

但很明显，两年之后，宿继九最终还是回来了。他带着老鸡，重新转型成了 PUBG 的职业选手。温楚一喉咙一片干涸，再出声时嗓子都有些发哑："两年过去了，你为什么不回 CS，反而跑来打 PUBG？"

宿继九答得很快："QX 转来了 PUBG。"

只一句话，温楚一便心领神会。就像姜念追随着他千辛万苦成为职业选手，他追寻着宿继九转到 PUBG，宿继九又何尝不是想在哪里跌倒就在哪里爬起来。

"可惜了，"宿继九又灌了口酒，"QX 这几年退步太大，这次邀请赛居然在小组赛就被淘汰了。"

就是这样一支队伍，宿继九会为了打败这样一支队伍作弊？他们也配？

当年的事情他也做过调查，摆明就是一场贼喊捉贼的戏码，只是他没办法逃过主办方对欧美队伍的偏心而已。就像当时主办方口口声声说的"规矩"，如果他们真的问心无愧或是证据确凿，又怎么会不把这件事情通报出来？他无缘无故消失两年，这对于他和 Unique 都动荡不安的两年，又比宣布被禁赛好得到哪里去？

眼看宿继九嘴边的嘲讽意味十足，温楚一主动和他碰了个杯："放心吧，真的假不了，假的真不了。"

宿继九这次眼里的笑意真切了些："两年前的真相都跟你说了，你不怪我了吧？"

"怪你？"温楚一蒙了，"我怪你什么？"

"卫晗跟我说，"宿继九状似不经意地斜过眼，神色不太自然，细看之下双颊还有些红，"你进入职业圈……是因为我。"

空气瞬间沉默，时间在这一刻仿佛被拉到最长，不止温楚一，连宿继九都不自在极了。两个人高马大的俊俏男人，面对面坐着喝酒，一个脸上微红，另一个满脸冷厉。光是这个画面，便足够吸引来一大拨观众的注视。甚至已经有眼尖的人似乎认出了宿继九的身份，正蠢蠢欲动想往两人这边走。短短几秒时间，温楚一已经在心里骂了卫晗上万次了。

卫晗这段时间和宿继九交往密切，敢情能聊的都聊完了，连关于他的话题都已经说到这种程度了。

交友不慎，这可能是他人生中的最大败笔了。

想着，温楚一强装镇定地喝了口酒："别误会，我打职业赛和任何人无关，你只是其中一个契机而已。

"当年你当众宣布还有五年退役，如果再晚几年可能就真的没机会和你比赛了，我就去参加了 QP 的青训生考核。"

温楚一越说越顺，话语里也满是坦荡，倒叫宿继九觉得自己刚刚的表现，就像个第一次被当成偶像的乡巴佬一样，贼土。

半晌，宿继九揉了揉自己的后脑勺："说实话，听卫晗说你的偶像是我，还蛮开心的……"

"你也不用太开心，"温楚一适时打断他，"谁年轻的时候没瞎过眼呢？"

虽然宿继九被"怼"了，但他多少能从温楚一轻松的语气中感受到一丝介怀。

他松了口气。

两个大老爷们儿喝酒，宿继九也不准备在这个话题上多纠缠，随即转移话题："这个点了，比赛结果应该也差不多出来了。"

决赛是 BO8 的赛制，耗时比一般比赛要长一些，两人见面之时刚刚进行到最后一场。温楚一点点头，拿起手机点进了 G-Star 官网。

半晌，当他看清屏幕上偌大的队员名 Deak 后，轻笑一声："是 LS。"

宿继九并没有急于发表评论，只淡淡颔首，又抿了口酒。他们三支队伍选择退赛之后，留在场上还能打的也就只剩 LS、DFS 和 Snake 了。

LS 会夺冠也是情理之中。只是不管多么符合情理，这个结果还是让两人笑不出来。知道比赛结果后，两人聊天的兴致也淡了些，又随便聊了几句，姜念的电话便打了过来。

温楚一看到来电显示上的名字，眉宇间的戾气稍减，对宿继九打了个手势便接通了电话，声音也放轻了些："逛完街了？"

"是啊，"姜念的声音倒是一点都没有女人逛街时的热情，反而让温楚一听出一丝低落来，"看到比赛结果了吗？ LS 夺冠了。"

"看到了，"温楚一弯了弯眉，"怎么了？不高兴？"

姜念没说话，用沉默回答了温楚一的问题。

"没买到什么喜欢的东西吗？"听出姜念的不满，他自然而然地转移话题，"看到喜欢的就买，回来我给你报销。"

"瞧不起谁？谁要你报销了？"那头终于传来姜念软糯的抱怨声，细听之下却还是能感受到一丝笑意。

温楚一跟着笑了起来："你要不要是一回事，我只是在表明态度。"

"行了、行了，"姜念懒得跟他贫，回归正题，"我和小晴逛得差不多了，她刚刚听到 LS 夺冠的消息也没心情逛街了，你那边还要多久？"

他看了一眼一旁正喝着酒的宿继九："我也差不多了，你们还在明洞？我去接你们。"

宿继九抬眸看向温楚一，眼神里透出些了然。待温楚一终于挂掉电话，不等温楚一说话，宿继九便抢先道："行了，你也挺忙，我先走了。"

温楚一点点头，起身道了句"等一下"，便往收银台方向走去。

结过账后，他抬步走回桌前，敲了敲桌子："走吧，送你上车。"

宿继九对自己的方向感不抱期待，坦然接受了温楚一的好意。

傍晚的韩国街头行人很多，两人从暗巷走出，刚刚亮起的路灯打在两人身上，两抹修长的黑影在一众行人里显得格外出众。

温楚一将宿继九带上大路："我们明天就回国了，下次有机会见。"

"嗯，快了。"宿继九随手拦了辆出租车。

"什么？"温楚一一愣，下意识问他。

这边宿继九已经坐上了车，摇下车窗对温楚一笑了笑："官方那边，下个月应该会有大动作。"

话未说完，出租车便绝尘而去。温楚一站在原地盯了车尾半晌，默默朝下一辆出租车招手。大动作……他暗自琢磨了两秒，开门上车。

PUBG 的火热程度迟迟不减，的确也是时候举办正式的官方联赛了。

伴随着温楚一几人现身机场的照片，TRB 回国的消息就这样传上了网。

这个消息甚至一度登上热搜。

只是他们并不是因为凯旋被众人称道，经过一天时间的发酵，退赛事件被越来越多网友得知。这一次，TRB 面对的是全网游戏粉丝的谩骂。

温楚一和姜念的微博早就炸开了花，TRB 官博的最后一条微博评论数量甚至超过了 5 万。满屏的污言秽语，除了针对这次 TRB 的退赛行为，还针对之前 TRB 令人诟病的"关系户女选手"事件。

包括天命杯期间 TRB 在和 Unique 的友谊赛中落败，却在后来的总决赛打败 Unique 成为冠军，联想到这次 TRB 和 Unique 同时退赛，这两队之间的关系也让人起疑。

【吹啊，之前每天在底下尬吹 TRB 的人去哪儿了？怎么不吹了？】

【丢人丢到国外去了，就算知道赢不了，至少也打完比赛吧。】

【别说了，TRB 除了 Chew 勉强能充充场面，哪还有一个能打的？我记得那个 Moon 也是靠 Chew 的关系进队的吧？】

【昨天比赛就结束了，怎么官博到现在还不发声明？】

【我还真想看看，是什么样的个人理由，能让 TRB 直接退赛。】

【呵，什么个人理由，TRB 上次天命杯能赢，不也是因为 Unique 最后一局以为自己稳了就放松警惕？】

【官方第一次国际赛说退就退，这是踏出国门让你们代表中国参赛，你们把比赛当玩呢？】

各式各样的谩骂与恶评来势汹汹，比以往的任何一次规模都大，当然，这一情况也少不了各方的推波助澜。

【以前总骂一些战队是代购队，但别人至少认真完成了每一场比赛，你们倒好，被人赶出比赛了还能嘻嘻哈哈去代购，这个心理素质相信不管我怎么骂你们都没事吧？到时候可别又整什么网络暴力的老一套了。】

【呵，原来自己粉了个垃圾队，电竞垃圾就是电竞垃圾，说什么个

人原因？】

【和韩国人一起打其他中国队伍很过瘾是吧？能要点脸吗？还知道自己护照是什么颜色的吗？】

这一骂，甚至直接把两人骂上了热搜。

一天之内关于TRB的话题两次登上热搜，虽然都是末位，但这件事后，TRB也算是彻底红了——黑红。

温楚一看了网上的言论，到达基地后拍了拍手，对一屋子的小朋友伸出手："上交手机，从今天起进行下个月联赛的特训。"

Wind依依不舍地看着自己的手机，疑惑道："什么联赛？我们这不是才刚结束比赛吗？"

"PUBG官方联赛，"温楚一直接夺过小胖子和姜念放在桌面上的手机，"就像LOL的春夏季赛和S赛一样。"

满屋的抽气声响起，连卫晗都睁大了眼睛："真的假的？消息准确吗？"

不准确。心里是这样想，温楚一却点点头，答得面不改色："准确。"

管他准不准确，反正他不能让自己的队员再次出现心理问题。

虽然退赛风波在网上闹得沸沸扬扬，温楚一也已经没收了小朋友们的手机，但该进行的直播任务还是得进行。

已经月底了，不包括比赛时长，这个月他们的直播时长，每人还有近十小时之久。温楚一也不为难陈子彦，终于松了口，让众人这两天多补补直播时长。话是这么说的，但是当所有人都打开OBS准备直播时，他默默开了一把手机《斗地主》。

Wind听到熟悉的《斗地主》背景音乐，摁住开始串流的鼠标突然顿了顿："老大，你不直播吗？"

"不了。"温楚一连眼皮都没抬。

姜念也抬起头看他："你时长够了？"

温楚一："反正也补不齐。"

姜念叹了口气，也对，自从开播以来，温楚一每一次能免则免，直播时长落了他们一半不止。想了想，姜念放弃了叫温楚一双排的念头，指尖一点，摁下了串流。

粉丝们早已习惯TRB几人神出鬼没的直播时间，此时几人的直播间人数也寥寥无几。

只是毕竟最近TRB热度不减，没过多久，一大拨观众便拥了进来。

温楚一一边打着《斗地主》，一边注意着姜念直播间的人数，又打了几把，豆子输得差不多之时，直播间里的人数也终于突破百万大关。

他站起身来，对卫晗使了个眼色便抬脚往外走。

温楚一的位置就在姜念旁边，走到门口必定会经过她，他刻意在姜念屏幕前停了一秒，又拍了拍姜念的脑袋："我和卫晗还有点事儿，你们先播着，我们晚饭前回来。"

姜念点点头，目送两人离开后，才重新将视线放回屏幕之上。

温楚一出去了，姜念看了看直播间不断拥入的观众，突然觉得有些陌生。

她瞥了一眼弹幕，一连串质问声蜂拥而至——

【大哥怎么这个时候开播了？事情都解决完了？】

【哇，不止是大哥，Wind 和 08、09 也开播了，怎么 Chew 神不在？】

【解释一下吧，到底为什么退赛？TRB 和 Unique 到底有什么关系？】

【这种风口浪尖上，大哥还敢开播，真男人！】

姜念皱了皱眉，回头看了一眼他们三人的直播屏幕，发现他们的屏幕同样也都被弹幕填满了。

小胖子是第一个忍不住开口的："我们和 Unique？我们和他们能有什么关系？你们今天这问题有点奇怪吧？"

Wind 一向是单细胞生物，姜念没他那么傻白甜，很快就关掉屏幕，用电脑登入微博。

温楚一收掉他们的手机也有几天了，这几天每天训练得昏天黑地的，大家也都没什么心思偷偷瞒着温楚一上网。

每晚还要加练的姜念更是如此了。

半晌，待她看到微博上已经被人议论了几天的 TRB 退赛事件后，她总算明白了弹幕里连串质问的缘由。

姜念以最快的速度关闭网页，重新开启屏幕截取画面，若无其事道："今天大家想看什么？我播几个小时补补时长，月底完了就很少能播了。"

姜念直播间观众虽多，但大部分是老粉丝，对她的感情也深，就算有"黑子"时不时冒出来酸两句也很快就被房管禁言，情况倒是比其他人要好上不少。

一听姜念没有回答的意思，观众也没有为难她，立马配合地刷起弹幕——

【想看大哥单排虐"菜鸡"！】

【小月月去双排或者四排路人吧！】

【对！排路人！大哥从开播到现在除了 Chew 神之前伪装的"菜鸡"之外，还没排过路人呢！】

因为只是单纯的补时长，再加上最近训练强度的不断攀升，姜念无所谓地点点头，很快答应下来："行，那就四排路人吧。"

现在 TRB 主攻团体赛，就算是娱乐，四排的用处也比双排要大一些。

旁边的小胖子和萧咏、黎晴见姜念这边都进入游戏缓冲界面了，也纷纷闭嘴打起了游戏。

观众们起哄让姜念排了路人，但他们很快发现，就算排了路人，她也很少在团队语音里发言，多半时间听从队友的指令，然后在队友捅了娄子的情况下女娲补天。虽然看得很爽，但毕竟是四排，其他人叽叽喳喳地说话，她不开口也并不突兀。

连续玩了两把路人四排，观众看不下去了——

【双排吧大哥，一打四太累了！】

【哈哈哈，月月别四排了，这些人贼吵，双排双排！】

姜念顺势将四排改成双排，还不忘横摄像头一眼："你们真的越来越严格了。"

即便是双排，姜念似乎看起来也没有开口的意思，缓冲界面的 60 秒她跑来跑去，队友不说话，她也不说话。飞机很快飞出航线，队友在一个野区标了点，终于开口道："小哥哥，我们去这儿吧，我打得菜，不敢去人多的地方。"

娇柔的女声一出，沉浸了半个多小时的弹幕沸腾了。

【我的妈！是个妹子！大哥，能不能带妹吃鸡功成名就，就看这一把了！】

【这妹子怎么开口就叫我们大哥"小哥哥"？】

【呜呜呜，我也想被大哥带，我报名！我比这妹子还软！！！】

观众激动了，姜念却还是一副老神在在的欠扁模样，自顾自往队友的标点跳，一点儿开口的意思都没有。

妹子看她不开口却顺了自己的意，更确定"他"是个害羞的小哥哥。

落地之后，妹子一边搜着东西，一边跟姜念唠嗑："小哥哥哪里人啊？打这个游戏厉害吗？能带我躺鸡吗？"

姜念唇边一直挂着淡淡的笑意，对直播间观众说道："这妹子声音还挺萌。"

一边说着，姜念一边跑到妹子身边，将刚刚搜到的六倍镜放到她脚边，又一声不吭地跑开。

　　妹子激动得不行："哇，六倍镜耶！小哥哥你对我真好。"

　　弹幕刷得更快了。

　　【大哥你犯规了！在游戏里撩妹干吗？你倒是撩我啊！！！】

　　【别说了，我已经开始幻想自己是这个妹子了，呜呜呜——】

　　【是这样的，你们不觉得……这妹子声音有点奇怪吗？有点像……变声器？】

　　姜念对这一说法不屑一顾："啧，你们这些人思想有问题，看到个妹子就觉得是变声器。"

　　顿了顿，她又道："这么软萌的妹子，一定是个可爱的小女生。"

　　话音刚落，妹子已经搜完装备颠颠儿地跑了过来："小哥哥，我们现在去哪儿？"

　　姜念打开地图看了看，在圈内中心偏上的房区标了个点，在边上找了辆车回来接她。两人慢悠悠地在公路上开着车，妹子又开口了："小哥哥，你看我们像不像'雌雄双侠'？"

　　姜念扑哧笑出声来："这是什么烂比喻？"

　　奈何她现在正开着车，不然她一定做个"你死定了"的动作来让这妹子闭嘴。

　　一路上没遇着人，直播间里来来回回就是妹子软萌的声音，就是她声音再好听，长时间叽叽喳喳也让人有点烦了。直播间观众如此，姜念也忍不住摘下耳机掏了掏耳朵。妹子什么都好，就是话太多了。

　　半分钟后，两人终于到达指定标点，还未下车，就迎来了房区内敌人的扫射。姜念立马将车停到树后，将车和粗壮的树木作为掩体，直接架起了枪。

　　"砰砰——"只两枪，便解决了其中一人。

　　妹子夸张地吸了口凉气："哇！太厉害了！小哥哥这么厉害的吗？"

　　她声音很大，如果不是对面还有敌人，姜念甚至现在就想把耳机摘下来。

　　妹子还在说话，一点危险来临的自觉都没有，姜念皱了皱眉，终于找到对方另一个人的位置，屏息开出一枪，对面那队死绝了。

　　伴随着一整个弹幕的"666"，妹子又说话了。

　　只是这一次，她的声音听上去没那么激动，甚至还有一些迟疑："小哥哥，你……不会是开挂了吧？”

姜念揉了揉眉心，下意识看向弹幕。

【哈哈哈，大哥终于被人怀疑是开挂了。】

【这妹子真的好吵啊，一般妹子都不会这样吧？】

【别说了，这一定是个变声器，大哥，开枪打死她啊！吵死人了！】

姜念还没说话，妹子又义正词严地开口了："小哥哥，开挂是不对的，怪不得你一直不跟我说话，想带妹吃鸡很正常，但也不能开挂呀！"

姜念无言，恰逢脑袋上路过空投，她连房区两个盒子都来不及舔，跳上车就往空投的方向开。妹子手脚极快地跟上了车："小哥哥，你为什么一直不理我啊，生气了吗？我不怀疑你是挂还不行吗？"

妹子的声音中带了些委屈，姜念听得头更大了。

怎么一开始还觉得挺萌的妹子，这么一会儿时间，就让人这么头疼呢？

无视妹子叽叽喳喳的声音，姜念在空投箱里拿到 M24 后，又立即上了车。只是这一次，她并没有看到身边的妹子，再一看，妹子正在换刚刚被自己丢下的 98K，姜念蹙眉，这妹子……不会真是个变声器大佬吧？

正想着，那边妹子已经换好枪上了车。毒圈开始缩了，姜念很快将车开往刚刚攻下的房区，妹子又道："小哥哥……"

姜念下意识停住，又听她说："其实我不怎么会玩 98K，要不……你把 M24 让给我吧？"

观众：【？？？】

姜念：？？？

妹子穷追不舍，撒娇道："哎呀，小哥哥，你就把枪给人家嘛……好不好吗……"

姜念鸡皮疙瘩掉了一地，两步就跑到妹子身前。

妹子喜不自禁："小哥哥！我就知道你最好了！！！"

观众都看急了：【大哥真要把枪给这人妖？】

【不管是不是变声器，反正我听她撒娇有点犯恶心。】

【大哥冷静！你要记住自己也是个女人！】

下一秒，屏幕里突然出现枪声。

"砰砰砰"好几声，非常急促。

紧接着，屏幕上出现一行红字——"队友误伤。"

姜念开枪将妹子打死了。

"小哥哥！"妹子一脸蒙，尖叫道，"你打我干吗？呜呜呜，不给就不给嘛，为什么要打人家啊？"

姜念决定让她死个明白，摁下语音键："小妹妹，你跟谁撒娇呢？哥哥不吃你这套。"

话音刚落，姜念手起刀落，又对着妹子的头来了两枪，终于将她补死。

观众乐了。

【大哥你是不是又变无耻了？】

【哈哈哈——明明是你自己不说话，还给人家六倍镜，现在倒开始怪人家分不清你是男是女！】

【杀得好！我忍这妹子好久了！！！】

【哈哈哈，我一想到这妹子听到大哥声音可能出现的表情，我要笑死了。】

【杀人诛心，大哥，你太猛了！】

姜念对此不置一词，淡定地跨过妹子的尸体，还不忘将她包里的补给品和子弹舔了个干净。

这把最终还是没能吃到鸡，这个号的分数不低，没过多久她就让一队人给阴死了。

屏幕刚刚灰暗下来，别墅的大门被人从外面推开。

姜念回首，看到温楚一后脸上的沮丧瞬间变为笑脸："回来啦。"

她这样子和刚刚对小妹妹开枪的样子判若两人。

第十六章
王者归来

随着时间的流逝，全网黑 TRB 的盛况也终于有所消退。

尽管官方的消息还没有出来，但身为电竞圈里的老人，温楚一和卫晗自然也或多或少听说了蓝洞（PUBG 开发商）那边的风声。

继 G-Star 之后，这是蓝洞第二次的大动作，且根据韩国那边传来的消息，这次可能还不止是在一个国家进行。

8 月底，蓝洞官方终于给出声明。

9 月，PUBG 公司将邀请十个赛区的几百支队伍，进行 PUBG 的第一届全球职业联赛。国内收到邀请的战队有四十支，最终取两支参加全球总决赛。除此之外，韩国和日本赛区也会有两个名额，而欧洲和北美那边则是各三个名额。

这也是 PUBG 第一次全球性的正式比赛，中国赛区被称为 PCPI，而全球总决赛（PGI）将会于 10 月在德国柏林举行。

世界各地的绝大多数玩家沸腾了，除了中国和加拿大。

PUBG 的大型赛事本就不多，和还有 Snake 打头的韩国队伍不同，不论是中国还是加拿大，能拿得出手的也就只有 TRB 和 CUS。

而恰巧，蓝洞上一次的 G-Star，TRB 和 CUS 双双选择了退赛，且原因至今未知。不论是站在主办方的角度还是粉丝的角度，这两支队伍都称得上是前途堪忧。毕竟惹怒了主办方，谁都别想有好果子吃。

消息出来没多久，在蓝洞稍后公布的拟邀请名单上，赫然出现了TRB、Unique 和 CUS 后，粉丝松了口气，也体会出一丝微妙来。

之前吵得不可开交的 G-Star 退赛事件还历历在目，这才刚过一两个月，主办方居然再次对这三支队伍敞开了怀抱。

那么也就是说，这三支队伍的退赛行为并没有惹怒主办方，换而言之，这三支队伍的退赛，并不像网络上盛传的那样，是因为相互勾搭被主办方逐出比赛的。加上之前TRB"头铁"到给一大拨博主发律师函的行为，自退赛风波闹出到现在，这是第一次，为TRB说话的网友超过了黑粉的诋毁。

【呜呜呜，终于又能看到TRB比赛了，大魔王这次千万不要再退赛了啊，呜呜呜——】

【Chew神最帅！大哥最美！不接受反驳！】

【大魔王醒醒啊！！这次一定要把他们打趴下！！】

虽然没有TRB影响范围之大，但类似的情况也发生在Unique和CUS身上。蓝洞官方的邀请，就是各队粉丝最大的一剂强心针。

而此时的TRB队内，卫晗也刚刚给主办方联系人发完邮件确认行程。

发完邮件，卫晗玩味地看了温楚一一眼："说吧，G-Star一回来你就知道职业联赛的事了，是不是宿继九告诉你的？"

听到宿继九的名字，姜念也忍不住偏过头来看他。

温楚一抬手将姜念的脑袋掰回屏幕，淡声道："就算他不说，也总会有人告诉我。"

卫晗嗤笑："和解了就和解了呗，装什么。"

温楚一也不否认，只冷着脸斜他一眼，便成功让其噤声。

倒是姜念饶有兴致道："你们都说开了？什么时候的事？"

"你好好练枪，"温楚一脸色有些不自在，看起来也并不想在这个话题上多纠缠，"我跟他本来就没什么过节。"

"哦？是吗？"卫晗坏笑两声，长篇大论地说起温楚一过去在他面前谈论宿继九的话。

姜念听得咯咯直笑，温楚一的脸色却越来越难看，恰好卫晗接到了李雷的电话，这才及时打住这一话题。

几人刚刚得知PCPI的事，这会儿仍在兴头上，纷纷研究起这场比赛的赛制来。滑动鼠标的声音断断续续地在室内回荡，温楚一大致扫了一遍，偏头看向小朋友们："看懂了吗？"

"这个……"Wind第一个出声，"这个双败制是什么意思？轮流输了两次的才淘汰？"

"差不多，"姜念点头，"但是FPP和TPP模式轮流来，对操作和手感上的要求也太大了吧。"

温楚一一手撑着下巴，一手滑动着鼠标往赛制单上拉："应该是前几天 TPP，后几天 FPP。"

"不过这段时间确实也要多在 FPP 模式上下功夫了，"他话锋一转，"特别是 08 和小胖子，FPP 模式打得稀巴烂。"

温楚一说正事时的毒舌，队员们早已习惯，此时听到忙应声"好"。萧咏和 Wind 当然也知道 FPP 模式的重要性，但一开始就习惯玩 TPP 模式，并且喜欢利用 TPP 模式卡视野的两人，对待第一视角也确实有些吃力。

相反对经常在 TPP 模式里切换 FPP 的姜念，以及对两种模式都是一张白纸的黎晴、萧咏来说，FPP 模式并不算难。

自从 PCPI 赛程安排出来之后，TRB 几人在 FPP 模式上下了苦功。而在练习 FPP 模式的空隙中，几人直播时还是会选用 TPP 模式。

于是 TRB 几人的直播间里，观众纷纷感受到 TRB 这段时间的变化。以前为了节目效果，Wind 和姜念还会偶尔排排路人打娱乐局；但在 PCPI 邀请名单出来之后，无论点进 TRB 谁的直播间，都是几人四排的训练日常。往日里的互动没了，说笑没了，余下的全是四个人此起彼伏的叫喊声——

"我的天，80 方向有两个埋伏的！"

"我二倒、我二倒！我这儿能扶！快来扶我！！"

"脸上、脸上！小胖子你是不是瞎了？！"

"我突上去，念姐找机会狙他们。"

虽然这样的直播内容没有打娱乐局时的节目效果好，但直播间里的观众数量只增不减，观众甚至渐渐迷上了观看 TRB 的四排日常。

观众们都不是脑残粉，他们当然知道这一切都是为了备战即将来临的 PCPI 联赛。相较于娱乐局，更有技术含量的训练日常也让他们看得津津有味。

就在这样紧锣密鼓的训练日程中，9 月，他们终于迎来了 PCPI 的第一个比赛日。

PCPI 的赛制和以往略有不同，四十支受邀战队将会抽签被分为 A、B、C、D 四组，A、B 和 C、D 两组各自对战，两组中前十的队伍进入胜者组，后十名进入败者组。

败者组和胜者组相互交战，胜者组积分前十的队伍直接晋级，由败者组胜出的十支队伍将和胜者组落败的十支队伍进行总决赛名额的争夺。

最后，在进入总决赛的二十支队伍中，只会留下两队——

也就是最终拿到去柏林总决赛门票的两支队伍。

赛前抽签是由李雷亲自去的，抽回来的签也的确漂亮，在比较平和的 A、B 组中，TRB 的实力和操作可谓是独占鳌头。

而老牌强队，例如 GI、FHL、QP，几乎全都聚集在 C、D 两组之中。

当李雷骄傲地拿着手里的 B 组签回来之时，几乎所有人都以崇拜的眼神看向自家老板。

连温楚一都忍不住笑出了声，傻人有傻福。

所幸姜念 FPP 模式也算游刃有余，温楚一也不用太过担心她的发挥。

作为 PUBG 第一届官方职业联赛，比赛当天现场观众很多，几个热门的直播平台也都有转播，每个平台的直播间内都聚集了百万名以上的观众，可谓是盛况空前。

A、B 组的强队不多，但现场观众依旧坐得满满当当的，大多数是奔着 TRB 来的。当 TRB 几人陆续走上台时，台下的呼喊声格外热烈。

这与几个月前他们在韩国参加 G-Star 邀请赛时的冷遇截然相反，这是他们真正的主场，加上 A、B 组的对手实力一般，天时地利人和 TRB 几乎都占尽了。主持人几乎全程不用怎么介绍，镜头扫到几人身上时，观众便自发地喊出了几个成员的名字。

观众席间甚至可以看到有人举着萧咏和黎晴的灯牌。

毫无疑问，现在谈到《绝地求生》职业赛，人们脑中浮现的第一个名字便是 TRB。

但这已经不仅仅是因为"Chew"这一个名字的号召力了，姜念、Wind、萧咏、黎晴，他们中的每一个人都在粉丝心中留下了或大或小的位置。和以往面对热情粉丝的局促不同，这次 TRB 几人看上去格外沉稳，连平日里蹦跶得最厉害的小胖子都面不改色地踏进竞赛席入座。

所有人员入座，大屏幕和灯光突然暗了下来，熟悉的背景音乐声响起。

屏幕上，一架飞机飞过，机身上印刻着 PUBG 的全称。

紧接着，一系列快速闪回画面浮现，粉丝们目不暇接，只来得及看清不断闪现出的偌大字幕——

40 支队伍

54 场比赛

200 万奖池。

Who will（谁将）

Become（成为）

China No.1（中国第一）

现场气氛被彻底点燃，所有观众都站起了身。

两名解说员也就位，镜头中很快出现小黑和咚咚兴奋的面容。

小黑：【欢迎大家收看 PCPI 第一届职业联赛，我和咚咚将会陪伴大家观看这一周紧张刺激的赛事。】

咚咚：【没错，这次的比赛由蓝洞官方举办，可以说是世界上规模最大的 PUBG 职业赛事，和以往的 BO5 不同，这次的 TPP 模式和 FPP 模式都采用了 BO3 的双败制规则。】

两人稍微解释了比赛规则，导播给出手势，示意比赛就要开始了。

两人点点头，很快整了整表情：【好的，FPP 模式 BO3 的第一场，由 A 组对抗 B 组！现在已经可以看到是老地图了，我们马上进入到游戏画面！】

这句话刚说完，现场对战音乐响起，屏幕上切出 80 位选手的分隔画面，TRB 几人被切到了屏幕正中央，足以得见导播对他们的偏爱。

第一把是 FPP 模式，对于第一次以第一视角参与比赛的 TRB，他们稳妥地选择了——机场。

不巧，和他们同样选择了机场的，还有另外两支队伍，其中一支还是 Wind 的老朋友，SLZ。

小黑立马开口：【说起来，虽然以前也有 FPP 模式的比赛，但 TRB 这还是第一次吧？】

咚咚点头：【是的，但是对于 Chew 神来说应该没什么区别。毕竟他以前就是 FPS 的一把好手，听说 Moon 前两年也是《守望先锋》的主播，对 FPP 模式也比较熟悉，相信这也是 TRB 自信选择机场落地的原因。】

小黑笑了笑：【既然敢在第一把就跳机场，想必 Wind 和 09 的 FPP 模式也掌控得不错。】

两人说话间，已经搜完装备的 TRB 几人已经迅速会合，并向 SLZ 的方向进发。看这主动出击的架势，席间喊叫声四起。就算换了一个并不熟悉的 FPP，也挡不住 TRB 热衷战斗的血性！这也正是他们想看到的。

SLZ 四人自然知道机场还有两队，只是他们也没有想到，TRB 会这么快就冲了过来，让他们连一丝喘息的时间都没有。

几人甚至还没来得及会合，耳边枪声四起，两个守在卫星楼一楼的突击手双双倒地。

[TRB_Chew 使用 AKM 击倒了 SLZ.Con。]

[TRB_Moon 使用 M4 击倒了 SLZ.Tree。]

"是 TRB！"倒下的 Con 瞪大眼，出声嚷道。

真……倒霉。

和 SLZ 几人同样惊异的，还有解说台上的小黑和咚咚。

小黑：【我看错了吗？为什么队里的两个狙击手冲在最前面？】

【你没有看错，】咚咚接过话茬，语气也有些激动，【Chew 和 Moon 好像是接替了突击手位置，我们可以看到 Wind 和 09 在后方架着枪！】

台下观众窃窃私语："这不是开玩笑吗？就算 Chew 和 Moon 可以完成突击手的工作，Wind 和 09 也……"

他话说到一半，98K 子弹出膛的声音传出屏幕——

[TRB_Wind 使用 98K 爆头击倒了 SLZ.Flag。]

[TRB_09 使用 SKS 爆头击杀了 SLZ.AA。]

事实证明，TRB 不是在开玩笑。短短几秒，SLZ 全员被淘汰，姜念和温楚一飞快舔了包，头也不回地向下一队冲去。

两人行动异常迅速，丝毫不拖泥带水，颇有前段时间在 G-Star 上展现了快攻实力的 CUS 之姿。

这次不止是两名解说，连观众都看出了这段时间 TRB 战略分工的改变和操作流畅度上的飞跃，观众席立刻又爆发出一阵议论声——

"TRB 怎么回事？Wind 和 09 玩狙也这么强？他们是魔鬼吗？"

"你没发现他们动作又快了吗？"

TRB 快速清理完机场，在缩圈前一分钟往圈内进发，路上所遇敌人不多，但 TRB 所到之处，堪称寸草不生。

在 TRB 的强势进攻之下，从机场到圈内的一条直线已被肃清，到第三个圈刷新时，右上角的存活人数也所剩无几。

比赛开始到结束，虽历时 40 分钟，但也不难看出，TRB 几乎是以碾压之姿拿下了第一局的胜利。随着解说员对 TRB "吃鸡"的恭贺声，积分榜也很快滚动到屏幕上。单方面的虐杀局不仅 TRB 几人打得惬意，观众也看得爽快。而这样的虐杀局并没有结束，不仅 FPP 模式，后面 TRB 熟悉的 TPP 模式更是夸张到每半小时就能结束战局。

不过在这样的情况下，除了 TRB 以高比分拉开与第二名的差距外，中游队伍的积分差距拉得非常小，他们之间的竞争也变得异常激烈。

晚上八点，PCPI 第一天的比赛终于结束，TRB 以 3600 积分稳居第一出线，后面出线的九支队伍相差不大，第十一名甚至是以 15 分，也就是一个人头的差距，被淘汰到了败者组。

TRB 在 PCPI 上举起奖杯的那一刻，CUS 和 Unique 也分别在加州和韩国捧起了冠军奖杯。

说来也巧，这次的全球联赛一共数十个赛区，但就是这三个赛区的比赛时间几乎相同，且夺冠的这三支队伍是在 G-Star 上集体退赛的队伍。

三队的粉丝们将这一幕戏称为——"举杯遥相祝"。

从另一方面看，这也证明了这三支队伍的强劲实力。

对于实力如此强劲的三支队伍，之前网上传得沸沸扬扬的"假赛传闻"倒有些不攻自破的意味。

TRB 和 KG 作为中国代表队提前半个月到达柏林，也算是最早一批到达的选手。但倒时差这种事儿，除了温楚一和卫晗，TRB 几个小朋友经验值皆为零。

特别是在国内一向作息良好的姜念，每天一到晚饭时间就犯困，好几次都是温楚一硬塞她吃了几口就赶着回去睡觉了。

也是因为姜念每日的训练量不大，温楚一也就没有严格把控她前几天的作息。

几天后，随着 Unique 和 CUS 等队伍的到来，训练赛也有条不紊地铺陈开来。

几个月前还无人问津的 TRB 练习室门口门庭若市，短短几个月时间，这支队伍所交出的成绩单似乎打动了所有人。

卫晗将几人的时间表排得满满的，当然，除了姜念。

因为姜念每天五个小时的训练是硬性规定，所以黎晴、萧咏也会轮流顶替她的位置。姜念对此并无意见，只是接连好几天她都没能和 Unique、CUS 比上赛之后，她还是忍不住跑去问了卫晗。

卫晗冷笑，将安排好的训练赛单扔到她面前："CUS 不参加任何训练赛，但是这 Unique……"顿了顿，他透出些咬牙切齿的意味，"宿继九这老浑蛋，说他们有新战术不方便透露。"

G-Star 那会儿每天讨论战术也没说什么不方便，现在 PGI 就变成不方便透露，连训练赛都不安排了。

不安排就不安排吧，结果他今天出去的时候碰到 KG 的教练才知道，Unique 居然已经和他们打过一场训练赛了，他那会儿当即就甩了脸，觉得整个人都不好了。

姜念本来就是来兴师问罪的，结果看到卫晗脸色比她还难看，立马就怂了，灰溜溜地跑到了温楚一身边。值得一提的是，作为上届 G-Star 的冠军，LS 收到了很多训练赛的邀请，当然，这里面并不包含 TRB、CUS 和 Unique 发来的。也不知道是什么原因，在训练赛上一向来者不拒的 KG 和 JK 这次居然也没给 LS 发出邀请。

更有甚者，例如 JK，甚至还拒绝了 LS 的训练赛邀请，这就有些耐人寻味了。KG 是中国第二支出线的战队，没能引起 LS 的注意再正常不过；但 LS 绝不会错过老牌强队 JK，却没想到，JK 一言不合就直接拒绝他们了。

训练基地不小，但来柏林参赛的统共也就二十支队伍，交际圈子也小，任何一点风吹草动自然也逃不过有心人的耳目，一点小事儿也很快便能传进卫晗的耳朵，于是 JK 拒绝 LS 邀请的事儿，TRB 等人第二天就知道了。

虽不知道具体理由，但让人不得不在意。

他们都是欧美那边的队伍，原本关系虽称不上好，但也绝对不坏。

温楚一知道此事时并不意外，这么多年的对手了，虽然 Simon 一开始和所有欧美队伍一样打从心底瞧不起中国队伍，但他的为人，温楚一心里还是有数的。

Simon，当然也不是一个眼里揉得下沙子的人。

卫晗一听，立马反应过来："难道说……LS 上次也邀请过 JK？"

"很大概率上，"温楚一颔首，"是的。"

"哇……"卫晗夸张地站起了身，"Simon 这个人，真沉得住气啊！"

温楚一斜他一眼，又想起几个月前卫晗在韩国酒店楼下抽着烟骂街的模样："你以为谁都跟你一个样？"

半个月的训练时间一晃而过，10 月底的开幕式当天，李雷终于赶到了柏林。他是从首尔过来的，当然，除了温楚一和卫晗之外，也没人知道李雷的行踪。

当李雷踏进休息室时，姜念忍不住笑："啧，老板，你怎么不比赛结束了再来？"

"我倒是想，"李雷对她话中隐约的抱怨不以为意，"哎，想我堂堂上市公司富二代，居然还不能随意支配自己的行程，真是太叫人失望了。"

旁边的陈子彦立马笑起来："嗨呀，还不是因为老板太优秀了！"

"是吗？"李雷认真看向他。

陈子彦头点得比马达还快，正欲说话，一旁终于忍不住的小胖子冲上来一把扯过他："彦哥，你快过来帮我看看，这个签名表……"

李雷没能得到想要的答案还有些不满，兀自皱了皱眉，又将视线放到卫晗身上："李显那边没问题。"

卫晗点点头，罕见地对李雷笑了笑："嗯，辛苦了。"

两人的话题转换太快，姜念听得一头雾水，她暗自扯了扯温楚一的袖子："李显是谁？他们在说什么？"

"李显是这次比赛的负责人，"温楚一顺势捏住她的手，握住她手腕的关节处颇有技巧性地揉捏起来，"应该是和李显确认过了，如果这次 LS 还有小动作，包括上次的事也会被一并爆出。"

"这样啊，"姜念若有所思地呢喃一声，"那要是这次 LS 不准备作弊呢？"

"不会，"温楚一面上闪过一丝冷笑，"尝过捷径甜头的人，怎么可能老老实实按照规矩来呢？"

如果真不作弊，那就逼他们作弊。但这一次，LS 作弊的对象只能是他们。换作是其他任何一支队伍，这次比赛 TRB 还会退赛。

只有被针对的对象是 TRB，他们才能问心无愧地把比赛给打下去。

PGI 全球总决赛一共二十支队伍，也就不存在组别之分，每一场比赛都是全员参赛。

10 月 25 日、26 日是 TPP 模式的比赛，休整一天后，二十支队伍将迎来 28 日、29 日的 FPP 比赛。

每天一场 BO3，两个模式的积分相加排名第一才是冠军。这样的赛制和日程都相对松散，正好也如了温楚一的意。25 日是个周末，比赛还未开始，世界各地围绕在官方直播平台的观众人数就已经到达了一个可怕的数字，柏林现场的门票更是一票难求。

这是第一个比赛日，能容纳近万人的场馆就已经座无虚席，满场的灯牌和应援横幅，场面尤为壮观。

接近比赛时间，热场主持终于缓缓从台后走出，开始为现场观众介绍这次比赛的赛程和注意事项。

各国解说陆续就位，现场数百位工作人员无一例外都在忙手中的事情。

待热场主持终于说完一系列注意事项，场上响起激昂的战歌，一些热衷赛事的电子竞技粉已经控制不住情绪，起身挥舞起手中的灯牌。其中不乏 TBR、LS 和 Unique 的名字，但最多的，当数 Chew、Nine 和 Deak 这几个早已扬名海外的老选手的名字。

而在这些闪烁的灯牌中，Moon 的灯牌竟也充斥其中，这让早已等待在休息室的姜念兴奋不已。场馆内的每一个细节都能体现出这场开幕战役的隆重，比赛——终于要开始了。

"TRB 准备——"工作人员的吆喝声终于在门外响起。

TRB 几人理了理身上的队服，一齐走到门口。卫晗看着准备上场的自家队员们，不自觉有些紧张。他上前两步给小胖子将翻起的队服衣领放了下来，又看向众人，似有千万句话想说，最终却只道了句"加油"。

萧咏也拉着黎晴的手絮絮叨叨说了一大堆，最后还是小胖子看不下去一把拉开萧咏，才得以将难舍难分的两人最终分开。

上场前最后一刻，温楚一垂眸看了看身边几个或紧张或期待的小朋友，朗声笑道："就当平时的训练赛打，但不要心存侥幸，每一场，都要拿出自己的最佳状态。"

"是！"几个小朋友纷纷站直了身子，齐声应道。

声音之大，引来几名工作人员注目。

"走吧。"温楚一笑意更甚，抬步往舞台走去。

这就是年轻人的优点，永远朝气蓬勃，对每场比赛都干劲十足。

TRB 的出场要比上次 G-Star 时热烈不少，欧美很多电竞粉知道温楚一的存在，当然也有很多看过 TRB 在 G-Star 上表现的观众。

尽管还是一样浮夸的宣传照和队服，但这一次，人们的目光却都聚焦在了选手本身。很多观众私心里认为，如果不是退赛，他们一定是上次 G-Star 冠军的强有力竞争者。

所以就算 TRB 上次退赛了，这次聚集在他们身上的目光也并不算少。

TRB 如此，Unique 和 CUS 也是如此。

所有选手入席调试设备准备开始游戏时，两位等待多时的德国解说员终于能说些题外话了。

解说 A：【现在所有选手已经入座，这里是 PGI 全球联赛现场！再次欢迎大家来到现场！】

解说 B：【是的！我们和大家一样激动，这一次总决赛汇聚了十几个赛区最优秀的二十支队伍，每一支都是从分赛区预赛脱颖而出的最强者！

这是一次真正的"绝地"盛宴!】

两人说了几句便收到导播的手势,游戏已经缓冲结束了,导播顺势将画面切到 80 名来自不同国家不同民族甚至不同肤色的选手,每一张年轻的脸庞都洋溢着对这个游戏的热爱。

几秒后,画面一黑,地图上已经出现了飞机航线。

第一把是老地图,航线由上至下,正好处于整个地图中央,角度也不算倾斜,第一场就遇到这样中规中矩的航线,选手们都有些如释重负。

当然,这里面并不包括 TRB。

这场比赛里有太多不确定因素,面对赛前不参与训练赛的 CUS 和 Unique,还有一个不定时炸弹 LS,他们无论如何也放松不起来。

和其他选择航线附近的队伍不同,TRB 一开始便选择了离航线较远的 Y 城。这里虽然离航线远,但城区不小,养活一个队绰绰有余,且在整个地图中也算得上是一个中心位置。

最舒服的一点是,在这里,前期并不会受到其他队伍太多的干扰。

之所以将 LS 设置为比赛的不确定因素,也是有一定道理的。

TRB 这边刚刚搜了没几分钟,将附近野点搜得一干二净的 LS 就已经往这边赶了过来。

注意到 Y 城有干架的预兆,导播立刻将镜头给到了 Deak 身上。

从 Deak 的角度来看,Y 城区左上角的房区被看得一清二楚,当然,也包括正在左上角房区搜寻物资的温楚一。

Deak 是老玩家,当然也知道 Y 城的搜索途径,轻易判断出左上角只有一个人的可能性极高,立刻就带上了其他两名突击手冲了过去。

解说 A 一看双方是 LS 和 TRB,声音瞬间激动起来:【Deak 这边带着两名队员去找 Chew 了!应该是想趁 Chew 还在搜寻物资,上去打他个措手不及!】

解说 B 看起来却有些忧心忡忡:【这样看来的话,Chew 神现在的处境相当危险啊!就算他再厉害,面对三个人夹击还是有点太夸张了。】

两人正说着,这边两名突击手已经来到了温楚一所在的房区。

远处山坡上的留守队员很快向队友传递讯息:"他在红房里,刚进去不久。"

两人得令,立马朝楼里进发,对方只有一个人,他们来了三个人,就算他是大神,他们也给到了足够的尊重。

在他们眼里根本不存在输的情况。

再不济，就算他们俩被打倒了，后续也还有自家队长补上。

于是两个人铁着头就往里冲，几乎没怎么看一楼便直接朝二楼跑。

此时 Deak 也已经赶至战场。

全场观众的心都跟着提到了半空中。

这才几分钟，TRB 就要损失一员大将，LS 拿下 Chew 之后，肯定也会各个击破其他几个 TRB 队员，最后 TRB 的胜算实在渺茫。

LS 这边冲楼人数众多，导播直接将第一视角给到了温楚一。

屏幕上，温楚一正躲在二楼一个房间的墙壁的后面，从他的角度，刚好可以看清门外楼梯口的动静。

刚刚三个人一起进入房区，温楚一自然也听到了他们的脚步声。

二楼楼梯口冒出第一个人头，温楚一没动。

第二个人头冒出，温楚一还是没动。

两个人一起朝他所在的房间冲来，他依旧没有动。

直到打头一人就要走到房门口的前一秒，温楚一迅速开镜，手里的 UMP9 稳稳当当地连续扫射出弹，只听"砰砰砰"几声，那人始料不及，硬生生吃了好几颗枪子儿，倒在了门口。

重点不在于倒下，而在于倒在了门口。

温楚一勾了勾唇。

他笑并不是因为打掉对方一人，而是因为他看清了对方的 ID。

是 LS 的人。

门口被堵住，身后队友想往里冲也冲不进去，仍在慌乱中，温楚一再次出枪，那人闪避不及，被打中两枪，仅剩丝血。

那人立马回身闪到了墙壁左侧，正好是温楚一的盲区。

看到 LS 第三人在楼梯口出现后，温楚一也没有乘胜追击的准备，利索补了门口第一个倒下的人，大退两步便破窗而出。

窗玻璃碎裂的声音立马吸引了 Deak 和 LS 另一位突击手的注意力，两人迅速进屋，果然看到温楚一下落的背影。

导播的镜头给到作为追击者的 Deak 身上。

Deak 此时当然也已经知道对方是谁，新仇旧恨加在一起，他怎么也不准备就这样让温楚一跑掉，二话不说便提了枪来到窗边。

上膛开镜都只在一瞬间。

"叮——"

98K 的声音响彻云霄。

镜头中，Deak 轰然倒地。

右上角出现击杀信息：[TRB_Moon 使用 98K 爆头击倒了 LS.Deak。]

LS 的突击手立马侧身准备后退，却为时已晚。

只听又是一记响亮的枪声——

[TRB_Moon 使用 98K 爆头击倒了 LS.Beast]

【Oh（啊）！My god（我的天哪）！！！】

解说 A 夸张地大叫出声：【WOW（哇），这、这太让人震惊了！刚刚导播将画面给到 Chew 神身上，以至于我们都忽略了 TRB 其他队员的动静。通过回放我们可以看到，TRB 的 Moon 刚刚早在 Chew 动作前，就已经对准了这边的窗台，并且在勾引 LS 两人上前后，准确击中两人！】

这……这是真实的吗？

解说 B 也比 A 好不到哪里去，整个人还处于怔忪状态，嘴里不停重复着"Oh，My god"，连话都说不利索了。

欧美电竞圈里的天才很多，精彩操作更多，但一般都是一些炫技似的花招，像姜念这样不花哨、不炫技，只老老实实瞄准，又能轻轻松松连续两个爆头的精准操作……他们还真没看过多少。

短暂的沉默后，现场爆发出惊人的欢呼声。

近万人的嘶吼声回旋在场馆内，气势之恢宏便可想而知。

明明刚刚还处于劣势，明明听到三人脚步声才短短几秒钟……

临危不乱的细腻操作和队友间像是演练过无数次的配合，每一样都让人印象深刻，让人激动到想要尖叫。

刚刚有多少人替 Chew 担忧，现在就有多少人为 TRB 欢呼。

第一场比赛才开始不久就击退了欧美强队，也是 G-Star 的新晋冠军，这样的 TRB 怎能让人不激动？

粉丝们看到这一幕，心中更加坚定，如果当时 TRB 没有退赛……

这个冠军，至少一定不会是 LS 的。

场上比赛仍在继续，LS 只剩副狙击手最后一人，但他的位置离这边还远，现在过来支援无异于羊入虎口。

思考不过一瞬，他背起枪，朝下一个圈的方向进发。

解说 A 叹息一声：【看这架势他应该也不准备回去解救队友了，但 LS 只剩他一匹独狼，就算能苟活到后面，也已经翻不起什么浪了。】

解说 B 对这一情况倒看得很开：【其实这个游戏对独狼是很宽容的，一个人在游戏中很容易躲藏，只要他能一直苟活到最后，LS 至少还能有

一些排名分值。我想这可能也是他选择独自一人逃离的重要原因之一。】

比赛是积分制，这样的做法无可厚非，但硬要说起来，这样苟活到最后的做法却也总会引人诟病。

镜头一转，是刚刚因为 TRB 这边乱战而错过的精彩画面。

这次的精彩画面，属于 CUS。

只见 Zoom 一个漂亮的预判瞬狙，成功击落了 GS 一名突击手的人头。

虽然没有 Moon 刚刚那两枪实时精准爆头的震撼，但也是相当高技术的操作了，要知道瞬狙，可是 Chew 神的看家本领。

解说 A 脸上满是兴奋：【Nice！刚刚 Zoom 这一枪非常漂亮，除了瞬狙之外，他的预判能力也相当不错啊！说起来，Zoom 的个人能力真的挺强的。】

【准确来说，】解说 B 笑了笑，【CUS 里四个小队员的个人能力都挺强的。】

解说 A 无所谓地笑了笑，也不准备反驳解说 B。一支崭露头角的加拿大队伍，成绩的确也有一些，但他们实在太年轻了，在大型赛事的经验严重不足，上次 G-Star 才落地成盒一次就忍不住闹着要退赛。

这样的队伍每年都会有几支，但无一例外，每一支都出不了头。

终究还是因为浮躁。

在这方面，虽然 TRB 也是新队伍，但有 Chew 坐镇不说，队里的教练也是大赛经验丰富的卫晗，自然不是 CUS 能比的。

这是解说员心里想的，观众却不知道。

在观众眼里，谁打得好谁就厉害，Moon 连续爆头两个是厉害，Zoom 预判瞬狙也很厉害。永远最欢乐的直播弹幕也炸开了花——

【我的妈呀，这个瞬镜可以啊！有点 Chew 的风范啊！】

【还是我大哥刚刚那两枪爆头看得爽，哈哈哈……】

【话说回来，TRB 和 CUS 都好强啊，他们上次到底为什么要退赛啊？】

【不是我阴谋论啊，三支强队同时退赛，冠军自然就成了下一个顺位的囊中之物，会不会是有人逼迫他们退赛的？】

【不是我说，没了 TRB、Unique 和 CUS，LS 这个冠军有什么含金量啊？】

如果刚刚被 TRB 收拾的不是 LS 倒也还好，但恰好就是 G-Star 的冠军——LS。

两者这么一对比，高下立见。

LS 毕竟是欧美老牌强队，当初拿下 G-Star 冠军也并没有引来太多不满；但没有对比就没有伤害，现在重新再来看，LS当初那个冠军，果然还是有些名不副实。

大屏幕上，已经和队友会合的温楚一似乎也没有继续找LS最后一匹独狼的意思，有条不紊地和几个小朋友交换着物资。

末了，还不忘夸姜念两句："打得不错。"

"那可不。"姜念笑弯了眼。

之前大半个月的休整可没让她少担心，特别是看着每天进步神速的Wind和萧咏、黎晴，她唯恐自己落下。打游戏就像开车，不管开车频率高不高，会就是会，强就是强。

导播将画面切到地图画面，已经是第三个圈，仍然存活的十三支队伍已经聚集到了不大的蓝圈之中，圈中四处都有白线闪动着，那代表着子弹轨迹，也代表着正在进行中的战争。

Unique和CUS两边都是战斗状态，而TRB这边则已经利用地理优势抢占了白圈边的房区，看能不能碰运气堵到一两支队。

从今天开始，每一场都是总决赛，每一场的积分都会计入最终成绩，能多拿一个人头是一个。

蓝圈已经开始移动，导播看了一眼离TRB不远的DFS，下意识将镜头给到了TRB身上。

然后……成千上万的观众便看到了TRB四人傻傻地蹲在房区二楼的画面。虽说本来就是守株待兔，但这个画面依旧充满喜感。

DFS没有开车，徒步跑圈的速度很慢，毒圈已经缩到TRB所在房区的周围，DFS几人却还在一百米开外的位置。

解说A看了看两队的位置，不自觉有些紧张：【DFS这边跑得有点慢，TRB可要稳住，都等了这么久了，不能轻易放弃啊！】

解说B笑了笑：【就算TRB这边走了，DFS要撑到下一个圈也靠点缘分，徒步还是有些吃亏。】

在等了足有三分钟无果后，看到白圈缩小范围的超远距离，TRB几人也的确动了走的心思。

Wind不停挪动着身子，长时间的等待让他不免有些焦躁："老大，我们还不走吗？下个白圈离我们也太远了。"

温楚一点点头，沉声道："再等等。"

几秒后，白圈方向的山头传来阵阵枪声。

这次连黎晴都下意识皱了皱眉："真的该走了。"

温楚一也意识到事情的严重性，看了一眼毒圈的刷新时间："再等20秒。"

队里气氛变得有些沉闷，只是沉闷的时间并没有太久，很快几人耳边传来姜念的声音："有人来了，155方向两个。"

温楚一立马一边朝姜念所报的方向开镜，一边发号施令："小胖子，你注意120方向的山坡，黎晴下楼去圈口等他们。"

两人问也不问为什么是120方向，立马便行动起来，长时间的合作下来，他们也早就摸清了温楚一的脾性。既然让他们去做，就一定有他的道理，而他们要做的，只是无条件服从。

在这一点上，他们一直做得很好。

果然，不过短短两秒，120山坡出现两颗人头，朝刚刚他们所在的二楼观望片刻后才缓缓从树后探出了身子。

"先别动，"温楚一自然也看到了，"等他们下到50米开外再动手。"

与此同时，姜念手里黑黢黢的枪口也已经对准了155方向的两人。

这是支满编队伍，虽在毒里，温楚一似乎也没有打草惊蛇的想法。

要么不动，要动就直接灭队，他并不喜欢留有后患的感觉。

明明是形势一片大好，却硬生生被TRB的人打出了一股浓重的紧张感，现场观众都下意识屏住呼吸。

距离还有80米，几人开着镜，一动不动地瞄着对方。

70米，导播将画面切成两半，一半是Chew和Moon，一半是Wind和09。

60米，连台上各国解说都下意识闭上了嘴。

50米，"砰——"

随着姜念开出的第一枪响起，画面上四人同时动了起来。

温楚一和姜念几乎是一人一枪爆头，Wind和黎晴那边的扫射声也不绝于耳。

几乎是在一瞬间——DFS被灭队了。

【Nice！】解说A大吼一声，【TRB这支队伍是真没得说，谨慎，加上不俗的实力，四个人的操作刚刚都很利落！谁能想到，在南美洲以第一名出线的DFS，在仅仅五秒以内——就五秒——被直接灭队了！！！】

解说B也很兴奋，脸涨得通红：【TRB这支队伍真的很强！刚刚大概是Chew神指挥的，对DFS几人跑毒时间的把控，特地等到只剩50米的位置开枪，DFS这边连退的余地都没有！虽然在这之前花了很长的等待时间，但这一拨，完全赶回来了！】

解说A：【是的，虽然一直等到只剩50米才动手会让TRB接下来赶往白圈的时间负担大大加重，但他们果断的一击毙中却让后续可能拖上好几分钟的战局，在一瞬间就得到了解决，完美的战役！这是一场完美的战役！】

开车赶往白圈的途中，小胖子美滋滋地拿着刚从敌人包里舔来的M4，笑眯眯地朝温楚一问："老大，你怎么知道一定会有人过来啊？"

"这游戏从来就没什么一定不一定，"温楚一脸上笑容很淡，"缩圈之前和正在缩圈时在圈边守到人的概率不大，特别是我们还在房区；但下一个圈刷新之后，被锁在毒圈外的队伍想要进圈，他们已经没有绕路的时间，只能铤而走险从房区经过。"

"这个时候，"他顿了顿，"才是最容易守到人的时候。"

小胖子顿悟："怪不得那么久没动静……"

"那要是我们等到下一次缩圈，还没等到人岂不是血亏？"黎晴也问道。

"是血亏，"温楚一答得面不改色，"所幸我们运气不错。"

黎晴脸色一变，哦，说了这么多，到头来还是凭运气。

虽然这一拨让TRB收获四个人头，但当他们抵达白圈之际，能占的点也都已经被占满了。有利就有弊，古往今来都如此，人生很公平。

那怎么办呢？

"抢过来。"温楚一如是说。

白圈在一片树林之中，虽说只要是树林，就势必会有树木遮挡，但地形上的选点也同样重要，特别是地势高低的选择。

白圈中的制高点是争夺最激烈的地方，不论是对敌人的方位，还是对枪口的瞄准范围，都有百利而无一害。

而TRB进圈之时，制高点已经让Unique占据了。

当然，TRB几人在发起战斗时，并不知道对方是谁。

温楚一开出第一枪之前，宿继九便已经发现TRB的位置了。

Unique占下的位置会遭人觊觎，对此宿继九早有预料，但如果没本事将这个点占实，他也不会来。

屏幕上，温楚一和姜念已经锁定了宿继九等人的位置。

温楚一似乎是存了速战速决的心思，和姜念架起枪便发起了进攻。

只听"砰砰"几声，两人各中一枪，但皆未爆头，宿继九和老鸡迅速转换角度躲到掩体后面。

温楚一脸色不变，仍开镜对准宿继九的位置，沉声开口："小胖子去拉线吧，拉慢一点，从 80 方向上去。"

小胖子得令，立马行动起来，与此同时，姜念已经找到了 Unique 另外两人的位置，"砰砰"就是两枪："对方满编，四个人位置都找到了，两个树后，两个石头后。"

温楚一道了句"好"，跑了两步另找到一个掩体，枪口便对准了石头后两人。

"砰——"意外发生在一瞬间。

右上角出现击杀信息：[CUS. Zoom 使用 M24 爆头击倒了 TRB_Moon。]

姜念被击倒了。她甚至没有判断出对方的位置，就被人一枪爆了头。

这边黎晴已经往姜念这边赶了："你绕到另一边卡住！我来拉你。"

"别来！"姜念立即道。

虽然她不知道对方的具体位置，但她的位置已经同时暴露在至少两队人眼里了，她不能让队伍的伤亡加重。

眼见黎晴顿住了动作，姜念缓了口气，才道："CUS 在我们后面，你们小心点。"

说话的同时，温楚一也已经击倒了 Unique 一人："注意一下站位，先解决前面的。"

话音未落，耳边又是几声枪响，黎晴应声倒地。

[Unique. Nine 使用 SKS 爆头击倒 TRB_09。]

已经损失两员大将，TRB 陷入绝境。

解说 A 拍手惋惜：【TRB 被 Unique 和 CUS 前后夹击了，凶多吉少啊！】

解说 B：【这拨还是 09 这边出现了失误，我们可以看到，刚刚 TRB 这边三人对敌 Unique，其实就已经有些困难了，而留守于后方的 09 没有发现 CUS 的存在，这才让 Zoom 找到空隙，偷了 Moon 的人头。】

这也的确是事实。温楚一让小胖子拉线，同时留了后方给黎晴。团队作战中，狙击手的后背永远不能留下空白，这几乎是默认的铁律。

刚刚温楚一将姜念的后背交给了黎晴，但很显然，黎晴没能守好后方，给了 Zoom 空隙。

但现在这样的情况显然不适合兴师问罪，姜念注意着耳边枪声的弹道，抽空瞥了一眼皱着眉的温楚一。

虽然他皱眉的样子也帅，却并不是姜念喜欢的模样。

姜念努力辨认着弹道，眼看自己的血量越来越低，她索性弹出身子，趴着朝身后的空白处望去。

探出身子的一瞬间，几枚子弹腾空而出，正中姜念脑门——

[CUS.Zoom 最终杀死了 TRB_Moon。]

她被补死了。

下一秒，姜念大喊道："看到了！255！255方向的石头后面！"

温楚一以最快速度反应过来，准确找到了 Zoom 的位置就是两枪。

子弹出膛，划过空气带出几道痕迹，准确无误地打中了那个探出些头的人影。

那人应声倒地。

击杀信息出来的那一瞬，一直匍匐前进的 Wind 猛地站起身子，飞速蹿动到掩体后面，对准老鸡和 Kid 的位置就是一顿扫射。他打得有些慌乱，出枪虽快，却也是趁乱为之，效果自然没有平时那么好。

但好歹打落了 Kid，温楚一抓住空当，回身对准老鸡就是一枪。

"叮——"98K 响彻云霄的枪声萦绕在空气中，子弹破膛而出。

随着老鸡的倒地，Unique 最终只剩宿继九一人。

两名解说员都看呆了。

解说 A：【刚刚，Moon 是故意出来送死的？】

【应该是，】解说 B 点头，【如果一直躲在后面也相当于是等死，再加上 TRB 本身就处于劣势，Moon 牺牲自己找到 Zoom 的位置是明智的。】

解说 A：【岂止是明智，Moon 这位女选手真的很有灵性啊！虽然这会儿 Zoom 已经被队友救起来了，但 Chew 和 Wind 也争取到了对付 Unique 的时间。】

解说 B 点头：【亏是亏了点，但刚刚的僵局如果不破，现在 TRB 的情况只会更差。除了 Moon 灵性地牺牲之外，Chew 找机会的能力也非常强。】

说白了，也就是 Chew，才能在这样短的时间内丝毫不拖泥带水地狙击到 Zoom，还能有打倒老鸡的准心。换了别人，就算真的把 Zoom 击倒了，这么短时间内转换目标，成功率也趋近于零。

屏幕上，只剩自己一人的宿继九也意识到了事情的严重性。

他谨慎地挪动着身子，利用角度差观望着温楚一和 Wind 的方向。

他心中已有判断，1 对 2 自己并不占优，但至少……

他要耗到黎晴死亡为止，这么想着，宿继九收了枪，跃身跑出面前掩体的遮挡范围，朝后方奔去。

温楚一眼疾手快，立刻换上步枪朝他点射，奈何宿继九身边掩体众多，待他左右闪躲着终于到达老鸡身边时才堪堪中了两枪，还扛得住。

宿继九也不耽搁，蹲下就要扶老鸡起来。

温楚一当然也知道宿继九怀了什么心思，立刻和 Wind 相继冲了上去。

Wind 离宿继九两人近些，冲到一半，他就能清晰看到宿继九的位置，正要停下来开枪，却被温楚一大声喝止："别停！别急着开枪！先找掩体！"

这边 Wind 仅仅停了半秒钟，切出来的 M4 刚开了镜就又放下。

即便如此，耳边"砰砰"几声枪响传来，他还是免不了吃到了宿继九的枪子儿。

小胖子咬牙切齿地跑着 S 线："呸！这浑蛋！"

怪不得这种时候了还想着救人，原来是陷阱。

温楚一也没空骂宿继九，趁宿继九枪口对准 Wind，来到了近点的掩体，对准宿继九就是一顿扫射。

宿继九最终还是没能抵抗住两人的攻势，在黎晴血量仅剩五分之一时，终于倒在了血泊中，至此，Unique 终于被灭队。

但与此同时，黎晴也已经来不及营救，TRB 最终损失两人。

尽管赢了，也是惨胜。

解说员看得热血澎湃，声音一个比一个大。

解说 A：【太精彩了！可以预料到刚刚 Wind 已经是中计了，应该是 Chew 神提醒了他，不然就真的被 Nine 偷掉了。】

解说 B：【哇，这两个人真的不愧是现在 FPS 势头最盛的两人，你来我往，只一个动作对方都能从中看出端倪！】

解说 A：【是的，不过虽然 TRB 赢下一局，接下来他们也还要面对好几支满编队伍，形势依然堪忧啊……】

话里话外都是对 TRB 的惋惜，俨然已经将自己代入 TRB 的处境之中。

右上角的存活人数仅剩 10 人了，除了 TRB，还有两支满编队伍：一个是 CUS，还有一个是 JK。

两支都是强队，想要蒙混过关来一出黄雀在后根本不可能，特别是在 CUS 已经知道 TRB 位置的情况下。

正这么想着，这边 CUS 将 Zoom 救起后，就已经往 TRB 的方向赶了。

四围二，对手还是 CUS，几乎是在找到温楚一和 Wind 位置的一瞬间，胜负便定了，CUS 这次显得尤为谨慎，看到两人位置后，还分了两队人马前后夹攻。他们也的确需要谨慎，因为——对手是温楚一。

刚才的厮杀中，毒圈已经刷新过了，TRB牺牲了两名队友才占据的制高点幸运地成为白圈的中心地带。

既然花费如此高的代价抢到了制高点，温楚一就一定会物尽其用。

CUS攻过来的一瞬，温楚一笑着对小胖子说着："给你九哥演示一下，制高点应该怎么用。"

"好嘞！"小胖子乐呵呵的，完全没有被CUS的攻势吓到，反倒还有些兴奋。

大屏幕上，JK还在蓝圈内，就算知道这边的动静也没法掺和。CUS当然也知道这一点，所以他们更迫切地需要在另一队赶到之前解决掉TRB。

这么想着，Zoom一声令下，几人一边拉着线，一边向上强攻。

温楚一甩着手臂，鼠标在鼠标垫上飞速滑动着，看清CUS几人动作的第一秒，枪声便没再停过，不断地向半山坡的几人扫射着。

扫完一轮，他退回树后切换子弹，小胖子又立即接上，疯狂往山下丢手榴弹。

山坡上硝烟四起，TRB两个人，却硬生生打出了四个人的气势。

半山腰上的CUS几人咬牙切齿："这两个人打兴奋剂了？怎么跟疯子一样？"

说着，Pink一个闪避不及，被手榴弹炸了个满怀，瞬间瘫倒在山坡上。

一旁的Zoom见势不妙，立马叫停其他两人，却不知为时已晚。

制高点的优势就在于易守难攻，刚刚Unique没有守住不是因为他们不会，而是因为他们没有占住最合适的点，加上CUS在一旁的威胁乱了阵脚，这才让TRB几人给攻了下来。

但现在温楚一和Wind本就是背水一战，两人都存了必死的决心，开枪丢雷毫不手软，身后也没了其他队伍的威胁，自然招招致命。

最狠的一颗雷，Wind直接扔在了离自己不远的斜坡上，以图炸到离自己最近的Gun和Tank，这种不怕死的打法，别说是CUS了，就是现场的观众和经历无数比赛的解说员都看呆了。

所谓伤敌一千自损八百，说的大概就是Wind这类选手了。

所幸他这颗手雷也的确起了作用，谁能想到这人连死都不怕？

随着三名队员的倒地，Wind也同时被手榴弹的余波给炸倒在地。

Zoom也没能坚持太久，很快就倒在温楚一的枪口之下。

场内气氛一时间达到最高潮，几乎所有观众都自发起立，口中皆高喊着 Wind 和 Chew 的名字，盛况空前。

弹幕上更热闹——

【哈哈哈，这小胖子要笑死我了，不至于吧？】

【我今天算是明白"狠起来连自己都杀"是什么意思了，哈哈哈，Wind 胖厉害！】

【呜呜呜，2 打 4 赢了！Chew 神太帅了！我真实地哭了！！！】

CUS 被灭队，场上只剩 6 人，温楚一观望片刻，收了枪立马去拉小胖子。

他一边拉，还不忘一边骂小胖子："让你丢雷炸别人，你连自己都炸，怎么想的？"

"嘿嘿嘿……"小胖子摸摸头干笑，"我这不是太投入了吗？敌我合一，说的就是我刚才的状态了。"

姜念笑喷了："哈哈哈，你有本事再说一次？什么合一？"

小胖子看了一眼一脸冷意的温楚一，瞬间怂了，乖乖闭上了嘴。

第十七章
最后的战役

　　经此一役，姜念也总算放下了心。她不是觉得现在 TRB 就已经稳操胜券了，只是得知 CUS 并不是不可战胜的，对于未知事物的不安也总算淡了一些。CUS 的强体现在个人能力的出众和动作的简练统一，但在比赛经验和队形安排上，依旧不是温楚一的对手。

　　姜念托腮看了一眼紧盯着屏幕的温楚一，不禁勾了勾唇。

　　CUS 强，但 TRB 更强。

　　思绪越飘越远，她甚至在想晚上要去吃什么了。

　　走神的时间过得很快，直到她的耳机突然被人抽走，她"啊"了一声，猛地抬起头，正好与已经起身的温楚一四目相对。

　　姜念眨眨眼，无声问他，打完了？

　　温楚一摸了摸她的头，轻轻颔首："回休息室了。"

　　她下意识朝大屏幕的方向看去。

　　积分第一的位置上——赫然是"TRB"几个大字。

　　姜念笑逐颜开："吃鸡了？！——你好厉害！！！"

　　温楚一脚步一顿，半晌才反应过来"一一"叫的是自己。

　　还没轮到他讲话，Wind 就一脸不情愿地凑了过来："刚刚是我开枪打死的最后一个人！你没看到吗？你为什么不夸我厉害？？？"

　　姜念理所当然地摇头："没看到，我刚刚走神了。"

　　小胖子就这样看着姜念越过自己小跑着追上温楚一，突然觉得自己活得真的好苦。

　　黎晴拍拍他的肩膀："我看到了，真的很厉害。"

　　"是吧！"小胖子立马满血复活，眼睛都笑眯成了一条缝，"刚刚要不是我用身体炸死了 CUS 那帮人，最后又神来一枪狙到了 JK 那个 Simon，我们怎么可能吃到鸡？！"

黎晴继续点头，语气神态说不出的认真："是的。"

小胖子看她神态不似作伪，这才慢悠悠站起了身子，和她一同走向后台。

TRB 几人起身时也引来不少尖叫声，特别是 Chew 和 Wind 两人经过通道时。这两人缔造的不是一场普通的胜利，而是一场以少胜多的胜利。面对两个满编强队都能吃到鸡，在国际赛上，这甚至能称得上是一场奇迹。

姜念和温楚一手牵手走进休息室时，电视机上的两名解说员正在复盘上场比赛的最后一场战役。

姜念也终于看到了刚刚自己走神时错过的画面。

解说 A：【Wind 这个选手这场表现也是可圈可点，对！就是这里！白圈刷到了 TRB 这边，Wind 应该是比 Chew 先一步看到了 JK 的成员，从他们露头开始枪就没停过。】

解说 B：【哈哈哈，虽然动态视力不错，但这准心也有待提高啊，我当时都怀疑他要把自己子弹打光了。】

解说 A：【Chew 神的发挥倒是一向稳定，这把 TRB 运气的确不错，虽然进圈晚，但自从他们占下制高点后，就一直不需要移动，这个山头易守难攻，也不枉他们牺牲了两名队员。】

解说 B：【对，你看，这个地方 Chew 神两枪爆头了 JK 两名成员，地势高就是有这点好，对方只要行动，就能看得一清二楚。】

解说 A：【不过 Wind 这最后一枪远距离狙击实力还是不错的，一枪爆头，这在决赛圈不仅需要实力，心态也很重要。】

解说 B：【没错，Wind 给我们很大惊喜就在于，这位年轻的小选手不仅头铁敢冲，狙击能力也的确不错。当然，这也并不排除是运气好，哈哈哈。】

晚一步走进休息室的小胖子听到这里，快要翘上天的尾巴突然顿了顿："这人怎么说话的？什么叫作不排除是运气好？这是我的硬实力！"

卫晗一直放在屏幕上的注意力被 Wind 一惊一乍的声音吸引，他转头看了一眼 Wind，起身走近两步，一掌拍到 Wind 肩上。小胖子吃了一惊，许是被卫晗吓到，心里还不自觉有些忐忑："晗哥，我……"

"打得不错，"卫晗脸部肌肉猛地松下来，露出一抹笑容，"最后那一枪很稳。"

Wind 肉乎乎的脸蛋一抖，听到卫晗的夸奖，心也跟着放下来："哈哈哈，我就说嘛！"

说着还不忘朝一旁的姜念抖机灵："看到没，教练都夸我打得不错呢！"

姜念也将目光从屏幕上移开："最后这枪的确不错。"语毕，又话锋一转，"不过……我还是觉得你那个'敌我合一'比较精彩。"

她的语气异常认真，完全听不出是在调侃。但毕竟当事人是熟知姜念德性的 Wind，一听这话，小胖子脸都给急红了。

正欲辩驳，温楚一突然看向一旁的黎晴："你刚刚怎么回事？"

几人同时朝黎晴看去。观众也许看不出来，但专业人士和他们心里却是有数的，刚刚他们腹背受敌，黎晴的确是失误了。

如果这次上场的是萧咏，没人会说什么。但上场的是状态一向稳定、心理素质绝佳的黎晴，就显得并不那么平常了。

谁都有失误的时候，温楚一的语气也并不严肃，仅仅只是地在问她是不是出现了什么问题。黎晴自然知道温楚一的意思，摸了摸鼻子，显得有些局促："可能是有点走神了，抱歉。"

"走神？"温楚一蹙眉，"不是你的作风。"

"我也不太清楚，"黎晴也有些懊恼，"我的确是一直在关注念姐背面，也确实没注意到 CUS 的人。"

温楚一想了想刚刚发现 Zoom 的位置。

半晌，他点点头："Zoom 当时是单人作战，和队友应该有一段距离，你没看到也能理解。但是，"他话锋一转，"你会认为自己走神，可能是真的注意力有些涣散了，下场注意一下，这已经是总决赛了。"

黎晴点头应下。

温楚一又看了一眼黎晴："下场开始，不出意外的话 LS 应该会有动作了，一定要打起十二分精神。"

"你们也是，"他又看向姜念和 Wind，"不要因为第一局赢了就飘，下面两场都是硬仗。"

两人很快点头。比赛之前卫晗和温楚一就已经交代过了。

这第一场，一定要打出最好的状态来，就算是惨胜，也一定要拿下第一场的胜利。

他们无疑做到了惨胜，但现在还不知道能否得到想要的效果。

这次比赛对于他们不单单是一场比赛，还是一场博弈。他们要用近乎碾压 LS 的实力差，来引发大众对上次 LS 夺冠的争议。就像曾经温楚一说过的，他们并不知道 LS 还会不会耍诈。但如果 LS 真的学乖了不准备搞小动作了，他们就给 LS 创造一个需要作弊的动机。

例如名声，例如他们这次难看的败北。

LS 休息室内。

第一场比赛结束，LS 的排名处于十名开外的位置，积分也少得可怜。

室内气氛有些低迷，在经历了第一场近乎侮辱性的败北后，Deak 难看的脸色维持了一整场。

忍了一整场的情绪，回到休息室看到网上评论后，他彻底爆发了。

Deak 猛地将手机扔到地上，发出一声巨响。

旁边的 Beast 战战兢兢地捡起手机，手机屏幕还亮着，他一眼便看到了网上粉丝的留言——

【你们打的什么玩意？这就是 G-Star 冠军的实力？】

【嘿，给大家讲个笑话，LS——G-Star 冠军。】

【我甚至开始怀疑 LS 是不是做了什么手脚逼别队退赛了。你看看人家 TRB，我都不说一打三了，还是被动的二打三都能打赢你们，你们是没吃饭吗？】

【好吧，我记起来了，上次 G-Star 总决赛第一把，好像是 TRB 积分第一吧？】

【呵，鬼知道 LS 是不是拿什么威胁别人退赛，不然三支强队同时退赛，把冠军送给 LS？】

看了几分钟，队里脾气最好的 Beast 都有些看不下去这些触目惊心的评论。他赶紧锁屏，将屏幕都摔碎了的手机放回到桌上，才小心翼翼道："这些人就喜欢带节奏，赢了就吹，输了就踩，您还没习惯？"

Deak 阴沉着脸，没说话。

一旁的另外两名队员也都不敢说话，这种送人头的事儿，一般只有 Beast 敢做。

说实话，LS 在圈内名声差大家都是知道的，这多半是因为 Deak 的坏脾气和小动作。但一码归一码，队长做的那些小动作，从来不和他们透露半句，他们也就只能睁一只眼闭一只眼。

只是这次……明显好像是自家队长玩脱了。

半晌，Deak 突然笑了。

Beast 虎躯一震，心里猛然升起些不安。

下一秒，他看到自家队长嘴里念念有词地呢喃几句 TRB 的名字，重新抓起了被他放在桌上的手机，就往门外径自走去。

第二局比赛就没那么顺利了，TRB 一开始就被 LS 等三队包夹，几乎可以称得上惨死。

TRB 被灭队后，场面出现了几秒钟的空白。

不仅是场下观众，台上的解说员也不约而同地陷入沉默。不是因为 TRB 死得太过悲壮，也不是因为这三支队伍的操作多么犀利，更不是因为对 TRB 抱有太大期望，而是因为这三支队伍的围攻……实在太明显了。

三支队伍都在 Y 城落地，在不同的城区相安无事，却在屏幕上出现 TRB 击杀信息时同时行动，并且默契地将 TRB 包夹住。

这里面暗含的信息实在太过明显，明显到近乎猖狂的地步了。

短暂的空白过去，全场观众都骚动起来。

"你看到了吗？刚刚 LS 和 DFS 他们在 Y 城相遇都没有发生战斗，现在又……"

"哇，这要不是提前商量好的，我直播吃土！"

"这是作弊吧？这么明显，主办方看不出来吗？"

"这作弊作得……是把我们当傻瓜？"

"不仅是把我们当傻瓜吧，这么明显，是有恃无恐？"

一时间，尘嚣四起。

全世界的观众都因为刚刚那个暗含意味的"三包一"点燃了情绪。台上的解说员对视一眼，眼中意味不言而喻。但这是直播，就算心中有想法，他们也不会直言。场上游戏仍在继续，导播已经将画面给到了另一边的 Unique。但很明显，事情发展到这一步，已经没有多少人能将注意力放到游戏中了，几乎所有人都还沉浸在刚刚 TRB 的灭队事件之中。

而此时仍坐在竞赛席前的 TRB 几人，却比任何人都平静。

温楚一的表情看上去相当平静，他甚至没有摘下耳机，只静静地盯着已经暗下来的屏幕，不置一词。

Wind 是第一个说话的："哇，这些人是魔鬼吗？"

"够明显了，"黎晴抿了抿唇，"大概是我们和 GS 打的时候，LS 他们就已经在边上埋伏了。"

姜念嘴角还带着笑意，也不知是被气得，还是乐得："还真不经激啊……"

虽然一早就知道 LS 肯定会按捺不住，但谁都没想到，LS 居然这么快就动手了。且这个手，动得明目张胆不说，还相当没水准。

这……就差向全世界宣告"我在作弊"了。

温楚一瞥了一眼身边隐含笑意的女人："传闻 Deak 很在意网上的评论，甚至每场比赛中途都会忍不住登社交网站。"

"现在看来……"他顿了顿，"这传言倒是不假。"

姜念嗤笑："输了比赛，还敢中途看评论？心这么大，怪不得什么都敢做。"

温楚一笑而不语。

实时语音会被录下，大家的聊天也都比较隐晦，什么能说什么不能说还是得好好斟酌。

几人说话间，比赛也来到尾声。LS 可能是不想做得太明显，在围剿 TRB 成功后，便主动对其他两队发起了攻势，DFS 见势不妙，丢掉一个人头后便直接开溜了。倒是 QX 没能溜掉，整队人马都丧命在了学校附近的树林。

另一边 Unique 和 CUS 也从包围圈中层层递进，最终和只剩三人的 DFS、满编的 LS 在决赛圈会合了。

决赛圈堪称是一场混战，在 CUS 和 Unique 的攻势下，DFS 和 LS 甚至没能撑过下一拨缩圈便全军覆没了。同样是满编队伍，最后的圈刷在了 CUS 脚下。天命加实力，CUS 几乎没经历什么波折，就拿下了这一把的鸡。

比赛结束，几秒后积分也终于滚动到大屏幕上。

CUS 已经超越 TRB 以积分 970 分位居第一，Unique 以 810 分紧随其后，而 JK 则仅以 30 分的差距领先 TRB 成为第三。

TRB 从第一名掉到第四名，而 LS 则直接从下游圈升到了中游圈。

看到比分的那一刻，观众的怨怼似乎也被点燃了，TRB 退场时倒还好，当 LS 几人走向后台时，观众席上一片嘘声。

满场喝倒彩的声音甚至让不远处的 Unique 几人停住了脚步。

宿继九脸色不变，拍了拍自家队员的肩膀示意他们别停下，才堪堪止住了几人的好奇心。

而当 LS 几人终于回到休息室，Beast 便再也忍不住了。他甚至已经没有心思关心自家队长的脸色，疾步走向 Deak："队长，刚刚那场……"

"我有分寸。"Deak 摆手打断了他的问话，兀自打开手机便看了起来。

Beast 急得不行，再次开口："什么分寸？刚刚这场实在太明显了，观众都已经喝倒彩了！"

"我说了，我有分寸！"Deak 猛地将手机拍到桌上，朝 Beast 吼道，"你好好打比赛就行了，其他的不用管！"

平日里优柔寡断的 Beast 罕见地强硬起来，声音也跟着大了："你是不是以为自己最聪明，别人都是傻瓜？刚刚那样的情况连观众都能看出猫腻！更别说是主办方了！"

Deak 目眦欲裂，整个人暴怒着朝 Beast 走近两步。Beast 却一反常态，似是完全没有被 Deak 吓到，也挺胸走近 Deak 两步，气势完全不输他人："我怎么？我真的受够了！你也不看看圈里人是怎么看待我们的，都说我们是电竞渣滓，你知道吗？"

Deak 被他的气势惊到，嗫动片刻嘴唇，却硬是没说出话来。

Beast 再接再厉，又抬手指着一旁沉默的两个队员："你问问他们，有没有听过别人是怎么嘲讽我们的？你是不是一定要让全世界都知道你这副丑陋的嘴脸才肯罢休？"

Deak 嘴边挂上一抹嘲笑，冷着脸看向身边两人："你们听过？"

其他两个队员沉默不语地看着自家队长，愣是半天也挤不出一个字来。他们的风评一向不好，这些年比赛中的一些小动作，都已经是圈内公开的秘密了。但不管 Deak 在外面和别人商量了什么小动作，在他们面前都是滴水不漏的，且从来不和他们多说，每次都是 Deak 说什么他们便做什么，时间久了也一直相安无事，他们自然而然也就睁一只眼闭一只眼习惯了。现在让他们拿到明面上来说，还真有些说不出口。

谁又会愿意承认自己所在的队伍是电竞渣滓呢？

见其他两人不愿开口，Beast 也没有惊讶，在队里这么久了，自己队友的性格，他还是了解的，但这并不妨碍他现在暴怒。

以前他的确可以假装不知道，毕竟队长每次的小动作都不明显，再加上没有留下任何证据，睁一只眼闭一只眼也就过去了。

但这次不一样。

这次对 TRB 的针对实在太刻意了，他们根本无法解释为什么在三支队伍同时落 Y 城的情况下还能相安无事，直到看到 TRB 的名字出现在右上角，甚至还颇有默契地进行了一拨围剿。

他不能眼睁睁看着自己待了几年的队伍就这样完蛋，也不能让自己参加的最后一届国际赛就这样蒙上阴影。

的确，如果只是一局游戏，按照规矩主办方不能拿他们怎么样；但如果现在不制止，下场比赛还是这样，这其中的后果……

他不敢想。

半晌，Beast 情绪逐渐稳定下来，终于缓声道出自己最后的决定："如果你不撤回和其他几队的合作，从下把开始，我也不会再配合你了。"

"呵，"Deak 像是听了个笑话，冷笑一声，"你要记得我们是一个团队，你不配合团队，最后遭殃的只会是你自己。"

Deak 认为，Beast 的合约就要到期，如果想续约，最后还是得看自己的意思，而刚刚这句话，已经相当于是对 Beast 的威胁了。

而 Deak 不知道的是，Beast 早就萌生去意，只是一直对这件事避而不谈，想多留些时间给自己考虑。

但现在，Deak 不屑一顾的态度让他彻底失望了。

这样一支队伍，这样的队长，他不知道自己有什么理由留下。

这么想着，Beast 深深地看了一眼一脸嘲讽的 Deak，抬脚走了出去。

旁边两名队员立马起身挽留："Beast！比赛马上开始了，你去哪儿？"

Beast 头也不回："上厕所。"

就算要走，他的职业素养也不会容忍他在没有替补的情况下缺席比赛。但让他继续配合 Deak，是不可能了。

看着 Beast 的背影，Deak 嘴边笑意更甚，直接将这当成了妥协："还以为他多有正义心，最后还不是人不为己，天诛地灭。"

另一边的 TRB 休息室内，气氛与 LS 那边截然不同，所有人脸上都挂着笑意，不知道的还以为他们才是第二场最大的赢家。

卫晗已经将刚刚的比赛录屏发给李雷，笑着摇了摇手中的手机："再忍一场吧，一打三你们是肯定打不过了。"

"那可不一定，"姜念摇头晃脑地说着，"我们可以智取！"

"咋智取？"Wind 也学着她的样子晃了晃脑袋，一脸好奇宝宝的样子。

姜念一脸嫌弃地看他："刚枪啊！"

小胖子差点被她气得心肌梗死："刚枪是智取？是智障吧？"

姜念正欲还嘴，门外工作人员的喊声已经传入室内："准备上场了！"

倒是温楚一斜了小胖子一眼，语气微凉："说谁智障呢？"

小胖子虎躯一震："我。"

在第三场比赛开始前，刚刚三队围攻的事情就已经在网上闹得沸沸扬扬了。且这最后一场比赛开始时，网上和台下的议论也依旧没有停止。

现场的气氛有些失控，工作人员花了很长时间才安抚好观众，这才终于让比赛重回正轨。

两个解说员说了几句不痛不痒的场面话，现场屏幕一黑，飞机远远地出现在屏幕一角。

是从 G 港飞往 N 港的航线。

飞机出现在航线上不过短短两秒，TRB 几人便率先落了伞，笔直往 G 港上城区飘去。

这也是人们所熟悉的 TRB。

在航线经过 G 港上空的情况下，他们的最常见落点就是上城区。

虽然上城区房区不太好搜，但胜在地势单一，棱角分明，也不会出现搜寻混乱的情况。在以往的比赛中，TRB 跳 G 港上城区的概率高达70%，也都无一例外能从上城区突围而出。

久而久之，大概知道 TRB 落伞路径的队伍就自然避开了上城区这一战略要点。只是这一次明显与以往不同，TRB 跳往上城区的同时，另外四支队伍也落了伞。

虽不全是上城区，但也是 G 港和海景房的方向。

这次连解说 A 表情都有些僵硬，甚至都忘了开口说话。

大家都知道，TRB 习惯落在上城区的六连，而屏幕上……

LS 往 G 港去了，DFS 往上城区的左边房区开了伞，而 QX 和 GS 则是相继飞去了海景房和 Z 城。

其中 GS 所在的 Z 城离 TRB 较远，但连续两局都跳了离 TBR 相近的地方，也还是引起些注意。

至于 LS 等队……观众席已经喝起了倒彩。

几个暴脾气的粉丝甚至直接站了起来："不把我们当人看是吧？"

似乎被这些带头的观众给带了节奏，早就意识到不妥的观众纷纷起身，现场嘘声一片。

解说员对视一眼，都有些茫然无措。

解说 A 硬着头皮开口，安抚道：【航线在 G 港正上方，几支队伍同时看中了这个资源点，相继跳到了 G 港附近。】

解说 B 的脾气就没解说 A 那么好了，语气有些阴阳怪气：【没记错的话，这四支队伍上一把也在 TRB 附近啊，呵，还挺巧的。】

解说 A 瞪了他一眼：【也能理解，毕竟两次都是离航线较近的位置，资源点也丰富……现在我们可以看到，TRB 的 Wind 已经率先落地了！】

和 Wind 几乎同时落地的，还有旁边的 DFS 几人。

因为这次边上的资源点距离都不远，温楚一也没有特意开高伞，落地之前便清晰地看清了几队人马的大概位置。

Wind 落地便捡到把 AKM，兴冲冲地开口："旁边那队人什么位置？我们什么时候过去？"

温楚一也已经给刚捡到的 UMP9 上了子弹，淡淡道："别急，至少得有一把狙。"

"这里有 98K。"温楚一话音刚落，黎晴就开口了。

温楚一嘴角一抽："还得有……"

"我捡到四倍镜了！"姜念突然大声道，整个人笑逐颜开。

温楚一微叹了口气："搜完这栋楼集合交换物资，然后攻过去。"

此话一出，几人迅速行动起来。上一把他们的游戏体验太差，这一把，怎么说也要灭个两队以泄心头之恨。

但很明显，这和温楚一的预设不太相同。快速进攻的确能掌握主动权，但相对的，留给他们面对后面几支围剿的队伍也会变得更加辛苦，因为他们根本没有时间去搜寻更多补给品和装备。

对于这一把游戏，TRB 几人心里都是有数的。本来这就是一张网，能捞到 LS 他们几支队伍就足够了。一对多在这个游戏中基本不成立，到最后，他们都是一个死。

且上城区这边的高楼很多，比较难搜，想要找到敌人的具体位置也相当困难。但偏偏几个小朋友好胜心切，愣是想试试同时面对多支队伍的围剿，他们能做到什么地步，于是才会出现刚刚几人的对话。

主动就主动吧，温楚一面上已经恢复平静。面对多支队伍，他们本来也是凶多吉少，还不如让几个小朋友打个痛快。

几个游戏老手只花了短短一分钟便搜完了整栋楼，温楚一大手一挥，只花了几秒钟便交换好物资朝隔壁的几栋散房子跑去。

Wind 作为突击手，一马当先地跑在前面，黎晴紧随其后。

而温楚一也主动上前承担了一些拉线的工作，只有姜念，留守在了六连的楼顶，远远朝这边架起了枪。

六连的楼顶空空荡荡的，也没个掩体，姜念只好蹲在地上，用身后的一堵水泥墙挡住了自己的后背以避免被偷袭。

另一边，DFS 几乎是在落地那一刻，便大致猜到了六连这边一队人马的身份。只是他们并不着急，毕竟旁边的好几支队伍都是"朋友"，现在慌的不应该是他们，而应该是 TRB 才对。

于是 DFS 也就自然而然守株待兔起来。只是他们没想到这只兔子会来得这样快，或者说……来的压根就不是兔子，而是老虎。

温楚一大概知道 DFS 几人的方向，走近 DFS 几人所在房区后，便默默在心里合计了一下他们有可能存在的位置。

DFS 虽也是欧洲强队，但技术始终还是比 LS 差一些，直到 Wind 抱着枪冲到自己所在的建筑物时，才猛然发现敌人已经近在咫尺了。

Wind 毫不手软，凭借优秀的距离预测和操作实力打了 DFS 个措手不及，很轻易便囊括了一个人头。

但对于其他三个 DFS 的队员，就没那么简单了。

此时右上角的击杀信息已经出现，看清 TRB 名字的附近几支队伍也纷纷循着枪声围了过来。只是中间隔了一条河，他们过来也要些时间，加上 TRB 几人这次的刚猛，DFS 面对 TRB 时显得有些不堪一击。

姜念在楼顶打中一人，而温楚一和黎晴则分别处理掉了两栋矮房子里的两人。

DFS 的游戏才刚刚开始，就已经结束了。

这样的待遇，和第一把的 GS 相当神似。

而观众们也注意到，屏幕上出现 TRB 名字的那一秒，连远在 Z 城的 GS 也动了起来。这让人直接就将 GS 和 DFS 同时打入了作弊者的行列。

而事实上，他们的确也是，短短一分钟时间不到，LS、GS 和 QX 等几支队伍便已经牢牢包住了 TRB。

眼看历史又要重演，观众彻底按捺不住，纷纷发声。

"TRB 快走啊！这三个浑蛋又来包你们了！"

"史上第一不要脸，怎么才能举报这几支垃圾队伍？"

"这个 LS 也是搞笑，没实力还在这边耀武扬威，也不知道显摆个什么劲。"

"这么明显的假赛，蓝洞的人到底管不管了？？？"

"蓝洞管个头！韩国队和这几队欧洲队伍简直蛇鼠一窝，我现在严重怀疑之前 TRB 的退赛有内幕！"

尽管粉丝叫得厉害，但既然比赛已经开始，也轻易结束不了。

更何况……第三局比赛刚刚开始，LS 几支队伍也都还没来得及做事，光凭上一局的数据，是不足以在比赛中途就让他们停赛的。

相比这些义愤填膺的粉丝来说，TRB几人倒是淡定得很，甚至还有些跃跃欲试的意味。

和上把一样，LS和QX一前一后占了不同的点，晚来一步的GS也很快占据了另一边视角最好的地方，直接就将TRB360度包围了起来。

黎晴作为送人头第一人，也是第一个跳出建筑物的。

连她自己都没有想到，刚刚蹦跶出建筑物，她就"砰砰"两声被敌人给击倒了——

一命呜呼。

另外几队此时也已经围了过来，对着TRB就是一顿集火。

有了上一轮的经验，TRB几人现在也稍微得出些结论，在黎晴倒地的同时便四散逃窜开来，只为多争取一些反击的时间。

但是事实证明，不管争取到多长时间，一对三还是太吃亏了。

坚持不到半分钟，几个小朋友就已经气得不行想放弃了。

电光石火间，耳边突然传来一阵混乱的枪鸣声。

右上角也同时出现击杀信息——

[LS.Beast 使用 M4 误伤队友。]

[LS.Beast 最终杀死了 LS.Deak。]

被LS等人锁进包围圈的TRB最终还是没能反击成功，在比赛开始后的第五分钟，四人都倒在了血泊中。

欣慰的是，从刚刚Beast的行动中，TRB也终于找到了攻陷LS的突破口——Beast。

Beast刚刚出枪时，几乎没有引起任何人的注意，包括LS的其他队员。但当Beast将枪口对准Deak时，一切都已经晚了，所有人都没来得及反应，Deak就直接被Beast给补死了。

一点机会都不留。

尽管Beast开枪时，TRB都已经被灭队了，但这样的举动依旧引起了全场观众的注意。在这样微妙的时间点，Beast开枪打死了自己的队长，且从刚才的情况看来，这就是一场刻意为之的射击，和"误伤"没什么关系。

所有人都有些猝不及防，包括解说。

解说A甚至吃惊得连话都说不清楚了：【Beast这……这是怎么了？】

【应该不是手误，】解说B笑得有些耐人寻味，【看来Beast和Deak之间产生了分歧，且这个分歧相当大。】

他话里有话，成功调动起了现场观众的讨论。

"我看就是 Beast 受不了 Deak 的作弊行为了吧！"

"可以啊，队里至少有一个清醒的人。"

"这个 Beast 早干吗去了，怎么不在 TRB 被灭队之前动手啊？"

某种程度上来说，观众说得也没错，Beast 的确准备抢在 Deak 包夹 TRB 之前动手。只是习惯使然，遇到敌人时他下意识便选择了战斗。

这就像是一个军人，在战场上，就算他有异心，也会下意识为自己这方夺得胜利。直到屏幕上出现 TRB 被灭队的信息，Beast 才回过神来。这不是他的本意。

于是在最后一秒，他将枪口对准了 Deak，并毫不犹豫直接补死了自家队长。尽管解气，但他这样做会引来怎样的后果，他自己也无法预料。

但至少在这一秒，他内心无比满足。这不是什么正义感作祟，也不是什么原则问题。就像以前，就算他知道 Deak 做的事也只是睁一只眼闭一只眼。只是这一次，他没法忍受 Deak 愚蠢到在众目睽睽之下做小动作，Deak 抹黑的不仅仅是自己，更为 LS 引来无数骂名。

就算是为了自己退役前的最后一场战役，他也没法忍受自己的职业生涯以这种方式结束。到最后给别人留下的，就只有一个打假赛的印象，换成是谁也不会愿意。

Deak 倒下的第一秒，整个人就处于暴怒状态了。

要不是旁边的两个队友连扯带拽制止了他，Deak 可能已经向 Beast 挥拳了。就算 Deak 死了，该进行下去的游戏也还是得进行下去。

几人拉扯一阵，直到耳边传来阵阵枪响，才终于回过神继续游戏。

在比赛中，就是一秒钟的时间战局也会发生翻天覆地的变化，更何况是几人长达几十秒的拉扯。

等 LS 几人终于将注意力放到屏幕上时，猝不及防便被对面的敌人爆了头。这当然也是 Deak 安排好的，为了使每场的围攻更加逼真，每次围剿 TRB 成功后，他们要么溜，要么"刚"枪。

在 Deak 眼中，这样做之后被发现的概率也会降到最低，但其实……这也只是他自欺欺人的想法罢了。

只怪另一边的 GS 太过配合，这边刚收拾完 TRB，那边就立刻朝 LS 发起了强有力的进攻，完全不留余地。

而游戏中站在原地发呆的几个人，就这样被 GS 灭了队。

LS 被淘汰，后面的战局重点也就全集中在了 CUS 和 Unique 身上。

而这一次，有实力取胜的，变成了 Unique。

观众们给予 Unique 的欢呼声还是足够多的，特别是被 Unique 最后灭队的，还是小动作良多的 QX。

而 CUS 也当仁不让拿到了第三名。

积分榜出来后，排名靠前的几支队伍里，就只有 TRB 倒退了五个名次最后来到中游，这让很多 TRB 的粉丝气得想骂人。

如果单纯按照实力来讲，TRB 就算是拿第一也不过分，但 LS 这几支队伍的针对明显奏了效。

社交平台上，关于这两场比赛的讨论整个炸翻了天，更有好事者将两场比赛的围攻片段录了屏，发到网上后，大家一对比……更气了。

【这是什么东西，LS、DFS、QX、GS 退出电竞圈吧，什么玩意儿？】

【前段时间还说 TRB 联合 Unique 作弊闹得沸沸扬扬的，现在知道到底是谁作弊了？】

【当初 TRB 和 Unique 退赛感觉也和这个脱不开关系啊，仔细看 G-Star 时的比赛，就是这几支队伍在第一场包夹了 CUS！！！】

【还真的是，哇！这是真的不把我们当人，垃圾战队滚吧。】

【我就想问问主办方怎么说，这么明显的假赛，这几支队伍不退赛，我是不会再看比赛了。】

【可是上次 LS 他们针对的不是 CUS 吗，TRB 和 Unique 为什么要退赛？】

【是不是傻？你以为针对一支队伍就不会对其他队伍造成影响吗？这一系列蝴蝶效应直接影响到所有队伍排名啊！】

【哇！这么一想，我对 TRB 和 Unique 路转粉了，这个"三观"是真的正！】

【抱歉，以后我拒绝观看这几支队伍的比赛，他们如果不被禁赛，这游戏我都不想玩了。】

恐怕连 Deak 自己都不知道，他的举动产生了多大的影响。

而当他知道的时候，一切都已经晚了。

另一边，已经将两场比赛的视频交由主办方的 TRB 几人，心情也好不到哪里去。

蓝洞那边一定会给出解决办法。而这个解决办法，多半也是 LS 他们禁赛，在这之前进行的两场比赛结果是决计不会改了。

就像上次 TRB 几队退赛，主办方也没有改变第一场的比赛结果一样。

重赛、比赛积分清零，这对于蓝洞来说是一笔巨大的开销。蓝洞可能会为了名誉将 LS 几队禁赛，但一旦牵扯到利益，就又是另一回事了。

也就是说，现在积分处于中游的 TRB，夺冠之路会变得尤为艰难。

但即便如此，TRB 也不会后悔做出这样的决定。

从一开始他们便打了激怒 LS 的主意，现在所承受的后果，也都在他们意料之中，他们觉得值得。

用一场比赛的失利来杜绝假赛，不管是对电竞圈还是对他们，都是有意义的。他们未来还会有无数比赛，现在这一场，绝不会是最后一场。

蓝洞这次的效率很高。

一是因为李雷早就和李显那边达成高度一致，所有的进程几乎没怎么受挫，将两次比赛的视频和 G-Star 时 LS 给他们打电话的录音交上去之后，一切都顺理成章。

当然，影响甚大的网络舆论也让蓝洞这边不得不加快处理进度。

下一场比赛迫在眉睫，为了止损，蓝洞也一定会在第二天比赛来临前做出最后决策。就连 Beast 都没想到，他们刚结束比赛没两分钟，Deak 就接到了高东旭的电话，被下了最后通牒。

Deak 接到电话时整个人还处于愤怒状态，刚准备破口大骂，就叫这通电话给打断了，连带的，他对电话那头的高东旭态度也好不到哪儿去："说话。"

"你是不是脑子秀逗了？！"那头的男声比 Deak 嗓门更大，连一旁的 Beast 都能清晰地听到高东旭的叫骂声，"我是不是跟你说了，这场比赛老实点？"

Deak 眉头紧锁："巧合而已。"

"巧合？"高东旭怒吼，也不想再跟他讲道理了，"你是不是觉得自己巨聪明啊？其他人都是傻瓜？等着蓝洞官方的禁赛函吧。"

高东旭是公司内部成员，得到的自然也是第一手消息。

Deak 在听到"禁赛函"的第一秒一颗心就猛地往下沉，甚至连呼吸都忘记了。等他回过神想要开口询问，那边已经挂断了电话。

"怎么了？"Beast 听了个大概，但毕竟是韩国人说的英文，他也没有全部听懂。

Deak 整张脸彻底阴沉下来，连表面的平静都已经维持不住了，突然大吼一声："你给我闭嘴！"

Beast 没有丝毫惧怕，还悠闲地笑了笑："是不是被禁赛了？"

一听到"禁赛"二字，旁边两个一直没说话的队员也立马看了过来，都是一脸焦急的模样。

"禁赛"这两个字包含了什么，所有圈内选手都心知肚明。只要这个指令下达出去，他们就全完了。不仅是团体被禁赛的问题，他们的个人履历上也会染上一个不可磨灭的污点。

"呵，"Beast 笑了，"你们现在知道慌了？晚了。"

Deak 上前两步，走到 Beast 面前，阴着脸咬牙切齿："你以为刚刚那一枪就能给自己洗白，把自己给摘出去了？别做梦了，我们就算被蓝洞禁赛了，也还能转其他游戏，而你，即将失去这份工作。"

Beast 不在意地耸耸肩："无所谓。"

做都做了，他现在看得比谁都开："还是多想想自己吧，LS 会在触犯众怒的情况下留下你吗？离开 LS，又有哪支战队敢要你这种人？

"现在全世界观众都已经知道你假赛，以后但凡是你的比赛，就没有绝对的公平性可言。

"这么看来，不仅是战队，恐怕任何比赛都不敢再邀请你了吧。

"你的职业生涯，已经完了。"

PGI 第一个比赛日的晚上 8 点，蓝洞官方同时在网上发出通知——

【关于今天 PGI 国际联赛上出现的赛事失衡情况，在经过工作人员多方核实查证后，做出如下通告——于第一个比赛日的第二、第三局游戏中，LS、DFS、QX 及 GS 分别出现假赛及协同假赛行为，连续两次对 TRB 进行不合理围攻针对，系违规行为。现对其做出各三年或一年的禁赛处罚，并对假赛组织者 Deak 做出无限期禁赛处理，望各位引以为戒，特此公示。另：LS、DFS、QX 及 GS 的成绩将会被取消并立即予以退赛，念及比赛的后续进展，其他队伍成绩保留不变。】

这是蓝洞官方对此次事件的第一次回应，任谁都没有想到，一向喜欢大事化小小事化了的蓝洞居然这次在如此短的时间内便做出了处理，还这么大快人心。

但是所有人的注意力都已经被点名处以禁赛的几支队伍夺去，并没有太多人关注蓝洞的态度，当然，TRB 被影响的积分也是。

【我的天，蓝洞厉害啊，第一次看到主办方这么刚的，爽！】

【我就知道是在打假赛，真的傻，做得这么明显还想不了了之？】

【注意到了吗？Deak 是组织者！所以 Beast 当时朝 Deak 开枪就很容易理解了！】

【就知道这个 LS 不是什么好东西，上次 G-Star 不也是这几支队伍针对 CUS 吗？】

【我算是彻底理解了上次 CUS 的退赛原因，CUS 退赛还能理解，但 TRB 和 Unique 就纯属是看不过眼了吧？瞬间对这两支队伍路转粉。】

【可是为什么不重赛啊？二十支队伍里有四支队伍参与假赛，还要保留现有其他队伍的成绩，对 TRB 不公平吧？】

【这世上哪有绝对的公平？能处理掉这些电竞毒瘤就应该偷着乐了。这绝对是蓝洞给回应最快的一次了，应该是在为接下来的比赛做准备。】

【啊啊啊，不要啊，眼看着 TRB 受到针对，从第一名掉到第十名都不重赛改成绩，真委屈。】

说什么的都有，但大多数还是对 LS 这种行为的谴责。

不仅蓝洞官方账号，Deak 和 TRB 几人的微博评论区也瞬间沦陷，底下几乎全是对假赛一事的讨论。而对于 TRB 的粉丝来说，这也相当于对 TRB 在 G-Star 上的退赛行为给出了解释。

特别是在取得蓝洞官方的同意后，TRB 官博发出了一段录音。

这次的作弊事件虽明显，但终究没有铁证，一些 LS 的粉丝不死心地蹦跶着，想要为 LS 申冤，此时听到这段录音之后，瞬间醒悟。

LS 完了。

这段录音正是卫晗当初拒绝 LS 时的通话记录，虽然 Deak 说得含糊，但只要联想到当初几支队伍对 CUS 的包夹和今天的两场比赛，几乎是一瞬间，人们便将这两次事件联系起来，当初 Deak 邀请 TRB 打假赛的画面感都出来了。

也因为这段录音，本来已经被很多人遗忘的卫晗一晚上涨了十几万粉。

第二天一早，卫晗起来看到自己快炸掉的微博，给陈子彦拨去电话，这才知道，陈子彦昨天发出去的录音里，也如实录进了自己最后的叫骂声。

这一骂不但没让人心生反感，反而大多数人被卫晗的态度给圈了粉。面对这样的诱惑，他不但没有上钩，还急中生智地找准时机录了音。

看起来心思如斯缜密的一个人，挂断电话的最后一秒，骂了脏话，光是这个反差就能让人想出一脑子戏了。

卫晗也没想到现在粉丝的口味如此奇特，骂个人就能涨十几万粉。

单从这数量看来，也能大概猜到这场赛事在电竞圈内的分量。

自事情发生到现在，已经被强制退赛的几支队伍没有一个人发言，所有人都默契地保持了沉默。而他们内心的不安和忐忑，也只有他们自己知道。

卫晗美滋滋地刷完微博，感觉悬在半空中的事儿终于得到个像样的结果，整个人都身心舒畅起来。

但这毕竟不是 TRB 现在的重点。

已经是决赛的第二天，同时这也是 TPP 的最后一个比赛日，而 TRB……却还在十名开外。

一定程度上，TRB 夺冠的希望相当渺茫了。但就算只要还有一丝理论上的可能，他们也绝不会放弃。

就算知道不太可能了，面对战斗，TRB 也依旧选择了迎头而上。

比赛开始后，姜念很快进入状态，以最快的速度搜索完眼前的建筑物后，心情不错地看向温楚一："队长，请问我们下一步的计划是？"

"打他们。"温楚一正笑着，答得斩钉截铁。

这下不止是姜念，几个小朋友也立马来了劲，异口同声："是！"

TRB 的目标是夺冠，一直没有变过。只是天不遂人愿，G-Star 的假赛风波让 TRB 退了赛，PGI 上又叫 LS 针对两次，导致积分直接掉到了中下游。

接下来的两场比赛刚刚让他们看到了希望，只可惜天不遂人愿，就算接下来的比赛每场都保持前两名，但只要在 CUS 和 Unique 发挥稳定的情况下，TRB 依然出不了头。

于是 TRB 开始剑走偏锋。

"地图上好的资源点本就不多，你们只需要选择离航线最近的几个资源要点，比如 CUS 和 Unique 经常跳的水城和机场，一把遇不到，两把三把一定可以遇到一次。"

姜念回忆起赛前卫晗说的话。

"只要遇到 CUS 或者 Unique 各一次，在比赛的最开始解决掉他们，我们就有机会摸到奖杯！"

台下呐喊声无数，姜念抿了抿唇，看到航线已经出现，默默戴上了耳机："跳哪儿？"

"水城。"温楚一答得斩钉截铁，笃定的语气让姜念起伏不断的心稍微平复。

姜念点点头，不再言语。诚如卫晗所说，如果跳 CUS 和 Unique 经常跳的地方，的确会有一定可能性遇到他们。

　　但问题是，不管是水城还是机场，他们都不算太熟悉。最重要的一点，这两个都是地形有些复杂的位置，这便极大地阻碍了 TRB 选择最优地点、最优撤离或进攻路线，但很明显，TRB 没有另外的选择。

　　想要赢，就必须放手一搏。

　　于是第三场比赛刚刚开始，在现场观众的惊呼声中，TRB 果断选择了水城的方位落了伞。航线正处 G 港上方，TRB 却没有选择他们熟悉的上城区，反而跳向了在过去比赛中他们一次都没有跳过的水城。

　　与此同时，上帝视角可以看到 Unique 也同样开了伞，正往水城的方向跳去。一些 TRB 的顽固黑粉看到这种情况蠢蠢欲动——

　　【我看打假赛的应该不止是 LS 他们吧，TRB 和 Unique 这不也跳了同一个地方吗？】

　　【呵，还说和 Unique 没有串通打假赛，TRB 从来不跳水城的，明摆着是想向 Unique 寻求帮助。】

　　【我怎么感觉……TRB 更像是去捉 Unique 的呢？】

　　屏幕上，TRB 的动作初显端倪，Unique 也立刻意识到了不对劲。

　　宿继九看着半空中不属于自己队伍的四顶降落伞，皱了皱眉："水城还有一队，小心点，Kid 速度还要再快一点。"

　　Kid 应声而动，立马将角度往下拉以加快速度，却还是晚了一开始就找准落点的 Wind 一步。

　　只见 Wind 灵活地落到屋顶上，捡起边上的一把 UMP9 就将枪口对准了自己对面房顶的 Kid。此时的 Kid 也已经落地，只是捡枪和换子弹的速度终究没能赶上先一步落地的 Wind。

　　只听"砰砰砰"几枪，屏幕右上方出现击杀信息——

　　[TRB_Wind 使用 UMP9 击倒了 Unique.Kid。]

　　楼顶没有掩体，Wind 轻易就将 Kid 补死，回头还不忘欣喜地朝耳机里的队友大喊："老大！真的是 Unique 他们！"

　　"你 80 方向有两个，130 方向一个。"温楚一此时才刚刚落到远点，便准确地报出了对方三人的方位。

　　与此同时，刚刚落地的宿继九也同样向队友说出了 TRB 几人的方位。

　　虽然 Unique 已经损失一名队员，却依旧不见慌乱，三人很快找到了相对安全的空隙搜索起来。右上角的击杀信息刚刚消失，Unique 三人都很清楚，这是 TRB 为了夺冠来狙击他们了。

而这一情况，其实在看到水城上空的四顶飘伞之时，宿继九便隐有预感。这样的情形之下，就算有人一开始选择水城，但在看到这边有人之后，一般也会临时改变路线，但这四人明摆着就是冲着他们来的。

而在这剩下的十几支队伍中，愿意像这样一开始就和 Unique 产生正面冲突的，除了 TRB，宿继九想不出第二队。

所以相比现场观众的惊讶与不解，宿继九和另外几名 Unique 的队员则较淡定。特别是在已经缺少一名队员的情况下，Unique 更需要沉稳面对。只是很明显，TRB 似乎并不打算给 Unique 喘息的机会。

温楚——一声令下，黎晴和 Wind 已经提了枪往老鸡和宿继九的方向突了过去。

首先听到黎晴和 Wind 脚步声的是正在一楼搜枪的老鸡。

听到动静，他立马朝宿继九开口："有人来了，就在房外。"

"有手榴弹吗？"宿继九面不改色。

老鸡快速摁下 Tab 键看了看自己的背包，声音有些紧绷："没有。"

宿继九抿了抿唇："守住前门，小风找到倍镜了吗？"

"没。"

宿继九面上平静无波的表情终于有了一丝破裂："远处守着后门，开枪威慑一下他们。"

小风应声答"好"，枪口立马对准了后门，却苦于没找到倍镜，一把孤零零的红点 98K，着实有些鸡肋。

场面有些紧张，Wind 和黎晴因为提前获知了小风的方位，已经藏身于小风视野盲区的墙壁后。全场所有人都密切注视着三人的动向。

"砰——"一记响亮的枪声回荡在半空中。

解说 A 惊呼：【小风被爆头倒地了！又是 Moon！又是 Moon 的一枪爆头！】

解说 B 翻了翻手中的记录册：【根据统计，包括国内的预选赛，这已经是本赛季 Moon 的第十三次一枪爆头了！这位选手还是个新人，难以想象，她今后会达到怎样的高度！！】

右上角再次出现自家队员被击倒的信息后，宿继九的脸色已经彻底沉了下来，连带地，老鸡也不自觉地紧了紧手中的鼠标，连呼吸都沉重起来。二对四，敌人还是 TRB，这根本是一场毫无胜算的战斗。

脑中思绪未尽，在二楼的宿继九已经率先翻窗跳了下来，人还在半空中，枪口便已经对准了靠着墙角的 Wind。

Wind 来不及闪躲，连中两枪后才勉强回击了几枪，只是宿继九的应变能力也很强，左闪右躲地避过了无数子弹，在打倒 Wind 的前一秒，他才堪堪被射中一枪。

在这个角度，隔壁楼顶的温楚一将这边的境况尽收眼底，毫不犹豫就开出一枪。

只听"砰"的一声，宿继九应声倒地。

潜伏在另一侧墙角的黎晴也不急着去拉 Wind，直接就往屋内冲，枪声立时此起彼伏，响在众人耳边。因为自己三个队员的相继倒地，老鸡在高度紧张状态下，几乎每个动作都是破绽，只短短三四秒钟就让黎晴给打倒在地。

而这一次，是直死。

比赛开始刚五分钟，Unique 就被 TRB 灭队了，刚刚还在说 TRB 来寻求 Unique 帮助的谣言不攻自破，全场观众都欢呼了起来。

解说 A 紧握着双手，暗自庆幸解说时不用露脸，他自己都能想象到，现在他的表情有多么狂热：【这……我的天哪，Unique 居然被灭队了！在比赛开始后五分钟不到！】

【是的！】解说 B 呼吸都有些不稳，【相信在昨天和今天的比赛之前，TRB 是被最严重低估的一队！没有人能想到，TRB 这会突然改变策略，主动找上 Unique 开战，相信这对于 TRB 的夺冠之路会很有帮助！】

解说 A：【没错，但 TRB 这次在 Unique 身上得了手，是不是证明他们明天也会对 CUS 和 JK 故技重施呢？今天 TRB 已经暴露了自己的想法，明天这一做法还适不适用，谁都猜不到。】

解说 B：【我们知道，Unique、CUS、JK 是现在积分前三名的队伍，而 TRB 主动找上 Unique，如果是借以减少他们的积分，那么这样的招数明天也一定会用在总积分第一名的 CUS 身上。但最晚今天晚上，CUS 一定会知道 TRB 所打的主意，也一定不会轻易地在一开始就被 TRB 捉到了。】

正像两位解说所说，TRB 的目的其实非常明显，明眼人一眼就能看出 TRB 也一定会去主动寻找 CUS 和 JK 开战。毕竟这么大的分数差，让这三支发挥稳定的队伍吃瘪一定是最稳健的方法。

这一把是 TRB 运气好，真的就在 Unique 跳惯了的水城碰到了他们，但这种运气不会场场都有。今天之后，CUS 肯定会随即改变自己的落点和行进路线。这样一来，TRB 的捕猎范围便直接增加到了整座绝地大陆，地图上那么多的资源点，他们就算一个一个找也不一定能找到。

只是现在，这并不是 TRB 该考虑的事情。

至少在他们看来，这样的机会就算再难有，也是有总比没有好。

屏幕上，已经舔完包的 TRB 几人整装待发，甚至还迅速搜索完了几栋无人问津的房子，才继续往圈内进军。

一路上 TRB 都没受到什么挫折，如果不是途中遇到了一拨埋伏的话。

观众欢呼，以为又能看到一场硬仗。

却不知 TRB 几人连理都没有理就笔直开了过去。

小胖子看到人就手痒，坐在车里都有些蠢蠢欲动，探出头还想着要开镜还击。开着车的温楚一却突然一个急转弯制止他："别暴露位置，我们尽量避战。"

小胖子不解："为什么要避战？我们打不过他们吗？"

温楚一摇头："只有你打不过他们。"

第十八章
重回巅峰

小胖子深切感觉到来自全世界的恶意，嘴巴立马就噘起来了："哇，你现在就停车！我现在就去打他们！让你看看我到底打不打得过！"

听到小胖子的喊声，正在开车的温楚一纹丝不动："人家点都占好了，就等你这样愿者上钩的傻瓜上去送人头。"

小胖子并没能得到安抚，忍不住嘟囔道："那你又说你打得过。"

"你一个突击手，想深入敌军基本上不可能，"温楚一的语气还是淡淡的，"这种局面，只有远点狙击才能破局。但是……"他话锋一转，"远点狙击太耗时了，我们拖不起。"

从上把开始 TRB 就已经没有回头路，必须每把保持前两名。

如果放在以前，温楚一一定会毫不犹豫地停车，不管三七二十一和对手先"刚"两拨枪再说。

但现在，他们已经输不起了，任何一丝失误，就能让他们满盘皆输。

说话间，几人已经来到圈内，很快便占了圈边的房区。

光是看这架势，场上观众也能立马意会，TRB 这是准备收过路费的意思了。只是已经来到 TPP 模式的最后一场比赛了，大家这把打得都格外谨慎，压根没准备往房区进圈。而 TRB 能在堵人上消耗的时间也的确有限，于是当下一个圈刷新之时，纵使他们这拨没有收获到任何人头，温楚一也沉着嗓音指示撤退。

屏幕上的画面早已不是 TRB，镜头不停地在 JK 和 CUS 身上切换着，两队都在圈内，且都经历着小规模的团战。

一直关注着击杀信息的黎晴也如实记下了两队的击杀数和可获积分。

黎晴有个毛病，但凡她脑袋高速运转时，她的动作总会出现一两秒的滞后。

尽管温楚一已经提醒过她很多次，但黎晴始终没办法左右脑同时运作。矛盾的是，黎晴的记忆力和计算能力在 TRB 是独一份的，就连温楚一都没这个能力。权衡之下，温楚一最终还是退而求其次，让黎晴回忆或计算时改变站位到他和 Wind 中间，对她予以保护。

于是这次当黎晴改变站位时，温楚一立马停下了脚步。

没承想到这一停，就停出了祸端。

KG 一早便发现了 TRB 的位置了，只是距离有些远，他们一直没敢打草惊蛇。此时一看到温楚一猛然停下脚步，KG 立马扣动扳机，子弹破膛而出。消音 M24 的声音如订书机一般清脆，正中温楚一脑门。

温楚一应声倒地。

导播见势不妙，立马将镜头还给 TRB 等人。

观众席发出阵阵惊呼声。

TRB 虽已在圈内，但周围一片平原，只有孤零零的几个草堆遮掩，姜念甚至连狙击点都没能找到。

温楚一当机立断："他们在远点，姜念和 Wind 架枪，黎晴找机会拉我。"

一边说着，他一边往掩体后方爬去。

KG 哪么容易就让温楚一得逞，立马调整阵型，一枪枪扫射在温楚一周围的草地上。十打两中，也足够将温楚一补死。待屏幕右上角出现温楚一被击杀的信息时，几乎全场观众的心都被揪了起来。

与此同时，姜念终于趁对方露头的间隙开出两枪，成功击倒 KG 一人。

看着自己眼前灰暗的屏幕，温楚一暗骂一声，立马开口："对方满编，还在高点，趁现在先走！"

几人应声而动，趁着 KG 那边拉队友的时间，迅速上车逃离了这一块平原。尽管脱离危险，但团队中的主心骨不在了，三人心中都有些忐忑。

解说员也忍不住叹息。

解说 A：【KG 这一枪实在是打得漂亮，刚刚 09 是有一个改变阵型的动作，Chew 惯性停了两秒，就被 KG 的人找到了机会。】

解说 B：【KG 找机会的能力的确不错，而且刚刚的情况，TRB 在低点，光是地势上就已经处于劣势了。可惜了，TRB 这一把一上来就解决了 Unique，居然在 KG 身上栽了跟头，前功尽弃啊……】

两人说着，姜念三人已经率先进入了第四个圈，黎晴也知道是因为刚刚自己的站位导致温楚一的死亡，这样的紧要关头，她也不敢再将注意力放到击杀信息上了。

温楚一看着三人的动作，轻轻抿了抿唇："黎晴注意击杀信息，该怎么打就怎么打。"

黎晴心头一跳，暗忖温楚一看出自己想法的真实性："可是……"

"找好掩体，"温楚一打断她，"现在已经没有人能保护你了，但是一定要看准 CUS 的积分。"

温楚一的声音听起来很沉稳，对于自己的死亡似乎毫不在意。因为他心里清楚，从上一把开始，TRB 的战术就是以各自为战为主，团队配合为辅。姜念身后的保护被撤掉了，黎晴计算时的保护层现在也撤掉了，但温楚一坚信，这支队伍并不会因为他的缺席就失败。

思忖间，三人保持着高度警惕来到决赛圈。

这期间 KG 已经被 JK 给灭了团，黎晴也很快给出结论，决赛圈里的十人是 433 的队形。

CUS 满编，TRB 和 JK 则各失一人。

TRB 想要取得优势，必须先解决掉 CUS，再向 JK 下手。

温楚一将界面切换到姜念的视角："CUS 应该在高点，看紧一点右边房区。"

话音刚落，正在朝房区开镜的姜念出声道："看到了！红顶建筑二楼有两个。"

开口的一瞬，姜念毫不迟疑开出一枪，只听"砰"的一声，是子弹划破玻璃窗的清脆响声，这颗子弹就如一支穿云箭，划破窗户，正中红心！

玻璃窗有一定可能性会改变子弹弹道和速度，一般人在窗边射击都会先自己打碎玻璃窗。

姜念这一枪，台下观众甚至分不清这是实力还是运气好。如果是运气好还好说，但如果是实力，那这个人……真的太可怕了。

右上角出现的击杀信息证实了温楚一的猜想，姜念刚刚那一枪击倒的是 Pink。

黎晴和 Wind 看准空当，立马朝房区冲去。两人左右开弓，走位灵巧，好几轮扫射也仅将两人打了个半血。

姜念在远处架着枪，后背无人的恐惧感并没能侵蚀她强大的内心，稳稳开出几枪，或打中，或给 CUS 等人造成骚扰。只是一边打着，她也在一边不停地转变站位，这种时候，她动作停下一秒，就有极大可能被对方打下。

手腕传来不太配合的酸胀感，姜念紧锁着眉头，打出最后一枪爆头，立即蹲下躲到掩体之后，右手才敢移开鼠标。

"姜念。"温楚一的声音突然响起。

她被吓了一跳，右手下意识捏住了鼠标，声音都紧绷了起来："嗯？"

"JK 的人在你左后方。"温楚一道。

姜念心底一松，立马朝左后方看去，果然，一片树林里，隐约有几个人头在动，姜念下意识询问："要打吗？"

"暂时不要，"温楚一右手在鼠标垫上画着圈，"先把注意力放在 CUS 身上，JK 那边可能会鸣枪骚扰，你们稳住。"

姜念应了声"好"，知道 JK 的方位后，迅速变换角度，将后背交给了没有敌人的右后方。

黎晴和 Wind 此时已经补好状态，CUS 已经有两人被爆头，2V2 是他们最好的进攻时机，两人毫不犹豫地往里面冲去。混乱中，JK 那边果然已经将枪口对准了几人所在的房区，但也多亏了 JK 的搅局，在一片混乱中，Wind 和黎晴的脚步声都显得没那么突兀了。

CUS 已倒地两人，Zoom 却没有下指令去拉，直接破窗跃身而出。

JK 的 Simon 立即锁定 Zoom。

"砰——"98K 一枪打在了 Zoom 身上。

姜念勾了勾唇，顺势开出一枪——Zoom 倒地。

温楚一也忍不住有些想笑，战斗经验十足的 Simon 肯定没能想到，自己居然会被一个新人给偷了人头。

想到 Simon 有口难言的模样，温楚一一瞬间心情都变好了。

CUS 最后一人还在楼里，Wind 拼枪没能拼过，黎晴接应的速度有些慢了，将 Gun 打倒在地时，小胖子就已经被 Gun 给补死了。

至此，CUS 终于被灭队，而此时的 TRB，仅剩姜念和黎晴两人了。

尽管两人实力不弱，但两人的方位都已经被 JK 所知晓，3 对 2 的情况下，TRB 情况着实不妙。

姜念和黎晴面色凝重，因为刚刚的战斗，两人的位置分散得已经很开了，在 JK 的枪口下，她们甚至没有会合的可能性。

不论对姜念还是黎晴，这都是一个坏消息。

没有人接应，就像两个人在打单排一样，倒地也没人能拉。

一边的温楚一倒是平静得很，面部表情也相当松弛。姜念已经没有时间观察温楚一的脸色，只是紧着嗓音问他："现在怎么办？"

"能打掉一个是一个，"温楚一笑了笑，"这一把我们的任务已经完成了。"

黎晴动作猛地一滞，突然理解了温楚一的意思。现在只剩两支队伍，他们的积分也已经有了保障，且这一局他们已经将 Unique 和 CUS 的分数拉低了。就算 JK 吃到鸡，对于他们来说也无伤大雅，黎晴能想到，姜念自然也能想到，但姜念的表情却没有一丝松懈，对她来说，每一把的胜利都是必争之物，就算是 2 对 3，胜利也就在眼前了。

这么想着，姜念突然动了。

解说 A 惊呼出声：【Moon 动了！Moon 在往 09 的方向跑！在已经被对方知道行踪的情况下，还这样不管不顾地跑出来，这是已经放弃了吗？】

解说 B：【Simon 这边的枪口已经对准 Moon 了！一枪——中了！Moon 这边的血量甚至扛不住一枪！】

解说 A：【等等，09 居然在舔包？！几点钟了？小姐！】

解说 B：【09 在……我的天！她给自己换上了狙击枪！09 已经找到了这边 JK 的位置了！射击——】

解说 A：【中了！居然中了！09 不是突击手吗？以前的比赛里，她也没有展现过自己的狙击能力啊？】

解说 B 却没时间回答 A 的疑问：【Moon 现在已经补好了状态，她手里拿的是步枪！看样子是想快速和 09 会合。】

话音刚落，姜念的路径就发生了改变。

解说 A 大叫：【Moon 在干什么？她疯了吗？Moon 现在正往 JK 的方向突进！】

解说 B 更是连眼睛都不敢眨：【等等，Moon 和 09 怎么突然调换了身份？即使 JK 那边倒了一人，一个狙击手 1 对 2 上前突击，这两个人到底在想些什么？】

解说 A：【Moon 现在已经来到了 JK 几人的左侧了，圈刷新了！就在 JK 和 Moon 所在的树林！】

解说 B：【Moon 突进去了！她手里拿的是一把满配 M4！WTF……倒地了！JK 的 Simon 被 Moon 扫倒在地！JK 只剩最后一人了！】

毒圈已经开始缩小，黎晴开镜，死死盯着远处树林里的两个人头，扣动扳机——

比赛结束。

场上铺天盖地的欢呼声仿佛要掀翻屋顶。

解说 A 喊得都快破音了——

【恭喜 TRB！这是一支不屈不挠的队伍！Moon 和 09 这两个小女生做出了多少职业选手不曾做过的事情！他们做到了！！！】

场上呼声不断，所有人都对 TRB 有了新的认识。作为第二个比赛日的最后一场比赛，这一场给所有人都带来了巨大的惊喜。这不仅仅是 TRB 今天的第一次"吃鸡"，也是黎晴第一次在赛场上展现自己的狙击能力。

相较于姜念早已被大家熟知的突击能力，一向以反应速度和手速取胜的黎晴展现给大家的精准射击更让人惊讶。

更何况，刚刚那一瞬间两人的反应，她们甚至没有沟通的时间！

黎晴的定位一直是突击手，她身上自然也不会有狙击枪，但在那般紧急的时刻，她还能沉稳地跑去 CUS 几人的盒子边换上狙击枪。

姜念的突然行动不仅没有让黎晴滞后，反而告诉了黎晴方向。

屏幕上的比赛已经结束，刚刚刷新的排名也终于放上了滚屏。

前三的排名没有变动，但在积分上 CUS 已经明显高了 Unique 和 JK 一大截了。而一直叫人牵挂的 TRB，则已经从第七名上升到了第五名。

尽管排名一升再升，但积分方面，他们依旧差了第三名的 JK400 分左右，在国内看直播的观众弹幕都刷炸了。

【TRB 无敌！我看呆了！】

【09 神来之笔啊，这是不是 TRB 赛前准备的秘密武器？】

【这配合……就算提前说好，能配合成这样也不得了啊！】

解说员也都还沉浸在刚刚的战局中，久久没有缓过神来。

解说 A：【TRB 这把势不可当，09 和 Moon 两个人的配合确实漂亮。】

解说 B：【不过最让人惊喜的还是 09 这次展现出的狙击实力，现在看来，TRB 这支队伍似乎所有人都是全面发展，突击和狙击两边开花，这场比赛非常精彩！】

解说 A：【我们可以看到 TRB 的比赛积分已经追到了第五名，按照这样的发展趋势，我们之前的预测可能需要重新判断了，TRB——依然还是这次 PGI 夺冠不容小觑的一支队伍！】

解说 B 点头：【但是大家也都知道，TRB 在 TPP 模式的确厉害，不过后面两个比赛日只剩下他们不太熟悉的 FPP 模式了，到底能不能逆风翻盘，现在谁也无法肯定地说出结果。】

导播已经给出手势，解说 A 赶紧收敛住自己激动的情绪，准备收尾：【好了，今天的比赛告一段落，明天是休赛日。后天开始，还是由我和 B 来为大家继续解说 PGI FPP 模式的赛程。】

解说 B：【到底是 CUS 守住领先位置，还是 Unique 迎头赶上，抑或是 TRB 逆风翻盘夺下冠军呢？请大家继续关注此次的柏林 PGI 职业联赛。】

今天的比赛结束，三场比赛中的亮眼表现以 TRB 为首，MVP 的采访自然也是在 TRB 几人中产生的。

意料之外，也是意料之中，姜念被请上了台。

尽管在这之前大家便已经对姜念的长相并不陌生，但当她踏上采访台，所有镜头都对准她时，屏幕前的观众们还是出现了短暂的愣神。

不管看几次，姜念和热衷于电竞的宅男宅女们都不太一样。

女主持对姜念异常热情，看到她上台眼睛都发光了，立马将话筒塞给姜念："恭喜 Moon 神！恭喜 TRB！今天 TRB 从积分榜第十一位重归第五，真的打得太棒了！"

"谢谢，"姜念笑得落落大方，"胜利是属于团队的，都是队友配合得好。"

女主持笑眯眯的："当然，最后一场你和 09……堪称世界级配合了。我们知道之前 LS 假赛的事情严重拖了 TRB 的后腿，直接导致 TRB 从上位圈退至下游，虽然现在重新赶回第五，但后面形势也不容乐观。但是就刚刚几场看来，TRB 似乎并没有放弃夺冠？"

姜念也跟着她笑，四两拨千斤："说不想赢是不可能的，事在人为。"

女主持："看来 Moon 很有信心？"

姜念眼神坚定，答得斩钉截铁："有。"

现场观众瞬间被点燃了情绪，欢呼声四起。

又聊了几句今天的战局，姜念获准可以退场，正准备将话筒还给女主持，女主持突然开口："对了，Chew 真的和你在一起了吗？"

姜念下意识一顿，眼中透出些迷茫。

这……话题是不是转移得太快了？姜念这样觉得，底下的观众可并不。这里不是中国主场，知道温楚一和姜念的事之人寥寥无几，大多数人一开始对 TRB 留有印象，都是因为 TRB 那一身闪亮的队服和宣传照。

就算后来被 TRB 的实力所吸引，他们也不会特意去搜温楚一和姜念两人间的感情状况。

女主持这一问，待观众反应过来，整个观众席都发出了惊呼声。

"什么？我没听错？我……脱粉了、脱粉了。"

"晴天霹雳，Moon 和 Chew 居然是一对？"

"哇！你们连这个都不知道？"

姜念摸了摸鼻子，勉强抬手，将话筒重新举到了嘴边："这是什么秘密吗？"

女主持笑容满面："真的在一起啦？队内恋爱的感觉怎么样？你觉得会影响比赛和训练吗？"

"当然会，"姜念懵懂地眨了眨眼，显得理所当然，"他打游戏废话就越来越多了。"

"废话？"女主持人兴奋得脸都红了，能看出来，她对这个问题真的相当感兴趣。

"嗯，他每时每刻都想吸引我的注意，"姜念点头，"很影响我发挥。"

全场哄笑，明明是一句吐槽 Chew 的话，不知道为什么，从她嘴里说出来竟有种被强塞狗粮的感觉。

已经在后台收拾外设的温楚一听到这里，终于抬起头朝屏幕眯了眯眼，其中不乏一丝危险意味。卫晗在一旁幸灾乐祸地拍了拍温楚一肩膀："哎，兄弟，你被嫌弃了。"

温楚一耸耸肩，轻易甩掉了卫晗的手："这种情侣间的调侃，你是不会理解的。"

卫晗嗤笑，正准备回嘴，姜念的声音清晰地滑入耳中。

屏幕上，姜念笑靥如花，硬生生点亮了整个场馆："不过，我心理承受能力贼强，他废话再多点，我也能忍。"

温楚一不自觉勾起了唇，她还真是什么都敢说。

连续两天的比赛终于结束，TRB 也迎来了为期一天的休息日。

既然是休息日，温楚一和卫晗也没准备让队员加练。在这样紧张的赛程中，选手的手感不会因为一天的间隔就有所折损；恰恰相反，适当的休息能让他们获得更多思考和反思的时间。于是上午的训练结束后，TRB 几人便一齐来到了柏林市中心，决定出来吃饭放松放松。

直到今天，姜念才终于意识到，她总说自己有钱，但可能她的钱，还不及温楚一的十分之一多。

说是出来吃饭，但这天柏林下起了绵绵细雨，气温也低得不像是秋天，几个男人耐寒也就算了，苦了姜念和黎晴，两人披了件外套就出了门，冻得鼻涕眼泪一起流。

温楚一看不过去，菜都还没上就一个人跑出了餐厅，钻进隔壁的名品店就是一顿胡买。再出现在姜念面前时，他手里已经提了无数个纸袋。

他将其中一个递给萧咏，示意其照顾好自家媳妇儿，随后便将手中的纸袋一股脑儿放到姜念面前："去加件衣服。"

　　姜念眨眨眼，看着桌上几乎全是大牌的纸袋，半晌才狐疑道："你确定是一件？"

　　温楚一变得有些局促地挠了挠耳朵："看着好看，就多买了点，你挑一件先穿上。"

　　几人所在的餐厅在市中心，旁边的商场也几乎全是奢侈品门店，姜念有时直播赚得多了，也会买两个名牌包犒劳犒劳自己，她当然也是认识这些品牌的。只是现在看这人花钱不眨眼的架势，她突然就有些好奇，他这些年到底赚了多少钱？

　　她是这么想的，也是这么问的。温楚一也不犹豫，立马就轻声在她耳边报了一串数字。姜念抽了口气，甚至都感觉不到冷了："多、多少？"

　　温楚一又重复一次，态度之坦诚，语气之随意，无一不让姜念叹为观止。温楚一也顾不上观察姜念的表情，见她一直不换上新衣服，自己动手在一众袋子里挑了一件风衣给她披上："你明天是不想比赛了？赶紧把衣服穿好。"

　　姜念吸了吸鼻子，开口时鼻音浓重："我不想努力了，你养我吧。"

　　"好。"温楚一从善如流，一边说话，还一边帮她紧了紧扣子。

　　姜念不依不饶："光养我不行，我爸妈你也得养啊。"

　　温楚一："行。"

　　姜念："那我表姐和表弟也交给你了？"

　　温楚一："没问题。"

　　姜念："我朋友……"

　　"姜念，"温楚一扣好扣子，双手终于离开她的外套，这才与她对视，"你是想让我养活你朋友圈里的所有人？"

　　"不行吗？"姜念委屈巴巴地眨眨眼，神色异常无辜。

　　温楚一张张嘴："行。"

　　旁边四人看得目瞪口呆。

　　卫晗忍不住拍桌而起："我吃饱了！先回去了！"

　　"欸？晗哥？"Wind朝着卫晗的背影大叫，"菜还没上呢！"

　　最终姜念还是感冒了，不严重，但奶声奶气的鼻音也足够挠得温楚一心底发痒。即便如此，他大半夜还是跑了趟药店，用不算流利的英语和德国店员鸡同鸭讲了半天，才终于买回了两盒感冒药。

虽感冒了，但姜念精神还算不错，强拉硬拽着不让温楚一回房。

温楚一拗不过她，只得耐心地坐在床边，一直将她哄睡着了，又不放心，最后便直接和衣在她身边睡了一晚。

一觉醒来，两人都感冒了，这下好了，谁也用不着担心会传染到给对方。

于是两人一齐擦着鼻涕出现在卫晗等人面前时，毫无疑问地引来了卫晗的破口大骂。

许是为了出昨天被强塞狗粮的气，一直到一行人走进后台休息室，卫晗还在喋喋不休："只剩两天就决赛了，你们能不能克制一下自己？比赛结束想干吗干吗，你看看谁还管你们！"

一直到这儿，姜念才终于听出些端倪，疑惑道："什么玩意儿？克制什么？"

"你说克制什么！"卫晗气得吹胡子瞪眼，"有什么事不能留在比赛结束再做？"

姜念会意，表情中带了丝窘迫："我们没……"

"行了、行了，"卫晗摆摆手，"待会儿好好比赛，要是因为感冒影响比赛，你俩就自刎谢罪吧。"

温楚一揉了揉鼻子，暗自捏过姜念的手，声音都有些沙哑："走吧，你跟他说不清的。"

姜念撇撇嘴，终是选择了沉默。

一旁的Wind看着姜念有口难言的模样乐呵呵的。许是姜念"怼"他的次数太多，现在看到姜念吃瘪，他笑得比谁都开心。只是这样的快乐并没能持续太久，确定上场名单时，卫晗喊出的几个名字中，并没有他的名字。

Wind愣了一秒，立刻朝卫晗抗议："我呢？我今天不上场吗？"

卫晗点头："萧咏和黎晴有一套配合打CUS很有用，之前练习期间，他俩FPP打得挺好，今天让他俩试试。"

小胖子委屈："我打得不好吗？"

卫晗一愣，清了清嗓才道："就是因为你打得好，才让你明天压轴上场。"

小胖子好哄，脸色瞬间阴转晴，乐滋滋地走到一旁的沙发上翻出自己包里的零食，俨然已经是观众状态了。

卫晗失笑，又看了眼边上一脸兴奋的萧咏："好好打，加油。"

萧咏猛点头，激动之情溢于言表，自从之前在大赛中掉了链子后，他就再也没上过场，和姜念几人待在一起的时间越久，他发现自己和自家队友的差距。就是比他起步晚的黎晴，也因为反应速度快和强大的计算能力成了团队不可或缺的一部分。

眼看着自己的队友们越来越强，萧咏急在心头，却又因自己硬实力不足而无可奈何。就像这次PGI的世界联赛，这还是他的首次登场。而这一次，他不求有功，但求无过。

至少像上次那样愚蠢的失误，他一定不会再有了。

卫晗派出萧咏、黎晴同时上场，自然也有他的道理。许是因为两人的情侣关系，一举一动中不乏默契不说，两人的配合和站位更是无懈可击。

特别是在FPP模式中，萧咏的上手程度要比卫晗想象中快得多。后来一问，才知道萧咏在接触PUBG之前，也打过很长一段时间的CS。

今天的观众和前两天比起来有增无减，尽管真正意义上热衷于PUBG这款游戏的玩家，大多更喜欢TPP模式，但这也并不妨碍他们的观战热情。

短暂的入场时间过后，第一场比赛终于开始。

TRB采取了和前天一样的模式，直接选取了CUS的常选之地——机场。

幸运的是，这次机场除了TRB，只有另外一支队伍；不幸的是，因为航线的偏离，这一把CUS并没有选择机场作为落点。

当TRB几人斩获第一个人头时，便已经得到了这个坏消息。因为没能狙击成功，TRB几人也没准备在机场范围浪费太多时间，解决完一支队伍后，便直接冲进了圈内。一直到最后的决赛圈，温楚一、姜念一行人才终于与CUS正面交锋。当然，同时进入决赛圈的还有Unique。

短暂的交锋后，由于Unique和CUS的两面围剿，TRB以第四名的排位率先出局。得知名次时，姜念的心情并不太好，眉宇间的忧虑显而易见。

这两天卫晗和温楚一不断重复必须要拿到前二的名次，这一把只拿到第四，对接下来的战局会更加不利。

Unique和CUS又都在决赛圈内，TRB似乎离胜利又远了一步。

CUS在和Unique的拼枪中被淘汰出局，拿到第三。

到这里，都还在观众的理解范围之内。

直到……一直埋伏在边上的JK一队，在两队拼枪后突然现身，强势拿下了Unique，拿到了FPP模式第一场的胜利。

游戏结束，积分排名也紧随其后滚动出现在屏幕上。

TRB的发挥稳定，由第五升至第四，但和第三的Unique有了一段明显的积分差距。而现在，JK超越了Unique，来到了第二的位置，离第一名的 CUS 仅差 200 分，包括解说员在内，所有观众都沸腾了。

本以为接下来就是 TRB、Unique 和 CUS 三支队伍的争抢了，JK 却突然在关键时刻冲了出来。JK 的突围也让场上的局面变得更加扑朔迷离，前四名的队伍差距都不算小。

但这毕竟是电子竞技，游戏中不到最后一刻，一切都有可能发生。

姜念对于这个结果也有些惊讶，一回到后台就冲温楚一问："JK 之前一直都在隐藏实力吗？怎么突然这么强？"

"隐藏实力？"温楚一笑，"Simon 他们以前就是 CS 选手，FPP 打得好很正常。"

姜念这才想起 JK 在过去创造的成绩："你不说我还真给忘了。"

"但这次也多亏了 JK，"温楚一忍不住摸了摸姜念的头，"CUS 和 Unique 的分数越少，对我们就越有利。"

JK 的 FPP 模式的确打得好，但既然温楚一以前能打败 JK，现在也行。

倒是这把硬生生被 JK 往下拉了一个名次的 Unique 和 CUS，在无形中，TRB 渐渐缩小了和他们的积分差距。

说话间，卫晗走近两人："刚刚那把 CUS 改变了落伞路径，他们可能是已经发现我们的意图了。"

游戏中的温楚一几人看不到，但处于上帝视角的卫晗看得一清二楚。

就算航线偏离，在差距不大的情况下，CUS 一般也会选择机场作为落点，毕竟是他们最熟悉的几个落点之一，但刚刚那把，CUS 没有选择自己熟悉的机场，反而往 N 港方向跳了去，这便足以瞧出些端倪。

要么，是 CUS 改变了策略，N 港是他们的新招；要么，就是 CUS 已经得知了 TRB 的意图。

相较于 N 港不算富裕的物资来说，卫晗更倾向于后者——

经过前天狙击 Unique 的那场比赛后，CUS 似乎采取了防患于未然的策略，从一开始就巧妙地避开他们。相信回到休息室看过录像后，CUS 也能从 TRB 的跳伞路径中证实了他们的猜测。

这就有些难办了。

如果不能成功狙击到 CUS，加上这一把 TRB 的积分拿得并不高，夺冠之路只会越来越艰辛。

想着，卫晗已经不自觉锁紧了眉头。

姜念看了一眼刚刚比赛的游戏录像，摸着下巴道："宁愿跳 N 港都不来机场，这应该是故意试探我们的吧？"

温楚一点点头，调侃她："还不算太笨。"

"CUS 想躲我们，从根本上来说就是想避战，"他继续道，"那就让他们避个够。"

"什么意思？"卫晗看向他。

温楚一伸手敲了敲屏幕上航线下的几个城区："CUS 跳的一般都是资源丰富的点，这把航线在机场这边，他们选择了 N 港，但并不是每个资源丰富的地点边上都有备选方案的。"

"我知道了！"姜念在脑中过了两遍他的话，猛地双掌拍击，"他们如果继续避战，资源丰富的点会被我们抢了不说，他们的装备也会降低几个档次。"

温楚一笑着点点头："巧妇难为无米之炊，就算 CUS 操作和技术再强，没有倍镜甚至没有狙击，能翻起个什么浪来？"

接下来，他们根本不需要费尽心思去提前淘汰 CUS，只要占好 CUS 爱跳的几个资源要点，CUS 总会有吃不消的时候。而到那时，他们什么都不用做，CUS 也会不攻自破。当然，如果 CUS 硬着头皮选择了和 TRB 一样的城区，也恰恰合了卫晗和温楚一的心意。

殊途同归。

正如温楚一所说，在接下来的两把里，JK 都保持着高水准的发挥，拿下了一把第一、一把第二的好成绩。而 CUS 似乎也的确看出了 TRB 想要狙击他们的用意，接连两把都跳了往日绝不会选择的落点，其中一把甚至出人意料地选择了野区。这也直接导致了 CUS 前期不得不小心翼翼地选择隐蔽路线进圈，而对于他们的进攻来说，这更是一种变相的掣肘。

装备劣势在前，CUS 第一把还勉勉强强杀进了决赛圈，第二把挺进第二个圈就被迎面碰上的 Unique 给撞了个满怀，积分直落大几百。

倒是 TRB 这两把，萧咏和黎晴的配合初见成效，打了 Unique 和 JK 一个措手不及，一次第二，一次第一。

当三场比赛结束时，尽管 TRB 的积分排名仍处于第四，但和前面三队的差距都已经减少到了 300 分以内。

因为 CUS 的积分优势依旧存在，JK 和 CUS 打了个平手并列第一，Unique 则稳稳保持在第三。几支强队的高水平发挥让观众们看得大呼过瘾，三场比赛下来，解说员们一个个都声嘶力竭，热闹的场面足以媲美当年温楚一封神的那场比赛。

只是当时，人们仅仅是在为温楚一欢呼。

而现在，台下观众整齐的呼喊声中，有一大半都是 TRB 的名字。

Chew 神还是当年那个一手遮天的 Chew 神，但当 Chew 出现在 TRB 中时，人们看到的已经不仅仅是他一个人，更是 TRB 全员。

如果说，两天前 TRB 的夺冠可能性仅有 1%；那么现在，在看过这几场比赛的观众眼里，TRB 夺冠的可能性甚至已经上升到了 99%。

随着倒数第二天比赛日的结束，TRB 在国内风头正盛，很多微博大 V 直播 TRB 在柏林赛场上的优异表现，整个电竞圈都热闹沸腾。

虽然 PUBG 职业联赛没有 LOL 职业联赛那样受欢迎，但"吃鸡"在国内的受众还是很宽泛的。特别是出了手游版"吃鸡"之后，各个年龄层的人都对这款游戏并不陌生。谈到"吃鸡"，又谈到 PUBG 的职业联赛，很多玩家都被吸引了注意力。一开始看的是 TRB 在国际赛场上的赛果，发现名次还不低，人们便纷纷点进了 TRB 的官微。

主页上的第一条就是关于 LS 假赛事件的解释和录音，大众的目光再次被转移到之前 TRB 的退赛风波上。在国内的情况先避开不说，只要看到是国际赛事，国人支持自家队伍的态度还是空前统一的。

看完整个过程，一众网友义愤填膺。

好好的一个比赛，本来两次 TRB 都很有希望夺冠，又两次都让 LS 给打了岔，一个个气得不行。

而此刻的 TRB，却无暇顾及其他。

已经是最后一个比赛日，他们只剩理论夺冠可能。

观众席上乌泱泱的人头不断攒动着，赛场外没买到票的粉丝甚至已经包围了整个场馆，其中不乏这几天迅速聚拢的一批 TRB 粉丝。

当 TRB 几人到达场馆时，看到的就是这种盛况。

所幸主办方安排的车辆没有标识队伍名称，不然他们可能连顺利进入馆场后台都成问题。

Wind 看着场内场外乌泱泱的人头，一进休息室，还一阵后怕地拍了拍胸口："吓死我了，早知道今天这么多人，我就拾掇拾掇再出来了。"

"你还想怎么拾掇？"卫晗嗤笑，"找人给你化个妆？"

小胖子立马转头看他："真的吗？现在叫人还来得及吗？"

"来不及了，你别想了。"姜念一掌拍向小胖子的脑袋，"快来签字，马上要上场了。"

另一边的黎晴和萧咏也忍不住捂嘴偷笑。

将几人略显松弛的状态尽收眼底，温楚一抿了抿唇。

紧密的赛程和处于劣势的局面似乎并没有将队里的几个小朋友吓倒，经过这大半年的时间，似乎他们都已经长成了能独当一面的人了。

因为对自己的实力有信心，所以他们才能这样轻松。

这和最初 TRB 成立时的状态，已不可同日而语。

随着十几支队伍的陆续入场，各国的直播平台上也都热闹了起来。

数以万计的观众拥入比赛直播间，为各自支持的队伍摇旗呐喊着，不关掉弹幕，甚至都看不见屏幕上的画面。

不论是在直播平台还是在现场，TRB 夺冠的呼声都占了大多数。

要说实力强劲，上游圈的几支队伍每支都强。但作为一支被作弊拖到下游圈，又一步步爬到第四名的队伍，人们对于 TRB 完全失去了抵抗力。

对于粉丝来说，这就是奇迹。人们喜欢强者，却更偏爱奇迹。

就是 TRB 在刻意套路 LS 作弊初期，他们也无法预想到会收获这样多的支持。

台上的两位解说员正襟危坐，将场上各支战队的情况都介绍了一遍，当介绍到 TRB 时，他们更是花了比别的队伍多两倍的时间。

随着现场激昂的音乐声响起，第一场比赛开始了。

TRB 依旧本着以狙击 CUS 为第一目标的信念，一开局便跳往机场。

经过昨天的几场比赛，观众和解说员或多或少也看出了 TRB 的目的，现场立刻爆发出欢呼声。

只是这次的欢呼不仅仅是给 TRB 的，同样也是给 CUS 的。

这一次，CUS 终于跳向了他们的战略要点——机场。

机场就两支队伍，温楚一看清了对方几人熟悉的落点后，便已经判断出对方的身份。CUS……终于准备正面迎战了。

Wind 和对手 Gun 几乎是同时落地，所幸两人并未落在相同地带，没有在第一时间就展开战争。

屏幕上切出 Wind 和 Gun 持枪上膛的画面，台下观众的心瞬间就被揪了起来。时间紧迫，几人连交换物资的时间都没有，只能靠运气。

不幸的人是温楚一，本来就是最后一个落地，落点的建筑物还没能搜到步枪和狙击枪，身上背着两把霰弹枪就硬着头皮往外冲。

耳边传来散乱的脚步声，温楚一迅速握起枪准备作战。脚步声近在咫尺，他屏息以待，在脚步声出现在右侧的最后一秒，立马侧身开枪。

"砰砰砰——"

混乱的枪声传来，其中夹杂的是霰弹枪、步枪甚至狙枪的声音。

霰弹枪是温楚一开的，其他两种，却都属于 CUS。

在他侧身出来的第一秒，步枪和狙击枪便已经对准了他的脑袋。

两秒后，温楚一倒地，随后被补死。

馆场内此起彼伏的呼喊声消失了，甚至让人有一种时间停滞的错觉。

"砰——"又是一记响亮的枪声传来。

刚刚补死温楚一的 Pink 倒下了——

[TRB_Moon 使用 SKS 爆头击倒了 CUS.Pink。]

停滞的欢呼声重新响起，解说 A 拍掌称奇：【又是 Moon！比赛一开始 Chew 神就被偷死，但是 Moon 不甘示弱，也杀了 CUS 一个措手不及！】

解说 B 笑着点头：【Moon 的狙击能力简直神准，和 Chew 神也有得一拼啊！就是可惜 Chew 已经被补死了，对方好像完全没有钓鱼的想法，补得非常果断。】

这一刻，姜念异常果断，接连两枪同样将 Pink 给补掉，掉转枪头便找到了远处狙击的 Zoom。

温楚一刚刚张开的嘴在看清姜念的动作后又默默合上，嘴边带了抹笑意。那个每次找不到人，要依靠自己报点的姜念似乎已经渐渐远去。

现在的姜念，就算不用他说，也能以最快速度准确地找到目标人物。

不止是 Wind、萧咏和黎晴在进步，他的念念，也在不知不觉中成长。

这就是经验和意识的改变。

游戏仍在继续，姜念一枪未中，给了 Zoom 逃离原点的空隙，却又被已经登上高台的 Wind 盯上。两人的夹攻之下，Zoom 很快便被击倒在地。

场上局面的主导权重回 TRB 之手。

离 Wind 最近的 Gun 此时已经来到 Wind 的建筑物，看到自家队长倒地的消息，Gun 硬着头皮便冲了进去。

不承想没跑两步，身后便传来一阵枪声——

黎晴不知不觉已经出现在他身后。

枪林弹雨下，Gun 仓皇逃到二楼，又恰好遇上迎面跑来的 Wind。

又是一番恰到好处的两面夹击，Gun 没能坚持多久，终于倒地。

CUS 只剩最后一人，姜念几人在高低点找寻半晌都没看到人，眼看着毒圈就要刷新，几人当机立断，决定先行进圈。

这不是姜念几人想要放 CUS 一马，而是一人无论如何也已经翻不起什么浪，就算让他苟活到决赛圈，势单力薄也难成大事。

更何况……姜念几人本来也没打算放过他。

毒圈刷新在地图中下区域，恰好就在机场桥边不远处。

TRB 几人开车经过桥头时放下黎晴，这才继续往圈里突进。

解说 A 下意识开口：【TRB 这是不准备放弃的意思啊，留一个人在桥头收过路费，这样的做法其实并不稳妥。】

解说 B：【是的，暂且不论 Tank 是否会选择从这个桥头通过，万一旁边 N 港还有人，09 将要面对的，除了 Tank，甚至可能还有一整支队伍。】

解说 A：【不过这次 N 港并没有人，从这边看来，Tank 也的确是离 09 守的这座桥最近，就看他敢不敢一个人走这座桥了。】

【不对！】解说 B 立即道，【时间不够了！他如果想要进圈，必须要从这座桥过！坐船过去要绕路，还要重新找车，他没有这个时间了！】

两人对视一眼，同时意识到 TRB 的用意。看似没头没脑地放弃击杀离开，并留一人守桥，每一个步骤都不算精巧。

但实际上 TRB 是算准了时间的！

难怪，在快要刷圈之时，TRB 还不紧不慢地搜完了整个机场圈，才慢悠悠地开着车离开。车辆引擎的声音可以告诉 Tank，他们已经离开了。

但这离开的时间，包括进圈的路径，TRB 的每一步似乎都环环相扣——

就是想给 CUS 一记重拳。

三十秒后，无计可施的 Tank 在机场外围终于搜寻到一辆三轮车，几乎想都没想，他跳上车就往桥头的方向开去。此时毒圈已经渗透过机场，刚刚的战局并没有留给 Tank 足够多的时间搜寻物资，加上 TRB 后面不留余地地将机场搜了个精光，他身上甚至连一个急救包都没有。

现在如果不以最快速度进圈，留给他的就只剩死路一条。

十秒后，桥头传来扫射声——

和预想的一样，Tank 被黎晴收了一笔不算丰厚的过桥费。

至此，CUS 全员被淘汰，此轮积分只积 50 分。

TRB 毫不手软地抓住了这个机会，就算只剩三个人，也一路冲杀到了决赛圈，最后击败 Unique 拿到了第二，第一则依旧是发挥稳定的 JK。

这一轮结束，上位圈的排名终于出现了变动。

JK 升至第一，比第二的 Unique 高了足有 200 分。

滚动屏幕继续往下，排名第三的队伍名称终于出现，全场爆发出惊人的高分贝声——TRB 终于上升到了前三！

这是三天以来的第一次，TRB 重新打回前三！

第十九章
冠军属于你

对于前四的四支队伍来说，第一局结束后，四队已经来到同一起跑线。

除了 JK 领先了 200 分之外，后面的 Unique、CUS 和 TRB 比分相差都不大。

第二把开始，就是真正的一切皆有可能，200 分的差距，说大不大，说小也不小。如果 JK 能一直保持这个势头，这 200 分对于任何一支队伍来说都是巨大的鸿沟。但对于一路迎头赶上的 TRB 来说，在观众眼里，这 200 分根本就是形同虚设。

短暂的休息时间过后，第二局游戏接踵而至。

既然已经把 CUS 的分数拉下来，TRB 的策略似乎也有了一定变化。

这一把，他们选择了自己最熟悉的 G 港上城区。

卫晗和温楚一也不是没想过狙击 JK，但商量过后，最终还是决定稳扎稳打。和 TRB 最初的劣势不同，现在 TRB 已经有了相争之力，也着实没有剑走偏锋的必要。只是有时候，天不遂人愿。他们没有找 JK，JK 倒是自己送上门来了。上城区并没有其他队伍，不远处的海景房却有，而这支队伍——正是 JK。

落伞时双方都已经知道对方的动向，却都没有急着进攻。毕竟对于两队来说，这已经是最后的两场仗了，彼此都非常谨慎地选择了先搜寻物资，搜寻物资是个体力活，还伴有运气加成。

而这一把幸运女神似乎站在了 JK 这边。倒不是说他们搜到了多好的装备，而是 TRB 现在搜到的装备实在太差。上城区一直不算富裕，装备掉落时好时坏，全凭运气。步枪倒有几把，但狙击枪硬是一把都没能找到。这对于姜念来说简直称得上是晴天霹雳了。

于是短暂的搜索后，姜念跃身跳出窗外："你们先去，我去右边几栋搜狙找制高点。"

温楚一对此没有异议，淡淡应了一声，就指挥着另外两人继续搜索。

但是时间不等人，搜索间，以Simon为首的JK几人已经迅速压了过来。

上帝视角的观众们下意识屏住呼吸，看情况TRB这边没有搜到狙枪，Moon也跟大部队有所脱离，再加上这两天JK在FPP模式展现出的实力……

TRB恐怕是凶多吉少，两分钟后，"恐怕"变成了现实。

JK不愧是FPP模式的霸主，远距离的跑动和近距离的操作手速都在水准之上。不紧不慢地锁定TRB几人的位置后，他们游刃有余地摸到TRB所在的建筑旁边。

温楚一敏锐地感受到楼下的脚步声，虽轻微，他又身处三楼的位置，却还是听到了碎步声。

轻微的"嗒嗒"声由远而近，Simon身为狙击手，却猫着腰打开了温楚一所在建筑物的房门，首当其冲地领着几个队员跑在最前端。

远处的海景房一角，JK的狙击手已经就位，枪口稳稳对准在楼顶搜索的Wind，只等队长一声令下，他就能取其首级。然而Simon很沉稳，和另外两名队员一齐摸到二楼都仍未说话。空气很安静，Simon等人来到二楼后便按兵不动，默默等待着楼上敌人的脚步声。

处于三楼的温楚一也极有耐心，站在楼梯口的窗户旁一动不动。

姜念那边没有找到倍镜，甚至连狙击枪都没有找到。而在敌众我寡的情况下，处于隔壁两栋建筑物的Wind和黎晴也无法心无旁骛地进行突击。

最好的方法，就是留在最佳的逃离地点，一旦对方行动，进可攻，退可守。只是温楚一没能想到的是，对方明显不止一个人的脚步声，却硬生生地和他僵持了一分钟没有动静。

在这一分钟里，空气似乎静止，谁都没有移动。

如果不是温楚一，换作任何一个职业选手，都早已开始移动。

温楚一心念一动，这样的忍耐力和面对未知敌人谨慎的判断能力……

来者很有可能是上位圈的队伍。

Unique从不跳G港，CUS的几个队员年轻气盛，应该也没有这样的忍耐力。唯一的可能……就只剩JK了。

将自己的猜测轻声道出，Wind和黎晴显然也意识到问题的严重性。这样耗下去对TRB没有任何好处，他们只能选择突围，只一瞬，温楚一便做出判断，黎晴和 Wind 同时从两边的建筑物跳出，准备去围夹 JK。

耳机内传出清脆的玻璃声响——"Shoot（射中）！"

几乎是同时，Simon 大叫出声，立马迈开步伐朝楼上冲去。

"砰——"

"砰砰砰——"狙击枪和步枪的声音几乎同时响起。

台下观众和解说员目不转睛地看着，不敢眨眼，生怕错过一秒。

电光石火间，温楚一对着楼梯口扫射出击，可惜加上扩容也只有 40 发子弹，他没有时间换子弹，立马翻身跳窗。

行动的同时，他也没有放过右上角出现的红色信息。

黎晴已经被击倒了，左下角的队友血量也在提醒着温楚一，Wind 的超低血量并不能完成接下来的突击行动。

"砰砰砰——"又是一阵枪声传来，温楚一的后背已经完全暴露在敌人面前，而刚刚还是低血量状态的 Wind 也已经变成红血状态。

温楚一连中几枪，身手敏捷地一个转身，落地后再次跑进建筑物内，厉声朝倒地的两人问道："看清狙击手的方向了吗？"

两人同时给出否定答案，温楚一心思微沉："姜念，找到狙了吗？"

"没有。"姜念的声音顿了半秒才传入耳中，艰涩的语义能听出她此时的不甘。温楚一不再说话，一边给自己打急救包补血，一边听着楼上繁杂的脚步声。

敌人正在下楼！

姜念惊喜的声音突然响起："我找到倍镜了！往我这边跑！"

虽然依旧没有狙，但只要拥有倍镜，依照姜念的准度，要远程射杀掉几个敌人也是不成问题的。温楚一一收敛心神，停下手中打药的动作，掉头出门就往姜念所在的方向跑去。

远处的狙击手立刻看到温楚一飞速移动的身影："队长！你屋里那个在往旁边的六连去！"

"开枪！"Simon 喝道，"压过去！"

前面的话是说给远处的狙击手听的，后面的话是道给身后的突击手听的。没有指名道姓，甚至没有一个多余的词，三人便已经同时领悟到他的意思。不断响起的枪鸣声在空中回荡，JK 的狙击手准度不差，好几次都差点打中了正在移动中的温楚一。

温楚一一边跑着，一边听到耳机里再次响起姜念已经沉稳不少的嗓音："找到你了。"

接连几声"叮叮叮"的清脆枪声响起，子弹不断从姜念手中的 SCAR 中射出——

两秒时间，姜念用一把步枪击倒了远点的 JK 狙击手。台下观众忍不住要开始呼喊 Moon 的名字了，只是"M"的音还没发出来，右上角已经出现了击杀信息。Chew 的视角一阵恍惚，一道黑色光影闪过，导播已经将视角切换到了 Moon 身上。

即使不用看击杀信息，大家也知道，温楚一被击倒了。

不断有观众发出叹息声，是啊，就算是 Chew，在腹背受敌的情况下，也是没办法躲开的。

姜念一看温楚一倒地，眼神狠厉起来，接连开出好几枪，将 Simon 几人逼进了最近的建筑物里。

她紧蹙着眉头："你爬到厕所里，我现在过来救你！"

说着，她便收了枪，毫不犹豫就要往下冲。

"姜念！"温楚一大喝一声，音量之大，直接止住了姜念接下来的动作。

温楚一看她停住，语气稍缓，却还是生硬地命令："别下来，对方狙击手倒了，你在制高点，这是我们唯一的优势。"

屏幕上，温楚一似乎已经放弃了挣扎，一动不动地趴在马路边上，Simon 找准时机，探出头便开枪补死了他。

姜念却没能反应过来，待她重新站回刚才的狙击位，温楚一的死亡讯息也紧随而来。姜念眯着眸，眼中透露出一丝危险的讯息，枪口已经对准了 JK 三人的所在之地。就好像一只潜伏在树林里的猎豹，一旦猎物出现，她就能给出致命一击。

她脑中一片空白，也不知道这样高度集中的状态维持了多久，时间不断流逝着，毒圈也已经开始缩小了。

Simon 看了一眼毒圈的位置，又检查过几个队员的物资情况，最终妥协："不能和她耗下去了，你们两个从后门出去，我吸引火力。"

两位队员对这样的安排明显不满意："对方就一个人，我们没必要打得这么尿！"

"是啊！上去跟她刚，我有信心能击倒她！"

Simon 冷声开口："你们以为她是谁，Moon 比赛至今的狙击准心，你们心里还没点数？"

两个队员同时回想起这段时间反复研究的姜念狙击视频集锦，一同缩了缩脑袋。

无法，两人只好听从安排，从后门逃出，与此同时，看到队员出门的一刹那，Simon也从大门口冲出，立马就往海景房的方向跑。

"砰砰——"

姜念毫不迟疑，连续两三枪爆头，就算是步枪也打出了狙击枪的威力。

Simon应声倒地。

JK另外两名幸存者知道此时回头无用，也不耽搁，头也不回地蹿进了房屋后的那片树林。进了树林，遮挡物自然也就多了起来，姜念几枪不中却仍未放弃，不断地换子弹、开镜、射击，又换子弹、开镜、射击。

"太远了，"温楚一盯了姜念一眼，"海景房那边有JK刚刚开过去的车，赶紧跑毒。"

姜念愤愤地眯了眯眼，终于放下了手中的枪。

温楚一已经死了，自然也没有错过姜念脸上细微的表情变化，看到她充满杀意的眼神，忍不住笑了笑："行了，决赛圈收拾他们也一样。"

姜念不置一词，左下角的队伍列表里，除了自己，其他三人的名字都已经变灰。她抿了抿唇，这已经是全球总决赛的倒数第二场，她的队伍离第一名JK还差300分左右，但她的队友们却在比赛一开始就已经遭到淘汰。现在只剩她一个人，却要扛起整支队伍的荣辱。

温楚一几人身先士卒，但好歹依旧能给予姜念帮助。

待姜念开起车往圈内进发时，温楚一沉稳从容的声音不时在她耳边响起，告诉她该往哪里去，该注意什么。

虽然之前她就喜欢玩单人四排，但不管是对手还是心态都不是一个层次的。这是比赛，而不仅仅是一场单纯的游戏，她背负的也不仅仅是自己一个人的荣辱，这关乎整个团队的荣耀。但一切的惴惴不安都让温楚一轻易化解，这种安心的感觉，对于姜念来说，全世界独一份。

就算她的队友们被击杀了，她也还是得一条路走到黑。

越是这种时候，她越不能慌。

想着，姜念加快了手中的动作，在温楚一的指示下占好了圈边房区旁的制高点，因为只有一个人，势单力薄的情况下，连觊觎房区的资格都没有，姜念索性选择了躲藏在隐蔽的树林中。虽然没有房区安全，但她一个人，加上密密麻麻的树木，被人发现的可能性也并不大。

职业联赛中，一个战队在仅剩一匹独狼的情况下往往是奔着积分排名去的。人头积分需要配合，且极容易暴露自己的位置，一个人的情况下显然不能冒进。所幸这个游戏对独狼还算宽容，只要隐蔽好自己的行踪苟活到最后，名次积分还是能保持在 300 分以上的。

温楚一的想法便是如此。

TRB 目前就剩一个姜念，这一把为 TRB 争取的分数多一点，下一把他们的压力就小一点。

姜念自然也想要争取更多的分数，但她却不想一直躲藏在暗处。这不是她逞能，正是因为知道 TRB 游走在边缘的积分，她才不想苟活到最后。

如果这一把 TRB 的积分不能保持在 500 分以上，下一把他们就算拿到 750 的满分，也照样夺不了冠。而拿到 750 分对于高手如云的战局，几乎是不可能完成的任务。所以这一把，她无论如何也要拿到 450 分左右。

姜念抿了抿唇，现在 TRB 和 JK 相差 300 分左右，如果 JK 那两人能战到最后……想着，她开口对黎晴道："有 JK 的信息记得提醒我一下。"

黎晴点头。

姜念眉头皱得更紧了。不止是 JK，但凡上游区的队伍战到最后，她这把就必须拿到"吃鸡"的积分。

战局瞬息万变，她不能留给其他队伍任何可乘之机。

现在她一个人倒是能苟活，但到了决赛圈，一旦暴露方位，以她一个人的兵力，几乎是暴露的一瞬间游戏就结束了。

对于她来说，唯一的一条活路就是在决赛圈之前扰乱他们，尽量让他们减员。就算如愿进了决赛圈，她也必须等其他几队打完才能出现，否则就必死无疑。思绪回笼，姜念双眸露出一抹坚定之色，"砰"的一枪，她开枪击中了一匹远处平原跑毒的独狼。

一枪爆头，毫不拖泥带水。

这个做法却还是引来温楚一的不赞同："不是让你不要暴露方位？就算对方是独狼，你也可能被其他埋伏的敌人发现。"

"被发现最好，"姜念收枪开口，轻笑道，"来一个杀一个，来一队杀一群，一个都别想跑。"

温楚一皱眉："姜念。"

"啧，"姜念听到他的抗议声，心里"咯噔"一下，面上却丝毫不显，"不给他们施压，就算我苟活到决赛圈也是死路一条。"

温楚一叩了叩桌子，没有否认，默默收了声。

下一秒，不远处的房区传来枪声，应该是两队人马相遇了。

姜念伺机而动，立马换了个方向眺望房区。

屏幕上，Unique 和 CUS 提前相遇，双方都是满编，潜伏在房区的两栋楼里。

CUS 相当能忍，他们先到达房区，Unique 后一步，但当 Unique 几人来到房区进行搜索时，CUS 都一直按兵不动。宿继九也不是省油的灯，房区内虽没有车，所有建筑的房门也是关的，但他依旧从空空如也的房间内察觉出一丝危险，立马让自家队员不要走动。

谁知刚刚姜念距离不远的这一枪同时惊到两队，枪声从山上传来，想看清山上的情况，至少要在 CUS 所在的那栋建筑物才行。

老鸡眼看埋伏了这么久都没听到人的声音，和宿继九打了个招呼，立马就往隔壁楼跑，宿继九并未反对，带着另外两人跟在后面。通过右上角的击杀消息，谁都知道 TRB 只剩 Moon 一匹独狼，现在 Unique 几人看到右上角姜念的名字就有些蠢蠢欲动。

且待了这么久周围也没动静，如果真的有人，这样近在咫尺的距离不开枪，要么是支凃队，要么不是满编。

和这支凃队比起来，击杀姜念显得有价值多了。

老鸡和宿继九三人一前一后冲进隔壁的高楼，老鸡冲在最前头，一上来就噼里啪啦吃了一堆枪子儿，不一会儿就躺倒在地。

看到右上角 CUS 的名字，宿继九蹙眉："几个人？"

"四、四个！"老鸡立马回答，"真脏！"

宿继九的声音依旧沉稳："什么位置？"

"左边窗口两个，右边房间一间一个。"

宿继九眉头皱得更紧了，但已经冲到一半，他们也不可能退回去，留下一句"贴着楼梯打"，同时他已经掏出手雷往楼上窗台的位置扔去。

"嘭"的一声，黑烟在屋内飘起，CUS 倒地两人。

宿继九大声开口："快冲！"

两个队员也被手雷炸去了一层血皮，但此刻却没有时间犹豫，听到指令就提枪冲了上去。一片混乱中，Zoom 趴在房间内，枪口对准楼梯方向，手雷的黑烟正好成了他的遮挡物，没几枪就解决了刚刚冲上来的 Kid。

局势再次转变，两支队伍重回同一起跑线。千钧一发之际，窗外突然传出枪声，而后是玻璃碎裂的声音，再然后是子弹入骨的闷哼声——

[TRB_Moon 使用 M24 爆头击倒了 CUS.Zoom。]

枪是她刚刚舔包的时候拿的，全场哗然。

"什么鬼？ Moon 为什么这个时候掺和进去？"

"她再厉害也就一个人呀，对面几个是最强王者，想什么呢？"

"是不是想帮 Unique？战略同盟？"

"别逗，她又不知道哪边是 CUS，哪边是 Unique。"

"砰砰——"

观众议论不断，屏幕上，姜念已经再次开出两枪。

而这一次，子弹打在了宿继九头上。

解说 A 震惊：【这个 Moon……是不是太胡作非为了？】

【诚实地说，她的决策并没有出错。】解说 B 轻笑，【Unique 和 CUS 在同一栋楼，不管 Moon 的枪口对准谁，Unique 和 CUS 都没有多余的时间和精力去管她，特别是在两边都出现伤亡之时。】

解说 A 点头，道理他都懂，但实际上真的敢一个人这样为非作歹的能有几个？

屏幕上，像是为了达到制衡，透过窗户，姜念已经击倒了一边一人。

屋内只剩 1 对 1 的较量了。

Unique 队员实力稍弱，没能抵挡住 Pink 的进攻，一命呜呼的同时，屏幕上闪现出 Unique 的灭队通知。只可惜 CUS 的胜利只保持了不到两秒，屏幕再次闪现出 CUS 的团灭通知——姜念开枪爆头了 Pink。

这是无可避免的一枪，Pink 为了朝 Unique 最后一人开枪，必须来到靠窗的位置，即便他已经很小心地左右晃动，却还是在击败 Unique 的那一刻留下了短暂的空隙，让姜念得了逞。

解说 A 拍手：【Moon 真的是新人？行事做派都相当老辣，利用两队相争打开局面，最后坐收渔翁之利。】

【是，】解说 B 笑道，【简单有效，却不是每个人都能做到。Moon 找的时机相当准确，再加上她超高水准的狙击能力，两者缺一不可。】

【太惊人了，】解说 A 揉了揉脸，【这都是理论性可行的事情，真正能做到的，真没几个人。】

不光是解说和观众，就连刚刚被姜念一枪爆了头的宿继九也有短暂的愣神。

"Nice！"姜念身旁的 Wind 大叫出声，"念姐无敌！"

"嚷嚷什么，"温楚一冷眼瞥去，"赶紧舔包，注意周围脚步声。"

还在游戏中，小胖子刚刚的吼叫确实容易影响发挥和听力。

Wind 自知理亏，立马闭了嘴，却还是难掩激动。

谁能想到，最难缠的两支队伍，也是他们最强劲的两个对手，就这样倒在了姜念枪口下。

虽然这里面不乏运气成分，但照这样下去……小胖子两只眼睛闪闪发亮，他们极有可能摘得桂冠！

姜念没有让小胖子失望，激战过后，她俨然已经找到了单人四排的节奏，只要听到枪声就往开战的地方跑，利用双方交战的空当灭了好几支队伍，一个人稳稳当当冲进了决赛圈。

决赛圈仅剩三人：一个是姜念，另外两个就是一开始从姜念枪口逃开的 JK 二人。在这之前，没有任何人想得到，比赛刚开始时 JK 和 TRB 冤家路窄；比赛到最后只剩三人时，竟依旧是 JK 和 TRB 的交锋。

没有别的队伍做遮掩，姜念近距离一打二还是有些力不从心，最后倒在了 JK 两人的枪口之下。

排名立马出现在大屏幕上，TRB 升上第二，JK 保持第一，但因为姜念整场的活跃，人头数领先 JK 一大截，现在两队间的距离，竟已缩小至100 分左右了，场下传来尖叫声，观众叫的是整齐划一的"Moon"。

无关胜利，姜念就是呼声最高的那一个，一个人战到最后，保住了整支队伍的胜利希望，她值得他们的欢呼和尖叫。

台上台下场面相当热烈，所有人都期待着今天的最后一场比赛，也是整个 PGI 的最后一场比赛。

终于，最后的决战来了。

屏幕上，黎晴和 Wind 已经来到温楚一指定的埋伏地点，姜念也将枪口稳稳对准了树林中的两个敌人。

"攻击。"温楚一轻描淡写的一句话，枪声四起，TRB 开始攻击了。

姜念的远距离爆头依旧发挥着特有的准度，一击毙中一人，另一人虽已察觉到 TRB 的位置，但等他反应过来时，Wind 和黎晴已经分别从两边围了过去。

那人无路可逃，最终惨死于 Wind 枪口之下。

被打倒的正是 KG，正所谓冤家路窄，仅有的两支来自中国的队伍就这样猝不及防地交了手。虽已打倒两人，KG 另外两人却还在不远处的背坡，与对面一另外一支队伍对枪，此时两人眼看队友被杀，立马放弃了和远距离敌人的对枪，朝黎晴和 Wind 的方向冲来。

他们与 Wind 两人距离很近，但再近的距离也抵不住姜念的远点狙击。

姜念双眼一眨不眨地盯着背坡的方向，几乎是两名敌人露头的一瞬间，她扣动了扳机——

"砰——"

一声清脆的枪响回荡在半空中，紧随而来的，是对方倒地的信息。

"砰——"

又是一枪，这枪没中，姜念也没停下，继续开出第三枪、第四枪。

两枪之后，KG最后一人轰然倒地。

紧张的气氛弥漫在TRB队内，黎晴和Wind一声不吭地朝KG几人的尸体走去，无声而快速的动作无一不昭示着他们现在的恶劣处境。

姜念轻轻转了转手腕："等下个圈出来就撤，速战速决。"

"不等了，先上车，边开边等。"

地图上，蓝圈已经开始缩小，几人不敢懈怠一秒，分别开了两辆车在白圈圈边游荡。

十秒过后，白圈终于再次刷新，是离他们不远的地段。

温楚一扫了一眼地图，迅速标了个点："占点。"

"好。"驾驶着另一辆车的黎晴迅速应声，一刻不停地往标点之处进发，温楚一标的是圈边的房区，虽然不是圈中心，却也在一定程度上避免了交战，想给姜念哪怕多一秒的休息时间。

天不遂人愿，刚接近房区，两辆车就遭到了扫射，黎晴和Wind的车冲在前面，Wind作为第一个倒霉鬼，竟直接被对方扫下了车。

右上角的击倒信息清楚地显示着偷袭他们的队伍——Unique。

解说A激动起来：【TRB已经被击倒一人，Unique还占着房区，形势对TRB来说极其不妙！】

随着他的声音，TRB几人已经将车停靠到了房区旁的石头边上，Wind倒地的方位离这边还有一段距离，想要救他基本不可能。

姜念快速找好狙击点架枪，温楚一作为她坚实的后盾，则是一言不发地靠在了姜念身后，姜念手起刀落，已经开出第一枪——

子弹破膛而出划过空气，笔直来到房区，只一瞬间，Kid被打倒了，姜念额头的汗越来越多，眼神却越来越坚定，紧握着鼠标的右手也越发稳健。

"砰砰"两声，她再次开出两枪，一枪未中，一枪直接爆头老鸡。

局势的逆转似乎就在这一瞬间，谁都无法想象，实力这样强劲的Unique在姜念手下竟显得这般不堪一击。

两人倒地的同时，伺机而动的黎晴快速朝房区飞驰而去，这期间姜念和温楚一甚至没有说话，也没有给出任何指令。

黎晴推开门就往老鸡所在的方向跑，房区内的枪声不断，窗边却再没有人露头。

姜念收了枪，急声道："你快去帮忙，Unique 还有两个人。"

话音未落，右上角已出现 Unique 一名队员的倒地信息，姜念刚松了口气，屏幕上再次滚动出黎晴的倒地信息，不过短短一秒，黎晴被补死。

温楚一眼神一冷："你去拉小胖子，我去解决他。"

"我也去！"姜念立马道。

温楚一头也不回，加重了语气："你去拉小胖子！我们需要队友！"

姜念噤声，再不迟疑，迅速起身上车，往 Wind 倒地的方向驶去。

所幸小胖子没有被补，他卡在一棵树后面，正好阻挡了 Unique 的视线。

房屋内，已经进屋的温楚一听着楼上细碎的脚步声，想也没想便冲上了楼。已经是最后一把，不管对 TRB 还是对 Unique 来说都是最后一次机会，谁也没有提前放弃的想法。

宿继九听到脚步声，立马停下了拉队友的动作，转而躲到了一扇房门之后。几乎是他动的同时，温楚一已经分辨出宿继九的方向。

温楚一也不靠近，掏出手榴弹就往里扔，根本不考虑会有把自己一起炸死的危险。手榴弹滚进房内，宿继九反应极快，立刻收枪翻窗。

"姜念——"温楚一大喊一声，话音未完，手雷爆炸，炸掉了温楚一一大半血。

姜念转过头，正好看见半空中的宿继九，她没有丝毫犹豫，飞快提枪开镜屏息。

"砰砰砰——"连开三枪。

【击中两枪！Moon 在半空中击中 Nine 两枪！！】解说 A 拍案而起，【这是什么样的操作，Moon 这名选手太可怕了，就好像每一场都要比前一场更强，每一场都能看到她的进步！】

"砰——"最后一枪，是连血都来不及打的温楚一开的。

一击完美的爆头，Unique 的最后一名成员终于倒下，全场观众都站起身来。场上几乎尽是"Chew"和"Moon"的高呼声，一浪高过一浪。

【我想我们这次比赛的第四名已经出炉了——】解说 B 回过神，立马道，【很可惜，Unique 被灭队，这也意味着他们的 PGI 之旅到此刻就彻底结束了。】

台下不少韩国观众发出叹息声和咒骂声，似是在抱怨 TRB 的不留情面。

但不得不说的是，Unique 的出局和解说 B 刚刚的话，终于敲响了警钟。

这一次，出局就是出局，不会再有其他积分叠加了。

黎晴注视着屏幕右上角的击杀信息："JK 和 CUS 打起来了，我们和他们的分数接近持平。"

温楚一坐上车，开到姜念和 Wind 身边接两人上车。此时毒圈再次刷新，存活人数不到二十人。黎晴心算着剩余几队的分数和人数，立马给几人报出了准确的数字。温楚一紧抿着唇，一言不发地往圈边冲去。

屋漏偏逢连夜雨，正要进圈之际，几人再次遭到集火。

对手是一直保持在前六名的 ANX，据刚刚黎晴所算，这支队伍还是满编。

毒圈就要赶上 TRB 几人的位置，已经没有多余的时间留给他们。

姜念见势不妙，在温楚一快要停下的地方迅速下车，掏出狙击枪就对着 ANX 的方向瞄准。温楚一暗道一句"不妙"，却已为时已晚，姜念已经开枪。

响亮的枪声环绕于树林之上，ANX 一人被姜念击倒，她的位置随即暴露，姜念笑着撇撇嘴："你们先走！今天我不进圈，他们也别想进圈！"

"念姐！你刚刚击倒的是 ANX 的人，他们还是满编！"Wind 大叫，"毒来了，我们没有时间了！快上车！"

姜念挑眉："我进不进圈都无所谓，最后能赢就行。"

Wind 还欲再说，却被温楚一打断。

"Wind，"这是第一次，温楚一没有喊他小胖子，"上车。"

"可是……"小胖子有些焦急。

"没有可是，"温楚一大喝一声，"快上车！"

Wind 转头看姜念一眼，咬牙爬上了车。

吉普车的引擎声响起，温楚一两人绝尘而去。

姜念放下心来，涣散的眼神逐渐坚定，开镜上膛开出一枪。

一枪未中，却并不妨碍她开出第二枪。

如果解决掉 ANX 再进圈，对于 TRB 来说，时机就已经不对了；但如果不理会 ANX 直接进圈，他们依旧会在后面碰上，还不如她留下以一换四。

第二枪正中红心，ANX 再倒一人，姜念脑中空白一片，眼中只能看到敌人的残影，再次开火。

这一局胜利他们一定要拿下。

这一次，她只能停留在这里。

但是——

就算她留在这里，也必须是有价值的停留！

第三枪又中！姜念开出最后一枪——

【ANX 逃生失败。】

毒已经覆盖姜念所在位置已久，她没有挣扎，任由自己的血量一点点消逝，最后倒在了毒圈外的树林里。场下的观众和解说员看着屏幕上那个叫作 Moon 的人物手刃 ANX 四人，随后缓缓倒下。

这一刻，没有人敢否认姜念是英雄的事实。

这不是个人英雄主义，恰恰相反，这是 PUBG 职业联赛举行至今以来，最精彩、最壮烈的一次配合。

这甚至让人感受到了真实的悲痛感。

场下已经有人起立，有人高举着 TRB 的灯牌，有人呐喊着 Moon 的名字，甚至有人眼里已经溢出了泪水——

场上一名观众带头叫出声："TRB 冲啊！"

"TRB 加油！"

"TRB 冠军！"

另一边，JK 和 CUS 的混战接近尾声。

最后踩着敌人和队友的尸体活下来的，仅剩 Simon 和其队友两人。

"黎晴，"温楚一沉声开口，"我们和 JK 现在差多少分？"

黎晴抿唇，心里已有结果，却仍又算了一遍才开口："120。"

JK 的积分一直比他们高，刚刚分数接近，也只是因为那时 JK 还没拿到 CUS 的人头。现在 CUS 被灭队，JK 的分数瞬间又甩了他们 120 分。

120 分的距离，除了拿下这局吃到鸡以外，别无他法。

屏幕右上角的存活人数不断减少着，温楚一和 Wind 所在的车没油了，两人只能弃车步行。

毒圈已经刷新到第六轮，场上除了 TRB 和 JK 各两人，就仅剩一匹 FL 的独狼了。形势紧急，但温楚一和 Wind 没有了车，眼看着缩圈时间越来越短，却仍无济于事。

"你往圈里跑。"温楚一似乎放弃了进圈，直接停在了高点的一块石头后面。

Wind 满脸震惊："我们跑得到的，别耽误时间了，老大！"

"让你跑你就跑！"温楚一的声音依旧低沉，手中的 AWM 稳稳架着，让人听不出情绪。

小胖子看了一眼只剩几秒刷新的毒圈，骂了句脏话，立马转身往圈边跑。

另一边，FL 的独狼也行动起来，伺机朝 JK 两人开出两枪。

以现在 FL 的积分来看，他们想要拿到冠军几乎已经是不可能的事，但这关乎于荣耀，FL 并不准备放弃。

重压之下，加上 JK 两人毫无防备，这枪竟中了！

全场哗然之下，Simon 也无暇顾及身边的队友，立马转换方向藏身于掩体后方。

趁着这个空隙，FL 独狼再次开出几枪，竟成功补死了 JK 倒地之人。

Simon 趁乱出枪，以迅雷不及掩耳之势扫射出击，几乎没费什么力便击杀了 FL 最后一匹独狼。

也是因为这一变故，场上形势突变，原本 JK 和 TRB2 对 2 的平衡被打破，现在的情况是 TRB2 对 1！Wind 心头一喜，更加专注地盯着 Simon 的方向，左闪右躲地跑进了圈。进圈下一秒，一声巨大的雷声传来——

解说 A 痛心疾首地站起身来：【最后一刻！在这最后一刻！我们看到 Wind 居然被 Simon 丢出的手榴弹给炸倒在地！】

解说 B 也起了身，已经提前预祝起 JK 的胜利：【这边 TRB 虽然还剩最后一人，但 Chew 神离圈内位置太远了，刚刚 Chew 让队友进圈，自己身为狙击手为其架枪的想法尽数破灭……毒圈已经开始缩小了，Chew 神进不了了圈了……】

姜念看到这样的变故，动作停滞，完了，一切都完了，她闭上了双眼。

奋战到最后一刻，都已经走到这里了，之前所有的努力都功亏一篑，本以为唾手可得的胜利，就这样扑了个空。

她眼角泛出了几抹泪光，默默低下了头。

解说 A 叹了口气：【这是一场精彩的比赛。】

解说 B 苦笑：【当然，谁也不会忘记 TRB 在这次联赛中展现出的惊人韧性，现在，让我们来一起祝贺今年 PUBG 职业联赛全球总决赛的最后冠军——】

"砰——"一阵清脆如订书机般的枪声打断了解说员的恭祝词。

大屏幕上，游戏已经结束。

"大吉大利，今晚吃鸡"的字样已经出现。

而第一名的战队名称——

【OMG（我的天哪）！我看到了什么？！】解说 B 尖叫出声，【第一名！第一名是 TRB！】

解说A疯狂喊叫起来：【TRB！Chew神！是Chew神！这不可能！！】

【太恐怖了，Chew神这一枪AWM……最起码有500米！他是怎么做到的？！】

【远距离爆头！！我发誓这是我见过的最远距离的爆头，从蓝圈的最北端打到最南端！导播！导播呢？！麻烦帮我们回放一下刚刚Chew的爆头！！】

导播配合地回放起刚刚的画面，屏幕上，温楚一的血量仅剩最后半格，并以肉眼可见的速度急速降低。而温楚一整个人趴在山头，一动不动，开镜画面对准的是已经开始庆贺胜利的Simon。

他的机会只有一次，一枪不中，他立即就会死，死在Simon前头。

千钧一发之际，温楚一将枪口往上抬了有七八个头位的样子。

他深呼吸一秒，扣动扳机——

AWM子弹射穿Simon头颅的那一刻，屏幕黑了下来。

解说A难掩狂热，甚至已经解开了自己脖子上的领扣：【让我们重新恭贺一次，这一次的胜利——属于TRB！属于Moon！更属于Chew！很荣幸在这里见证一个时代的诞生，让我们记住这个时代王者的名字——Chew！】

解说B更是激动得连话都说不清楚：【这、这一场独一无二的胜利，也告诉我们——比、比赛不进行到最后一刻，谁也不会知道结局！屏幕上最终的积分结果已经出来了，让我们再一次恭喜TRB，拿到了第一届PUBG全球联赛的世界总冠军！】

两名解说员的声音久久回荡在场馆内。

伴随着全场疯狂的喊叫声，姜念已经飞身扑到了温楚一怀中，不知何时，她的脸上已经布满了泪水，所幸……是喜悦的泪水。

"我们赢了！"姜念一边哭，一边不停地重复这句话，"我们赢了、我们赢了！"

温楚一笑得云淡风轻还不忘抬手拍了拍她的背脊："嗯，我们赢了。"

当TRB几人一齐站到最终领奖台之时，温楚一一手举着奖杯递给姜念。

姜念满脸是泪，笑得很丑。

温楚一摸了摸她的头，众目睽睽，低头吻住了她的唇。

姜念脑中一片空白，在现场观众巨大的起哄声中，她听到了温楚一在自己耳边的私语——

"冠军属于你。"

第二十章

尾声

晚上 6 点，国宾大酒店。

圆形包房内，温楚一破天荒地穿了一身笔挺的黑色西装，正襟危坐于圆桌边上，显得庄重又严肃，额头和鼻尖上的微汗和紧绷的下颌线条却透露出他此时的紧张。

一边的姜念看了一眼一脸紧张的温楚一，暗觉好笑。

姜念抿唇忍住笑意，一只手撑着脑袋，随意地跷了个二郎腿，还自在地晃了晃："你别紧张，我爸妈人很好的。"

和一旁如临大敌的温楚一比起来，姜念显得格外镇定自如。

温楚一僵在腿上的双手缓缓抬起，轻轻地、谨慎地，落至餐桌之上。

他的表情丝毫没有松动："我知道，我没紧张。"

姜念窃笑两声，脸上尽是揶揄："死鸭子嘴硬。"

自从定下见姜念父母的日子，温楚一几乎每天夜不能寐，谁能想到那个在赛场上飞扬张狂的混世大魔王，只因为一场与女朋友父母的会晤，就变得矜持又乖巧。

"你在担心什么？"姜念端起茶杯喝了口水，"我已经在我爸妈面前把你夸得天花乱坠了，他们对你很满意。"

温楚一肃着张脸，眼神毫无波动："我知道。"

姜念闻言一滞，猝不及防被水呛到，猛地咳嗽起来。

温楚一赶紧起身给她递了两张纸巾，又拍拍她的后背，言语中不乏紧张："这么大个人了，怎么连喝水都被呛到？"

"你……"姜念缓过气，咬牙切齿道，"你知道你还紧张个菠萝！"

他笑："我不是紧张和咱爸妈见面。"

姜念："那你紧张什么？"

温楚一："你说，他们会不会嫌我太老？"

姜念一愣，搞了半天原来他是在担心自己的年龄。

半晌，她轻声道："你不老啊。"

温楚一眉眼处终于有了一丝松动："真的？"

"是啊，"姜念耸肩，"也就比我大个一甩手。"

一边说着，她还一边展开自己的五根手指头，在温楚一面前晃了晃。

温楚一慌了："那要不，待会儿我就说我22岁？"

"我爸妈最讨厌有人对他们撒谎了。"姜念冷眼瞧他。

温楚一彻底蔫了，只是这次留给他忐忑的时间没有多长，几分钟后，包厢的门被人从外侧推开，冯玉和姜喜崖一道走了进来。

姜念看到好久未见的父母立刻扑了上去，给两人一个熊抱。

冯玉笑着揉了揉姜念的脑袋："好了好了，多大个人，稳重一点。"

姜喜崖也笑了笑，偏头和温楚一打招呼："你好，是小温吧？"

"叔叔您好，我是温楚一，"温楚一立马上前，和姜喜崖打完招呼又看向冯玉，"阿姨您好。"

"欸，你好，"冯玉笑眯眯地打量着眼前的年轻人，"来来，坐下说话。"

冯玉与姜喜崖和温楚一想象中的形象八九不离十，穿着随意却不失得体，学者气息扑面而来。

想想之前姜念提起父母是地质学家时，温楚一愣是十几秒没反应过来。

毕竟就姜念这跳脱的性子，怎么看也不像是两位学者的女儿。

而这边冯玉见到温楚一后脸上的笑容便没消失过。小伙子性子好，皮相也出众，和自己女儿又从事相同职业，她的心放下了一大半。

姜喜崖比较稳重，虽然面上没有表现出别样的态度，但深知父亲脾性的姜念还是能从姜喜崖的眼神中看出一丝欣赏。

几人很快入座，趁温楚一出去叫服务员的空当，冯玉赶紧朝自家女儿使眼色，还默默给她竖了个大拇指："眼光不错。"

姜念得意得尾巴都要翘上天了："那你也不看看是谁选的。"

话音未落，温楚一已经领着服务员进来了，听到姜念的后半句话，笑着问："什么谁选的？"

姜念眨眨眼："我是想问谁来点菜。"

"当然是叔叔阿姨点。"温楚一颔首，从善如流地将菜单从服务员手中接过递给二老，这才重新入座。

姜喜崖眼中闪过一丝笑意，也不推辞，利索地点了四菜一汤。

温楚一本想再加两道菜，姜喜崖却摆了摆手："不够再加吧，别浪费了。"

想到姜喜崖和冯玉两人常年居无定所又奔走在外，想也原本就是节俭之人，温楚一也没再多说，只是看到姜喜崖一直淡漠的表情，心里还是忍不住打鼓。

岳母是搞定了，但岳父这喜怒不形于色的性子，他还真有些拿不准。

服务员出去后，自然就到了冯玉的专场。

冯玉说话相当温和，毕竟是学者，就算是刨根究底，也给人一种如沐春风之感，每问一个问题便会就着这个问题讲个几句，再接下一个问题。

不得不承认，和冯玉聊天是一件很舒服的事情。

两人讲话的时候，姜喜崖和姜念父女倒是默契地保持了沉默，直到——

温楚一被问到年龄。

冯玉："小温看起来也挺年轻的，多大啦？"

温楚一罕见地顿了一秒："我 25 岁了。"

一直沉默的姜喜崖突然冷声开口："比念念大五岁啊。"

温楚一脸色一僵，他就知道躲不过，只是没等到他开口，冯玉却抢先横了姜喜崖一眼："五岁怎么了？你不也比我大五岁？"

"嗯，"姜喜崖立马将准备说出口的挑剔话语吞入腹中，硬生生给打了个转，"我就是想说，五岁挺好的。"

温楚一看到这里还有什么不明白的。

挺好，在怕老婆这一点上，他和岳父有得一拼。

知道了姜喜崖妻管严的隐藏属性，温楚一这顿饭可谓是吃得如鱼得水。

不仅把冯玉哄得服服帖帖的，就连姜喜崖也挑不出他的错处来。

酒足饭饱，冯玉两人婉拒了温楚一的送行，自己叫了辆专车。

温楚一和冯玉一边说话，一边走在前面，姜念和姜喜崖落后一步。

看着前方相谈甚欢的两人，姜喜崖显得有些吃味，悄声对姜念道："年轻人花言巧语的，你可得小心别着了他的道。"

"嗯。"姜念赞同地点点头，温楚一可不就是花言巧语吗？

姜喜崖以为自家女儿在敷衍自己，又语重心长地说："你别掉以轻心，尤其是像小温和你这样年龄差距大的，他走过的路比你长，见识也比你多，要诓你还不是随随便便的事儿。"

"夸张了啊，老姜。"姜念努嘴，"就五岁而已，看你说得，硬像是我俩差了十五岁似的。"

姜喜崖瞪了自己女儿一眼："不听老人言……"

"知道知道，吃亏在眼前嘛。"姜念笑嘻嘻地，"行了，你女儿不会那么容易吃亏的。"

姜喜崖深深叹了口气："罢了罢了，嫁出去的女儿，如泼出去的水……"

"放心吧，老姜，我绝对不是泼出去的水。"姜念乐了，一手挽过他，"泼出去的水怎么说还会发出点声响，我泼出去就没了，连声音都没有。"

姜喜崖被气坏了，"你你你"了半天挤不出一句话来，最后甩开姜念的手："20岁了，你稳重一点！"

临上车前，姜喜崖拉着姜念的手拍了拍，意有所指地看了眼一旁的温楚一："注意休息，要是有人欺负你就回家。保护眼睛，打游戏离电脑屏幕别太近了……"

冯玉和姜喜崖是早一代的知识分子，生姜念生得也晚，教育方式却宽松，也让姜念得到了极大程度上的自由。

姜念也不打断，老老实实听着年过半百的父亲有一句没一句地唠叨，她心里也清楚，只有在每次分别的时候，姜喜崖的话才会稍微多一点。

终于送走两人，姜念自然而然地将手送到温楚一掌心："走吧，还得回去训练呢，耽误一天了。"

温楚一捏了捏她的手，拉过她往停车场的方向走。虽然脸上挂着笑，但一直不说话可不是温楚一的作风，姜念扯了扯他："在想什么？"

"我在想，"温楚一笑意不变，语气很轻，"你爸妈都挺好的。"

"那可不，"姜念骄傲地抬头挺胸，"他们连我这么优秀的闺女都养出来了，能不好吗？"

温楚一顺手拍了拍她的头："嗯，你最优秀。"

他说得极其自然，但姜念却默默地红了脸。自己夸自己的时候还行，听到温楚一这么正儿八百地夸自己优秀，她突然觉得有些羞耻。

温楚一自然没能错过姜念罕见的一秒娇羞，红扑扑的脸蛋配上微微噘起的粉唇，诱人无比。放在姜念头上的手绕过她的脖颈来到下巴，他手指轻轻发力，将一张小脸掰到他的方向，俯身吻了下去。两人双唇稍碰即离，但就算只是浅尝辄止，也让温楚一感到满足。末了，温楚一抬起另一只手，双手捧住姜念红彤彤的脸。两人相隔不到一厘米的距离，姜念甚至能听到自己"扑通扑通"的心跳声。

温楚一垂眸看她，黑眸中满是认真："见完父母，我们是不是该考虑生个孩子了？"

似乎被他的笑容所蛊惑，姜念甚至没有思考，呆呆地点了点头。温楚一喉间溢出低低的一声笑，抬手拍了拍她的头，拉着她就往车的方向走。

直到汽车缓缓驶出停车场，姜念才突然惊醒。

"等一下，见父母和生孩子中间是不是还差了点什么？"